ZUI

Zestful Unique Ideal

最世文化

Shanghai ZUI co.,Ltd

L.O.R.D
Legend of Ravaging Dynasties

爵迹

第二卷
永生之海

郭敬明 著

湖南文艺出版社
HUNAN LITERATURE AND ART PUBLISHING HOUSE
博集天卷
CS-BOOKY

L.O.R.D
Legend of Ravaging Dynasties

爵迹

Chapter 01

寒潮寂响

L.O.R.D

·Legend of Ravaging Dynasties·

【西之亚斯蓝帝国·帝都格兰尔特】

　　你什么时候会很清晰地感觉到时间的流逝？不是那种模糊朦胧的感知，非常直观，毫无阻隔，锐利而又清澈。就像用温暖的手抓起冰凉的积雪，就像睁开双眼迎向正午的烈日，就像默数一条大河朝着天地尽头一去不返。

　　你什么时候开始意识到，天地万物，都会在时间的大河里渐渐衰败，没有什么可以永恒？

　　在我们尚未存在的某个时刻，世界突然被铺天盖地的金色魂力唤醒，随后它日复一日地缓慢更新，循环迭代，直至蜕变出如今恢宏壮阔的模样。

　　海水变成冰霜，山脉风化成飞扬的尘埃，飓风鼓舞火焰，把一切席卷成炽热的闪芒……无穷尽的能量在宇宙里循环更替，它们彼此转化，生生不息，但最终都将缓慢地冷却衰亡。因为你看不见的"熵"一直存在，它仿佛一只肉眼无法看清的小小虫豸，缓慢而持续地啃食着巨人的身体。

这个世界，就是这样渐渐衰败的。

它从不守恒。

清晰而透亮的晨光，在寒冬凌晨的漆黑天幕里，渐渐擦出冰块般的青色，仿佛破败废弃房屋的陈旧窗户玻璃，被擦得渐渐通透。麒零睁开眼睛，转头看了看窗外的晨色，他坐起来，哈了口气，清晰的白雾随着他的呼吸在空气里凝结。他哆哆嗦嗦地从被窝里爬起来，一边穿衣服，一边问正站在窗前不知道在看什么的银尘："银尘，我们在这里已经住了三天了，接下来我们去哪儿啊？"

"我先带你去心脏吧，我赐印给你之后，还没正式带你见过白银祭司呢。本来应该先带你去深渊回廊捕捉魂兽的……但是既然你阴差阳错地提前捕捉了苍雪之牙，那也算是基本使徒任务告一段落，正好我们现在也在格兰尔特，就正式回去复命一下吧。"银尘转过头，看着头发乱蓬蓬顶在脑袋上的麒零，他的皮肤在晨色里看起来健康而又年轻。

"心脏是个什么地方啊？听起来感觉来头不小。"麒零扎好裤子，站到银尘身边，他侧过头瞄了一下银尘，突然贼兮兮地笑了笑，"银尘，我觉得我好像又长高了，你看看，是吧？我感觉你已经没比我高多少了。我觉得估计明年，你就要踮起脚尖和我说话了……"

银尘冷冰冰地转过头来，瞳孔一紧，一连串咔嚓作响的声音，然而，银尘的脸突然变得通红。他满以为麒零会在自己的魂力之下满口的冰碴儿吱哇乱叫，但事实却是，此刻自己的舌头结实地结成了一大块寒冰。

——我大意了……银尘憋得有点懊恼。但很快他的脸色恢复了平静，冷冷地似笑非笑地看着得意扬扬的麒零。

"哈哈，银尘，我聪明吧？我琢磨了好久，才研究出这种把对方的魂力给反弹回去的方法。"麒零顺手搂到银尘肩膀上，凑近他那张冰雪雕刻的完美侧脸，邪邪地一咧嘴角，笑着说，少年朝阳般的气息迎面而来，"所以，你以后这样整不了我了。我是不是冰雪聪明啊？"

银尘那张冰雪般的脸上，突然仿佛融雪一般，露出了一个温柔的微笑，如同花朵绽放的第一个瞬间，将他的面容带出了一种惊心动魄的安静的美。

"你这个笑容……我怎么感觉有点不妙……"麒零被他笑得有点瘆得慌。

银尘依然维持着温柔的笑容，用低沉的声音对麒零说："是吗？"

"对啊，总觉得你的笑容看起来怪怪的，感觉不太……哎？！不对，你怎么还能说话？你不是应该……"当麒零发现不对劲的时候，他已经动不了了，他从脚到手指到脸，全部被裹进一大块结实的冰块里。只剩下一对漆黑的眼睛，滴溜溜地露在外面，可怜兮兮地转动着。

"你还觉得自己厉害吗？"银尘温柔地微笑着问他。

麒零"呜呜"地说不出话来，只能用他那双大眼睛，左右来回迅速地转动着瞳孔，表示"不……"

"那你还敢整我吗？"银尘笑眯眯的，面容说不出地英俊，但那张温柔的笑脸下面，却仿佛藏着几十只狡猾的老狐狸。

麒零的眼珠子更加快速而果断地左右转动着——不敢了。

银尘从鼻子里"哼"了一声，然后用力地眨了眨眼，他的瞳孔里几丝金色的光芒闪烁起来。麒零身上的冰"哗啦啦"掉了一地，他从僵硬和寒冷中恢复过来，深吸了一口气。

"你刚才的表情真是太贱了啊！"他恭敬而微笑地望着银尘，心里默念着这样的台词，"你妈有说过你长得像黄鼠狼吗？"

"你想说什么？"银尘警惕地看着麒零。

"没有，心服口服。"麒零笑眯眯地回答，然后在心里默念后半句，"黄鼠狼你赢了。"

银尘和麒零收拾好行李，正要下楼的时候，看见了站在门口的漆拉和天束幽花。

漆拉站在门廊的阴影里，依然是一身黑袍打扮，一头银发在黑色装束的衬托下显得如雪如霜。麒零隐约觉得，就算是在大白天里，漆拉看起来也像是一个裹在黑暗长袍里的暗夜之灵。他那张精致得已经失去性别界限的姣好面容，在窗户投射进来的几缕金色阳光中，反射出钻石般完美的光芒。天束幽花看见从楼上下来的麒零，脸上的表情高兴起来。

麒零左右看了看："莲泉他们呢？"

漆拉转过身来，接过麒零的问题："他们说要去一个地方，办一件重要的事情，所以就先走了。他们要去的那个岛屿，在雷恩海域，正好是我曾经到过的地方，所以，我就做了一枚棋子，让他们直接过去了。"漆拉向麒零说完之后，把目光转过来看了看银尘，脸上浮现出一种难以描述的神色，麒零隐隐觉得有些怪异，但又无法准确猜测漆拉的意思。他只觉得漆拉看银尘的目光，不太对劲。

"雷恩海域的小岛……"银尘的目光微微闪动着，像是夜晚森林里短促亮起的刀光寒刃。

天束幽花的脸色冷了下来，她讥笑了一声，瞪了一眼麒零说："莲泉去哪儿，跟你有什么关系啊，你是她的王爵吗？你那么关心她干什么？"

麒零挠了挠头，有点尴尬地问道："哦，好吧……对了幽花，我要和银尘回心脏去见白银祭司啦，你一个人，准备去哪儿啊？不如跟着我们一起走吧，难得来一次帝都，我见完白银祭司之后，和你出去玩儿啊，去吃好吃的。我还是第一次来格兰尔特呢，在客栈里待了好几天，憋死我了。"

"谁稀罕跟你一起走！"天束幽花冲麒零没好声地说着，但明显，脸上是开心的表情，她的脸颊红红的，像是桃花拂过。

银尘看了看他们两个，淡淡地笑了笑，转身走到漆拉面前，说："我先带麒零回心脏，然后就去天格找特蕾娅。漆拉，你跟我们去吗？"

"我就不跟你们去了，我不是很喜欢接触特蕾娅……而且，我可能要先回尤图尔遗迹看一下，在我们离开的时候，我隐约感觉到……"漆拉像是想起什么，但是又像连自己都不相信的样子摇了摇头，"不过应该不太可能……"

"这样的话，我和你一起去。"银尘站在漆拉对面，在阳光下微微把双眉皱紧，但他的目光坚定地看着漆拉，仿佛在等待着漆拉的意外，或者慌张。

然而，漆拉的脸上没有任何的表情。

"哦？"漆拉望着面前的银尘，不置可否地回答着。

"我和你一样，也想要证实一些事情，而且这件事情，和尤图尔遗迹也有关系……"银尘的瞳孔里闪烁着亮光，"你还记得格兰仕吗？"

"曾经和你并列为上代一度使徒的地之使徒格兰仕？"漆拉问。

"嗯。我怀疑他还没死……"银尘点点头，目光仿佛清晨的雪点，"如果我猜得没错的话，他应该一直都藏身在尤图尔遗迹里。"

"你为什么会这么认为？"漆拉微微皱起眉头。

"因为麒零遇见了莉吉尔，她是崭新的亡灵。有新的亡灵前往尤图尔遗迹，那么就证明，【收割者】依然存在。"银尘深呼吸了一下，慢慢地回答。

漆拉点点头，然后又摇头，他语气里有一种不忍："你随我一起去吧。但，你不要抱太大的希望。据我所知，收割者不止一个。"

【西之亚斯蓝帝国·天格】

空旷的大殿内光线昏暗，只有无数闪烁的烛火，散发着晃动不熄的光芒。光滑如镜的黑色大理石地面之下，不时游动而过几丝光缕，仿佛深海闪烁磷光的鱼群。

幽冥的视线低低地扫过黑水晶般的地面，他的脸上挂着若有所思的微笑。

"还真是让人不省心啊……"特蕾娅看着游动的光线，然后轻轻地走下床榻。她蹲下来，伸出右手贴近地面，纤细白皙的五指自然地下垂，几尾发亮的细长金色丝线，从她的指尖如同游魂般无声滑出，像是线虫般迅速钻进了如同黑宝石般半透明、深不见底的黑色地面。随即，她轻轻地抬起头，两汪惊鸿瞳孔里，盛满了她那种独特的、让人恐惧的混沌苍白的茫然。这是从年幼时期就开始，一直出现在她瞳孔中的神情，如同洪荒暴雪时的混沌天地，但在无边无际的茫然里，却同时流露着针尖般的洞察一切的锐利。

幽冥轻轻地斜了斜嘴角，他尖尖的白色牙齿看起来像是野兽，他低沉的嗓音听上去格外性感："你真是一个，美艳的怪物啊。"

"在说我是怪物之前……"特蕾娅眼神里弥漫的风雪渐渐消散了，重新凝聚为漆黑闪亮、勾魂夺魄的目光，她回头冲幽冥婉约而又妩媚地一笑，抬起手掩了掩嘴，"你还是先管管你的那个使徒神音吧，她才是正在打算将自己变成真正的怪物呢。"

"神音？她怎么了？"幽冥停留在特蕾娅迷人身体曲线上的目光收敛起来，皱起眉头。

"她啊……"黑色地面蹿起几缕光线，飞快地吸收回特蕾娅的指尖，"去永生岛找六度王爵西流尔去了，这小女孩，也是不知道天高地厚，好奇心太重，又没什么本事，再这样下去，她连怎么死的都不知道。"

"有没有本事我还不敢确定，但好奇心这件事……普天之下，谁没有好奇心呢。"幽冥站起来，把他的黑色长袍裹在身上，"每个人都恨不得想要知道所有的秘密。"

"是啊，可是，秘密有时候可不是一件好玩儿的事情。一不小心，可能连命都跟着玩儿进去了。"特蕾娅坐下来，脸上的微笑依然婉转动人，但目光里却是铿锵有声的刀光剑影。

"你又想下达红讯给我了？我觉得我们还是暂时收敛一点吧，光是你之前说的那些人，我就得处理好半天呢。"幽冥回过头来，嘴角弯弯的，似笑非笑，但他的目光却像块冰，冒着森然的寒气。

"我不是'下达'红讯给你，我只是'传达'红讯给你。我哪有资格决定谁的生死呢，你也太看得起我了。所以，不管来多少个红讯，你都得照单全收，不高兴也没用。"特蕾娅的笑容一敛，目光毫无退让地对上幽冥，"不然你这个杀戮王爵，搞不好会被别人杀戮哦。"

"你怎么说都行，反正最近能接触白银祭司的也就只有你一个人而已。我先走了，至于神音的事情……"

"神音的事情，就交给我吧，你已经有那么多事情需要操心了，我理所当然地应该为你分担一点，不是吗？"特蕾娅的表情看不出端倪，依然是那种似笑非笑的妩媚神态，"正好，'他'也在那个岛上，神音不是想知道秘密吗，也差不多是时候告诉她了。"

"你要告诉她多少？"幽冥眯起眼睛，问道。

"讲一半，留一半。"特蕾娅笑着，凑近幽冥的耳朵，轻轻地说，"你觉得如何？是不是很适合她？毕竟，她也就只是'一半'呀，嘻嘻……"

【西之亚斯蓝帝国·雷恩海域】

海浪被翻涌的风暴推动着，朝黑色的悬崖猛烈撞击而去，四散爆炸的水花，夹杂着无数寒冷冰碴儿。

这里看起来，已经进入了寒冬。

辽阔的岛屿上是一片白色混沌的苍茫，厚厚薄薄的积雪覆盖着岛屿上黑色的礁石，黑白对比得格外强烈，仿佛世界都失去了色泽。

神音纵身跃上岛屿，海岸线堆积着一层白色的冰雪，积雪之下，是凝结发硬的冻土层。

神音裹紧了银白色的狐裘长袍，抬起眼，凝望着这片漆黑的大地。

她知道，这里埋藏着她所需要的那个"关键的秘密"。

冰天雪地的岛屿，寒冬里被刷得发亮的白色海面，卷裹着冰雪残渣的凛冽罡风。

"终于……到达这里了……"

神音把船上的铁链拴在岸边一块仿佛兽牙般狰狞的礁石上，然后站定，她轻轻地闭上眼睛，朝面前的空气里伸直了手臂，手臂上金黄色的刻纹浮现出来，她小范围地感知了一下岛屿上的魂力，然后，朝风雪弥漫的岛屿中心走去。

有一种越来越强烈的暗示在召唤她，仿佛一种听不见的声音，直接轰鸣在她的脑海。

她的心跳越来越剧烈，一种秘密就快要被揭开的刺激感，充盈了她的整个胸腔。

她的背影消失在一片迷蒙的风雪里。

黑色木船在海岸线上起伏着，巨浪把飘摇的小船不断地推向礁石。

离木船停靠处不远的地方，一块巨大的山岩，仿佛呼吸般地蠕动了一下，然后又缓缓地归于沉寂。

暮色很快降临，神音找到了一个山崖凹陷处的洞穴，她张望了一下四周，然后转头走进了洞穴里。

风声立刻小了，山洞里的温度比外面高了很多。虽然没有燃起篝火，但是比起外面的冰天雪地，此处已经异常温暖。

等今夜的暴风雪过后，明早再继续吧。

神音找了一块相对平整的地方，轻轻地和衣躺下。她渐渐陷入了浅浅的睡眠，风声变得遥远而模糊，洞穴也越来越温暖，缓慢而沉重的呼吸……等等，这巨大的呼吸是……

神音坐起来，是风声在洞穴里的回音吗？听起来如此沉重而悲凉。光线昏暗到几乎伸手不见五指，她在黑暗里把眼睛睁得很大，然而捕捉不到任何异样。

洞穴里温暖而湿润。神音摸到身边渗出来黏稠的液体。是岩石渗出的海水吧？

没想到冬天的海水竟然如此温暖。只是为何闻到一种隐隐的血腥气味？是洞穴里有死去的动物吗？

神音警惕地朝洞穴边缘挪动，她背靠向洞壁，面朝洞口的地方，然而，睡意很快袭来。

——你看，命运多巧啊。多少年过去了，我们又回到了这里。

清晨的光线轻轻地照在神音的眼睑上，她醒过来，站起来看了看周围，昨夜闯进洞穴的几头低级魂兽，此刻已经变成了一块一块的尸骸，散落在地上，冻成发硬的肉块。神音很庆幸自己昨晚睡前布置下的这个陷阱。

她轻轻扬了扬嘴角，对于自己的结界，她还是很有信心的，和自己的魂兽织梦者一样，她总是能在任何地方织出这样一张猎杀之网，有时候，她都觉得自己仿佛就是身体里的那头魂兽织梦者，轻易地就能用魂力构建起这样充满杀机的局部地狱。

神音将昨夜布置在自己周围的那些仿佛蛛丝般的白色光线撤销之后，魂力结界迅速消散了，她起身，朝洞穴外走去。

整个岛屿暴露在清晨的阳光里。她抬起手，挡住刺眼的光线，她奇怪地看了看自己的手掌，上面凝固着已经干涸的血浆。

可能是那些死去的低级魂兽吧。

四处耸立着黑色岩石，无数的海浪拍打上来，残留着的水就在黑色岩石的缝隙里凝结成了结实的冰块，很多缝隙里的冰块膨胀时，将无数的岩石裂成了碎块。遍地的积雪和冰层，看起来和极北之地的荒原没什么区别。

"嗖嗖——"

空气里几声细微的破空声。

神音停下来。她轻轻地闭上眼睛，感应了一下，当她猛然睁开双眼的时候，瞳孔里闪动的金黄色魂力，瞬间将她身后腾空而起的几头魂兽撕成了碎片。一阵猩红而滚烫的血雨在她身后哗啦啦地降落一地，片刻之后，就在凛冽的寒风里冻成了鲜红的冰碴儿。

她正要继续往前走，却突然停住了脚步。她的脸色迅速地变得冰冷，仿佛泛着蓝光的海水，恐惧一点一点地在她身体里弥漫开来。

她抬起手，从自己脖子的脊椎处，将那条银白色的鞭子哗啦啦地抽了出来，脖子后的血肉瞬间像是花瓣般愈合到一起。

银白色的细鞭仿佛一条白蛇般蛰伏在她的脚边，金黄色的刻纹从她的胸口渐渐爬上了脖子。

伴随着一阵冰面和石块碎裂的声音，神音的脚下密密麻麻如同闪电般地蔓延出了无数白色的细线，就像蛛丝一样，在她的脚下，迅速地织成了一张巨大的发着白光的网。神音蹲下来，用一种非常怪异的姿势，单手撑在地面上，从她的手指尖流动出的银色光线，随着蜘蛛网的脉络传递出去，脚下的整块大地，被这种白色的光芒笼罩起来，发出类似弦音的蜂鸣。

神音盘踞在白网的中心，仿佛一只等待着猎物的蜘蛛，她凝视着前方。"不管你是什么东西，来了，就别想再离开。"

【西之亚斯蓝帝国·帝都格兰尔特】

漆拉和银尘的身影，砰然化成空气里扭曲的光线，瞬间消失，空气里依然残留着银尘衣服上的冷冽清香，但他的人，此刻已经在万里之外。

麒零看了看驿站门口被漆拉设定为棋子的铜柱，转身对天束幽花说："这枚棋子是临时的，持续不了多久，应该过一会儿就会失效的，我和银尘要去尤图尔遗迹了，你要和我们一起吗？"

天束幽花看着麒零，冷冷地说："那种活死人待的地方，谁会想去第二次啊？你是不是觉得自己命大啊，好不容易出来了，居然还要再进去？你疯了吗？"

麒零点点头，一双漆黑的大眼睛看着幽花，目光热热的，说："银尘是我的王爵，他去哪儿，我就去哪儿。"

幽花咬了咬嘴唇，想说什么，但最后依然只从牙齿中挤出冷冷的三个字："随便你。"

麒零看着幽花，他的眼睛明亮而又温润："那我走了，你照顾好自己，下次也不知道什么时候可以再见到你了……你保重啊。"说完，麒零抬手握住铜柱，身影倏地一下消失在空气里。

头顶强烈的阳光垂直地照射下来，将周围的空气照得闪闪发光，来往马车车轮扬起的尘埃，在阳光的照耀下仿佛飘浮的金色粉尘，整个世界像是被希斯娅果实的汁液洗过一样，美好梦幻得不真实。驿站大门外，街道上熙熙攘攘的人群接踵摩肩，格兰尔特人口密集，建筑恢宏，各种口音混杂在一起，好不热闹。然而，如此明媚敞亮的场景，却显得有些落寂和冷清，天束幽花站在大门口，孤零零的身影显得更加娇小，她的眼睛红红的，生平第一次，觉得如此孤独。

她低头咬了咬嘴唇，转身走进驿站大堂。她拉开一张凳子坐下来："给我一壶蜂蜜酒，一篮威尔麦面包配覆盆子冻酱，再给我切一盘玫瑰熏汁小羔羊腿。再来一份毕罗银尾鱼汤，一碗月桂碧碎炒饭。还要一杯冰冻蔷薇炖雪耳。"

她一个人坐在这张大圆桌边上，拿着一大杯蜂蜜酒仰头就喝。刚刚麒零凝望自己的眼神浮现在她的脑海里——你照顾好自己，下次也不知道什么时候可以再见到你了……你保重啊。

麒零的声音仿佛还在耳边残留着。

她呆呆地坐着，然后把已经喝空的杯子往桌子上重重地一放，她站起身，一跺脚："我就没见过这么蠢的人！"她恨恨地小声念着，然后起身走出驿站，抬起手握住了铜柱。

【西之亚斯蓝帝国·尤图尔遗迹外围】

视线被浓郁的黑暗覆盖着，空气里充斥着地下遗迹所独有的阴凉，脚下的道路残损而潮湿，目光所及之处，几乎没有任何生机。

黑暗里，只有银尘、漆拉、麒零三人的脚步声。

突然，一阵朦胧的金色光晕从身后亮起。银尘和漆拉转过身，脸上都是早有预料的微笑，他们互相看了一眼，满脸心照不宣，用一种过来人的态度，看着慢慢朝他们走来的天束幽花。金色光芒来自于那些围绕着她飞翔盘旋的金色巨鹰，她的面容在金色柔光里，露出少女特有的粉红，看起来没有了之前的盛气凌人，多了几丝可爱。

倒是麒零，显得非常意外。"你还是来啦！真好啊！"他扬了扬浓密的眉毛，弯下身子，凑到天束幽花的耳边说，"你来了就好，多个年轻人。否则一路跟着两个老人家，我觉得自己会憋死。他们都听不懂我的笑话，我说了一大堆，他们俩也不理我，只有我爵印里的苍雪，偶尔在我肚子里闷声哼哼几下，勉强捧一下我的场。别提多尴尬了。只是放它出来太消耗魂力，不然我真想把它放出来遛一下，我觉得它最近都快被憋死了。"

天束幽花脸微微一红，掩饰着心里的高兴，但脸上却依然冷冷地对麒零说："谁和你是年轻人啊，就你自己是毛头小子，我是皇室血统，资深魂术师，我开始学魂术的时候，你还不知道在哪儿玩泥巴呢。"

"我应该是在驿站里洗盘子。"麒零笑笑，露出整齐的牙齿。

"不好笑。"天束幽花哼了一声。

"我并没有在说笑话呀……"麒零歪歪嘴，不是很服气。

幽花的几只金色巨鹰魂力渐渐耗尽，陆续变成了金色的尘埃，消散在黑暗里。

幽花伸出手，正准备从衣襟内袋里拿出新的符咒时，银尘抬起手，掌心往前一送，一面发光的铜镜就仿佛游动的鱼一般，朝前方飘浮，在前方的黑暗里带路。铜镜泛出的柔和光线，将道路一大块面积照亮，如同一盏引路之灯。

银尘和漆拉走在前面，麒零和幽花谨慎地跟在他们身后。

"这面镜子是你的魂器？"漆拉侧过头，看着银尘。

"之一。"银尘轻轻扬了扬嘴角。

漆拉望着银尘，没有说话，过了半晌，他才轻轻叹了口气："看来这几年，真的发生了好多我所不知道的事情啊。"

"也不是太多。"银尘轻轻地笑了。

"什么？"漆拉眯起眼睛，嘴角扬起，他的笑容看起来像带着寒霜的玫瑰。

"我是说，这些年里确实发生了很多事情，但是你不知道的，其实也不是太多。"银尘淡淡地笑了，"不是吗？"

"你把我当作特蕾娅了吧。"漆拉忍不住笑了，瞳孔里闪烁着光芒，那是铜镜反射在他眼里的光泽，"你太高估我了。"

"你太谦虚了，漆拉王爵。"银尘笑了笑，继续往前走。

短暂的沉默之后，漆拉突然轻声说："银尘，你说你觉得格兰仕没有死，你为什么觉得他会在尤图尔遗迹里？"

"作为曾经的一度王爵，你应该知道尤图尔遗迹是一个什么地方吧。"银尘一边往前走，一边挥着手，一缕一缕的金色魂力，在他挥手的时候，如同璀璨的流星一样，注入前方悬空浮动的铜镜，铜镜发出耀眼的光芒，照亮了更大的区域。

漆拉点点头："这个我当然知道，亡灵古城嘛。"

"尤图尔遗迹历来就是一个收纳亡灵的古城，虽然白银祭司从来没有告诉过我们，到底是一种什么力量维持着亡灵在这个遗迹的范围内可以持续存活而不消散，但是我们都知道，成千上万的亡灵，驻扎在这里，是为了守护一个秘密。只是我们不知道这个秘密是什么……你不用担心，我不会问你这个秘密的，这个不在我的知晓权限范围之内，我知道。"银尘看着漆拉，他一边说话，一边观察着漆拉的神色。

漆拉没有任何表情，他连瞳孔都没有闪烁，所以，很难从他的脸上读取太多的信息。他依然维持着他迷人的微笑，仿佛夜色里看不见的花朵，但是却可以感觉到那种馥郁浓烈的芳香。

银尘说的这些，他当然都知道，他只是沉默而已。

银尘继续说道："作为地之使徒，所有人都以为是和【天空的使徒】【大海的使徒】一样，也是【大地的使徒】的意思，但其实只有一度王爵和一度使徒们自己知道，地之使徒其实就是【地狱之使徒】的简称罢了。历代的地之使徒，都拥有收割生命的能力，也担负着采集亡灵的任务。他们就像是手持镰刀的死神，站在沉甸甸的生命果实旁边，收割下甜美饱满的灵魂，他们是活在死亡地域上的引路人，将每一个拥有高级魂力的魂术师死后残留的亡灵，带回尤图尔遗迹，守护这里。格兰仕就是这样的亡灵收集者。"

漆拉往前走着，听银尘说到这里，他轻轻地笑了："是格兰仕告诉你的吧？"

银尘说："嗯。"

"你们关系可真好，他连这个都告诉你。"漆拉笑着摇摇头，轻轻地叹了口气。

"我本来觉得，在四年前的那场浩劫里面，格兰仕和东赫都死了。可是，麒零和我说，他们在尤图尔遗迹里，竟然遇见了在福泽小镇上死去的那个拥有骨蝶的魂术师莉吉尔的亡灵。我们都知道，现任的一度王爵修川地藏和他的三个使徒，他们一直以来都像是谜一般地存活在心脏里某个未知的地方，从来不会离开白银祭司身边。那么，如果这一代的地使没有离开过心脏，那么，漆拉，你难道就不想知道，这些年，新增加的亡灵，是谁负责收集的吗？"

"唉，你怎么还是不死心呢。"漆拉轻轻叹气，"在来之前，我不是就已经告诉过你了吗，收割者并不是只有一个，除了地之使徒，还有另外的收割者存在。所以，有新的亡灵诞生，并不等于格兰仕没有死，这两个命题是不对等的啊。"

"我知道，但是，再渺小的希望，在绝望面前，都有无限的可能。"银尘微笑着，"我想试一试。"

银尘说到这里，才慢慢地停下脚步，转过脸来，看着身旁的漆拉："说到这里，漆拉，你能回答我一个问题吗？"

"你问。"

"你曾经是一度王爵，对吧？"

"是。"

"那你在成为一度王爵之前，你是天、地、海中的哪一个使徒呢？"银尘停下脚步，不动声色地站在麒零和幽花前面，将他们俩挡在身后。

漆拉笑了，之前习惯微笑的他，第一次露出整齐的牙齿，洁白的光泽在黑暗的地下洞穴里显得有些冷锐。

"在你成为一度王爵之前，你是地之使徒吗？"银尘继续问道。

"可能要让你失望了……"漆拉缓缓地朝银尘走过来，他走到银尘的面前，轻轻地摇头，"我不是。"

【西之亚斯蓝帝国·雷恩海域】

剧烈的海风朝海岛上卷来，带着海面上漂浮的锐利冰碴儿和寒气，神音肌肉绷紧地蹲缩在地上，四肢保持着一触即发的紧绷，随时都可以对任何魂力异变做出反应。

她的魂力感知能力相较于其他王爵使徒来说，并不突出，然而即使如此，她也能感觉到这个看似毫无生机的岛屿上，充满了异样的魂力场。从昨晚登陆这个岛屿开始，她的内心就一直有一股隐隐的不安。

剧烈的气流把视线吹得模糊，空气里的雪片越来越密集，肉眼已经失去了太多监视的意义，神音尽全力地感应着周围魂力的异动，然而……

一个褐色的影子在视线尽头以极快的速度，如同一道褐色的闪电般晃动了一下，然后迅速消失了。

而随着褐色影子的扰动，翻涌而来的庞大魂力，从神音脚下张开的白色蛛网上，排山倒海般地震荡过来。

"这……不可能……"神音撑在地上的手开始颤抖起来，"这样的魂力，足以媲美王爵了……在这个远离魂力中心的汪洋孤岛上，怎么可能有这种等级的魂兽……"

褐色的身影越来越快，以一种令人眼花缭乱的速度飞快地朝神音逼近。

令人窒息的魂力随着距离的缩短而愈渐汹涌，仿佛一整面巨大的海啸之潮朝自己压迫而来。

"哧——哧——"

一股一股粗壮的蛛丝从冰冻坚硬的黑色礁石之下迸射而出，仿佛激射的冷白电流，礁石碎屑四散飞溅，蛛丝毫无规律地沿路爆炸，力量惊人，就算是一块坚硬的钢铁被蛛丝射中，应该都会瞬间迸裂成碎块，然而那个褐色的影子，却像是迅猛而轻盈的幽灵，每一次闪动，都轻而易举地避开了蛛丝的进攻，它的速度比蛛丝的爆炸更快，它的行动路径比神音的攻击更加诡谲难测。

剧烈的海风将褐色的影子吹得残碎，看起来就像是模糊不清的一面褐色破败旗帜。

然而，当神音调动起全身的魂力，目光凝聚着面对这个逐渐逼近自己的褐色幽灵时，却没有发现，在她身后不远处，一座小山般沉默的黑色巨大暗影，正在缓慢而疯狂地拔地而起。海风混合着暴雪，笼罩着这个黑色的巨大暗影，朦胧的轮廓若隐若现，但模糊氤氲中，却可以看见两只仿佛井口那么大的猩红瞳孔。

一声巨大的鸟鸣瞬间撕裂天空的云絮，透明的气浪暴涌切割，尖锐的鸣叫像是两把锋利的匕首从太阳穴刺进脑海，神音顿时觉得胸膛一阵气血翻涌，犹如被千斤重锤钝击在胸口。从她背后涌来的巨大魂力，犹如无数卷动的刀刃，顷刻就在她后背肌肤上切开了数十道密密麻麻的刀口，鲜血仿佛红色的雾气一般砰然从她的后背喷洒出来，瞬间染红了地面洁白的积雪！

来不及顾及前方已经逼到眼前的褐色鬼魅身影，她匆忙回头——一双巨大的血红瞳孔，此刻正牢牢地锁紧她的视线。

小山般巨大的黑色鸦雀在暴风雪里，依然持续地膨胀着身躯，它血红色的瞳孔暴射出杀戮的凶光，剧烈的血腥气味迎面扑来，让人作呕。

翻涌的魂力将地面切割出无数道深深的沟壑，无数暗红色的温热液体从岩石缝隙里渗透出来，热气凝聚成白雾，在黑色的地面上蒸腾着，空气里的血腥气味越来越浓烈……

"……【山鬼】……可是，它怎么会在这里？"神音的心渐渐攫紧，沉甸甸地在胸腔里下坠，这种曾经在黄金湖泊附近见过的高等级魂兽，竟然会出现在远离深渊回廊的浩海中央，这个岛屿上究竟发生了什么事情……

然而，神音已经没有时间去思索这中间的谜题，眼前需要她面对的，是生命的抉择，前方的山鬼，和身后那个闪电般的褐色身影，任何一个，都拥有凌驾自己之上的魂力，特别是山鬼，当初自己是靠幽冥那件顶级魂器死灵镜面才勉强将其击败，而现在……

神音伸出双手，十指虚空攫取握紧，金光从她的掌心暴射而出，蔓延方圆几百米土地上的白色蛛丝，全部如同有生命的活物一样，吱呀乱叫着朝她掌心飞快卷裹而回，一边收缩，一边交错缠绕编织成茧状的发光圆壳，将神音迅速地包裹进这个能量体之内。

视线里是不断把自己包裹起来的白色魂力光线密集穿梭，透过白色粗壮蛛丝间残留的缝隙，神音看见山鬼那只巨爪，如同五把锋利的长刃般，从天空上雷霆砸落。

就在这时，刚刚不断逼近神音的那个褐色的影子已经悄然而至，但它并没有对神音出手，而是突然从神音头顶飞跃而过，朝着山鬼闪动而去。

在神音还没回过神来的瞬间，一连串血肉模糊的撕裂声骤然响起，与此同时，山鬼一声尖锐的惨叫在空气里震荡出一圈透明的涟漪，涟漪飞快地扫向神音，穿透白色蛛丝结成的茧，瞬间，神音的手臂、大腿被锋利的声波撕扯开无数个刀口，洁白的肌肤汩汩地往外冒血。神音身体表面浮现出密集的金色刻纹，她释放出大量的魂力，强行让身体以最快速度愈合。

她抬起头，被眼前地狱般的场景震惊得说不出话来。

山鬼正在和那团褐色的魅影激烈交战。

然而，与其说是交战，不如说是山鬼正在遭遇压倒性的虐杀。那团褐色的影子，始终处于一种高速闪动的状态，即使是在没有移动的时候，它的轮廓边缘也仿佛在高速地闪动着，如同一把正在快速震动的刀刃在空气中幻化出模糊的边缘。山鬼对它的每一次进攻，都被它轻松地闪避开来，它从一处飞跃到另外一处，似乎只需要一个闪动的瞬间，没有过程，只有起始位置和终点位置般的闪现。它的身形就如同褐色的闪电，在山鬼周围不断爆炸。它像是一个飞快震动、企图粉碎一切的杀戮机器，不知疲倦地在山鬼巨大的身体里前后左右来回穿透，它像一把褐色的匕首，来回射杀，无数滚烫的鲜血从山鬼身上被洞穿的窟窿里爆射而出，红色暴雨从天空中浇淋而下。

黑色礁石地面在山鬼一声比一声尖锐的鸣叫之下，四分五裂，大量碎石激荡震射，又被空气中扭曲的巨大魂力轰成粉末，空气里响彻着死亡前夕的巨大悲鸣。

神音收起保护着自己的蛛网，警惕地站起来，她身上无数个大大小小的刀口正缓慢地愈合。山鬼奄奄一息，逐渐不再激烈地挣扎。褐色的身影也停在了一块高高的岩石上，安静地俯视着脚下垂死的山鬼。神音终于看清楚了，那团褐色的幽灵魅影，是一个只在胯部围着一圈皮质短甲，几乎赤身裸体的壮硕男子，他红色的头发如同火焰般向上竖立着，而真正让人恐惧的是，他手上没有任何武器，他刚刚仅仅只是徒手，就将巨大的山鬼几乎一块一块地撕成了碎片。

神音忍着想呕吐的感觉，握紧手上的白色长鞭，静观其变。

那个男人突然身形一闪，蹿到山鬼的脚下，抓起它尖锐的巨爪，他的喉咙里发出一声低沉的怒吼。于是，一座小山般巨大的羽毛躯体，竟然被他抓举而起，然后朝着海边重重地一甩！山鬼沉重的身躯轰然一声砸到海岸边缘，碎石和浪花爆炸四裂！

"这种力量……已经完全不是正常人类的力量了……他究竟是什么东西……"神音看着那个男人，心里的恐惧比刚刚更加膨胀，仿佛快要将她吞噬。

红发的男子在处理完山鬼之后，转过身，缓慢地朝着神音走来。他的步伐沉稳而安静，完全没有了刚刚闪电般的迅速诡谲。神音忍不住开始渐渐发抖……

突然，海岸边一股巨大的魂力暴涨！神音回过头，看见刚刚已经垂死的山鬼，在浅海里挣扎着站起，它张开两把巨刃般的尖喙，一连串闪动的模糊光影拉动成长线，雨点般的"突突突"声音密集地响起，无数锋利的尖锐石块一样的东西从它的嘴里激射而出。神音还来不及运起魂力，就只看见那个男子身影一闪，已经仿佛一只巨兽般挡在了神音面前，他的双臂迅速挥舞，在空气里画出精准的弧线，几乎在同一个瞬间将五个不同方位袭来的碎石迎空抓碎成粉末，然而，还是有一个没有被抓住，它闪电一般地朝神音射去，神音刚要挥起鞭子，那个男人身影一动，突然伸出手臂挡在神音的面前。

"噗——"的一声，拳头大小的石块状物体将那个男人的手臂洞穿！神音凝神一看，瞬间一股恶心的感觉从胃里翻涌而上。

那些从山鬼鸟喙里激射而出的，并不是石块，而是一条条带着尖锐倒刺的舌头，刚刚那条扎穿了男子手臂的舌头，此刻正在尖叫着挣扎蠕动，仿佛有生命的怪物般发出刺耳的声音，倒刺血舌朝着那个男人的手臂像蛇一样地撕咬进去，企图往肩膀上钻。

那个男人伸出另外一只手，修长而有力的手指仿佛五把锋利而精准的小刀，他面无表情地划开自己胳膊上的肌肉，用手指撑开血淋淋的筋肉和肌腱，快速地抓住了那条正在尖叫着钻向肩膀的舌头，他把血舌朝外一扯，然后用力捏成了一摊血肉模糊的污秽。

而此刻，离神音位置极其遥远的地方，高高的山崖上，一双翻涌着白色风暴的瞳孔，正饶有兴趣地观看着脚下这场生死杀戮。

风把她黑色雾气般的纱裙吹得飘散开来，仿佛暗夜的鬼魅缠绕在她玲珑浮凸的身体上，她身上的衣物非常少，大片雪白的肌肤暴露在冬天寒冷的空气里，但是她看起来毫不寒冷，满不在乎。

她轻轻抬起手，掩住她那仿佛花瓣般娇嫩的嘴角，媚然一笑，然后轻轻地皱了皱眉毛，低声叹息："唉，我亲爱的小傻瓜，你还真是个多情的种子啊。可惜，幽冥的使徒这么弱，她真的配不上你，你要不要换一个厉害一点的呢……呵呵……不过，你应该舍不得吧？"

神音看着面前这个男人，压抑着内心的恐惧，她的脸色冷若冰霜："不用你救我，这点攻击，我还应付得了。"说完，她站起来，朝着海岸线走去，她刚迈出几步，就发现第二轮暴雨般的血舌，再一次密密麻麻地激射了过来。

"啪啪啪"一连串清脆的破空声，神音飞快地甩动着鞭子，将射来的舌头抽打得粉碎，然而，还是在最后一个瞬间，被其中的几条舌头洞穿了大腿、肩膀和侧腹部几个位置，她喉咙里一股腥臭的血液涌上来，她被舌头巨大的冲击力震得凌空朝后飞去，她的身影在空气中极其怪异地扭曲了一下，她下坠的抛物线突然奇妙地更改了，本应该摔在柔软沙滩上的她，却重重地砸进了离海岸线更远处，一个刚刚被炸出的礁石坑洞里，爆炸后的礁石锐利嶙峋，神音的身体被礁石刺穿划破，受到二度伤害，她的身体被坑洞里猩红的液体浸泡渗透，她的瞳孔因为剧烈的疼痛而光芒涣散，动人的脸庞扭曲起来，喉咙里发出痛苦的嘶哑叫声。

那个男人的身形快速闪动到神音旁边，伸出手拔出那几条正在神音身体上撕咬钻噬的舌头，用力捏成了肉泥。他低下头，望了神音一眼，然后沉默地转过身，那一个瞬间，他全身的灵魂回路密密麻麻地浮现出来，将他健壮高大的躯体笼罩进一片耀眼的金光里，他胸膛里发出一声怒吼，神音只看见山鬼背后那片海域，海平面轰鸣着，迅速隆起一个巨大的弧形，仿佛有什么庞然大物从海底浮出来。紧接着，一声震耳欲聋的爆炸声，那块隆起的海面突然爆射出几十根双臂环抱般粗细的水柱，巨大的水柱在天空里画出无数道优美的弧线之后，突然全部"咔嚓咔嚓"地凝结成了锋利的冰柱，以雷霆万钧的力度朝山鬼轰然刺去。

锋利的冰块四散爆炸开来，山鬼凄厉的鸣叫仿佛雾气般消散在海潮声里。

远处，妩媚微笑的面容渐渐冷漠了下来，她脸上的笑容僵死在嘴角。

"呵……呵呵，有趣……还真是有趣啊……看来我真是低估你了，原来你这么喜欢痛苦的滋味啊，而且你对痛苦的控制竟然这么精准而变态，这个世界越来越有意思了……看来在我们之后，还诞生了更厉害的侵蚀者呀……可是，我还没那么快想要被取代呢……你暴露得太早了！"

特蕾娅的瞳孔重新凝聚成清澈的黑。她冷冷地笑了笑，身影一闪，就从高高的黑色山崖上消失了，仿佛被风吹散了的鬼魂。

爵迹

Chapter 02

虹音

L.O.R.D
· Legend of Ravaging Dynasties ·

【西之亚斯蓝帝国·雷恩海域】

神音恢复知觉的时候，最先感觉到的，是身体被浸泡在海水里带来的寒冷，她本能地打了个哆嗦，但是却感觉不到漂着冰碴儿的海水本应有的那种刺痛。

她缓缓地睁开眼睛，发现自己正坐在海岸边的浅水里，背靠着一块散发着海腥味的黑色礁石。那个赤裸着上身的男子，此刻正单腿跪在自己面前的海水里，他低着头，闭着眼，一只手伸进水面之下，仿佛探寻着什么。

昏迷之前的记忆，应该是自己被山鬼震飞，摔进了乱石嶙峋的坑洞里。但为何此刻，自己却在浅海浸泡呢？

视线里明明灭灭的金色光线在水底流动着，神音反应过来，是这个男子将自己抱来浅海，以便他在这里制作出阵，供她迅速恢复。只是，他为什么要救自己呢？

　　神音低头看着水下那一圈发出呼吸般明灭光芒的、围绕着自己旋转不息的魂术之阵，那个男子全身闪动着发亮的金色魂路，源源不断涌动的魂力，持续地流淌进那个旋转着的光阵，无数强烈的魂力包裹着神音，她手臂上、大腿上那些密集的刀口，正在迅速地愈合，甚至连腹部那两个几乎被洞穿的拳头大小的血洞，也开始汩汩地新生出粉红色的血肉来。

　　而奇怪的是，无论是腹部几乎致命的血洞，还是手脚上那些细密的刀口，所有这些伤口带来的痛觉，都像是消失了一样，被这个男人阵的光芒包裹着的自己，仿佛与痛楚隔绝了。

　　"你是谁？"神音看着面前闭目凝神的男子，轻声但警惕地问道。

　　男子睁开了眼睛，然后慢慢地站起来，借着旋转着的阵发出的金色亮光，神音第一次看清楚他的脸。

　　一双漆黑温润的大眼睛，仿佛是草原上最温驯的动物，流露出一种天真而原始的茫然，就像纯真的幼童第一次凝视崭新的世界，神音在他的目光里放松了警惕，紧绷的身体渐渐松懈下来。她对他轻轻地笑了笑，他忍不住微微有些脸红，把目光转开去。

　　他有着一头凌乱的短发，仿佛火焰般鲜红，额前的碎发被他拢到头顶，开阔的额头下露出他清晰而分明的眉眼。他的鼻梁高而挺拔，令他的脸透露出英气逼人的硬朗，然而他那双温润漆黑的大眼睛，以及上面浓密而柔软的睫毛，又削弱了几分锐利，增添了更多的温柔。他的嘴微微地张开着，像是要对你说话，却又怕出声将你吓到一样，只是维持着那样一个害羞男孩般欲言又止的样子。

这是一张温柔纯净得仿佛只有年轻的天使才拥有的面容。

但是，这样的面容之下，却是一副高大结实的肌肉身躯。他全身几乎赤裸，只有腰部围绕着一圈短短的铠甲，小麦色的肌肤上，从脖子到脚，甚至脸上，都布满了刺青般神秘的刻纹。他的胸膛结实而宽阔，四肢修长有力，双手上依然残留着刚刚虐杀山鬼时黏稠的血浆，他全身散发着带有侵略感的雄性气味，他的肌肉内部就像包裹着闪电，充满无穷尽的力量。

这些本应互相冲突违和的东西，却矛盾而统一地共存于一个人的身上。

同时混合着天使和恶魔特质的人。

"你是谁？"神音小声地再次问他。

他轻轻地张了张口，喉咙里艰难地发出含混的声音来："霓……虹……"

"霓虹？"神音重复着。

他连连用力地点头，脸上瞬间露出孩童般纯真的笑容来，他刚刚沮丧而急切的脸也仿佛被这个笑容点亮了，显得英俊而温柔，神音看得出神。

这样完美而纯净的表情，完全不应该存在于这个邪恶而古怪的世界里。他仿佛因为神音叫对了自己的名字而兴奋起来。他的笑容没有任何的掩饰，洁白的牙齿，爽朗的声音，他的眼睛闪烁着动人的光芒。

——很久之后，当我再次回忆起当年的冰天雪地里，自己第一次叫出霓虹名字时，他满脸的激动和闪动的泪光，我才明白，他之所以如此，并不是因为自己叫对了他的名字，而是因为，他以为我终于"记起"了他。

——是的，他找回了记忆，但是我没有。

——所以他才会奋不顾身地保护我，为我战斗，为我流血，但是我没有。

——可是曾经的我，也会奋不顾身地和他并肩战斗，只是，那个时候，准确地说来，和我"并肩"的并不是他啊……

——那时的我，像一个怪物，可是只有霓虹不会害怕我，不会嫌弃我。

——后来的我，终于看起来正常了，但是，我却觉得，后来的我，越来越像一个真正的怪物。

他突然站起来，转身跃进海里，神音还没反应过来，就突然看见他从海面上湿漉漉地钻了出来，水珠仿佛宝石般从他健美如同海神般的躯体上一颗一颗滚动下来，他手里抓着几颗长满尖刺的海胆，嘴里还叼着一尾正在挣扎的海鱼。

他跑到神音面前，蹲下来，把鱼甩在神音面前，随后又用手用力地掰开那几颗黑色的尖刺海胆，然后捧着，递给神音，他漆黑而温润的目光里闪动着期待而紧张的光芒。

他的手被海胆刺破了，血液流出来滴到海水里，神音皱了皱眉头，说："你的手……"

霓虹咧开嘴笑了，摇摇头，完全不痛的样子，他的双手依然捧着海胆，眼神热烈期待地看着神音。

神音心里涌动过一股温泉般的感动。她伸出她纤细而洁白的手，从霓虹粗糙的血淋淋的手上接过黑色的海胆，她捧在嘴边，低头吮吸了一口，鲜美的味道滑进嘴里。神音这才发现，自己真的有些饿了。

霓虹开心地笑起来，脸上是兴奋并且满足的笑容，他心满意足地看着神音低头吃着海胆，吃完一个，他又立刻砸开一个递给她。像是一个害羞的男孩，要将自己最好的玩具送给自己最心爱的女孩。

——就像曾经的我们，那个时候的我们，被【断食】疯狂地折磨，几乎失去神智。那个时候，你也是如此，守护着因为饥饿而奄奄一息的我们。

吃完海胆，神音想要站起来回到岸上，因为冬天的海水，温度并不好受，没有受伤的时候还能勉强支撑，此刻身体所有的魂力都用来再生和痊愈了，所以，对寒冷的抵抗能力非常弱。

她刚想要站起来，腹部就传来一阵剧痛。但不知道为什么，比起之前，痛苦明显要减弱很多。

"果然还没恢复好……"神音皱着眉头，狼狈地重新跌坐到海水里。她刚抬起头，一阵温暖而又强烈的气息逼近自己的面前，霓虹伸手，将神音从水里抱起，走到岸上，他单手抱着神音，另外一只手朝地面上凌空抓了几下，于是，几块冰壁拔地而起，迅速地在一块凹陷的岩壁周围，建起了一个小小的冰房。他把神音抱进去，放到地上，然后就蹲在神音边上，用询问的热切目光看着神音，他没有说话，但是他温润的眼神仿佛在问，这样感觉好一点吗？

"嗯，好多了，没有风了。"神音笑着，对他说。

他于是也开心地呵呵笑了起来。

他眉眼间的温柔和他身体里弥漫的杀戮气息一点都沾不上关系，这种极其异样的对立，让他变成了一个难以解开的谜。

他突然抬了抬眉毛，眼睛里放出光芒，像是突然想到了什么似的，转身弯腰走出了冰室。

没过多久，他重新钻了进来，这次，他的手上拿着一张刚刚从雪豹身上撕下来的皮毛，滚烫的血迹还冒着热气，他伸出手指在皮毛上轻轻点了点，于是那些黏糊糊的血迹迅速凝结成了冰，他抬起手用力一抖，"哗啦啦"无数红色的冰碴儿掉下来，于是手上就只剩下一张干燥而洁净的毛皮了。他走到神音身边，递给她，然后冲神音做了一个"披起来"的动作。

神音将毛皮裹在自己身上，她回过头去，看见霓虹脸上得意而纯真的表情，像是少年在炫耀自己的宝贝一样。神音轻轻地笑了："谢谢你。"他的坦然让她心里刚刚升起的紧张稍微放松一点。

为什么会紧张呢？

这个岛屿目力所及之处，了无生机，他能够在这么短的时间内感到雪豹的存在，同时还能在这么短的时间之内猎杀了它，并且回来，他的速度，他的魂力感知，都是多么可怕啊。

霓虹蹲在神音面前，用直接而灼热的目光看着她，神音还是冷得微微发抖。于是，他走过去，伸开长腿坐下来，将神音抱起来，放在自己的腿中间，张开双臂将神音抱在自己赤裸的胸膛上。

"你……你想干吗？"神音的脸唰地一下红了起来。

但是，霓虹却仿佛没有听见，他安静地把头放在神音的肩膀上，闭着眼睛，浓密的长睫毛让他显得像一个熟睡的孩童。他运行起全身的魂力，随着无数金色光芒沿着他身上的纹路来回流动，神音渐渐感觉到初夏阳光般和煦的气流，将自己一层一层地包裹起来。

她轻轻侧过脸，看着抱着自己闭着眼睛的霓虹，问："你是不是不会说话？"

霓虹抬起头，抿了抿嘴角，看起来有点难过，他那双温润的眼睛清澈无比，瞳孔里是一种混合着茫然和哀伤的神色，他冲神音轻轻地点了点头，然后重新把头放回神音的肩膀。

滚烫的魂力，从他赤裸的胸膛上，源源不断地流动出来。

愈合的血肉，新生的肌肤。

冰室之外呼啸的漫天风雪。

——很多年后，我经常在想，如果时间能够停留在那个时刻，该多好。

——这样我就能够安静地待在你的身边，像一个普通的少女。而你，虽然看起来像一个杀戮恶魔，但你其实也只是一个普通的少年。

——那样我就不会变成真正的杀戮恶魔。

——我就不会伤害你。

——对不起。

【西之亚斯蓝帝国·尤图尔遗迹】

　　银尘望着面前的高大的石门，上面复古而沧桑的雕刻纹路，透露着久远岁月的痕迹，几百年几千年的时间缓慢地从石门表面流淌过去，留下散发着衰败气息的阴凉。很难说这些石门是从什么年代就遗留下来了。

　　两扇巨大的石门约莫有三十米高，此刻沉重而严丝合缝地紧闭在一起，以肉眼判断，很难用外力开启。

　　"从这里进去？靠我们四个，不太能推开这扇门吧？"麒零仰着脖子打量面前的石门，他感觉整个人都几乎要后空翻了，才勉强看到石门的顶。上一次进入尤图尔遗迹，他是触摸了魂塚尽头的棋子，就直接进入了古城内部。这是他第一次看见遗迹的大门。

　　漆拉缓慢地走到大门前面，他从漆黑的柔羽长袍里伸出苍白而又纤细的手指，仿佛抚摩清晨树叶上的露珠一样，温柔地在粗糙的石门上抚摩着。无数蚕丝般细微的金色光线，从他手指上流动而出，在两扇石门的合缝交界处，缓慢编织缠绕着，渐渐形成一个封闭循环的花纹，花纹的编织密度极高，缠绕动作也诡谲复杂。麒零看得不是很明白，正琢磨着，就看见巨大的石门突然缓慢沉重地移动起来，寂静而空旷的地底，发出巨大的轰鸣。

　　"他……他能控制石头？亚斯蓝的王爵不是只能使用水元素吗？"麒零惊讶得合不拢嘴，忍不住靠近银尘，小声地问道。

　　"他并不是在控制石门，他只是解开了石门上的封印而已。你看见他刚刚在石门上编织出的发光图案了吗？那是只有他自己才知道的独特编织方法，包括魂力流动的轨迹、顺序和速度。最关键的是，这个图案是封闭循环的，所以，外人根本无法知道这个图案的起始点和终结点。高等级的魂术师一般都会用这种封印，来达到阻断或者隔绝的效果。你可以把它理解为看不见的'锁'，和看不见的'钥匙'。"银尘不动声色，耐心地为麒零解释着。

然而，银尘的心里依然感受到巨大的震撼。

每一次近距离目睹漆拉使用魂力，都会让他吃惊。倒不是因为漆拉身体内那仿佛浩瀚汪洋般深不可测的魂力，而是因为，漆拉在使用魂力时那种精准无比的苛刻。他每一次使用魂力，都如同在雕刻一件艺术品，绝对不会多用一丝，也绝对不会少用一缕，他对每一丝一缕魂力的使用，都恰到好处，绝对没有丝毫的浪费和挥洒。所以，王爵们彼此之间，都一直认为他是最可怕的王爵之一。因为，就算只剩下一丁点残余的魂力，他也能用这仅剩的力量发动骇人的效果。

石门向里斜斜地敞开了，巨大而空洞的尤图尔遗迹，带着古老的尘埃味道，扑面而来。银尘头顶悬浮的铜镜，小心翼翼地往前飘浮了一小段距离，照亮了入口处的一小块区域。

"这……这不可能……"漆拉的声音有些发抖。

银尘的脸也瞬间变得苍白，仿佛看见了世间最阴森恐怖的鬼魅。

麒零看着表情怪异的两人，又望了望黑黢黢的古城内部，他不是很明白漆拉和银尘此刻脸上那种恐惧的神情是因为什么。因为里面看起来空空荡荡，毫无生机，顶多觉得死寂，但不至于恐怖。

"这里和我们上次来的时候一样嘛，也是黑压压的，什么都看不清楚。银尘，你的脸色怎么看起来……看起来……"麒零看见银尘的脸色越来越苍白，他的声音也越来越小，最后紧张地闭上了嘴。他稍稍往后退了一步，凑到幽花旁边，小声地问她："你知道他们这是怎么了吗？会不会是撞邪了？"

天束幽花的脸色比漆拉他们更白，她咬了咬发紫的嘴唇，小声地对麒零说："你还记得上次我们在这里遇见的那个小女孩吗？"

"记得啊，她的名字叫莉吉尔，我还很奇怪呢，因为我明明记得她之前已经死在福泽小镇上了，所以我在里面见到她的时候，还有点全身发麻呢，我一直都没敢问银尘，她到底是人是鬼……"

"她是亡灵。我们上次看见的，是她死去后的灵魂残余，一般魂术师死亡后，灵魂会随着时间渐渐消散，破碎殆尽，但她的灵魂保存极其完整，所以看起来，就和她生前几乎没有什么区别。但是普通的武器根本无法对灵体造成伤害，因为本质上来说，我们看见的她的形体，只是能量的聚集，没有实际物质化的存在。我们遇见的莉吉尔，只是尤图尔遗迹里万千亡灵中的一个。"天束幽花压抑着自己声音里的恐惧，"但是现在，都没了。这座巨大的遗迹里面，一个亡灵都没有了。整个尤图尔遗迹，在我能感受到的范围之内，没有任何魂力的迹象。就像是……就像是……"天束幽花仿佛想到了什么，瞳孔颤抖着，没有继续说下去。

漆拉侧过头，不动声色地看了天束幽花一眼。

麒零听完，只觉背后一阵凉意，仿佛无数的鬼魅在自己脖子上吹着寒气。

环绕他们的，是无边无际的黑暗，只有银尘的那面铜镜，持续地散发出白色柔和的光线。

面前的遗迹，如同一个巨大而诡异的坟墓，谁都不知道里面埋藏着什么。

四个人静默无声地站立着。

这种扭曲而恐怖的沉默让麒零心里发毛。

过了很久，银尘才转过头来，缓慢而低沉地对漆拉说："亚斯蓝领域上，谁能在这么短的时间内，瞬杀这里曾经聚集的成千上万个亡灵？"

漆拉望着遗迹里无边无际的黑暗和死寂，目光仿佛翻涌的黑色大海："以我所了解的魂力体系里，没有一个人，可以做到这件事情。不过，目前亚斯蓝领域上，魂力格局到底已经变化成什么样子了，我也不是很清楚。也许，有更强大的人出现了吧。"

"你的魂力探知范围有多大？"银尘看上去平静而不经意地问漆拉，但他的瞳孔明显地微微颤抖着。

漆拉看着银尘，沉默了一会儿，然后轻轻扬起嘴角："大概和你差不多吧。"

"我不擅长魂力感知。"银尘淡淡地回答。

"怎么可能，你可是吉尔伽美什的使徒。"漆拉轻描淡写地，用低沉的嗓音在黑暗的空气里划开了一道缺口。

"严格一点的说法，应该是，我曾经是吉尔伽美什的使徒。"银尘抬起手，将铜镜送进黑暗的魂塚，照亮更深处的区域。

"好吧。反正，在我所能感觉到的范围内，没有任何魂力的迹象。我也不是很擅长魂力感知，所以，这个范围，不是很小，但是也不会很大。"漆拉回答，"你如果想寻找格兰仕的话，那你试着用你的魂路感应一下，看看他是否在里面，毕竟，你和他拥有同样的灵魂回路，你们的感应连接，比较强烈吧。"

"我做不到……"银尘的脸上没有表情，"我现在身体里运行的，是另外一套全新的属于七度王爵的灵魂回路，曾经吉尔伽美什赐予我的灵魂回路，早就被抹去了。"

"是抹去了，还是封印了？"漆拉望着银尘的眼睛，"这两者的区别可大了。"

"抹去了。"银尘的脸上恢复了平静，看起来似乎根本没有情绪波动过。

"既然这样，那我们还是不要贸然地闯进去吧，谁都不知道里面发生了什么。"漆拉转过身，抬起头，望了望头顶黑漆漆的上空，"我们需要一个能够大面积探测魂力的人。我恰好知道她在哪儿。"

说完，漆拉抬起手，轻轻地放到左边那扇巨大的石门上，他掌心里涌动出金黄色烟雾，将那扇门的表面覆盖起来。瞬间，一枚新的棋子诞生了："走吧，这枚棋子，会带我们去她那儿。"

银尘回头，冲麒零和幽花点了点头，然后伸手触摸石门表面，他的身影瞬间在空气里扭曲成一道透明的波纹，然后消失不见了。

麒零和幽花互相看了一眼，然后也伸出手，走进了棋子。

漆拉看着三人消失的身影，轻轻地笑了。亚斯蓝领域上，只有他一个人，对棋子的使用已经到达了出神入化的地步。你以为棋子只能转移空间吗？你错了，棋子在连接打通两个相隔很远的空间同时，还可以附加一个缓速流逝的时间位面，你以为转移是在瞬间完成，但其实，你从消失，到出现，这中间的时间，都在漆拉的控制之内，只是，这需要对魂力极其精准的操控而已——不过，这对他来说，又有什么困难的呢。

从空间转移的过程里，偷走一段时间，而不被觉察，这段时间必须很短，不过，就算只是短短一盏茶的工夫，也已经足够了。

漆拉回过头看了看漆黑的尤图尔遗迹，他低头沉思了片刻，然后快步朝黑暗的遗迹深处走去。

【西之亚斯蓝帝国 · 雷恩海域】

神音醒过来的时候，天已经亮了。没想到她已经在这个小小的冰室里度过了一夜，她坐起身来，发现她身上依然裹着雪豹的皮毛，但是，霓虹却不知道去哪儿了。她抚摩了一下腹部的伤口，发现已经完全愈合了。她试着运行了一下体内的魂力，发现魂力也已经完全恢复了峰值，甚至比没有之前还要丰沛。

她从小小的冰室里钻出来，迎着刺眼的光线，就看见了站在阳光里、全身古铜色的霓虹。他纯真而迷茫的脸，在清澈的阳光下，透露着一种无辜的哀伤。但他并不是独自一人，此刻一个妖艳而动人的女子，正依偎着他挺拔的身躯，她修长而结实的双腿从高高开衩的裙摆里显露出来，高耸的胸脯和雪白的肌肤映衬着古铜色肌肤，在身材高大挺拔的霓虹身边，显得更加充满了女性的诱惑力。

"你是谁？"神音看了看霓虹，然后把目光转向那个女人，小声而警惕地问道。

"我呀，我的名字叫特蕾娅。你有听过吗？"艳丽的女人轻轻抬起手掩嘴笑着，银铃般的笑声被剧烈的海风吹得忽远忽近。她的纱裙被气流撩动得若隐若现，勾人魂魄。

"你是四度王爵……特蕾娅？"神音脸色有点苍白。

"是啊，就是我。"特蕾娅眨眨眼，魅惑地笑着，然后，她抬起纤细的手指，她的指甲上涂着暗红的装饰色泽，她指着霓虹，柔声说，"这是我的使徒，霓虹。不过我想，你们已经见过了吧。"

"他是你的使徒？"神音心里升起一丝异样，作为二度使徒的自己，在整个亚斯蓝的使徒体系中，排名仅次于修川地藏的天地海三使徒，她自认魂力绝对不低，尽管平时的战斗，自己都保留实力，也因此并没有太多人知道自己的真实魂力是什么程度，但是，别人不清楚，她自己却非常清楚。然而，她能从霓虹身上，非常清楚明确地感觉到完全不亚于自己，甚至凌驾在自己之上的魂力。这样汹涌的魂力，竟然只是四度使徒？

神音有点难以相信。

"你是不是在想，霓虹体内有这样巨大的魂力，怎么会只屈居四度使徒的位置呢，对吧？"不知道什么时候，特蕾娅那双漆黑清澈的双眼，已经弥漫起了搅动不息的白色风雪，她迷茫而又诡谲地看着神音，那种完全失去焦距的视线，仿佛要将她拖进那片令人窒息的混沌里去。

神音转开目光，避开特蕾娅的视线。她心里隐隐明白了特蕾娅的天赋。她缓慢地收敛起自己体内的魂力，尽可能地将魂力压抑到最低。

"呵呵，有趣。你很聪明啊，这么快就猜到了我的天赋是什么。"特蕾娅却不恼，嘴角依然含着盈盈的笑意，"不过，小姑娘，没用的啊。就算你把魂力压抑到只剩气若游丝的程度，然后再跑出去几千几万米，我依然可以对你的所有'行动'了如指掌啊。你魂力全开站在我面前也好，压抑魂力远远伏击我也好，这之间的差别对我来说，几乎可以忽略不计啊。"

"可是霓虹的天赋很明显和你不同，他怎么会是你的使徒？"神音看着霓虹，想从他的脸上得到些什么暗示，然而，他只是用他纯真的目光静静地看着神音。

"那是因为，严格意义上来说，霓虹，并不算是我真正赐印的使徒，他是这一代的侵蚀者啊。"特蕾娅目光中的风雪卷动得更加厉害，她的笑容在雪白的瞳仁衬托下，显得阴森而又诡异，"哎呀，忘记告诉你了，你也是。你和霓虹，就是这一代的两名侵蚀者啊。"

"我是幽冥的使徒，我不知道你说的侵蚀者是什么意思……"神音望着特蕾娅，冷冷地回答。

"也对。因为你根本就不记得自己到底是一个什么怪物了。我说怪物的意思，不是一个比喻，而是一个客观的叙述。因为你和霓虹，严格说来，你们都不是人。"特蕾娅像是不小心说了什么不好意思的话一样，她娇羞地笑了笑，媚态万千，"不过呢，你也不用太难过，因为我也不是人，还有你的王爵幽冥也一样。我们都是被人为制造出来的怪物。只不过，我们那一代还被允许保留记忆，因此我们知道自己从小就是怪物。而自我们之后，也就是从你们这一代开始，侵蚀者们就已经没有保留记忆的权利了哦。也因此，告诉你们真相的任务，就落在了我们前代侵蚀者的身上了。"

神音看着面前的特蕾娅，她心里隐隐地感觉，自己一直在寻找的秘密，就要揭开了。

"你的王爵幽冥和我，我们两个，是上一代的侵蚀者。所谓侵蚀者，其实和被赐印的使徒在基本性质上是一样的，最大的区别在于，使徒的灵魂回路是被王爵赐予的，是传承的关系，因此使徒和王爵在相同的灵魂回路加持之下，会具有强烈的灵犀。而侵蚀者身体里面的魂路，却来自于人为的刻意种植，在我们还是婴儿时期，我们的身体里就被种植下各种各样千奇百怪的灵魂回路，每一代的侵蚀者，多则上千人，少也不会少于一两百人，我们就是以这样'试验品'的状态诞生的。这些婴儿会不断长大，在成长的过程中，有些因为体内种植下的灵魂回路并不成熟完善而在婴儿时期就早早夭折；也有一些婴儿因为体质构成不够强大，而灵魂回路又太过变态和黑暗，也无法存活下来。侵蚀者成长到五六岁左右的年纪，基本上肉体和魂路的融合就已经完成，能够活到这个年纪的，都是幸运儿。但是，真正的噩梦却是从这个时候开始的，接下来的这段时期，被称为断食，侵蚀者们会彼此互相残杀，说残杀也许有点美化了吧，准确地说来，是互相吞食，弱者变成强者的猎物，强者变成更强者的美食……最后能留下来的，一般都超不会超过两三个，这也就是最强的两三个。所有侵蚀者身体里的灵魂回路，都是亚斯蓝领域上从来没有出现过的、崭新的回路，再经过断食阶段的精心筛选，最后能够活下来的侵蚀者，他们的力量、天赋，都会对当下存在的魂术格局，造成剧烈的震荡……我说了这么多，你应该知道我们与生俱来的使命了吧？"特蕾娅笑盈盈地看着面前脸色发白的神音，仿佛在等待她的回答。

神音咬着苍白的嘴唇，没有接话，但是她的心里，已经猜到了那个血腥的答案。

"侵蚀者的使命，就是对弱小王爵的杀戮，我们要做的，就是维持这个国度上存在的七个王爵，永远都能够代表亚斯蓝魂力的巅峰。如果我们能够杀死某一个王爵，那么，就证明他的天赋和魂力，不足以对抗我们的力量，那他就没有资格继续代表亚斯蓝的最巅峰的战力。而相反，要是我们死在他们手下的话，就证明我们身上种植的全新灵魂回路其实并不强大，那我们就是失败的试验品，失败的试验品也就没有继续存在的价值了。"特蕾娅伸出手，抚摸着身边霓虹的肩膀，"你明白了吗？"

"那你和幽冥……杀的是哪个王爵？"神音控制着声音里的颤抖。

"我们啊？"特蕾娅呵呵地笑着，"我们两个杀的人多着呢，可不止一个王爵哦。"

她看了看霓虹，又看了看神音，目光投向远处的大海："我和幽冥从小一起长大，从懂事开始就一路杀戮，先是杀光了和我们同代的几百个侵蚀者，然后又去深渊回廊猎杀了无数高等级的魂兽，我和幽冥的天赋，简直是天作之合。你应该了解你的王爵啊，他可以依靠摧毁魂兽和魂术师们的魂印，将对方的灵魂回路从体内强行剥离，然后吸收到自己体内，从而不断超越魂力的巅峰。我们每一个人的魂力上限，是由肉体构成和魂路构成两者共同决定的，肉体与生俱来，就像有人高，有人矮，有人肌肉壮硕，有人孱弱瘦小，而魂路一旦成形，就会锁定天赋，进而锁死体内最终能够承载的魂力强度，每一个魂术师都可以随着对魂力的运用和成长，而不断朝魂力上限靠近，但是，总有一天，迟早都会碰到那个透明的天花板。然而，幽冥的天赋却让他可以无限制地突破这个桎梏，而我大范围的精准魂力感知，简直就是一个为他量身打造的爵印探测器。不然，你以为，幽冥是如何在这么年轻，就成为一人之下众人之上的二度王爵的？"

特蕾娅看着身边面容仿佛天使般的霓虹，继续说："而这一代的侵蚀者，活着的，就只剩你和霓虹两个，所以，我和幽冥一人带了一个，称作自己的使徒，但其实，你一直都很清楚，自己的天赋和幽冥的天赋，并不一样吧？"

"那我们……也是一路杀人……而活下来的吗？"神音的眼睛里涌出一层泪光。

"那当然。当年我和幽冥，看见你们三个浑身血浆地从那个地狱般的洞穴里走出来的时候，我们两个仿佛看到了当年的自己，真是打心眼里喜欢呢。"特蕾娅看着神音，表情复杂。

"我们三个？"神音的心里像是突然滑进一条冰冷的蛇，"你是说，除了我和霓虹，还有第三个存活的侵蚀者？"

"哎呀，我又多嘴了。不过，这也就是你仅存的记忆了吧？不好意思啊，我不是故意要戳你痛处的，你就当我没说好了。嘻嘻。"特蕾娅掩着嘴，不住地道歉，但是她的眼睛里充满了尖锐的讥诮和讽刺，脸上丝毫没有任何抱歉的意味。

神音的呼吸有一些急促。

"你们两个，嗯，你们两个，嘻嘻，那时候都还是小小的少年，娇弱而纤细的身体上沐浴着滚烫的鲜血，散发着浓郁的腥味，那样子，别提多迷人了。"特蕾娅把脸靠在霓虹赤裸的胸膛上，脸上的笑容透着一种扭曲的怪异感，"而且，说来也巧，当年，我和幽冥联手猎杀过铜雀，而昨天，你和霓虹又联手猎杀了山鬼，这两个魂兽，一个的鸣叫可以呼风唤雪，一个的鸣叫可以天崩地裂。不得不说，我们这些侵蚀者，口味都差不多啊，不过也难怪，毕竟我们都是吃着同样的食物长大的嘛。"

"为什么会有侵蚀者这种怪物存在？"神音咬着牙。

"什么意思？"特蕾娅突然来了兴趣，她还真的没想过神音会问这个问题。

"我是说，为什么要杀戮原来的王爵呢？没有谁规定必须只能有七个王爵吧？如果是为了国家战斗力考虑的话，王爵难道不是越多越好吗？"神音问道。

"哎呀，你真的好聪明啊！"特蕾娅突然露出喜悦的神色，"你知道吗，我小时候，也问过这个问题。但这个答案有点可怕，比侵蚀者什么的可要可怕多了哦。我还是暂时不告诉你好了，我想你今天承受得已经够多了吧……你对自己的'承受'，还满意吗？"

"幽冥把我的天赋告诉你了？"神音控制着声音里的颤抖。

"那个蠢货，一直狂妄自大地以为白银祭司犯了个粗心的错误，试验种植了一种和他差不多的灵魂魂路到你身上，他蠢到以为白银祭司忘记这种天赋已经种植过了，他一直以为你的天赋和他异曲同工。"特蕾娅睁着混沌苍白的双眼，收敛起她妩媚的微笑，面容笼罩进一片寒意，"我也一直这样相信，直到今天我才亲眼'看见'，你们两个的天赋，真是差远了啊……"

黑色的岩石仿佛巨大怪兽的牙齿，错乱而锋利地沿着海岸线突兀耸立。

巨大的暴风撞击着大海，掀起黑色巨浪，轰然拍碎在岩石上，变成四散激射的混浊泡沫。

特蕾娅黑色雾气般的柔软袍子，在风里翻飞，猎猎作响。她的瞳孔在忽明忽暗的光线里，发出精湛而纯澈的光亮，眼眶里面看起来像转动着几把白森森的匕首。

站在她对面的神音，渐渐从震惊里恢复过来，她脸上的神色也拢了起来，变成冬日里宁静冰冷的湖泊。

她们两人中间，站着高大英俊的霓虹。

他并不知道发生了什么事情，也不知道即将发生什么事情。他仿佛只是一个散发着热力的炉火，朝气蓬勃地站立在寒冷的天海之间。单纯而年轻的面容，此刻正面对着神音，炽烈的爱慕和雄性的霸气，把他衬托得仿佛一个无辜卷进杀戮战场的俊美天使。

海风越来越汹涌，不断有巨大的海浪拍碎在礁石上。

神音沉默着，没有接话。

"你是不是不高兴啊，是不是很愤恨我看穿了你的天赋？要么，为了让你觉得公平一些，我就告诉你霓虹的天赋吧，就当作对你的补偿好了。"特蕾娅看着不说话的神音，眼神流转着，嘴角带着嘲讽和轻蔑的笑意。

"不需要。"神音冷冷地说。

"真的不需要吗？可是你心里是那么迫切地想要知道啊，难道我感受到的不对吗？相信我，如果你知道了他的天赋，你一定会无比渴望他折磨你，伤害你，最好让你痛不欲生接近濒死。就像你对西流尔疯狂的饥渴一样……"特蕾娅忍不住笑了。

神音咬了咬嘴唇，她看着面前笑意盈盈的特蕾娅，心里说不出地恐惧害怕。在她几乎能够洞穿一切秘密的视线面前，自己仿佛赤身裸体般，被她全面看透。

特蕾娅幽幽地说："你知道最有意思的地方在哪儿吗？你和幽冥的天赋，看起来是那么相似，相似到如同孪生子一样，连幽冥自己都迷惑忽略至今。然而，我和霓虹的天赋，却仿佛是两个极端，相较于我对任何感知的精准洞察，霓虹的天赋却是彻底的【无感】。我在最开始接触霓虹的时候，就知道他的天赋出类拔萃，一开始，我就发现了他在速度、力量、重生、魂力、阵法、元素等各方面的实力，都几乎登峰造极，这在亚斯蓝的使徒体系里，绝无仅有，擅长攻击的人，就一定不擅长防御或者再生，擅长元素控制的人，就一定在纯粹肉体物理性质的速度、力量等方面具有缺陷……然而霓虹的所有能力均是一流，他这种接近全能的天赋，足以让他成为媲美王爵的存在。但是，随着和他的日渐相处，我渐渐发现，全能战力只是他的基本属性，他真正的天赋，是他与生俱来的对所有负面感知的免疫：对痛觉的丧失、对恐惧的无视、对防御求生本能的冷漠。他是一个不知道痛苦、不可能害怕、不畏惧任何对手、只知道斩杀一切的完美的猎命武器。我们在战斗的时候，随着各种负面感受的叠加，会造成我们战斗出现失误，魂力出现波动，受伤、疲惫、恐惧、心软、困惑……所有的负面情绪使得我们不可能一直将魂力维持在巅峰状态。但是霓虹却可以，因为他感受不到任何的痛苦，因此他的动作不会变形，速度不会受损，他不害怕受伤，因此不会退缩或者犹豫。他在任何时候，都能将自己的魂力激荡到百分之百的程度，这是一种足以摧毁一切的力量。霓虹不懂得人世间各种复杂心机和阴谋，因此所有的心理战术和情感攻防，也都对他无效。他不会说话，唯一能够发音的，就是自己的名字，他拥有的是接近动物的本能，或者说，他拥有一颗纯真幼童的心……"

"但是，最奇妙的地方却在于，他对一切负面感受都全部免疫，即使是正面的感受，也大幅度衰减，但他却对人类最原始的性欲本能，拥有极其强烈的反应。一点点情欲的波动，都可以将他的魂力激发得更加狂野，因为他不懂得男女之事，不知道如何消解释放肉体的欲望。所以，当他的性欲被激发时，只会让他体内的魂力彻底狂化，释放出毁灭性的能量……"特蕾娅一边说，一边用她的手在霓虹健壮的躯体上抚摩着，沿着他宽阔的肩膀，到结实的胸肌，一路往下到平坦而紧实的小腹……

神音看着霓虹的脸越来越潮红，呼吸越来越急促，但是他的表情，却充满了茫然和无辜，他只会用那双滚烫的眼睛直直地看向自己。神音可以从他痛苦而挣扎的视线里，感受到他身体里翻涌爆炸的魂力，仿佛是海底地裂催生的海啸般愈发剧烈……她心里一阵刺痛："你住手！"

特蕾娅的手停了下来，她似笑非笑地看着神音，继续说："怎么样？听完之后是不是觉得很有意思呢？不过，和你比起来，霓虹也就不算什么了。你知道吗，昨天我在远处静静观赏你战斗的时候，我一开始特别地失望，因为对于一个侵蚀者来说，你实在是太弱了，连山鬼都能攻击到你，我一度怀疑你究竟是怎么从凝腥洞穴里活着走出来的。不过后来，我才发现，我真是低估你了啊。以你的实力，山鬼根本不可能攻击得到你，是你主动选择了承受山鬼的攻击。而且你极其精准地控制了自己受到伤害的程度，那些射向你头部、心脏、胸腔等要害部位的血舌，都被你挥舞的鞭子精准抽落，只留下了虽然可以造成重创但却不会致命的几个部位用来承受伤害……随后，你甚至还在摔落的过程中，极其巧妙地更改了自己的坠落轨迹，不露痕迹地撞击进正在渗透着永生之血的坑洞里，你用你的撞击，强迫这个岛屿对你进行了一次被动攻击……那些永生之血渗透进你伤口的时候，你应该很愉悦吧……顺便说一句，我猜得没错的话，你应该是知道这个岛屿的秘密的吧？"

神音不再说话，目光漆黑一片。

特蕾娅继续说道："直到那个时候，我才意识到，幽冥的天赋是【主动进化】，而你的天赋是【被动进化】，通过承受敌人对你的攻击，将自己受到的伤害，转化为自己的力量。来自每一种不同的灵魂回路的进攻伤害，都可以令你的灵魂回路进一步完善、修复，令你的强项愈发强大，让你的弱点大幅缩减，而更加变态的是，当同样的进攻重复数次之后，你甚至可以获取敌人的能力……只要对手没有立刻将你杀死，你恢复之后，魂力都会比之前更加强大。"

特蕾娅一边眯起眼睛，一边敏锐地感受着神音身体里魂力的流动，白色的雾气在她瞳孔里翻涌不息："啊……真是奇迹啊……灵魂回路在重新建立、分支、修复、完善，逐渐趋向完美……仿佛分流出无数崭新的江河，将肉体重新切割编织……这……真是一件艺术品啊！"她出神地望着神音，双眼里一片白色的风暴，"……每一条灵魂回路的分支和重组，都带来了崭新的能力，也带来了对水元素更精准的控制。以前灵魂回路里的缺陷和弱点，都随着每一次不同的攻击而逐渐地完善起来……你啊，就像是一个天神创造出来的完美噩梦啊，呵呵，呵呵……

"当我明白你的天赋之后，之前幽冥告诉我的你一系列看似难以理解的行为，都得到了合理的解释。你在明明已经拥有魂兽的前提下，主动要求协助你从小寄养的神氏家族，前往福泽小镇帮助神斯捕捉魂兽，要知道，你从小对他们都没有丝毫感情，他们是死是活，对你来说毫无意义。所以当他们无一幸免地被苍雪之牙屠杀在驿站时，你没有企图拯救任何一个人。因为你只是为了要故意承受苍雪之牙的进攻。再之后，你一路伤痕累累地杀进深渊回廊，与其说是听从幽冥的召唤，前往营救幽冥，不如说是给了你一个正大光明的理由，让你可以进入魂兽禁区肆意猎杀。而且你聪明至极，在进入洞穴的时候故意扭曲了自己的魂力，让幽冥误以为是闯入的敌人，从而发动冰刺对你发动进攻，当时幽冥还以为自己的伤势已经造成自己如此严重的低级误判，要知道他对你的魂力熟悉得不能再熟悉了。然后，在幽冥从深渊回廊的黄金湖泊中新生时，你又假装贪恋死灵镜面，牢牢握在手里不愿意归还，从而让幽冥那个蠢货对你发动了第二次攻击……连续两次，呵呵，他肯定都没有意识到，这两次攻击让你从他身体里悄悄地掠夺走了多少力量……我不得不承认，你的这种和幽冥看似极其相同实则极端背离的天赋，是我见过的最容易让人忽略但却真正能够威胁到所有人的强势天赋……然而，这种进化的速度对你来说还是太慢太有风险，稍有不慎对伤害控制失衡，就容易丧命，所以你来到这个岛屿寻找永生王爵西流尔……一旦你学会了永生王爵的天赋，那么，你就可以肆无忌惮地承受各种伤害，迅速崛起成为亚斯蓝领域上最强大的一个怪物，我猜得没错吧？"

特蕾娅那双清澈而漆黑发亮的眼睛里射出匕首般的光芒，冷冰冰地逼视着神音："你变强大之后想取代谁呢？亚斯蓝目前可是只有我一个女爵……"

神音瞬间感受到一阵剧烈的魂力波动，视线突然一花，无数翻涌的白色丝绸从周围的礁石地面爆炸而出，游龙猛蛇般地将自己包裹缠绕起来。

"只有杀戮王爵，才有资格杀戮，这个连话都不会说的野人，没资格。"远处的山崖上，突然传来低沉而性感的男声，特蕾娅回过头，看见黑色长袍迎风飞舞的幽冥，此刻正站在背后高高的山崖上，俯视着自己。

"特蕾娅，连你也没有。"幽冥的目光看了看神音，然后回过头，对特蕾娅冷冷地说道。

爵迹

Chapter 03

王者集结

L.O.R.D

·Legend of Ravaging Dynasties·

【西之亚斯蓝帝国·雷恩海域】

神音心里一冷，抬起头顺着特蕾娅的目光方向望去，陡峭崎岖的黑色山崖上，一个更加漆黑的修长身影格外迅捷地朝这边逼近，他整个身体在几乎垂直的山崖上保持着绝佳的平衡和速度，同时他的动作看起来行云流水，毫不费力，如履平地般优雅而从容，但是他的速度却极其惊人，仿佛一道黑色的闪电，瞬间就到了眼前。

斜飞入鬓的浓密眉毛，碧绿色的瞳仁，刀锋般薄薄的嘴唇含着一个戏谑的笑容，充满了杀戮的邪气。海风吹开他低开的前襟，结实而又饱满的胸肌暴露在空气里，古铜色的皮肤散发着强烈的荷尔蒙气息和凛冽的霸气。

幽冥轻轻地笑了笑，站到特蕾娅身边，望着神音。

神音慢慢地弯下身子，单膝跪了下来，低声说："王爵。"

幽冥看着面前下跪的神音，没有说话，半晌，斜了斜嘴角："你还知道我是你的王爵啊。"

"王爵，你怎么到这里来了？"神音听得出幽冥冷冷话语里的怒意，于是小心翼翼地转开话题。

"这个问题应该是我问你才对，不是吗？"幽冥看着神音，"你来这里想干什么？"

"她想让自己迅速地变成一个怪物。"特蕾娅笑盈盈的，像是在看一场即将到来的精彩大戏。

神音抬起目光，冷冷地看着特蕾娅："和我比起来，你才是真正的怪物吧。"

特蕾娅脸颊上泛出一抹桃花般的嫣红色，有点害羞又有点欣喜地低着头，但是配合着她眼睛里那骇人的苍茫混浊，就显出一种扭曲的怪异感："嗯，你说得没错啊，我也是。我可从来就没有否认过。"她抬起头，冲着神音身后遥远的地方，轻轻地抬起她那纤细苍白的手指，"那边又来了两个更厉害的怪物呢，平时呢，他们其实也还算不上什么，可是在这片汪洋大海之上，他们两个就有点太过如鱼得水了，大海之上，简直就是为他们量身打造的最佳战场。这片海域下面的魂兽数以万计，更何况，最下面还有那个'玩意儿'……有意思，我怎么觉得事态有点越来越奇妙了呢。"

神音回过头去，空茫的黑色岛屿上，一个人都没有，远处的天空上，飓风撕扯牵动着厚重的黑云翻涌奔流，如同在头顶呼啸的黑色大海。隐约沉闷的雷声和闪电深处，完全感觉不到一丝魂力的气息。

神音回过头，看着瞳孔渐渐清澈起来的特蕾娅，心里的恐惧越来越深。

特蕾娅能够成为目前王爵体系里唯一的女爵，她的魂力与天赋肯定不容小视。但是神音从来都没有想过，一个人对魂力的感知精准度，可以到达如此登峰造极，甚至说是骇人听闻的地步。

特蕾娅笑盈盈地朝神音走过去，抬起手，抚摩着神音娇嫩得仿佛花瓣般的脸庞，靠近她的耳边，柔声说："别费劲了，以你对魂力捕捉的能力，如果他们可以压抑魂力的话，就算他们已经贴近你的后背，你也很难觉察出来的……正在朝前面赶来的人，就是你之前一路追杀的五度使徒鬼山莲泉，不过呢你也是有点没用，最后还是被她跑了。上一次你们的对阵，你似乎非常轻松呢，不过这一次你要对付她，可就不像之前那么容易了。她已经从魂冢里取得了自己的魂器，而且感觉上，威力还不小。并且，你还不知道五度使徒的天赋吧？呵呵……在这片大海上，你有的好受了。"

神音侧过脸，看着特蕾娅："你怎么知道我要杀鬼山莲泉？"

特蕾娅好像有点不高兴，又有点幸灾乐祸地抱怨说："哎呀，使徒就是使徒，总要给你们解释很多东西。刚刚看幽冥护着你的样子，我本来以为你和幽冥应该挺亲近的啊，结果没想到，幽冥也是很多事情都没告诉你啊……"特蕾娅一边说着，一边饶有兴趣地用目光在幽冥和神音的脸上来回打量，她对这种击溃对方精神情感防线的游戏永远乐此不疲。"幽冥是杀戮王爵，你是杀戮使徒，你们天生拥有快速猎杀的本领和迅捷猛烈的攻击力量，你们有杀戮的资格，却没有杀戮的自由，你的杀戮命令来自于幽冥，而幽冥的杀戮命令来自于白银祭司通过天格发布的红讯，而天格所有的讯息呢……"特蕾娅把她纤纤的食指转了个方向，指着自己的脸，"不都全部来自于我吗？"

特蕾娅眼睛转了转，像是突然想起什么一样："哦，对了，刚刚被你打了一下岔，都忘了告诉你了，此刻和她一起的，还有她的王爵鬼山缝魂。哎呀，这下可怎么办好呢，你对付一个鬼山莲泉已经够吃力了，再加上鬼山缝魂……你可千万不能死哦，你要死了的话，我们家的这个宝贝估计要难过了……哦不对，他怎么可能难过，他的天赋是无感啊，这样想想，好像更令人觉得伤感啊。"

"使徒杀使徒，王爵杀王爵。鬼山缝魂我会负责。"幽冥舔了舔性感的嘴唇，低沉的嗓音带着金属的音色。

特蕾娅微笑地看着面前的这两个侵蚀者，心里怀着一种看好戏的心情。因为作为王爵的幽冥，显然，并不清楚在这段时间里，神音承受了多少伤害，而那些伤害已经将神音身体内部的灵魂回路重建修缮得日趋完美，可以说，现在神音的实力，几乎已经等于一个低位王爵。

而同样的，作为神音来说，她似乎也低估了前代侵蚀者幽冥的可怕。他对世间所有拥有魂印的生物的屠杀从来就没有停止过。他的魂力到底到达了多么骇人的高度，可能只有他自己知道。特蕾娅心里很清楚，就算是对魂力拥有最极限感知能力的自己，能感知到的，都只是幽冥表层的一部分魂力而已，她的探知能力无法突破幽冥身体表面的魂力屏障，他的魂路密集程度匪夷所思，就像一张密不透风的网，将他身体里的秘密牢牢锁藏。特蕾娅一直深信，幽冥其实一直都在隐藏自己真正的实力，没人可以发现他的魂力上限究竟有多高，或者说，能够发现的人，一定已经付出了生命作为代价，亡者不言。

秘密就像森林里的火把，它无法照亮幽暗的森林，却只会引来嗜血的野兽。所以，隐藏自己的秘密，守护自己的秘密，才能在这个残酷的鲜血丛林里，长久存活。

特蕾娅笑了笑，对幽冥和神音说："真好啊，能看到你们两个联手杀戮，这是多么难得的运气啊，亚斯蓝国境内，好久都没这样热闹过了。不过呢，我还是要提醒你们，五度王爵和他的使徒，在深渊回廊或者这片海域等类似的地方，只要周围存在大量的魂兽，你们还是当心点好……不然，你们死了，我是会难过的，毕竟，我的感受是那么敏感，那么纤细，一点点的哀伤，我都会心碎的啊……"特蕾娅说完，抬起眼神看着幽冥，楚楚动人。

神音脸色有点苍白："五度王爵的天赋是……"

特蕾娅微笑不语，转过头看着幽冥，脸上带着点幸灾乐祸的微笑。

幽冥眯着他狭长的眼睛，碧绿色的眸子闪出精湛的寒光："五度王爵的天赋，是能够在极大范围内催眠驾驭魂兽。而且，汪洋大海，水元素无穷无尽，这也使得他能够轻易地制作出大型的阵，在这种阵里，他能驾驭的魂兽数量会呈几何倍数地翻涨，并且这些魂兽的能力也会得到大幅度的增益，也就是说，我们要打败他和鬼山莲泉，就需要先打败这一整个海洋里的魂兽……"

幽冥慢条斯理地说着，虽然他的话语极其惊人，然而他的表情看起来却似乎并不是很担忧。

然而神音的嘴唇已经苍白一片。她从来没有想过，自己的手下败将鬼山莲泉，一个小小的五度使徒，在这片大海之上，竟然会拥有如此巨大的摧毁力。

神音突然抬起头，有点急切地对幽冥问道："可是，你不是有死灵镜面吗？只要你的魂力高于对方，那完全不值得害怕啊……"

神音的话被特蕾娅一阵银铃般的笑声打断，神音抬起头，望着特蕾娅。

特蕾娅轻轻按着被海风掀起的裙摆，遮掩着裙下若隐若现的诱人春光，她看着神音，讽刺地笑着："死灵镜面对魂兽所投影出来的，依然是魂兽，依然会被五度王爵所催眠驾驭，你平白无故地用死灵镜面给自己制造出一大堆对手，你是不是活得不耐烦了啊？年纪轻轻的，这么不爱惜自己的生命……哦，还是说，你觉得靠刚刚那点进化，你就已经肆无忌惮了？别不自量力了。"

"那可以用死灵镜面直接投影鬼山莲泉和鬼山缝魂吗？"神音问幽冥。

"可以是可以……"幽冥面无表情地说，"不过，投影出来的也只是两个具有五度王爵和使徒魂力级别的傀儡而已。没多大用处。只是拖延消耗时间罢了，我不喜欢浪费时间，我喜欢一击致命。而且，让他们死在自己的死灵投影之下，有点浪费吧？我还挺想品尝一下他们魂路的味道呢。"说完，幽冥露出尖尖的牙齿，邪气的笑容衬得他的瞳孔更加碧绿森然。

"不过，我劝你也不要轻易冒险……"特蕾娅脸上挂着一副看上去忧心忡忡的表情，但在神音眼里，却充满着嘲笑，"投影出来的【死灵体】，仅仅只会具有和【镜原体】相同的魂力而已，而其他专属于镜原体的天赋、魂器、意识和战斗经验等，都是不能被复刻的，投影出的死灵，本质上来讲，就是一具没有思想的行尸走肉而已，从某个意义上来说，也就是另一种魂兽罢了，所以，也许鬼山兄妹连自己的傀儡都能催眠，如果是那样的话，就有点麻烦了吧……还不如……"她回过头，用混沌苍白的目光看向幽冥，"好久没有和你并肩作战了，有点怀念啊，你需要我帮你吗？"

幽冥看着特蕾娅妩媚的面容，目光里流露着激烈的欲望。

渐渐暗淡的天光，将岛屿慢慢拉进一片灰黑的暮色。

整片黑蓝色的大海，剧烈而缓慢地起伏着，像要吞噬掉整个天地。

脚下庞然而沉默的岛屿，仿佛一只在海里挣扎的弱小动物一样，发出惨烈的呼吸和哀号。

【西之亚斯蓝帝国·雷恩海域】

灰蓝色的天空上，一团巨大的白色光芒仿佛流星般呼啸着，朝着被浪涛拍打冲击的黑色岛屿急速降落。无数闪动的金色残片在天空中拉成金线，仿佛千万缕游魂一般，尾随在这团白色流星的背后，闪烁不熄的光晕碎片将大团大团的乌云勾勒出闪耀的金边。

庞大的风声尖锐呼啸，巨大的光晕仿佛陨石般砸落在黑色的礁石地面时，整个白色的光团突然碎裂伸展开来，如同一朵巨大的白色花朵柔软地舒展绽放，千万缕白色光芒飞快地旋转游动，一只庞大的白翼巨鹰从白色光芒里旋转显形——阇翅，它小山般庞大的身躯，在显形后的瞬间，又化成千万片发亮的羽毛，随即如同被风眼吸纳一般，狂风暴雨地卷动回鬼山莲泉耳朵下方的爵印里。

刺眼的白色光芒瞬间消失了，黑压压的天海之间，只剩下鬼山缝魂和鬼山莲泉站在悬崖边缘迎风而立的身影。辽阔的天地间一片怆然的寂静，沉甸甸的乌云之下是一望无际的大海，没有渔船，没有飞鸟，没有任何人为的痕迹，就像人类文明还没有诞生之时的洪荒天地。

鬼山莲泉的心里充满了微茫的渺小感。在这庞然悠远的天地之间，即使贵为使徒的自己，又算得了什么呢。人类百年的寿命，在百亿年静默无声的宇宙历史里，只是萤火匆忙的一次悲伤的闪烁罢了。

鬼山缝魂青灰色的秘银战甲，在渐渐昏暗的暮色里发出湖水般的光泽。鬼山莲泉的裙袍被海风卷动着，猎猎之声听上去仿佛一支单调而伤感的歌谣，她虽为女性，但却穿着和哥哥相同的秘银战铠，炽烈的刚硬和华丽的柔美，在她身上交相呼应出双重的美感。

"到了？"鬼山莲泉问。

"到了。"鬼山缝魂的面孔坚毅刚硬，仿佛被风雪吹刻千年的山脉。

"哥哥，你说六度王爵西流尔在这个岛上？"鬼山莲泉闭上眼睛，尽力感知着这个岛上的魂力变化。她微微皱着眉头，神情疑惑，仿佛对自己的感知有点无法相信。

鬼山缝魂问："你感应到了吗？"

鬼山莲泉睁开眼睛，脸上充满了迷茫而又略微恐惧的表情，她张了张口，想要说什么，却又欲言又止，仿佛她即将说出口的话，连她自己都觉得荒唐。

鬼山缝魂看起来，似乎已经知道她要说什么，他点点头，脸色凝重地说："没关系，你感应到什么，说来我听听。"

鬼山莲泉深深地吸了口气，平复了一下自己稍显急躁的心跳，说："哥哥，虽然我不擅长魂力感应，但是从我所感应到的魂力情况来看，这座岛屿上的魂力实在是太庞大了。从魂力笼罩的范围来说，西流尔只是六度王爵，低位王爵的魂力级别，绝对无法扩散蔓延至如此骇人的范围。而且更奇怪的是，这股魂力是如此明显，毫无遮掩，然而，我却完全感应不到魂力的来源是在哪个方向，仿佛是被这股魂力包裹着，正处在魂力的中心，如果真的是这样的话，那么西流尔王爵应该就站在我们面前才对……可是……"鬼山莲泉看了看周围，苍茫天地间，别说人影，连一个生灵都没有。

鬼山莲泉没有再继续说下去，因为，她心里突然产生了一股毛骨悚然的预感。

鬼山缝魂似乎对她的所思所感完全清楚，他们之间的默契，除了因为王爵使徒间的灵犀，更是因为他们身体里流动着同根同源的血液。鬼山缝魂低沉的声音听起来有些悲伤："你想的没错，我们现在，正站在西流尔的身上，整座岛屿，都是他的肉身。"

"什……么？"鬼山莲泉难以相信自己的耳朵，她忍不住低头看了看自己脚下的地面，一股轻微的不适从心口蔓延开来。

鬼山缝魂没有说话，轻轻地扬了扬手，空气里一道漂亮的淡金色透明涟漪，仿佛一把无形的刀刃，朝坚硬的礁石地面劈砍而去，岩石爆炸出一道狭长深邃的裂缝，黑色碎石四散激射。鬼山莲泉低下头，顺着哥哥的目光看向地面。

碎裂的岩石缝里，此刻正汩汩地浸染出黑红色的血液来。仿佛是地下的隐秘之泉，缓慢地渗透着。同时，随着血液不断地凝固成黏稠的半固体，那些爆炸开的石块又缓慢地重新合拢、归位，如同人体肌肤的伤口快速地愈合着。

鬼山莲泉看着面前不可思议的诡异场面，问："这到底是怎么回事？"

鬼山缝魂抬起头，目光里的深沉仿佛是一面卷动的深渊之海："十六年前，西流尔接到白银祭司的命令，抛下刚刚怀有身孕的妻子，独自一人前往这个岛屿。而他需要执行的命令内容，就是用他强大的天赋，将自己和这座岛屿合二为一，从而保护这个岛屿的安全。"

"这个岛屿很普通啊，整个雷恩海域上这样的岛屿成百上千，这个岛上到底有什么？为什么需要牺牲一个王爵，来保护它的安全？"

"它当然不普通，否则西流尔也不会心甘情愿地舍弃自己的家族、自由，甚至生命，而将自己囚禁于此，并且在漫长的时间里，忍受着巨大的痛苦和折磨，一寸一寸地将自己的骨血筋脉，和这个岛屿融合兼并。这是'那个'白银祭司告诉我的……"

"……哥哥，他真的是白银祭司吗？你不是说他死的时候……那样的死法我觉得太邪恶了，白银祭司应该是天神，而不是恶魔啊……"鬼山莲泉鼓起勇气，小声地问。

鬼山缝魂闭上眼睛，脑海里闪电般地再次划过深渊回廊里，那个苍白少年死去时的场景，那幅黑色地狱般的图景，像是墨水般印染在他的脑海，难以磨灭。每次回想起来，都会让鬼山缝魂感觉到深海般压抑的恐惧感，就像是鬼魅的手悄悄地探进了自己的胸腔，冰冷的五指揾在自己的心脏上的感觉一样。

那个水晶雕刻般精致的苍白男孩，在交代完所有的事情之后，他似乎也隐约感觉到了自己的生命已经走到了尽头。他本来想要让银尘和缝魂离开，留下他自己，然而，他虚弱的身体已经发不出任何声音了。那双琥珀般晶莹剔透的眸子在几秒钟内就失去生命的光泽，混浊的瞳孔像是布满蛛丝的宝石。他的眼睛缓慢地闭上，银尘和缝魂的心里都翻涌起了一阵悲凉。但是，下一个瞬间，恐怖的阴影从天而降。

小男孩闭起来的眼皮，突然像是冰块开始融化，渐渐消失，很快就露出两个黑色深陷的眼眶，如同腐烂尸体留下的眼洞。而更加可怕的是，两个黑色的眼眶里，开始涌动出越来越多的黑色黏稠液体，这些液体挣扎着、扭曲着，像是有生命的黑色软体怪物一般，发出阵阵锐利刺人的尖叫……这些黏液从男孩的两只眼洞里涌挤出来，黑色的胶质，汩汩地沿着男孩的脸、脖子、胸膛……流淌到地面上，黑色的液体不停挣扎出各种形状，类似手脚、类似脊柱，甚至还有一块突起的圆弧状肉瘤上，镶嵌着两颗拳头般巨大的滚圆眼珠，白色眼球上布满了密集的血管，肉瘤上一个如同嘴部般的黑洞正在发出嘶哑而恐怖的呐喊……腐烂的臭味蒸腾在茂密的丛林里，黑色黏液持续伸展出如同枯树枝丫般的手脚，看起来仿佛被烧死后扭曲粘黏成一团的焦黑尸体，被黑色的沼泽浸泡吞噬，变成了千疮百孔的腐尸……

当最后的黑色黏液从男孩身体里排挤出来后，这团蠕动尖叫着的黑色液体，渐渐衰弱了下去，最后变成黑色气体，蒸发到空气中，被风吹散。只剩下小男孩水晶般的空壳，两只空洞的眼眶朝外面冒着白色的寒气……

银尘和缝魂无法相信自己的眼睛，难道这摊未知莫名的黑色黏液，就是他们一直信奉的白银祭司？他们至高无上的神祇？难道那个完美精致得仿佛水晶神像般的小男孩肉体，仅仅只是他们虚幻的躯壳？

如果是这样的话，那心脏的水晶墙面里沉睡的另外两个白银祭司呢？他们俊美如同天神般的水晶躯体下，也是这样的一团黑色的腥臭黏液吗？

"这些轮不到我们去想，我们也想不透。王爵和使徒，看起来尊贵无比，但也许，只是一群有着人形的魂兽罢了。接受任务，完成任务，就是我们存在的全部意义。"鬼山缝魂在渐渐昏暗的海风里伫立着，任额前的头发被风吹开，露出硬朗的眉眼和挺拔的鼻梁。

万人敬仰的王爵和使徒，只是这样悲哀渺小的存在。

这个大陆上，究竟还有多少可怕的秘密？

"永生王爵西流尔的肉身，其实已经不存在了，他花费了漫长的时间，终于将自己和这座岛屿合二为一。也许从他成为王爵的那天起，他就已经意识到，冥冥之中，这就是他的宿命吧。整个亚斯蓝领域里，只有西流尔能够完成如此大规模的肉体改造，一般的王爵顶多通过严寒之地、狂热之境、服用奇珍异草或者浸泡特殊泉液等方式，局部或者小幅度地改造自己的肉体属性，然而，如此范围和强度的肉体改造，放眼整个亚斯蓝，也只有西流尔可以做到。他的灵魂回路仿佛就是为此而生。他那种接近极限和永生的恢复能力，使得他可以将自己的血液、神经脉络，甚至肌肉、骨骼，全部打碎之后，蔓延覆盖到整座岛屿。只要他的肉体之间还有一丁点连接，甚至是只要还有血液的覆盖和流动，那么，他的生命就可以得以存续，然后开始漫长而艰苦的融合。我们很难想象那是一种多么恐怖的过程。十几年的时间，他终于将自己……变成了脚下的这座岛屿。这其中的痛苦和绝望，我们都无法想象其万一……"

"如果肉体都已经陨灭，那西流尔还算是活着吗？"鬼山莲泉突然觉得有些悲凉。

"他还活着。只是他处于极度沉睡的状态，或者说是在很长的时间里仅仅维持着混沌的意识形态。处于生存和死亡的边界，这样他对魂力的消耗就会降到最低，就像动物在严寒季节的冬眠，心跳和新陈代谢都会变得非常缓慢，从而度过漫长的消耗，延续生命。如果我猜得没错，他应该是将自己的全部肉体和这个岛屿相融合之后，把自己的灵魂和思想抽离出来，凝聚存放在岛屿深处的一个秘密的地方，相当于我们的心脏或者大脑……这是他的神识，具有他所有的思考和记忆，我们只要找到这个地方，就等于找到了西流尔。"

"找到了之后，我们的任务是……？"鬼山莲泉问。

鬼山缝魂闭上眼睛，风吹动着他铠甲下的布袍："重新凝聚他已经混沌的意识，然后……唤醒他。"

鬼山缝魂和鬼山莲泉沿着岛屿缓慢地前行。

他们一路上都在尽力感应着沿路魂力的强弱变化，走到一个峡谷状的缺口裂缝前面时，鬼山缝魂停下了脚步。

"这里的魂力涌动特别强烈，有可能是一个入口，或许能够通往西流尔的心脏。"鬼山缝魂说着，准备朝洞内走去。

莲泉伸出手拉住鬼山缝魂的衣摆，有点谨慎地说："哥哥，等我先试着用回生锁链刺进岩壁深处感应一下吧，贸然闯入，我怕会有危险，毕竟我们对这座岛屿上究竟有什么，并不是太清楚。如果像你说的，这座岛屿如此重要，需要西流尔牺牲肉身来守护的话，我想，很有可能，这个岛屿上存在的守护防线不止西流尔一个……我也许可以将魂力沿着锁链延伸进洞穴深处，进行基本的探知……"

鬼山缝魂停下脚步，点点头，脸上露出骄傲自豪的神色。几天没见，莲泉好像成长了许多，已经不再是以前那个一直跟随在自己身边的小妹妹了。

特蕾娅望着天边翻涌的黑云，眼睛里是混浊的白光："哎呀，真是聪明呀，能够把自己的魂器使用得如此出神入化……虽然无法做到像我这样大面积魂力感知的程度，但是，借由魂器的无限延展，将自己的魂力感知范围和强度成倍扩大，从而令她自己的魂力、捕捉能力得到脱胎换骨的飞跃啊……呵呵，我似乎有点小看她了啊……"

特蕾娅仿佛一个梦游者般喃喃自语，再搭配上她瞳孔里那种翻涌的白色，看起来仿佛是被摄去魂魄的傀儡。

神音心里隐隐有些心虚，自己当初遇见麒零的时候，将自己的鞭子如同蛛网一样遍布整个森林，用来感应捕捉苍雪之牙的魂力流动，企图预判对手的攻击方位和力量，但是特蕾娅又是怎么知道的呢？

神音冷冷地小声问道："你在说谁呢？"

"你急什么，我又没有在说你。"特蕾娅回过目光，瞳孔瞬间清澈起来，"我说的是你的对头，鬼山莲泉。她从魂塚里夺取了本该属于六度使徒天束幽花的回生锁链，她现在的实力可是跟你当初追杀她的时候，完全不可同日而语哦。"

"你说鬼山莲泉抢了天束幽花的魂器？"幽冥有些意外。

"是啊，半个月前，我就已经传讯给了天束幽花，让她尽快前往魂塚，拿取魂器回生锁链，不过从眼下的情况看来，鬼山莲泉捷足先登了……"特蕾娅幽幽地说着，目光里带着一些不甘。

"所有魂器的信息不都是由你发布的吗？所以，你把夺取回生锁链的信息也给了鬼山莲泉？"神音接过特蕾娅的话，不动声色地反问道。

"你别自作聪明了，想朝我泼脏水，你还嫩了点。"特蕾娅冷笑着，"鬼山莲泉所获取的讯息，应该是有另外的人泄露给她的。"

"或者只是凑巧，鬼山莲泉进入魂塚，随便拿了一件魂器，但结果没想到这件魂器本应该是属于天束幽花的。有这种可能吗？"幽冥问。

"当然有啊，但这种可能性呢，就类似你现在闭着眼睛，随便朝天上射出一支箭，然后这支箭就不偏不倚地正好射中一只正在飞翔的鸽子，而且这只鸽子坠落到你跟前的时候，你还发现这只信鸽的脚上正好绑了写着你名字的信件——这种可能不是没有，但是小到可以忽略不计。"特蕾娅似笑非笑地说着，幽冥被她呛得闷哼一声。

"为什么？"神音有点不明白。

"魂塚里的魂器成千上万，哪一件魂器属于哪一个使徒，本就是知晓权限者极高的秘密。怎么可能碰巧拿到本该属于别人的魂器？况且，魂塚内的魂器并不是一个静态的存续状态，而是动态变化过程，一件魂器什么时候诞生，什么时候消失，什么时候转移变化坐标位置，是极少数人知道的秘密。如果不是有人给予了精准的魂器坐标和时间区间，想要靠地毯式搜索寻找到某件具体的魂器，就等于在从天而降的大雪里，在雪花落地融化之前，在天空里找到一片指定的雪花一样困难。"

"如果是这样的话，除了你，就更不应该有人能获取这些信息。除非天束幽花自己泄露，或者是你故意走漏风声。"神音说。

"你这么聪明，应该想得到还有谁啊。"特蕾娅冷笑一声，"不过你也真的是执着啊，还不肯放弃，你真的别针对我了，我劝你还是省点力气对付鬼山莲泉吧。对了，如果你们等下要开战的话，念在我们都是侵蚀者的分上，我可以仁慈地提醒你，鬼山莲泉的魂器回生锁链，和你的魂器长鞭束龙一样，都是可以无限延展扩张、随意分裂复制的魂器。你的束龙柔韧如丝却牢不可破，她的回生锁链锋利如刃且坚不可摧……不过话说回来，可能也不需要太过担心吧，毕竟还是你的束龙厉害一些……如果我没有感应错的话，你的魂器应该是活的吧……它应该由四股来自不同种类的巨龙筋脉编织扭合而成，冰霜巨龙、熔岩赤龙、深海蓝龙，还有一种，我现在感应不太出来，一会儿等你亮了魂器之后我应该就知道了。而且，当初制作这个魂器的人，好像还干了另外一件非常有趣的事情呢……"特蕾娅的双眼不知道什么时候再一次变成了混沌的白色。

"魂器制造者把四条龙的魂魄封印在了里面，这个我知道。"幽冥代替神音回答道。

"我说的不是这个，完整猎取保存的龙的魂魄虽然罕见稀有，但对我来说，算不上什么有趣的事情。我说的是别的。"特蕾娅扬起眉毛，挑衅地看着幽冥和神音。

幽冥沉默了。

神音把目光从特蕾娅脸上转开，她心里冒起一股寒意。她实在难以相信，特蕾娅对魂力的感知，已经到了如此恐怖的程度。自己的魂器还潜伏在身体内没有释放出来，她竟然能够穿透自己身体里灵魂回路形成的强大魂力屏障，感应到自己的魂器并且能够精准地说出它的材料构成。这简直太不可思议了。因为魂器没有释放到体外成形之前，仅仅只是作为一股能量存在于爵印之中，它和身体里其他如同浩瀚汪洋般游走在灵魂回路里的魂力没有任何区别。这才是真正的，从一场大雪里，精准地选择出某一片指定的雪花吧。

"要杀鬼山兄妹的话，你们就赶紧去。因为他们，正在企图做一件了不得的事情呢，现在不杀，可能就晚了。"特蕾娅的表情突然严肃起来，浓厚的杀意涌起在她姣好的面容上，仿佛寒霜覆盖上娇嫩的花瓣。

神音知道特蕾娅没有在开玩笑，于是她回过头看看幽冥，幽冥冲她点了点头，于是，神音卷动身影，仿佛一阵泛着白光的飓风，朝岛屿的另外一边飞掠而去。同时，一股更加肆虐的庞大黑色风暴，紧随其后，那是嗜血而狂暴的杀戮王爵，幽冥。

特蕾娅嘴角掠过一丝残酷的笑容，仿佛谁的生与死，都和她没有关系。她只是在观看一场精彩的斗兽厮杀而已。她转过头，还没来得及说话，刚刚一直站在她身后的霓虹，突然跃动起身，朝着刚刚消失的一黑一白两个身影风驰电掣地追去。他充满力量的小麦色肌肤，在暮色里仿佛一道橙色的闪电。

特蕾娅狠狠地跺了跺脚，咬了咬牙："你想去送死吗！"

特蕾娅暗骂一声，低头沉思了片刻，然后也朝着霓虹追逐而去。

"轰——轰——轰——"

一声接一声的爆炸巨响，四处激射的碎石尘烟中，鬼山莲泉的长袍被脚下旋动的气流卷起，看起来仿佛波浪中柔美的睡莲花瓣。

她双臂上缠绕着分裂而出的数根银白色锁链，每一根都仿佛流星般从岩石缺口裂缝处激射而进，如同钻地的白色巨蟒，朝着岛屿深处"哗啦啦"游窜而去，地底深处传来岩石被钻破的声响。她紧闭着双眼，仔细地分辨着从锁链深处传递回来的魂力变化。

她脖子上的金色刻纹呼吸般明明灭灭。

"找到了……"鬼山莲泉猛然睁开眼睛，"天啊……"她难以相信从锁链深处传递回的残留魂力的气息……那简直是……

"我们想办法进去……"鬼山缝魂从身体里释放出他的月光色巨剑。

"不用，我来就行。"鬼山莲泉将其他的几根锁链从岩石里拔出来，只剩下那根找到了西流尔心脏的锁链，她再次将几根锁链朝着目标激射而去，锁链叮叮几声，在岩石上打成了一个圆。鬼山莲泉双眼一紧，周身十字交叉的金黄色刻纹突然爆炸出一圈巨大的金黄色光芒，以她的身体为核心，在空气中爆炸出一圈透明的涟漪，在轰然巨响的爆炸声之后，"哗啦啦"一阵锁链的声响，五根白色巨蟒般的链条，将巨大的碎石块从岛屿深处那个圆形的洞口拔了出来，仿佛是一个正在奔涌着乱石尘埃的横向深井。

当飞射的碎块和尘埃落定之后，一个幽深的洞穴入口呈现在他们的面前，如同一个来自地狱无声的黑色邀请。

"走吧。"鬼山缝魂将长剑收回体内。

"嗯。"鬼山莲泉跟了上去。

刚走了两步，"小心！"鬼山莲泉还没反应过来，就被鬼山缝魂一把抱住，朝后面倒退飞跃而去。而她刚刚脚下站立的地面，突然爆炸耸立出一大簇锋利的黑色冰晶，无数枚仿佛倒刺般的黑色冰晶簇拥在那个黑色的洞口，看起来如同一只森然的巨大昆虫张开的口器。

鬼山缝魂心里一寒，这些黑色的冰晶太过熟悉，那简直就是他独一无二的标志——杀戮王爵幽冥。

"莲泉！"鬼山缝魂大吼一声，莲泉心有灵犀地将爵印一震，巨大的白色光芒从她耳垂下方的爵印里呼啸而出，密密麻麻的白色羽毛仿佛遇风则长的精灵一样，迅速膨胀扩大。几秒钟的时间内，鬼山缝魂和鬼山莲泉，就站在了高高的闇翅后背上，小山般巨大的闇翅震动起双翼，从地面拔地而起，朝天空飞升。

鬼山缝魂手拿月光色的长剑御风而立，铠甲铮然，披风翻飞，在他高大威武的身躯背后，美艳而冷漠的鬼山莲泉翩然在旁，她手中的银白色锁链仿佛是游动在空气里的两条白蛇一般灵动，在空气里来回穿梭，哗哗作响。

而在他们对面，是两束游动的光芒，一黑一白，仿佛卷动着的鬼魂一样，坠落在山崖顶上，光芒被风瞬间吹散，面容诡谲而英俊的幽冥以及巧笑嫣然的神音，仿佛一对完美的情侣一般，在山崖顶端迎风而立。

他们的眼中，闪耀着杀戮之光。

"想去哪儿啊，姐姐？"神音抬起手，伸到后颈脊椎的地方，用指甲轻轻地划开皮肉，将那条脊髓般的白色长鞭束龙从体内缓缓拔出。和其他大多数王爵使徒从身体内取出魂器的方式不同，神音并没有快速而是轻缓地取出魂器，她似乎毫不在乎对肉体的创伤，看起来，她非常享受这种痛苦。

神音眯起眼睛，冲莲泉盈盈微笑，刚刚在特蕾娅面前拘谨而又慌乱的样子已经完全消失不见了，此刻的她，和身边的幽冥并肩站立。一黑一白两个修长的身影迎风而立，他们脸上的神情一模一样，充满着对鲜血的渴望和对杀戮的期待，他们仿佛挥舞着隐形的镰刀，正在等待对生命进行快速地收割。他们的目光里闪动着千刀万刃。

"又是你！"鬼山莲泉低喝一声，手上的锁链突然暴涨激射，在无限延展长度的同时又分裂出更多根数，短暂的瞬间，整个天地间都交错穿梭满她闪动着银白色光芒的巨大链条，周围的空间被她的链条锁成了一张密闭的网。

"才刚刚取得魂器而已，你用熟了吗你，别丢人现眼了！"神音冷笑一声，朝天空奋力一跃，白色的纱裙在天空中舞动翻飞，她敏捷的身影闪电般朝闇翅冲去，与此同时，她手中的长鞭顷刻间分裂成四股龙筋，神音伸手朝脚下的海面虚空一抓，成千上万密集的水珠从海面朝天空上升，仿佛时间倒流状态下的倾盆大雨，神音手腕灵巧而有力地翻动着，四根龙筋在空中风驰电掣，破空声猎猎作响，龙筋扫过密集的雨水，鞭子沾上雨水，迅速吸收膨胀，龙筋化成四条巨龙，每一根长鞭的鞭头，都挣扎变形出一只张开血盆大口的龙头，口中无数锋利的獠牙交错咬合，闪动着冷锐的寒光，血盆大口里不断地传出咆哮的龙吟，将整个天地震动得几乎摇晃起来。

鬼山莲泉的锁链仿佛游动的白色细蛇，朝着四条巨龙缠绕而去，锁链一圈一圈缠绕在巨龙身上。莲泉双眼金光四射，锁链开始收紧绞杀，锋利的金属边缘切割着鞭子上一片一片龙鳞，天空里充满了这种刺耳的声响，锐利地冲击着人的耳膜。

连幽冥和鬼山缝魂，都觉得胸口一阵一阵气血翻涌。

两个使徒拥有如此类似的魂器，似乎冥冥之中就是一对不是你死就是我亡的残忍对手。

幽冥看着天空里持续释放着巨大魂力的神音，隐隐有些担忧。他也几乎没有见过神音如此全力以赴的状况。然而神音心里非常清楚，她之所以一上来就将魂力提升到几乎最高强度，是因为她知道此时此刻的鬼山莲泉，早已经不是当初在雷恩被自己困在甬道里打得几乎没有还手之力的可怜使徒了。

在这片一望无际的大海之上，如果不趁着鬼山兄妹在调动起无数的海底魂兽之前解决他们，那后果很可能不堪设想。神音明白，在鬼山兄妹面前，自己和幽冥都无法释放魂兽，否则他们很可能将之催眠，令本应和自己并肩战斗的魂兽转头反噬自己。特别是幽冥的诸神黄昏，如果失去控制的话，这片海域甚至包括离这里最近的雷恩城，随时都有可能变成人间炼狱。

神音全身的金色刻纹肆意而暴虐地绽放着光芒，她双眼发红，双臂朝前一甩，"唰唰"两条巨龙长鞭朝阇翅那两只锋利的巨爪缠绕而去，当鞭子缠住了阇翅的双腿时，她突然在空中朝后将身体一拧，喉咙里发出巨大的怒吼。神音巨大的拉力，竟然让庞然大物阇翅稳不住身形，被两条龙鞭拉扯着，朝神音的方向滑去。

鬼山缝魂和鬼山莲泉脸色渐渐苍白起来。不愧是杀戮使徒，虽然不清楚她长时间作战的续航能力，但是至少这瞬间爆发出来的力量，足以傲视群雄。

阇翅依然勉强挣扎着，但是还是被鞭子拖曳着，一点一点地朝神音滑去。

神音嘴角冷笑，然后将手腕上的那串冰蓝色的宝石往空中一扔，空气里七团蓝色的闪烁光点旋转着，渐渐幻化成七个风驰电掣的虚幻的神音，卷动着白色光芒的七个幻影在空中旋转着交错飞掠。

七张一模一样花朵般娇艳的脸上，是毒蛇带血獠牙般凛冽的杀戮气息。

鬼山莲泉心中一沉，空中游走的锁链突然被几条巨龙长鞭缠得动弹不得，她闭上双眼，身体里震荡起一股排山倒海的魂力。猛然间，回生锁链突然暴涨三倍，如同双手环抱的柱子般粗细。链条每一个环扣的边缘，都如同刀锋一般又薄又利，突然膨胀开来的力道，将缠绕着它们的龙筋，切割得鲜血直流，空气里四散激射着大量的龙血，仿佛从天而降的猩红暴雨。

四条巨龙的悲痛龙吟，响彻天地，连空中的乌云，都被震动得翻涌不息，四散破败。

"你找死！"神音看着被切割出巨大伤口的巨龙，脸上寒光爆射。

两条巨龙突然松开锁链，朝鬼山莲泉席卷而去，狰狞而巨大的龙口利牙交错，莲泉脸上一阵慌乱，但闇翅被神音拉扯着，躲避不了。

正在这个时候，鬼山缝魂举起月光色的长剑，他胸膛上金黄色的十字刻纹绽放出剧烈的光芒，空气里无数卷动着的白色冰冻气流唰唰地朝剑身蹿去，凝固在剑身表面化成森然的寒气，他举起长剑朝闇翅脚下的龙身砍去，剑气暴涨，仿佛凌空横斩的白色软刃，闪电般地切割进龙鳞深处。

两声巨大的惨叫，两条龙鞭吃痛，松开闇翅的爪子，闇翅突然发出一声巨大的鸣叫，冲天而起。

"莲泉，现在！"鬼山缝魂大吼一声。

莲泉心领神会，她转身和缝魂以背相靠，双眼紧闭，天地间一阵巨大的雷声，闇翅载着他们两个朝云朵之上飞快地爬升，与此同时，他们脚下辽阔的黑色汪洋，隐隐发出无数沉闷而遥远的怒吼。数以万计的游动的光芒，在黑色的海面之下隐隐发亮。顷刻间，浩瀚无边的黑色海洋变成了一面混沌的星空，密密麻麻的光点，在沉闷的巨响中呼之欲出。

神音心里突然有着无限的恐惧，她回过头，看着幽冥。

幽冥冲她点了点头，然后朝天空飞快地拔地而起，仿佛一股冲天的黑色气旋，他修长而矫健的身形，一瞬间就追上了朝天飞掠的闇翅。他双眼含怒，面若冷霜地冲鬼山缝魂说："使徒和使徒打斗，你一个王爵凑什么热闹，你的对手是我！"

说完，他朝天空将头一仰，胸膛上的金色刻纹激射开来，翻滚的乌云深处，无数的水汽凝结翻涌，瞬间幻化成上万根巨大黑色冰柱，从天空雷霆万钧地笔直刺下。

鬼山莲泉挥动起白色的锁链，如同旋转的星云般将她和缝魂围绕起来，激射而下的巨大黑色冰箭撞碎在旋动的锁链上，化成碎裂的黑色冰块，只是闇翅巨大的身形无处躲藏，"噗噗噗——"转眼间密密麻麻数十根巨大的黑色冰箭穿射过它的翅膀和身体，漫天洒下滚烫的血雨。伴随着闇翅巨大的哀鸣声，他们随着闇翅一起朝海面上跌落下去。

天空里的幽冥一声冷笑，朝上突然跃起，仿佛跃出水面的黑色鲤鱼一般，在空中调转身形凌空倒立，他双脚上方瞬间凝结出一面巨大的黑色冰晶，他双脚用力一瞪，朝下急速坠落，追着鬼山兄妹而去。

他如同一个黑色的鬼魅，从天空之上斜斜刺下，他将左手再次用力一斩："坠!"天空里，又一批成千上万的巨大冰箭怒射而下，这一次，每一根冰箭都变得更加庞大而沉重，速度更加剧烈，雷霆万钧，仿佛一面当头轰然砸下的带刺巨墙。

而更加令人绝望的是，幽冥将右手一抬，身下的海平面上，突然疯狂地拔地而起数十根锋利的黑色冰晶尖刺，刚刚钻出海面的尖头仅仅仿佛是雨后的春笋般毫不起眼，然而短暂的瞬间之后，黑色冰晶持续拔地而起，仿佛诡谲扭曲的藤蔓般"哗啦啦"朝上摇曳爬升，沿路不断吸纳着海洋上翻滚的浪涛和天地间的水汽，冰晶膨胀着直径围度，很快就变成了一座座拔地而起的小山，碎裂的冰块噼里啪啦坠落深海。鬼山莲泉看了看头顶压下来的黑色冰箭，再看看脚下此刻正朝他们疯狂吞噬而来的巨大黑冰嶙峋山脉，在这样两头夹击的当下，她心里一慌，手上的锁链突然露出一个缺口，鬼山缝魂的肩膀被一枚冰箭猛然洞穿，滚烫的热血飞溅开来。

"哥哥!"莲泉大喊。

"不要管我，全神贯注!莲泉，现在放松了，我们就没有机会了!"鬼山缝魂依然紧闭着双眼，全身的魂力在他的灵魂回路里疯狂而有序地流动着。

"是!"莲泉眼睛里含着热泪，她抬起头，看着从上面坠落下来的黑色鬼魅般的幽冥，又看了看岩石上此刻正在休息准备伺机而动的神音，她闭上双眼，全部的魂力朝着脚下黑色的海面涌动而去。

　　"起！！"鬼山莲泉和鬼山缝魂突然大吼一声，两个人睁开他们的双眼，他们的眼睛全部变成了血红的颜色，除了金光闪烁的瞳孔，整颗眼球上都已经布满了红色血管，眼眶边缘几乎要渗出血来。

　　莲泉跌坐在闇翅羽毛柔软的后背上，嘴角挂着一丝鲜血，但是她依然咬牙维持着巨大的魂力消耗，而她身边的鬼山缝魂，如同一位高大的战神一样，迎风而立，喉咙里发出暴风般的怒吼。

　　神音和幽冥异口同声地大喊："糟糕！"

　　辽阔的海面像是被地底烈火煮沸了一样，肆意地翻滚起来。大团大团的气泡从海底翻涌而上，无数剧烈的水蒸气将整个海面笼罩起来。接着，几秒钟巨大的寂静笼罩了天地，所有的声音都消失了，只见海面突然塌陷出一个巨大的窟窿，仿佛海底被凿出了一个庞大的缺口，海水往塌陷中心汇聚而下，然而很快地从凹陷的中心隆起一个光滑的弧度，紧接着轰然一声巨响，仿佛海底火山喷涌，一头又一头大大小小、千奇百怪的魂兽，从海面上破水而出，朝天空疯狂飞蹿。

　　无数的剑鱼、海象、海狮、蛟龙、海蝶、水蛇、海马、三戟鱼……各种叫得出名叫不出名的海底魂兽，群魔乱舞地朝着天空笔直上升，其中为首的，正是鬼山缝魂的第一魂兽海银，那是一头有着麒麟的头部、巨蜥的身形以及海龙的尾巴的巨大怪兽，本来如同一座小小山丘的闇翅，在它面前就像一只在巨蜥面前飞动的小小蜂鸟。它的双肩长着两只巨大的纯白色肉翅，上面密集地生长着无数长剑般锋利的细长鳞片，如同千万把刀刃，此刻正在伸展开来，刀刃彼此切割发出金属的划声，刺痛着耳膜。

从高高的山崖上望过去，视野之内全部都是飞翔在空中渐渐聚拢来的数万只魂兽，密密麻麻地延伸到地平线的边缘，覆盖住了整片视线能及的海域。它们的双眼通红，失去理智般地咆哮着。

神音被这天地间回荡着的巨大轰鸣震得胸口一紧，一口热血从喉咙里涌上来，身体里的灵魂回路像是发出抽筋般的疼痛，仿佛正在错乱扭曲，她赶紧坐下来，平稳体内几乎快要被这些魂兽的怒吼震得失控的魂力。

乌云笼罩的苍茫天地间，落日正颓败地往地平线下沉落，从高空上向下俯视，残阳如血红的红色余晖里，数十万只巨大而疯狂的魂兽，仿佛成千上万的黑色野蜂将海面覆盖起来。各种各样锐利的鳞片、利爪、尖牙，从它们的身躯上挟裹着魂力不断地激射而出，漫无目的，密不透风，整个岛屿在如同暴雨般的扫射之下渐渐变得千疮百孔，狂风卷动，飞沙走石，整个天地间一片鬼哭狼嚎。

几十万只疯狂的魂兽朝着神音、幽冥席卷而去。

而这个时候，更远处的山崖上突然出现几个强劲的金色光阵。

特蕾娅突然转过身，她双眼的白色风暴里，渐渐闪烁起兴奋而期待的光芒。

金色光阵的光芒渐渐隐去，麒零视线逐渐清晰，他刚来得及看清脚下黑色的地面，就被整个天地间巨大的轰鸣震得头痛欲裂，身形瞬间不稳，几乎快要跌倒。他刚刚通过漆拉的棋子传送到这个岛屿上，他完全没有想到，竟然会直接面对着这样一场天崩地裂的巨变。

他抬起头，视线一花，前方空气里一道透明的涟漪快如闪电般地朝他扫来。透明的气浪撞击向他的胸口，他感觉像被一根无形的铁棍在胸膛上重击了一下。

他吞咽下喉咙里涌出的鲜血，张口想要呼喊银尘的名字。但是他发现自己竟然完全说不出话来，四周激荡着仿佛雷暴般冲天裂地的魂力，他的意识渐渐模糊起来，在摇晃的视线里，看见银尘突然闪动身形，挡在了自己前面，银尘腰间光芒闪动，瞬间，一面巨大的纯银盾牌挡在自己前面，柔和的白色光芒，将周围的飞沙走石、尖锐叫嚣，还有那些暴戾流动的魂力全部阻挡开来。

麒零的意识渐渐清醒过来。他看着面前整个天地间几乎崩裂的场景，张开口，不知道该说些什么。

"这是……人间炼狱吗……"他无法相信自己的双眼。

而此刻，银尘将天束幽花朝盾牌后面一拉，拉到麒零身边："你们两个在这里等我，不要轻举妄动。"说完，他展开身形，飞快地在嶙峋的岩石间跳跃疾走，朝着仿佛坍塌的天空尽头飞掠而去。

麒零还没来得及叫住银尘，突然他的身后金光大放。

他转过身，漆拉从一扇金色魂力编织而成的光门里走出来，光门中间是一道仿佛透明水面的空气涟漪，漆拉的身影，从空气的波动扭曲中幻化而出。

"漆拉，你怎么才来？"麒零说。

"怎么只有你们两个？银尘呢？"漆拉看着眼前万兽飞舞，天地崩裂的场面，不由得皱紧了眉头。

"他让我们留在原地，然后自己就……漆拉！"麒零还没有说完，漆拉的身影就在空气中虚幻地扭动了一下，瞬间消失了。

"他又去哪儿了啊！"麒零有点生气，转身看向身边的天束幽花，发现她面色有些凝重，"你脸色看起来不太好，怎么了？"

"漆拉制作棋子的速度竟然已经可以达到这么快了……"幽花的瞳孔有些闪烁。

而此时，麒零和幽花完全没有发现已经悄然出现在他们身后不远处的特蕾娅。

"漆拉，你是怎么做到大幅缩减【吟唱】时间的呢？我还以为只有我可以，没想到，呵呵，看来，你对你的天赋，真的是研究得无比透彻啊……回头有空，我也研究研究你的天赋到底还能做些什么吧，也许我的想象力更加丰富也说不定呢，反正，那个'标本'一直都在，沉睡了这么久，也是时候醒醒了吧。"特蕾娅看着消失的漆拉，微笑着，喃喃自语，她看着面前的少男少女，又望向天地间狂乱的魂兽们，脸上依然是那种似笑非笑的表情。但是她混浊的瞳孔里，却有一种狂热的期待。谁都不知道她期待的是什么。

"眼前的人间炼狱，对某人来说，也许就是最完美的天堂了吧，呵呵……终于开始了啊……今日过后，亚斯蓝的排名，就需要重新改写了吧……"

站在她身边的霓虹，呼吸渐渐急促了起来。他全身的刻纹密密麻麻地几乎全部浮现了出来，狂暴的魂力如同龙卷风一样，从他的身体里席卷了出来。

他的眼神直接而又暴戾，他的眼睛里，除了神音，谁都没有。

特蕾娅被身边的魂力震动，回过头看着霓虹："傻孩子，你急什么。在这场风暴里，我们就只需要静静地做一个观察者就好了，如此剧烈的战役，已经足以和四年前的浩劫媲美了。在这种强度的对抗之下，我相信每一个人的魂器、天赋、第一魂兽、第二魂兽，还有他们一直以来极力隐藏的秘密，都会暴露得淋漓尽致，这对我来说，简直就是一顿饕餮盛宴啊……还是那句话，秘密就像森林里的火把，它无法照亮整片森林，只会引来更加嗜血的野兽。"

真正摧毁天地的风暴就要开始了。她想。

她本来已经大概能够预判这场战役的结果，因为幽冥、神音、鬼山缝魂、鬼山莲泉，包括沉睡的西流尔，他们的天赋和魂器皆已暴露，战力判定基本锁死，然而突然降临的漆拉和银尘，成为了巨大的变数。

他们如果只是袖手旁观或者中立克制，那么还好，但如果这场战役最终引起他们两人加入，那么，这将是一场足以毁灭亚斯蓝的大战。

特蕾娅的心跳渐渐加快了，她仿佛已经看见了幽暗森林里，渐渐亮起的火把。

漆拉，银尘，点亮你们所有的秘密吧。

谁也说不清为什么，也许是天意巧合，也许是耗费数年的精心策划，但无论如何，所有人都意识到了这样一个残酷而本不该出现的事实：

　　亚斯蓝领域上，除了从不离开白银祭司身边的一度王爵修川地藏和他的天地海三使徒之外，现存的二度到七度全部的王爵和使徒，都在此刻会聚到了这座岛上。

　　乌云翻滚的苍穹，天光破碎逃窜，漆黑的大海如同煮沸的水，数万只疯狂暴戾的魂兽仿佛一只只海底妖魔一样持续破水而出，这种末日般的气息，这种毁灭前的预兆，多像是几年前的那次重演，也许冥冥之中，天神再一次地，用它诡异莫测的灵犀牵引，聚拢了这世间所有魂力的巅峰。

　　特蕾娅笑着看了看霓虹，她风情万种地伸出手，握住霓虹肌肉结实的手臂，然后拉起他的手，伸进自己的裙摆，她牵引着他，仿佛指引着一个未经世事的少年。她让他的手抚摩起自己的爵印，霓虹修长有力的手指抚摩着那私密处最柔嫩也最神秘的肌肤，他的胸膛剧烈地起伏着，他的呼吸里是炽热的雄性欲望，他天使般纯美的面孔滚烫通红。特蕾娅满意地看着自己的使徒，像一个少女端详着自己最宠溺的玩具。

　　霓虹的魂力渐渐翻涌激荡，仿佛一座随时都会喷涌的火山。

　　——然而，只有特蕾娅知道，在持续不断的抚摩之下，自己爵印里沉睡着的那个宝贝，它才是真正的、能够毁灭天地的火山。只是它依然沉睡着。

　　——但它正在醒来。

　　——它不是幽暗森林里的火把，它是最后才会登场的，焚烧一切的终焉。

爵迹

Chapter 04

女神的裙摆

L.O.R.D
·Legend of Ravaging Dynasties·

【西之亚斯蓝帝国·雷恩海域】

天地间的怒吼持续增强，震耳欲聋的声响里翻滚着纠缠在一起难以分辨的汹涌魂力。无穷无尽的魂兽在鬼山兄妹【催眠】天赋的驱动之下，不断挣扎着从深海中上浮，没有飞行能力的魂兽在海面上翻滚拍打，激起无数混浊的白色泡沫。而能够飞行的魂兽早已冲上乌云翻滚的天空，朝着岛屿疯狂席卷而去。

鬼山莲泉双眼赤红，她眼球沁出的血滴，已经涌出她的眼眶，挂在脸颊上仿佛两行血泪。她抬起头，看着背对自己迎风而立的鬼山缝魂，他高大的身躯上萦绕着无数旋转的金色光芒，他白银的战甲，已经在周围暴戾汹涌的魂力和幽冥黑色冰晶持续不断的攻击之下，变得破损残缺。暴露在战甲之外的肌肤上，金黄色的刻纹仿佛是有生命的活物一样，起伏蠕动，仿佛要从他的皮肤下穿刺而出。

莲泉渐渐感到有些恐惧，鬼山缝魂看起来没有停手的打算，他似乎想要把海底所有的魂兽都搅动出海，可是，以他们两个人的魂力根本不足以支撑同时催眠如此巨大数量的魂兽，特别是在刚刚经过了神音和幽冥的联手攻击后，他们俩体内的魂力已经消耗了大半，此刻勉强维持催眠驱使眼前已经被激发狂化的魂兽已是极限，如果再持续增加更多的魂兽，自己和缝魂两个人的魂力随时都会崩溃……

想到这几十万头魂兽如果失去控制……那对于离这里最近的雷恩城来说，几乎就是灭城之灾，想到这里，莲泉不由得心里一紧。

"哥哥……"莲泉近乎虚脱地跌坐在闇翅毛茸茸的后背上，她苍白的脸被狂风吹得几乎没有血色，"我的魂力已经快要支撑不住了，你别再催眠更多的魂兽了，一旦我们两个的魂力崩溃，这么多的魂兽将瞬间失去控制进入狂暴状态，那……"

鬼山缝魂转过身，一把拉起跌坐着的莲泉，将她轻轻地揽进他宽阔的胸膛，他有力的臂膀扶着莲泉，胸膛里的心跳声清晰有力，他靠近莲泉的耳边："莲泉，你听着，我现在的魂力还可以支撑一段时间，等一下，我会用尽全力驱动所有魂兽一起进攻下面几个王爵使徒，他们一定会本能地各自躲避或者投入战斗，整个岛屿范围内的魂力会极其扭曲错乱，难以分辨，这也是你躲避特蕾娅追踪的最好时机，你一定要趁着这一刻短暂的混乱，进入地壳深处，去寻找永生王爵，将我之前告诉你的那些话，全部告诉他。如果他愿意相信我们，说不定我们两个还有机会活着离开这里……否则……"鬼山缝魂的目光突然黯了下去，他的声音听起来格外苍凉，就像是冬日狂野上暮色四起的风声，凄惶而孤独，"莲泉，本来我还觉得，以我们两个的天赋，并且占尽了海洋的地利，说不定还有机会战胜幽冥和神音，但是我没想到特蕾娅和漆拉也会出现，他们俩的排名虽然都在幽冥之下，然而，从某种意义上来说，他们俩都比幽冥可怕……虽然现在还不清楚漆拉的立场，但光是特蕾娅，就非常难以对付。如果漆拉最后也选择加入这场战斗并站在我们对立面的话，那么就算我们唤醒了西流尔，我们也没有任何生还的机会……"

鬼山缝魂没有继续说下去，他坚毅的面容离莲泉泣血的双眼只有几寸的距离。莲泉看着面前从小到大都仿佛是自己的守护神般的男子，泪水渐渐涌上眼眶，苦涩的泪水混合着血液，被周围卷动的狂风吹散在天空里，拉成发亮的长线。她的心脏上仿佛压着千钧重量，末日般的绝望如同死神的双手将他们紧紧攥在手心。

不用缝魂提醒，莲泉也很清楚，曾经叱咤风云的上代一度王爵漆拉，他深不可测的魂力和对时间和空间超越极限的控制天赋，完全不是他们兄妹能够抗衡的。更何况，直到今天，亚斯蓝也没有人知道他的魂器和魂兽究竟是什么，与其说是他保持神秘，不如说是他的实力已经达到难以揣度的地步，没有任何力量能够逼迫他使用魂器和魂兽，或者说，就算有人极其难得地见识了漆拉的魂器和魂兽，那他也必将付出生命的代价，从而使得漆拉的秘密可以持续存活在阴影里，仿佛黑暗中悄然呼吸的巨大怪兽，你能清楚地知道它的存在，但你却无法辨识它的轮廓。

一阵强烈的酸楚涌上莲泉的心头，因为此刻，缝魂扶在自己肩膀上宽阔有力的手掌里，正源源不断地涌出精纯的魂力渗透补充到自己的体内，仿佛带着雄浑刚烈气息的泉水般，流进自己的四肢百骸，翻涌着汇聚到爵印里。

莲泉抬起头，正对上缝魂清澈而坚毅的双眼，他目光里的沉重和疼爱，像是匕首般划痛了莲泉的胸口。

她突然悲怆地意识到，鬼山缝魂此刻正在放弃他自己所剩无几的渺茫的生存希望，他将所有生存的可能，留给了自己，他的心里早就已经做好了决定……

莲泉喉咙一阵发紧，在魂力汹涌着冲进自己身体的同时，她的眼泪仿佛断线的珠子，从天空上飘洒下来。

"傻孩子，哭什么。"鬼山缝魂抬起手指，他带着血迹的手掌很粗糙，但也很温柔，他轻轻抚摩着莲泉紧闭的湿漉漉的眼睑，他的脸上没有哀伤，他眼睛里都是幸福的表情。

"哥哥，我是不是要失去你了……"莲泉的喉咙酸涩而又紧绷，她哽咽着问。

"不管我死去，还是活着……"鬼山缝魂低头在莲泉的额上轻轻轻吻，"你都不会失去我，永远不会失去我。"

莲泉的眼泪滴落在缝魂的手上。

"还有，你一定要记得一件最重要的事情……"鬼山缝魂看着莲泉的眼睛，一字一句地说，"不管发生什么事情，你一定要相信他。"

鬼山莲泉点点头："我明白。"

一道银色的光芒从天空里闪电般地朝麒零坠落而来，落到地面的时候光芒碎裂飞散，白色光芒的中心，银尘俊朗如同天使的面容此刻已经寒意密布，他在风里皱紧了眉头。

"银尘！"麒零迎着风，朝银尘费力地大声喊着，但声音被周围的飓风一吹就散，渺茫得仿佛游丝，"银尘！发生什么事了？！"麒零又一次提高声音喊着。

银尘走来，躲进银色盾牌后面的范围，周围的风声一下子小了很多，他看了看面前神色紧张、面容苍白的麒零和幽花，叹了口气，也难怪这两个小孩子会如此惊慌失措，因为眼前的场面，就算是曾经贵为天之使徒的自己，也罕有经历。他的脑海里突然闪动起四年前的那场浩劫，壮阔天地都被染成苍凉的血红。

银尘心里一酸，走过来，双手按在麒零的肩膀上，用充满磁性的声音温柔地说："杀戮王爵和杀戮使徒正在追杀叛变的五度王爵鬼山缝魂和五度使徒鬼山莲泉，我想是和深渊回廊里的那个神秘苍白男孩有关……"说到这里，银尘微微顿了顿，他抬起头看了看天束幽花，沉默了一会儿，然后继续说道："除了一度王爵修川地藏之外，此刻这个岛屿上集齐了亚斯蓝目前存续的所有使徒和王爵，不过其他的王爵目前都还在观望和保持中立，事态最终会发展到什么程度，谁都不清楚。麒零，你听我说，无论接下来发生什么事情，你和天束幽花都必须待在这个盾牌的防护范围之内，绝对不要出来，现在的战局已经不是你们能够参与的了……"银尘还没有说完，就看见天束幽花和麒零的眼里突然出现的惊悚神色。

银尘立刻回头，顺着他们的视线望去，视野所及一片昏暗，几秒钟之后视线凝聚起来，才渐渐看清楚，天地间密密麻麻的魂兽仿佛正在朝着他们席卷而来，仿佛隐藏着雷暴的黑云，万千剧烈而锐利的鸣叫声带着天崩地裂的魂力，沿路摧毁着岛屿的地表，也将海面掀起的黑色巨浪顷刻间粉碎成飞扬的水雾。

整个岛屿轰然震动起来，大块大块的岩石从岛体上崩落，滑进黑色的海面，翻涌高涨的海啸朝着这个岌岌可危、随时都会塌陷的岛屿席卷而来。

麒零胸口一紧，一股血腥味从喉咙里冲到嘴边。他回过头看着天束幽花，她苍白的面孔没有一丝血色，她的目光已经在无数魂兽撕心裂肺的鸣叫声里溃散开来，无法聚拢，血从她的嘴角流出来，滴在她的裙子上。

"待在这里，千万不要动！"银尘迅速地站起来，他一挥手，银色的盾牌拔地而起，飞快地化成几缕白色的光线，吸收回他的体内，然后他将手一挥，一颗仿佛白色棋子般的东西"噗"的一声射进麒零脚下的地面，下一个瞬间，大量纯白色仿佛柔软海草一样的东西，从麒零脚下的地面上破土而出，周围的空气像是突然间凝固了似的，刚刚快要把胸口撕开的各种刺耳巨响和扭曲如同搅动刀刃的魂力，通通消失不见了，仿佛天地万物都被眼前纯白色的巨大丝绸隔绝在外，麒零的耳朵似乎不能一下子接受突如其来的寂静，发出嗡嗡的耳鸣。

在这团有生命的白色海草范围之内，尘埃缓缓飘动，无风无浪，仿佛时间放慢了节奏……麒零看得呆了。他凝视着面前这片如同寂静海底的小小空间，惊讶得说不出话来。等他回过神来，才发现银尘已经远远离去，他的身影消失在嶙峋的岩石峭壁之间。

漫天翻涌的魂兽，持续从海底破水而出，附着在它们光滑身体上的海水化成大片雨滴洒向地面。大大小小的黑点游动在更高远的天空之上。

麒零透过包裹他们两个的纯白色水草，望着外面天翻地覆的场景，耳边却没有任何的声音，仿佛大雪之后寂静的森林，只有天束幽花的呼吸声清晰地在耳边回响。麒零伸出手，轻轻地抚摸着面前从地面生长出来的白色丝绸，觉得有点不可思议。

"这些白色的水草一样的东西，到底是什么啊？"他自言自语地嘀咕着着，没想到身边的天束幽花竟然回答了他。

"这些不是水草，你仔细看看它们，就会发现它们其实是一匹又一匹薄如蝉翼的丝绸，如果我没有猜错的话，这是亚斯蓝领域上最有名的魂器之一，叫作【女神的裙摆】。"天束幽花说。

"女神的裙摆？那它是什么魂器啊？看起来有点像鞭子，它打人很痛吗？"麒零不是很明白。

"你错了，它不是武器，它是防具。"天束幽花深吸一口气，"它是'盾'。"

远处山崖上，特蕾娅的目光锐利如刀，她冷冷看着脚下柔软舞动的白色丝绸，嘴角挂着淡淡嘲讽的笑意。

霓虹的呼吸渐渐急促起来。

特蕾娅伸出手，温柔地抚摸着霓虹的胸膛："不用担心，那只是曾经的盾牌被击碎后掉落的残片，能够抵挡的冲击低得可怜，真正的女神裙摆，呵呵……"

漫天疯狂的各种魂兽，密密麻麻如同黑雨般朝岛屿急坠而去，它们和岛屿的距离在飞快地缩短。

面对着近在咫尺的发狂兽群的，是亚斯蓝国境内集结的王者，他们对魂力的驾驭已经登峰造极，这片汪洋大海更是给他们提供了无穷无尽的力量源泉，滔天巨浪在他们的操纵之下随时都能变成毁灭天地的利器。

他们曾经并肩战斗，他们也曾彼此厮杀，然而此刻他们却下意识地站成了四道由远及近的防线。虽然他们在这个被鲜血主宰的杀戮世界里已经渐渐被磨灭了对彼此的怜悯和信任，但在他们的骨髓深处，依然流淌着最高贵的荣耀之血，守护万众平凡苍生是他们永恒的使命，因此他们锋利却不邪恶，他们孤独却不卑微。

离魂兽最近的海岸线沙滩上，站立着此刻岛上众人里，排名最高的一对王爵使徒，幽冥和神音。虽然位居显赫的高阶爵位，但是，他们脸上的神色却毫不轻松。神音手上的束龙分裂成四股龙筋，飞快地围绕着他们两个游动，龙筋包裹起来的空间里，寒光四射，冷锋逼人。幽冥目光里闪动着金黄色的光芒，他裸露在飓风里的皮肤上，金黄色刻纹闪动不息，他黑色雾气般的长袍肆意翻涌，脚下飞快旋转着他的阵，谁都不知道这个阵的作用，只有他脸上那个残酷而邪恶的微笑，无声地宣告着他凌驾众生的力量。

海岸浅滩后的第一层山崖上，漆拉面无表情地迎风观望。他的面容冷漠而淡然，柔美得失去性别界限的五官上，看不出明显的情绪流露。他脚下仿佛呼吸般明灭着一个缓慢旋转的阵，阵的光芒非常微弱，时隐时现，很显然，他只是将魂力刚好维持在能够支撑阵的消耗量的最低值，他从来不会浪费一点一滴的魂力。对他来说，只有他无法摧毁的对手，而没有可以摧毁他的对手——任何时候，他只需要将脚下的大地做成一枚棋子，他就可以轻松而潇洒地离开任何劣势的战局。他的长袍仿佛慢动作一般翻飞在风里，他看起来就像是站在一个任何人都无法接近的世界里。他简直就是幽冥的反面——对幽冥来说，魂力似乎是取之不尽用之不竭的，他无时无刻不在释放着汹涌的魂力，随时都企图在瞬间主动引爆无数伤害。这是他杀戮王爵的本能。

再远处，则是特蕾娅和霓虹。特蕾娅的双眼此刻翻涌着剧烈的白色风暴，眼眶中骇人的惨白配合上她嘴角妩媚的笑容，让她像一个在地狱入口处迎接着新亡灵到来的美艳的死亡使者。全身小麦色肌肤，肌肉饱满身材高大的霓虹，如同一个面无表情的战神雕塑一样，一动不动地守护在特蕾娅的面前，他的双臂涌动着大量金色的纹路，他的双手随时都可以变成撕裂一切的斩杀利刃。

最后一道防线，是从天空中翩然降临的银尘。他一身白衣如雪，站在一块黑色岩石组成的平坦地面上，他的双眼绽放着金色的光芒。在他脚下旋转不停的光芒之阵里，无数剑柄、盾牌、锁链、长矛，以及一些无法辨认出形状的魂器，正如同不断绽放的花瓣一般，将他层层叠叠地围绕起来。上百件魂器互相吸引震动，发出尖锐的蜂鸣声。

他抬起金色的双瞳，握紧拳头，一双铂金锻造的拳刃从他的指缝间幻化成形。

所有人的目光，都望着天空上，朝他们冲击而来的万千魂兽，如同一群黑色的流星陨石从天而降，雷霆万钧地携带着足以摧毁天地的力量。

这是亚斯蓝最坚不可摧的一道防线，如果连他们都无法阻挡这场浩劫的降临，那么万千生灵必将被残忍埋葬。

银尘的心跳渐渐加快。他转过头，看着身后站在女神裙摆里小小的麒零和天束幽花，他们如此年轻，如此美好，如果自己最后这道防线失守……

突然，有一道若隐若现的光线从银尘的脑海里闪过，他隐隐地意识到了某种冰冷尖锐的东西，正对着自己散发着阴谋的气味，然而是什么呢？银尘却捕捉不到任何具体的线索。

鬼山缝魂和鬼山莲泉与周围密集围绕着他们的数万魂兽一起，急速地朝岛屿上坠落。

缝魂转过脸来，他深邃的眼睛望着莲泉，他的声音里充满着诀别的悲怆："莲泉，答应我，唤醒西流尔之后，你一定要活着离开这里。"他的声音像是温热的泉水，他粗糙有力的双手捧着莲泉的脸庞，手掌心里海浪般翻涌的魂力源源不断地注入到莲泉耳朵下方的爵印——这是他最后仅有的残余魂力。莲泉的眼泪滴在他的手背上，仿佛滚烫的珍珠。

随着缝魂魂力的减少，越来越多的魂兽从催眠里挣扎出来，失去控制的魂兽变成发狂暴戾的怪物，朝着岛屿上的王爵使徒俯冲而去。

"去吧！莲泉！"鬼山缝魂一声怒吼。

无数魂兽突然齐声鸣叫，魂力在空气里震荡出的透明涟漪把所有人的视线冲击得摇晃模糊。鬼山缝魂用力地在莲泉背后一推，莲泉的身影从阉翅的背上轻轻地朝斜后方飞去。

鬼山莲泉看着前方渐渐走远的缝魂悲怆的背影，她张了张嘴，眼泪滑下她的脸颊。

——鬼山缝魂，如果你死了，我一辈子都不会原谅你。我没你那么伟大，我不想做王爵，我只想做一个被哥哥守护的妹妹。这个世界无论腐朽堕落成什么样子，都轮不到我来拯救。这个世界，有人比我更想成为英雄，成为至高无上的王者。鬼山缝魂，你永远没有办法丢下我，因为，我会一直追着你走。你去哪儿，我就去哪儿，你活着，我就活着。

莲泉在空中轻盈地一个转身，朝一头湿淋淋的巨大海蝶飞掠而去，她矫健地翻身上到海蝶长满鳞片和触角的光滑后背，藏身在它巨大的翅膀背后。莲泉伸出手按在它的后颈上，眼中金光绽放。海蝶在她的催眠下，不动声色地渐渐朝远离兽群的方向斜斜地飘飞出去，仿佛一只断线的风筝，悄无声息地朝刚刚莲泉探测到西流尔魂力的那个洞口飞去。

她的眼泪被风吹成长线，洒向鬼山缝魂此刻被死神笼罩的背影。

所有人都屏息凝视着，做好抵御第一轮魂兽攻击的准备，王爵和使徒们的目光都牢牢地锁定在第一排快速冲击过来的魂兽上，谁都没有注意到，藏身在万千魂兽中的闇翅后背上，鬼山莲泉已经没有了踪影，只剩下鬼山缝魂单膝跪在闇翅后背上，虚弱但依然坚强。

除了特蕾娅。

"哎呀，兵分两路了啊……这么多魂兽，真是不太好找啊。"特蕾娅白色风雪肆虐的眼睛半眯着，仿佛看到了一件有趣的事情。

天空中是成千上万魂力汹涌狂暴的魂兽，各种属性的巨大魂力交错扭曲成飓风般的扰动，想要通过魂力感应追踪到莲泉的行迹，就像是在沙尘暴中寻找一粒沙。

特蕾娅敏锐的感知化成锐利的网，撒向天空。然而她的魂力瞬间就被狂暴的魂兽吞没，她勉强维持着自己的感应天赋，仿佛一只孱弱的蜂鸟，企图在龙卷风里追上一枚它丢失的草籽，然而，这怎么可能呢，无论蜂鸟如何扇动翅膀，它都难以——

"你已经跑到这么远啦？真是的，妹妹怎么能丢下哥哥呢，现在的小孩子，越来越没有规矩了，那就……让我来教训教训你吧，嘻嘻……"特蕾娅收起眼睛里翻涌的白色风暴，转身抚摩着霓虹的胸膛，"你在这里等我哦。我很快就回来。"

说完，特蕾娅身形展动，追踪鬼山莲泉而去。她的身影快速地几个起落，已经离鬼山莲泉只有数百米之遥。沿路无数的魂兽，都被她巧妙而轻松地绕过——她甚至都不用发动天赋，以她纵横万米的感应能力来说，提早预算出魂兽的轨迹和进攻方向完全不是什么难事，无论前面冲过来的是一头，还是一万头，对她来说，都像是信手拈来，闲庭信步。就像是在一阵纷纷的樱花雨走过，也能不被任何一枚花瓣沾染衣裳。

特蕾娅甚至都没有把速度提到很快，因为，任何猎物，一旦被她的天赋捕捉，身上就会留下锁定标记，这种标记就像是在她和猎物之间，拉起了一根坚不可摧的柔韧丝线，除非特蕾娅解除标记或者魂力耗尽，否则，就算逃到天涯海角，对特蕾娅来说，一样如同近在眼前。

特蕾娅停在莲泉消失的入口，她看了看黑幽幽的洞穴，又转头看了看天上那将撞击岛屿的黑压压的万千魂兽，她微笑着："一打二，有点头疼啊。"说完，她睁开白色混浊的双眼，毫不畏惧地低头跟进了洞穴。

"是盾？"麒零摸摸后脑勺，有点不能接受，"哪有用布做的盾啊！"

"和以坚硬材质承受攻击的普通盾牌不同，女神的裙摆的神奇之处在于这些仿佛具有灵性的丝绸会根据攻击的来源方向和强度，自发缠绕交错，无风自动，所有处于这些绸缎包围领域里的人，都可以免疫所有间接攻击。比如我的魂器——这把巨大的冰雪之弓所射出的箭矢，都被视为间接攻击，因此对女神的裙摆来说，不具有任何的穿透力，对防御范围内部无法造成伤害。"天束幽花伸出手抚摩着仿佛被海水轻轻摇曳着的白色丝绸，目光里是隐隐的忌妒。

"如果只能抵御间接攻击的话，那其实也没什么大用处吧，只要敌人靠近你直接攻击，那就没法防御了啊，还不如穿一件坚硬一点的铠甲，这样至少刀砍在身上还能抵挡一阵子呢。毕竟使用弓箭作为武器的人不多吧。"麒零不解地望着天束幽花。

"女神的裙摆并不是一面常规意义上的盾牌，它属于盾牌中的异化，它所针对的间接攻击并不仅仅只是将弓箭、锁链这类的常规的远程进攻定义为间接攻击，它还能够同时免疫所有以元素操纵为基础的攻击，比如将水元素固化制造出的巨大的冰箭、冰刃、冰雪藤蔓，又或者是直接操纵液态水，制造海啸、水滴穿射等进攻方式，都被定义为间接攻击。这对亚斯蓝帝国，甚至整个奥汀大陆上，所有擅长非物理攻击类的魂术师来说，都是一个致命的噩梦。而更可怕的地方在于，甚至连魂兽的攻击也被女神的裙摆彻底免疫。可以说，女神的裙摆用它强大到不合理的防具属性，将任何除了来自魂术师本人的物理性体能进攻之外的全部攻击，都强行默认为间接攻击。所以，它一直都被认为是亚斯蓝领域上，防御类魂器中顶级的盾牌之一，它的排名甚至超越幽冥那块几乎能看作是顶级进攻类魂器的盾牌——死灵镜面。"

"那到底什么攻击能够伤害到这个武器的主人呢？"麒零认真地问道。

"我刚不是说了吗，纯粹来自于体能的物理性进攻，近距离用刀砍，用剑刺，用牙齿咬，用脚踢。懂了吗？"天束幽花气鼓鼓地望着麒零的脸，但是瞬间又被他那张离自己只有几寸距离的英俊面容弄得微微有些脸红，她转过脸，小声地嗔了一句，"笨蛋。"

"这么厉害！"麒零大吸了一口气，突然想起什么，脸色瞬间沮丧下来，"那我从魂塚里拿出来的这把断了一半的破剑，和女神的裙摆比起来，简直就是一个小孩子的玩具啊……"不过，他转念又想到了自己的天赋，反正自己的天赋是无限魂器，那么，回头向银尘软磨硬泡，让他把女神的裙摆借给自己防身就好啦，银尘应该没那么小气吧。想到这里，他又啧啧啧啧地得意起来，笑了一阵，麒零突然想起一个问题："不过说起来的话，幽花，你为什么会知道这么多亚斯蓝魂术界的事情啊？"

"我不是早就告诉过你吗，我的血统是亚斯蓝高贵的皇室血统，我们和当今亚斯蓝的帝王同宗同脉。我们家族中有很多人都是辅佐帝王的大臣将相。我母亲更是直接负责亚斯蓝领域里的所有魂术师的个人资料整理和魂术史上的重要历史事件记录。所以亚斯蓝领域上大大小小的事，我都能知道个大概。你一个乡下小子，从来也没接触过魂术世界，你自然不知道皇室血统在亚斯蓝领域里的地位。简单点说吧，皇族代表的皇室体系和以王爵使徒为代表的魂术师体系，就像是国家和军队的关系，王爵们统治着所有的魂术师，充当着保卫国家的军队作用。而魂术师只占整个国家人口的极少比例，魂术世界之外的平民都由皇族管理统治。现任亚斯蓝的皇帝冰帝艾欧斯，本身就是一位魂力杰出的魂术师。传说中他的魂力和一度王爵修川地藏并驾齐驱。并且冰帝艾欧斯身上的灵魂回路和王爵们身上的灵魂回路并不完全相同。至于具体有什么区别，这个连我都不清楚。但是可以肯定的是，艾欧斯拥有的一定是非常罕见甚至无法想象的灵魂回路。不过，皇族里也只有冰帝具有王爵级别的魂力，其他的皇族，也就只是高等级的魂术师而已。所以，单从魂力上来讲，王爵、使徒还是整体要高于皇族的……至于白银祭司，则等同于国家的宗教体系，他们三个，是所有国民心中的天神。"天束幽花还没说完，围绕他们悠然摆动的一缕缕白色丝绸，突然卷动起来，朝着天空迅猛地变长变粗，转眼就变成十几米高的白绸。麒零顺着往上蹿动的绸缎看去，第一批凶猛的魂兽，已经撞击过来。巨大的白绸伸展开来，仿佛层层白色的花瓣，把他们包裹在花芯中间。

第一批魂兽登上了海滩。

最先被攻击的当然是站在最前方的幽冥和神音两人，以他们两个的魂力而言，虽然迅速歼灭这些魂兽有点难度，但是如果只是想保护自身安全的话，并不是一件难事。而且，他们两人的目光中，都闪烁着狂热的期待。作为同样拥有进化属性的侵蚀者，一个能够凭借摧毁魂兽魂印，吸收魂路从而不断突破魂力上限，另一个则可以将所有承受的伤害转化为修复完善灵魂回路的能量。所以，对他们两人而言，这场如同灾难般的魂兽暴动，却仿佛一个能够大幅提升自己魂力的修炼场。

幽冥迎风而立，双手不断朝着迎面撞来的各种魂兽虚空捕捉，天空里持续不断的惨叫声，听起来仿佛人间炼狱。大大小小的爵印从魂兽身上的不同部位浮现出来，然后爆炸成金黄色的碎片，化成金黄色的闪烁粉尘混合在漫天飞洒的兽血里。幽冥握紧双手，用力虚空撕扯，魂兽身上一张金色光线编织而成的复杂网络，就从它们的肉身上剥离出来，仿佛将一副完整的血管神经，从肉体中取出一样，金色的网络瓦解成闪光的游动金线，朝着幽冥的掌心吸纳而去。他英俊而邪恶的脸上，此刻泛滥着难以抑制的迷幻快感，他的目光呈现出一种混乱与清醒边缘的狂热兴奋。他的呼吸急促而炽热，带着风暴般的侵略气息。

他身边的神音，在风暴般的庞大魂力攻击之下，敏捷而灵巧地变换着身形，手上的白色长鞭快速挥舞，发出响亮的破空声，像是将空气抽打出了透明的裂痕。她的目光凝重发亮，但嘴角却始终维持着一个浅浅的微笑。她以一种似有似无同时破绽百出的防御姿势抵抗着眼前暴风骤雨般的进攻，她身上的伤口越来越多，然而，她却始终将伤害维持在一个极其微妙的平衡点，所有真正能够威胁到生命的重创都被她精准地闪避，同时一些看似凶狠但实则安全的创伤却被她引向自身。她浑身的金色刻纹，在渐渐昏暗的天色中，隐隐发亮，汩汩流动，仿佛金色的小河。魂力如同雪山顶上融化的细细山泉，沿着山谷一路往下，渐渐汇聚成越来越汹涌的大河。她的身体正从一面宁静的湖泊，崛起成为一片汹涌的浩瀚汪洋。

而站在他们身后不远处的霓虹，脸上是纯真而安静的面容。

特蕾娅已经追逐莲泉冲进了岛屿深处，身边没有了欲望挑逗的霓虹渐渐平静下来，重新恢复了他纯洁如同天使的温柔神情。他独自面对着即将冲击而至的数万头魂兽，没有丝毫恐惧。他的天赋令他感受不到任何的负面情绪。而且，特蕾娅非常清楚他的实力，所以，她才敢毫不担心地离去，将霓虹独自留下。准确地说来，应该担心的是这些已经接近疯狂的魂兽吧。因为从某个意义上来说，霓虹和一头野兽没有太大的区别，他甚至比野兽更加冷酷、更加凶残、更具有兽性的嗜血。

第一批突破了幽冥和神音防线的魂兽已经抵达。

霓虹微微弯曲膝盖，然后瞬间跃起。

　　麒零和幽花朝山崖下望去，那些雷霆万钧的魂兽，和霓虹对比起来，仿佛突然变得老态龙钟、动作迟缓起来。霓虹的速度实在太过惊人，他小麦色的肌肤在山崖间划动成一道橙色的短促闪电。闪电经过处，魂兽瞬间被撕裂成无数尸块，漫天激射而下的滚烫兽血将霓虹淋成了一个沐血杀戮的恶魔，但是，他脸上依然是那种无辜而温柔、茫然而纯真的神情，他天使般的五官甚至让天束幽花都觉得微微心疼起来。"他的进攻就是最直接、最原始的进攻，这种进攻就是女神的裙摆这种神级魂器最害怕的攻击类型，在这种直接纯粹的物理攻击之下，女神裙摆就会彻底沦为薄如蝉翼的普通丝绸，会被瞬间粉碎。"她一边看着霓虹以暴风般的姿态毁灭着迎面而来的兽群，一边对身边的麒零说。然而，她刚刚说完，就突然意识到了一个很矛盾的问题：为什么最能克制特蕾娅的力量，却偏偏赋予了一个绝对不会对她动手伤害她的人呢？是特蕾娅特意为之，还是白银祭司为了进一步强化特蕾娅的战斗实力而下达的指示？这样不会导致魂术界的彼此制衡失调吗？就像拥有爆发性伤害输出能力的幽冥就不可能同时具备西流尔超越极限的再生能力，他的魂器死灵镜面，虽然属于顶级盾牌，然而与其说是防具，不如说依然是一件提供强大进攻能力的武器更为精准，这也使得幽冥的伤害力量极其突出，但同时防御和再生能力也有着明显的缺陷。一直以来，对于每一个王爵使徒，白银祭司都通过将天赋、魂器、魂兽三者极其讲究地分配赋予，从而使得亚斯蓝的魂术体系永远维持在一个精巧的平衡上……难道隐形的天平正在倾斜吗？

　　想到这里，幽花的脑海中突然划过一丝寒意，一种说不清楚的恐惧像是冰冷的鲶鱼，游进了她的身体，肆意搅动起混浊的泡沫。

"麒零，我想离开这里，我觉得这里……"幽花的嘴唇有点发白。

"银尘让我们一定不能离开女神裙摆的范围，你忘记啦？我们在这里面，才是最安全的啊！"麒零拉住幽花，用力地握着她的手，想要让她放松下来。他也觉得奇怪，为什么突然之间，天束幽花变得脸色苍白毫无血色。

"麒零，这里并不安全……"天束幽花的呼吸急促起来，"此时此刻的这里，是亚斯蓝最黑暗最血腥的地方……"

"我会保护你的，我们并肩作战！"麒零拍拍胸膛，露出灿烂的微笑，他的笑容，在黑压压的乌云之下，显得格外灿烂而充满朝气，就像是乌云勾勒出的金边，"而且，有女神的裙摆在，怕什么啊！"

"没用的……"天束幽花低声地说。

"为什么？你不是刚刚才说女神的裙摆能够防御所有魂兽的攻击吗？那我们待在这里，就是最安全的啊。"

"我们周围的这些白色丝绸，只是女神的裙摆曾经被击碎后掉落的残片，能够抵御的冲击和盾牌本体相比，低得可怜。而且，如果没有魂器的宿主持续不断地提供巨大的魂力作为供给，那么它的防御能力会随着消耗而逐渐减弱，最终被破防。而真正的女神裙摆，并不属于银尘……"天束幽花看着麒零，犹豫了几秒钟，缓缓地说道，"真正拥有女神裙摆的人，是特蕾娅。"

"什么？！"麒零有点说不出话来，"……不过我还是有点不太明白，就算这样，那为什么说这里是亚斯蓝最黑暗最血腥的地方呢？"

"除了一度王爵使徒之外的所有王爵使徒，都会聚到了这个岛上，你觉得这是巧合吗？"

"……好像是有点太巧了……"

"这是一个精心策划的'局'。"天束幽花咬了咬嘴唇，"这一路上的巧合，都太多了。如果说一件事情是巧合的话，那么连续很多次巧合一起发生，就只能说，这是布局者一步一棋的精妙算计。"

"听不懂！"麒零被她说得头皮发麻，但又摸不着头脑，感觉胸膛里有两百只耗子一起在挠他。

"你怎么那么笨哪！"天束幽花跺了跺脚，忍不住伸出手掐麒零的胳膊，她快要气死了。

"你刚刚说'一路上'的巧合都太多了，你说的这一路到底是哪路啊？"

"从我和你遇见的第一天开始！"天束幽花的脸微微一红。

"什么？"麒零愣住了。

"你进过魂塚，你应该知道，魂塚里面的魂器是不断从山崖上生长出来，然后又不断地消失的，这点你知道吧？"天束幽花问麒零。

"知道。"

"所以，如果不是有精确的信号提醒，魂塚之外的人，是不可能知道什么时候自己的魂器会出现的。对吧？"

"对……"

"所以，鬼山莲泉和我，都得到了同样的精确信号提醒，所以我们才会在同一天闯进魂塚。大半个月前，特蕾娅就通过天格使者传讯给我，告诉我，我需要获取的魂器是回生锁链。他们留下了一盆【夜萤草】，遇见你的那天晚上，我正要准备出发进入魂塚，因为夜萤草整株都已经开始发亮。这就是我的信号。"

"你不是说是银尘求你进魂塚帮我的吗？"

"那是为了报复银尘把我打倒在地，我才让他下跪羞辱他的。不管他求不求我，那天晚上，我都会进入魂塚的。"

"所以莲泉的回生锁链本来应该是你的？"麒零忍不住问道。

"你知道回生锁链是空心的吗？"天束幽花的声音突然有些异样。

"空心的……那里面是什么？"麒零好奇地问。

"西流尔的头发。"

"……什……"

"所以你就明白，为什么我会认为回生锁链理所应当属于我了吧……当看到莲泉夺取了回生锁链时，我整个人愤怒得已经根本就没有理智去好好思考为什么我们会同时得到讯息夺取回生锁链，我只认为莲泉在撒谎，或者顶多认为讯息出现了错误。但我现在才明白，讯息没错，信息被精准地送达并触发了……从这里开始，一路的巧合就多得有点过分了。"天束幽花冷静下来，她的目光里有一种和她十六岁少女不相称的成熟。

"然后是魂塚出口的那一枚正确的棋子被更改了，对吗？"麒零接过天束幽花的话，开始思考。

"没错。而且，如果按照现在的局面发展来推测的话，应该是出口左右两边的棋子都被更改过了。我相信，就算原本属于禁忌的那颗代表'死亡'的棋子，肯定也不是通往尤图尔遗迹，而是通往一个更加'死亡'的场所。更改棋子的人，需要保证无论我们怎么选择，都必须将我们导向尤图尔遗迹……"

"为什么要让我们进入尤图尔遗迹呢？里面除了一堆亡灵之外，什么都没有啊……"

"你忘了你在里面遇见谁了吗？"天束幽花瞪了麒零一眼。

"莉……莉吉尔？"麒零的脸色有点发白。

"没错。"天束幽花点点头，"我们为什么会来到这座岛上？"

"因为我们在尤图尔遗迹里面感觉到了不对劲，漆拉说需要找一个能够大范围感知魂力的人，正巧他知道她在哪儿——现在我知道他说的是特蕾娅了，所以我们来到了这里。"

"那我们是为什么会偏偏又要再次去尤图尔遗迹呢？"

"因为我和银尘提起了我在尤图尔遗迹遇到了莉吉尔的事情，我告诉银尘我在福泽镇上见过她……"

"那为什么尤图尔遗迹里万万千千个亡灵，偏偏我们就正巧遇见了唯一一个你认识的魂术师呢？"

麒零说不出话来。

"如果按照白银祭司的说法，鬼山兄妹叛变，因此下达了猎杀命令的话，那么这座岛上就应该只有幽冥神音，和鬼山兄妹。"天束幽花看着满天汹涌的魂兽，她的心里涌起绝望的寒冷，仿佛是永远不会亮起的黑夜染进了她的眼睛，"但是此刻，我们所有人，所有人都因为一连串的'巧合'来到了这座岛上。"

"你是说……"麒零终于明白天束幽花的意思，但他却不敢说下去了。

"这一次的猎杀红讯，根本不是仅仅下达给鬼山缝魂和鬼山莲泉的，而是针对这个岛上除了幽冥神音之外的所有人。"天束幽花冷冷地说。

"包括特蕾娅、霓虹、漆拉、银尘和我们？我们这些人肯定不一样吧！"麒零猛地摇头，难以接受，但是内心深处却升起某种难以描述的恐惧和阴冷。

"当然不一样，要区分我们这群人，很简单，把这一路上的所有遭遇都当作是'巧合'的人，就是这一次杀戮刀刃下的猎物。而一路促成这些'巧合'发生，精心布局的人，则是猎人。"

洁白的巨大丝绸缓缓摆动着，仿佛一场盛大葬礼上的白色经幡。

麒零无力地坐了下来，冰冷的礁石坚硬而锋利。他忍不住苦笑一下："那我呢，我那天把你惹生气了，一路被你打进甬道，误打误撞地跌进深渊回廊，这个总不可能也是精心布局吧？你也是猎人吗？"麒零的眼睛红红的，他把断刃丢在脚边，低下头。

"只有你是唯一的'巧合'……我想，你就是这张精密编织环环死扣的捕食巨网上，唯一一个可以被解开的结吧，也许正是有你的存在，亚斯蓝才有可能走向彻底不同的命运。"天束幽花在麒零身边坐下来，她看着他，笑了，"刚才是谁说要和我并肩作战来着？还算数吗？"

麒零抬起头，他擦了擦湿漉漉的眼睛，露出洁白的牙齿，笑容重新灿烂起来，他站起身，把巨大的断剑扛上肩膀："当然算数，放心，我会保护你！"

L.O.R.D
Legend of Ravaging Dynasties

天束幽花忍不住嘲笑他："你保护好你自己就行了。"

说完，天束幽花用余光悄悄地打量着身边这个挺拔英俊的少年，不知道为什么，她心里那些寒冷和恐惧渐渐消失了。

她仿佛看见永远不会亮起的黑夜尽头，温柔地擦出了第一缕晨曦。

霓虹闪电般的速度没有丝毫衰减，他每一次身形闪动的瞬间，就会有一只魂兽四分五裂鲜血四溅。然而，蜂拥而至的魂兽越来越多，即使是在霓虹这样冷酷的人形斩杀武器面前，依然不断有魂兽嘶吼着突破了霓虹的防线，它们震动着巨大的肉翅，发狂地朝漆拉冲去。

但是，经过了前面幽冥、神音和霓虹两道防线之后的兽群，战斗力已经消耗大半，数量也从铺天盖地变得稀疏可数。

漆拉抬起目光，看了看前方独自战斗的霓虹，视野范围内，已经没有了特蕾娅的身影。他的嘴角盈盈地勾起一抹迷人的微笑，他的双眼短暂地闪烁了一下金光，然后瞬间，他周围飞舞咆哮的几只魂兽，就突然从空中跌落下来，它们的喉咙上都出现了一个手指粗细的深洞，正在喷洒着滚烫的鲜血。霓虹回过头，看着站在山崖上纹丝不动的漆拉，他的双手笼罩在漆黑的长袍之下，长袍被风鼓舞卷动，像是一朵盛开的巨大黑莲。无数魂兽持续不断地从漆拉周围凌空坠落，他的脚下很快就堆满了魂兽的尸骸。霓虹皱紧眉头，视线里勉强捕捉到了几丝一闪即逝的铂金光芒。他只能模糊地感应到漆拉周围仿佛金线缠绕般错综复杂的魂力，和幽冥与自己那种狂暴汹涌的魂力截然不同，他身体四周的魂力若隐若现，难以辨别，瞬间汇聚成强度高到不可思议的一根金丝，然而不到一秒又消失得无影无踪。霓虹转过身，四处寻找着特蕾娅的身影，要是她在，就好了。

看着静立不动的漆拉，麒零有点目瞪口呆："真是太吓人了……他的速度会不会太快啦？在我看来，他根本没有出手啊，虽然他的天赋是对时间和空间以及速度的极限控制，但是，这有点太离谱了吧……"

"不对，虽然漆拉具有在所有王爵中最快的速度，然而，就算速度再快，也不可能超越视线的捕捉极限——也就是我们肉眼对光的感应范围。你仔细看，他并不是因为速度快而看起来像静止，事实上他确实没有任何动作。斩杀周围魂兽的，不是他，而是他的魂器。"天束幽花望着山崖之下的漆拉，若有所思。

"魂器？他的魂器是隐形的？"麒零睁大眼睛朝漆拉看起，想要仔细分辨。

"不是，他的魂器并不隐形。你看到他身边那些一闪即逝的微弱铂金光芒了吗？我想那就是他的魂器在飞舞斩杀时反射的光线。从那些魂兽身上窄小且深的创口看来，他的魂器应该是类似细身长剑之类的武器。正因为剑身如此之细，所以在飞速穿梭斩杀之时，才会造成肉眼无法分辨，只能捕捉到残留微光。但是，他的魂器可怕之处却不在于极限的飞舞速度……"

"……而是在于他的魂器拥有自由意志，可以自主斩杀吧……"麒零看着幽花苍白的脸，慢慢地说道。

"没错，而且，此刻特蕾娅不在，没有人可以看破他的魂器的原形，因此，他可以肆无忌惮地使用。我想，如果他是'猎人'的话，他的猎物，应该很快就要被飞舞的铂金光芒穿刺而死了……"天束幽花看向麒零，她的瞳孔开始颤抖起来。

麒零心里突然掠过一丝不祥的预感，他把目光从天束幽花的脸上移开，重新投向山崖下的漆拉，然而，空旷的山崖上，已经没有了漆拉的踪影。

"漆拉人呢？"麒零震惊了，就一个转头的瞬间，视野所及之处，漆拉已经消失得无影无踪。

失去第三道防线的魂兽咆哮着冲向银尘。银尘修长而矫健的身影在无数魂兽的狂暴进攻中精准地躲闪回避，他的身形仿佛鬼魅一般难以捕捉，每一个看似不经意的闪躲动作之后，都会随手从地上取出一件魂器朝魂兽投掷而去，蜂拥而至的魂兽不断被抛出的各种魂器打得毫无对抗之力。

这时，突然三只凶残的海蜥蜴从银尘身后的断崖上突袭而至，银尘的手臂被它们尖锐而锋利的尾部尖刺扫中，划出一道长长的血痕。麒零紧张地大喊："银尘当心啊！"

银尘脚尖用力点地，朝后方倒跃飞出，他在空中时，双手手腕一抖，腰身一拧，从他掌心穿刺而出一把通体晶莹透明的细身短剑朝兽群激射而去，这把短剑在射向兽群的过程里，迅速地分裂，一分二，二分四，四分八……转眼间，天地间光芒四射的密集剑阵就仿佛一大群深海游动的闪光银鱼，暴风般卷动横扫，剑群所过之处鲜血横飞，势不可当，当它们掉头游回银尘身边的时候，再一次地两两合一，最终以一把细身短剑的姿态被银尘收回掌心。麒零提到嗓子眼的心稍稍放了下去，然而，很快，他又忍不住皱紧眉头担忧起来："不知道他的魂器够不够，这么多魂兽，得消耗多少魂器啊……"

天束幽花看了看身边忧心忡忡的麒零，然后又转头望了望神色从容，身形稳健的银尘。他周围的山崖地面上，持续不断地生长出各种各样的魂器，他用自己的天赋，将他所在的那块山崖，变成了一个小型的专属于他自己的魂塚。她的心里暗暗吃惊，但是她还是安慰麒零："你不用担心，这几年，银尘一直都行踪隐秘，几乎没人联络得到他，他也很少主动和魂术界往来。我想这些年里，他应该一直游走于各处，从边境通关文牒记录来看，他好几次出入风火两国，我想，他应该是一直在这片大陆上收集着各种从远古时代起就遗落在世间的隐秘魂器……"

听完幽花的话，麒零大大地松了一口气。他的目光里流露出深深的崇拜，他看着银尘，不由自主地说："我觉得白银祭司排名一定排错了，银尘怎么可能只是七度王爵呢，我的王爵是天底下最厉害的王爵。"

天束幽花嘴唇微微动了动，似乎想要说什么，但是，她没有开口，沉默了。

她其实刚刚想问麒零，银尘这么多魂器，里面究竟是空的，还是已经寄居着无人知晓的魂兽。如果魂器里已经寄居魂兽的话，那么，麒零刚刚说的话，就是对的：白银祭司的排名排错了。

想到这里，天束幽花咬了咬嘴唇。

零星一两头受重伤的魂兽摇摇晃晃地，挣扎着朝麒零和天束幽花飞过来。

它们在突破了当代天下最杰出的魂术操纵者们的四层防线

之后，勉强地闯到了麒零和天束幽花的面前，天束幽花站起来，冷哼了一声，转身将她那把巨大的弓箭释放出来，"啪啪啪"几声，她的手上立刻凝聚出三枚锋利的冰箭，远处飞来的魂兽在天束幽花放开弓弦的瞬间，应声而落。

远处还剩一只飞龙，正在朝他们飞来。麒零举起断刃巨剑，刚要准备战斗，天束幽花就伸手拦住了麒零。

"怎么了？"麒零有点疑惑。

"只剩下一头了，它肯定突破不了女神的裙摆。我想研究一下女神裙摆究竟是如何能够防御所有间接攻击的，我一直不是很明白它的防御机制。"天束幽花聚精会神地看着前方迎面冲来的飞龙，等待着。

麒零顺着幽花的视线望去，当有飞龙触碰到女神的裙摆的瞬间，防御机制就启动了。整个防御过程真的就是"一个瞬间"就完成了。麒零皱着眉头，还在思索着自己刚刚看到的极其诡异的景象，如果一定要描述的话，那就是魂兽撞进绸缎的瞬间，它的头就消失了，然后它持续前进，整个身躯消失在薄薄的丝绸上，仿佛那面薄纱是一个棋子，连通了另一个神秘的空间。飞龙触碰的瞬间，就被吞噬了，但几乎同时，麒零听见身后的咆哮，他回过头，更加匪夷所思的景象出现了，飞龙的头部从身后另外一面丝绸上钻出来，随后它的整个身体不断从丝绸的平面上游动而出。而且，有一个最关键的地方，就是当飞龙的后半段身体还停留在麒零前方丝绸外时，它的前半段身体已经从麒零后方的丝绸钻出，如果把两面丝绸互相拉近重叠到一起，飞龙的身体是完整的，中间并没有缺失一段……

"幽花，我不是很明白，我们明明站在……"

"我想我有点懂了……"幽花突然眼睛一亮，"女神裙摆的防御机制。"

"是类似漆拉的棋子，进行的空间转移吗？"麒零低头，也隐隐地意识到了什么。

"不是。"幽花摇摇头，"漆拉的棋子是打通连接两个相隔很远的空间，让物体能够快速转移。棋子的触发机制是你的身体不管哪一个部分，只要触摸到棋子，你的整体都会瞬间消失，然后从另外一个地方完整出现。然而你看，这头龙并不是这样，它的下半身还留在裙摆外面，但是它的上半身，已经越过我们被女神裙摆包围起来的中间这个圆柱空间，出现在了我们身后，消失的并不是它，应该说，消失的是我们……"

"我们没有消失啊！"麒零听得毛骨悚然，"我们明明还在这里啊，周围的景色一切都没有变啊！我可没瞎！"

"我刚用消失来比喻，不是很准确，应该这么说……"幽花从怀里掏出一条丝巾，她沾染了一点地上的泥土，用手指在洁白的丝巾上画了一个圈，"你看这个圈上，两个分别位于两边的点，如果这条洁白的丝巾上有一只蚂蚁，要用最短的距离，从这个点爬到另外一个点，那么它就一定是走一条直线，对吧？但是这样的话，它就必须横穿这个圆心，不可避免地会进入这个圆圈里面的区域。"

"可是我们又不是蚂蚁……"麒零嘀咕着。

"你说对了，我们不是蚂蚁。蚂蚁脱离不了地面，而且，它也没有办法把这条丝巾折叠起来。"说完，天束幽花把丝巾对半折叠，那个圆圈变成了两个完全重叠起来的半圆，"但我们却可以做到把这两个点直接重叠起来，瞬间抵达。所以，圆圈依然存在，并没有消失，但是却已经不再成为阻隔这两个点之间必须逾越的距离……蚂蚁做不到，但是我们却做得到。你明白是为什么了吗？"

"因为蚂蚁在这条丝巾的平面上，然而我们却不在这条丝巾上面，我们在……我们在……"麒零感觉答案已经就在嗓子眼儿了，但是却不知道究竟应该怎么去描述自己脑海里刚刚闪过的亮光。

"蚂蚁在丝巾的平面上，而我们比蚂蚁多一个维度，我们在立体的空间里。女神裙摆的防御机制，应该是对位面的扰动。"

"如果是这样的话，为什么近身直接攻击不能防御呢？"麒零突然意识到幽花话里的漏洞。

"不同的位面有自己不同的魂术特性和准则，它限定了魂术在这个位面上能做和不能做的事情。女神裙摆，就是在对不同位面之间的特性和准则进行强烈干预和扰动，从而让我们这个世界的部分攻击失效。"

"听不懂！"麒零抓着自己的头发，恨不得把自己从地面上提起来。

"你不可能把自己提起来的。"天束幽花冲他翻了个白眼，"至少在我们这个世界的物理法则下，你做不到。"

"你究竟在你们家的图书馆里看了多少奇奇怪怪的东西？"麒零咧着嘴角冷哼一声。

"一句话，你多念点书。"天束幽花斜眼看他。

"那看来有女神裙摆在，这些魂兽根本构不成威胁嘛……"麒零把自己手上的半刃巨剑也放了下来，插在脚边的地上。

"你想得太简单了，你也低估了五度王爵他们的天赋，你看看远处，那些密密麻麻的魂兽，刚刚的这些，只是第一拨最弱小的魂兽而已，这片海域里到底有多少魂兽，你算过吗……我刚刚不是和你说过了吗，女神裙摆的防御能力，会随着消耗而逐渐减弱的，等到裙摆被破防，你就自求多福吧。"天束幽花看着天空上再次逼近的第二拨魂兽，脸色依然苍白。

Chapter 05

双身王爵

L.O.R.D

·Legend of Ravaging Dynasties·

【西之亚斯蓝帝国·雷恩海域】

"滴答——"

"滴答——"

黑暗的洞穴里，时不时地从头顶传来滴水声。

莲泉将回生锁链收短，一圈一圈缠绕在自己的手臂上，尖锐的链头轻垂在手腕之下，她将魂力注入进回生锁链，锁链锐利的头部开始发出柔和的白光，仿佛两颗发亮的宝石，正好可以为自己照明。

她看了看从头顶岩壁上滴到自己手背上的水滴，忍不住皱起了眉头：水滴是血红色的。想到自己正穿行在永生王爵身体的内部，鬼山莲泉就觉得一阵毛骨悚然。但是她没有停下脚步，继续努力分辨着刚刚从链条上感知到的西流尔的位置，小心翼翼地朝前行进。

她只是觉得有点奇怪，刚刚钻进洞穴的时候，锁链上传来的西流尔的魂力位置极其清晰可辨，但是越往里面走，魂力的方向却变得越来越模糊，越来越混乱，就像是在前方明明清晰无比的灯塔，突然被隔绝上了一层又一层毛玻璃，朦胧、混沌、方向混乱……

也正因为如此，莲泉的内心渐渐焦虑起来，不由得加快了脚步。因为她知道，刚刚鬼山缝魂传递了大量的魂力给自己，他剩下的魂力很难继续长时间维持数万头狂暴的魂兽。这么大范围的魂兽催眠，一旦魂力续航不济，必然导致魂兽脱离控制，全面暴动。那么离这片海域最近的雷恩城必定面临一场血雨的洗劫。

随着时间渐渐流逝，莲泉越往深处走，越觉得心里没底。仿佛持续下坠的失落感在心里越发强烈。以自己并不算慢的行进速度来推算，早就应该已经走到岛屿的中心了，甚至是几乎足够把这个岛屿走一个对穿，可是，为什么前方依然是深不见底的黑暗。而且更加奇怪的是，自己所感应到的西流尔的魂力若即若离，忽远忽近，时强时弱，有时候仿佛远在天边，有时候，又仿佛近在咫尺，几乎快要贴着你耳边朝你呼吸一般。

莲泉的脚步有些跟跄，回生锁链的荧光照出她苍白的面容，她被恐惧抓紧着心脏，可能是洞穴越来越深，空气越来越混浊稀薄的关系，她开始不时地感觉到一阵晕眩，视线也随着每一次晕眩而晃动起来，然后才渐渐勉强恢复清晰。

"哎呀，西流尔，原来你这么厉害啊，我真是低估了你呢，我知道你听得见我说话。"特蕾娅站在黑暗里，她的身体和黑色的纱裙都淹没在伸手不见五指的幽暗中，她冲着空旷而黑暗的洞穴深处，冷冷地说道，"我不得不说，我有点对你刮目相看了啊，你竟然可以在这么大的范围内，随意改动自己的身体的结构，调整洞穴内部位置，把整座岛屿都变成了这么大的一个迷宫。有点意思……就连我这个号称亚斯蓝对魂力感应最宽广、最精准的王爵，要从这个迷宫里面找到正确的出路，也是非常勉强呢！不过我……"

特蕾娅闪动着妩媚光泽的眸子突然在黑暗里僵硬地停住了，她瞬间闭上眼睛，再次睁开双眼的时候，她眼里呼啸的白色风暴汹涌翻滚，泛滥的凄惨白光仿佛要从她眼中汹涌而出吞噬整个天地一样。"我竟然猜错了。"黑暗里，她突然露出一个鬼魅般的笑容，带着妩媚，同时也带着强烈的恨意，她的视线里，周围的山石洞穴内壁，都已经消失不见，环绕她的仿佛宇宙真空的黑暗里，只有几十个剧烈闪光的金色光斑，"这么多棋子，你动作倒很快，可是你以为你困得住我吗？你既然选好了你的阵营，就别怪我不客气了，我收拾完西流尔和鬼山莲泉，就轮到你了，漆拉。"说完，她整个人像是一道漆黑的影子，飞快地射向岛屿的深处。她的身形如同鬼魅般矫健灵敏，她飞快地穿行，在她苍白而混浊的视线中，一个又一个闪烁的金色光斑——只有她能够看见的金色光斑，被她一个一个完美闪避，甩在身后。

"丁零——"

莲泉突然停了下来，她手上的链条突然朝上悬空扶起，仿佛黑暗里有一个看不见的透明人，伸出手拉起了她的链条，然后猛然将她朝着某个方向一拉。她压抑住内心的恐惧，稳住身子，果然，链条再次拉扯起来，黑暗里传来一个柔和而低沉的男声，仿佛从很远很远的地方，透过无数面隔音的墙壁，传递到她耳边，几乎弱不可闻，"跟着它走。"

莲泉心里一动，身形随之迅速展动飞掠而去。

锁链突然失去了那股拉扯的力量，重新垂下去，挂在莲泉的手臂上。莲泉抬起头，她已经走进了一个巨大空旷的岛屿山体内部的洞穴，洞穴挑空很高，几乎望不到洞顶，而且内部空间极其辽阔，莲泉的脚步声发出明显的回音来。很难想象在岛屿内部，会有如此巨大的一个空旷的洞穴，面积和高度大到让人担心随时都会塌方。

"六度王爵西流尔，请问，是你吗？我是来找你的，你能听得见我说话吗？"

幽暗的洞穴内突然亮起了光源，莲泉的视线朝着斜前方猩红的光亮看去，红光越来越亮，把周围的山石都照耀出清晰的轮廓和材质，熔岩般的血红色光芒在洞穴顶部蔓延扩张，仿佛无数巨大的血管在山壁上爬行伸展。

一个仿佛巨大心脏模样的石头最后亮起，巨石被两根弯曲的石柱悬挂着，倒吊在洞穴的中央。红色的光芒从巨石内部迸射出来，光源的强度仿佛是有生命般的，按照呼吸的节奏明灭变化着。

"你已经找到我了，只是，你为什么要招惹来这些怪物呢？"黑暗里，柔和而低沉的男声再次响起，只是这次已经近在眼前，清晰可辨，声音在空旷的洞穴里激荡起巨大的混响。

"我和我哥哥也是迫不得已，才催眠了那些魂兽，我们是五度王爵和使徒，我们的天赋正好是大面积地驾驭魂兽，要不是靠着这个，我可能根本没有机会进来找到你。我哥哥现在还在外面为我拖延时间，但是他的魂力肯定坚持不了多久了，王爵，请你一定出手帮助他。他是为了你而来的！如果这些怪物失控的话……我们也不想……"

"唉，我说的怪物，不是你们催眠的那些魂兽……"黑暗里，西流尔的声音透露出一种悲壮，"我说的是此刻正在和你哥哥对阵的那些人，他们才是真正的怪物啊，十几年过去了，亚斯蓝到底诞生了多少不应该存在的东西啊……特别是尾随你进来的这个，如果硬要比较的话，她应该算这些怪物中的怪物了吧……"

"尾随我进来的这个？"鬼山莲泉突然心里一凉，她转过头去，无尽的黑暗里，她觉察不到任何的魂力异动，但是她本能的直觉却告诉她，有一股极度的危险正在朝她逼近。

"轰隆隆——"

巨大的石头移动的轰鸣声，刚刚她沿着链条走过来的那条隧道两边的岩体，扭曲咬合般地移动起来，山石迅速合拢、挤压，很快，刚刚进来的那条通道就消失不见了。

"你是怎么做到的？"莲泉惊讶地问，"我们亚斯蓝的王爵使徒，只能操纵水元素而已，这些山体岩石，都是地爵们才能操纵的，你为什么……"

"小姑娘，你以为这十几年来，我都在做什么呢？相信你也已经知道了，这整座岛屿都是我的肉身，这些岩石经过漫长的'熔炼'过程，早就已经变成了我的骨骼和肌肉，我的血液和经脉游走于整个岛屿之上，我移动山体岩石，就像是你动动自己的脚趾一样简单。"

"王爵，既然这样，那你一定能救我哥哥，他有好多话要告诉你，我们两个是冒着生命危险来找你的！"

"唉，我刚才已经和你说过了，外面的那些人，都是怪物，亚斯蓝的王爵体系早就已经不是当年我所熟悉的了。在这段时间里，新生代王爵们的魂力和天赋，远远超过了曾经的魂术世界体系，他们的进化速度已经脱轨了，亚斯蓝以为自己正在走向巅峰，但是在我看来，这个国家正在走向疯狂的毁灭……如果是之前的我，可能还能与他们勉强抗衡。可是，这十几年，我已经消耗了大量的魂力和体能，用来让自己和这座岛屿同化。而且我身上所肩负的'那个责任'，也几乎耗尽了我所有的力量……所以，以我现在的能力，在这个洞穴和岛屿之内，他们不可能杀死我，他们的杀伤能力远远低于我的重生能力，可是，要出去救人，哪怕对阵他们其中任何一个人，我都没有胜算……"

"好……那我自己去救。"鬼山莲泉突然冷静下来，她眼眶里滚出两颗眼泪，但是声音却依然坚定，就像鬼山缝魂从小告诉她的一样，我们身体里流淌着骑士荣耀的鲜血，我们的信念，永远坚定，无可摧毁，无可屈服。

"我进来是为了替我哥哥传话，说完他想对你说的话，我就走了。"鬼山莲泉擦干自己的眼泪，调整好自己的呼吸，认真地说道。

"你真的很倔强啊……可是，我想你应该出不去了。我能够拖延她，但我没办法阻止她，她马上就要找到这里了。"西流尔哀伤地说，"其实，如果不是你的队友一直在帮助你的话，你还没有走到这里，她就已经找到你了。"暗红色起伏的光亮里，低沉的男声非常温柔，但是同时，他的声音里透出一股非常空虚的疲惫和沙哑。

"我的队友？你是说我哥哥吗？"鬼山莲泉疑惑地问，"我哥哥没有跟我一起进来，他还在外面控制着魂兽，拖延杀戮王爵幽冥和他的使徒神音。"

"你哥哥会通过空间重叠和转移，而制造出巨大的迷宫吗？"西流尔低声说。

"当然不能，我哥哥和我的天赋都是——"

"那我说的队友，就不是他。"西流尔打断鬼山莲泉，"我们的时间不多了，我可以让你活着离开这个本该毫无可能逃脱的杀戮战场，但是，我有一个条件。"

黑暗里，特蕾娅风雪弥漫的双眼突然清澈了起来，她看着前方突然愈合封闭起来的通道，轻轻地冷笑了起来，她抬起纤细的手，娇羞地掩饰着嘴角，低声道："哟，西流尔，还要继续挣扎啊？有什么用呢？你觉得这样可以阻止我吗？呵呵。"说完，她抬起头，双眼中的白雾喷涌而出。

她轻轻地抬起仿佛白玉雕刻成的纤纤手指，抚摩着她身边冰凉漆黑的岩壁，几丝金黄色的细纹，从她的指尖扩散到黑色的岩壁上，细若游丝的魂力仿佛金色线虫，不断钻进石壁之间，转眼，仿佛有生命的墙藤般，密密麻麻的金黄色纹路如同交错的经脉，顷刻就侵蚀了一整面洞穴的岩壁。每一根金线，都在敏锐地感知着岩石里的水分，特蕾娅瞳孔一紧，掌心里轰然一阵爆炸，石壁内所有缝隙里的渗透水，都突然瞬间结冰，冰块巨大的膨胀力"哗啦啦"地将整面墙壁撕裂震碎，山石坍塌下来，岩壁沿着所有冻结的冰线纹路碎裂成细小的石块，一阵剧烈的血腥气蔓延在洞穴里……

"不知道，痛不痛啊……"特蕾娅掩着嘴，轻轻地笑着。笑完了，踮起脚尖，朝爆炸出的洞口，继续往里面走去。

漫天呼啸的海风将海面搅碎，残暴地将海水拉扯上天空，像是巨鹰的利爪将孱弱的绵羊攫获而起，抛上苍穹，然后又变成铺天盖地的雨水砸落下来。

天空仿佛被凿出了一个黑洞，所有的光线都被持续地吸纳而进最终消失，昏暗的视线里，每个人的全身都湿漉漉的，像在暴雨里长途跋涉的旅人。

这场持续了好几个小时的恶战似乎依然看不见尽头。从海底不断翻涌而出更多、更大、更怪异、更罕见的魂兽，它们嘶吼着，继续冲向幽冥等人。这些魂兽已经不是被鬼山缝魂的催眠天赋召唤而出的了，它们仿佛也感应到了海面上这场末日浩劫，而自发地纷纷从海底深处觉醒。

鬼山缝魂咬着牙，单膝跪在闇翅的后背上，他的魂力正在以一种难以挽回的速度消耗着，即使他已经在海面上制作出了一个范围大到惊人的阵，待在自己的阵里，也依然不能减弱这种消耗。他的魂力已经不再用来催眠魂兽攻击幽冥，相反，他大部分的魂力都在勉强控制着数万头凶残魂兽，以防它们失去控制。

他感觉生命正像滂沱的雨水一样，哗啦啦地从身体内部流泻而走，某个看不见的地方，有一个黑洞，所有的魂力正疯狂地被吸纳吞噬进去，他的恐惧越来越大，他渐渐意识到，自己犯下了一个多么严重的错误。他再一次催动起魂力，撞击自己的爵印，"轰——"的一声巨响，几百只正朝着雷恩城飞去的魂兽发出惨烈的叫喊，在空中掉转方向，一头重新扎进海底深处。缝魂的嘴角挂着一丝血迹，他稍稍放下一点担忧，然而，海面再次剧烈地爆炸开来，三条本应生活在极度深海的【逆鳞寒渊龙】破海而出。

"鬼山缝魂，你知道自己在做什么吗？"鬼山缝魂调转阍翅的方向，企图朝逆鳞寒渊龙飞去，突然，迎面的天空里金色光芒大放，鬼山缝魂抬起视线，漆拉不知何时，已经凌空而立在鬼山缝魂前方的空中。他脚下旋转着一个光轮一般的金色之阵，无数闪光粒子从光阵的纹路上飘起，将漆拉的披风长袍边缘勾勒出一道绚烂的金边，精纯的魂力象征着他凌驾众人之上的力量与天赋："如果这些魂兽失控，离这里最近的雷恩将面临灭城之灾，你担当得起这个责任吗？"

"漆拉王爵，我用我的生命和我家族所有的荣誉向你起誓，我没有背叛白银祭司，我……我现在无法解释，我也不指望你能够出手援助，站在我的阵营……我只求你一件事情，如果今日我……我命尽于此，请你一定帮我收拾这些魂兽的残局，雷恩的百姓不应该因为我的无能而遭受灭城的痛苦……漆拉，我知道有你在，一定可以的……"鬼山缝魂擦去嘴角的鲜血，他坚定的目光看向漆拉，没有任何的退缩和逃避，他的面容依然坚定，正气萦绕，仿佛一个满载荣誉而归的圣殿骑士。

漆拉看着他坚定的目光，他的眼神没有任何闪躲。漆拉低头沉思了一会儿，然后他的身后一道金色光芒编织而成的光门拔地而起，他转身走进光门，消失在风中。

时间一分一秒流逝，乌云压境，飓风呼啸。

此刻的岛屿，正在逐渐彻底变成鲜血浸泡之下的人间炼狱。

无数魂兽的尸块、骸骨、断裂的肉翅和巨大锋利的爪牙，散落在分崩离析的岛屿之上，整座岛屿仿佛一个被摧毁了的远古遗迹。天空中持续不断地坠落着瓢泼的红色血雨，弥漫天地间的血腥恶臭被呼啸的飓风卷上高高的苍穹。

女神的裙摆没有宿主的魂力维续，在连绵不断一拨一拨魂兽持续不断的冲击之下，也已经失去了初始状态的优雅和安静，无数缕残破的白色丝绸沐浴在漫天红色的血雨里，早已经被染得赤红，湿淋淋的绸缎在狂风里沉甸甸地卷动着，看起来仿佛海底恐怖的巨大海葵鲜红的触须，疯狂卷动捕食，驱逐着越来越多、越来越巨大的高等级魂兽。

天束幽花静静地站立在女神的裙摆的范围中心，她的双手紧握着冰弓，手背上的魂路隐隐闪动，她时刻准备面对女神裙摆防御体系的崩溃。

而他身边的麒零，视线却一直集中在山崖下被越来越多的魂兽围攻的银尘。地面上的魂器也渐渐稀疏，不断有魂器在战斗中破损折断，或者插进魂兽坚硬的兽皮中无法拔出。麒零咬了咬牙，突然起身朝裙摆外面冲出去。

"你疯啦！你出去会死的！"天束幽花一把拉住麒零，她的目光里闪烁着愤怒。

　　"银尘有危险！"麒零想要甩开天束幽花的手，但天束幽花紧紧地抓着他的衣袖。

　　"我当然知道有危险，这座岛上的每一个人都有危险。如果连银尘都应付不了，你一个小小的使徒，你就算去也是送死啊！"天束幽花的声音很急，眼眶里闪烁着一些隐约的泪光。

　　"我可以送死，但是我不能眼睁睁看着银尘死！"麒零的面容突然变得说不出地坚定，曾经顽皮不羁的少年感全部消失不见了，取而代之的，是一种灵魂深处的锋利和热血。他挣脱开天束幽花的手，转身快速跑出了女神裙摆的范围，他的身影在穿过红色染血丝绸的瞬间，仿佛涟漪一般波动了一下，幽花的眼泪从眼眶里滚落出来，他的背影，像是和自己隔绝了一个世界。

　　守护在第一道防线的幽冥和神音，也已经失去了刚才的镇定自若。幽冥邪恶的脸上此刻绷着几根青色的血管，他的面容因为持续不断的大肆杀戮已经显得扭曲骇人，而神音的四条束龙此刻在空气里翻滚咆哮，用尽全力地对抗各种魂兽。她已经不敢再肆无忌惮地承受攻击了，因为现在迎面而来的这些魂兽，魂力都极其庞大，任何一次攻击都有让她殒命的可能。她已经不敢冒险，即使对魂力的渴望在她的内心依然强烈。

　　两条翅膀被斩断的飞龙坠落在银尘身边，他手上的一枚细身剑已经断裂，他朝着远处一枚长剑飞跃而去，刚刚握住剑柄，突然就感觉到一阵剧烈的魂力扭动从身后冲撞而来，他回过头，瞳孔瞬间锁紧，一张血盆大口出现在银尘的眼前，他想要挥舞剑刃，已经来不及了。

血肉模糊的声响。

血盆大口突然朝下方重重坠落。

银尘的视线里，是突然从天而降的麒零，他的呼吸沉重而剧烈，看上去是一路飞奔而来。

"你来干什么！"银尘的面容突然寒气笼罩，他的心像被一只看不见的手揪起。

"我来帮你，是你说的，王爵和使徒永远一起战斗！"麒零的脸上是脏脏的尘土和一些血迹，他一路从山崖上奔跑而下，看来也一定吃了不少苦头。可是他此刻的面容上，没有任何痛苦，只有喜悦。麒零的眼睛亮亮的，嘴角露出温暖的笑容，然而，他的笑容突然僵死在脸上。

麒零的视线瞬间一花，眼前的银尘突然双眼一寒杀机四射，他手中的长剑朝自己的右眼闪电般笔直刺来。

滚烫的鲜血溅在麒零的脸颊之上。

麒零的心跳和呼吸都瞬间停止了。

一头巨大的魂兽，从麒零右边肩膀缓缓地瘫倒，银尘的剑锋贴着麒零的眼角，擦过他的耳朵，刺进了只差几寸就咬到麒零的魂兽。

银尘的身影朝天空高高跃起，朝着麒零身后不断逼近的魂兽斩杀而去。麒零转过身，内心热血沸腾，他手上的断刃仿佛被无形的力量召唤着，发出剧烈的震动。他跟随着银尘的身影，将一头一头的凶恶魂兽斩杀刃下。

两个人的身影在悬崖峭壁上灵巧地翻飞，他们彼此像是被一根无形的绳索拉扯着，互为攻守，彼此支援，强烈的灵犀默契地在两人的感应里翻涌，刀光剑影像是闪动的电光，利落绞杀。

最后一只魂兽在两人的剑刃共同横扫之下，重重地坠落到悬崖之下。

银尘回过头，看着麒零，他的目光里充满了骄傲，他平日里冷漠如同寒冰的眸子，此刻也像是波光粼粼的湖面，闪动着情绪的微光。

头顶突然金光大放，麒零抬起头，看见漆拉从天空上急速地降落。他刚要开口对银尘说些什么，麒零就突然感觉到一阵剧烈的地裂天崩，整座岛屿以一种摧毁性的速度分崩离析，仿佛有什么巨大的怪物要从地底破土而出一样。

所有的人都站立不稳，岛屿的地基不断地崩裂，大块大块的礁石从山崖上脱落，沉入大海，溅起巨大的海浪。银尘抓住麒零的手臂，和漆拉一起瞬间离地飞起，蹿向更高的山崖。

巨大的海风中，突然弥漫起了一股前所未有的庞大魂力，一股一股的力量像是绞缠在一起的透明巨刃，方圆数万米的岛屿在持续不断的绞杀之下分裂坍塌。

狂暴的魂力扫过暴露在铠甲外的皮肤，瞬间就切割开无数个刀口，鲜血还未来得及喷洒，就被暴风立刻撕成红色的粉末消失在空气里。

"这是……怎么了？"麒零抓紧银尘的袖子，有一点害怕起来。

一声更加巨大的爆炸声在天地间轰然雷动，整座岛屿突然从中心爆炸开来，无数巨大的石块四分五裂，朝天空激射，然后又雷霆万钧地坠落下来，所有的人都在这样的天灾下，尽力地躲避着，包括位居二度的幽冥和神音，可以看到，他们两个此刻的面容，也充满了未知的恐惧。

"那是……那是五度使徒鬼山莲泉？"漆拉稳住身形，透过快要将视线吹散的飓风，他看见，刚刚从地底翻涌而出的，正是号称海里最具毁灭性的魂兽海银，而在海银那颗长有九枚眼睛的巨大龙头上，正迎风傲立着鬼山莲泉。

整座岛屿在震耳欲聋的天崩地裂声里持续坍塌，一个穿着黑色长裙的身影突然从岛屿深处随着爆炸的巨石弹射出来。

幽冥回过头，无法相信自己眼前的场景，他从来没有看过特蕾娅如此狼狈的样子，头发被狂风吹散，嘴角残留着血迹，她雪白的大腿上是三道深深的刀口，正在往外喷洒着血珠。

"特蕾娅！"幽冥感觉到肯定发生了什么惊人的变故，否则，以特蕾娅天赋的感知能力和女神的裙摆，不可能能够有人在这么短的时间内将她重创至此。

他朝特蕾娅闪电般地蹿动过去，同时，霓虹以更加狂野的速度，冲向了正往海里坠落的特蕾娅。

霓虹和幽冥从空中接下特蕾娅，在一处暂时还没有崩塌的山崖降落下来。

"幽冥，赶快杀了鬼山莲泉。"特蕾娅的口里不断涌出鲜血，她的声音随着血水不断涌出她的喉咙，恐怖而又瘆人，"等到她身上新的灵魂回路组建完毕的话，我们就永远都不能杀死她了……"

"你说什么……什么新的回路？"幽冥转过头，看着此刻高高站在海银头上的鬼山莲泉，她全身散发着让人无法逼视的金色光芒，庞大的魂力正在她身体内部反复凝聚淬炼，让她整个人变成了一个高能量体的存在。

所有人都能清晰地感应到，遥远天空上的她，身体里涌动的魂力已经到了一个多么不可思议的地步。

鬼山莲泉操纵着海银，逐渐往鬼山缝魂和阇翅的方向靠拢，她的意识在汹涌的魂力冲击下变得混沌，但是她潜意识深处，依然很清晰地知道，自己想要找到鬼山缝魂，然后带哥哥一起逃离这里。她的脸上呈现着一种骇人的狂乱，接近崩溃边缘的狰狞撕扯着她的五官，她的双眼一片混沌失焦，看上去似乎已经失去理智……

地壳剧烈地震动着，岛屿持续崩裂，海银庞大的身躯逐渐从海里翻涌而上，刚刚呈现的，仅仅只是它庞大身躯的冰山一角。银尘站在海银巨大的尾部，勉强躲避着周围的坍塌，漆拉高高地飞掠上海银的后背，他企图想靠近鬼山莲泉，然而周围狂暴的魂力几乎让整个空间都扭曲起来，漆拉艰难地朝莲泉靠近，然而举步维艰。

"鬼山莲泉现在不是五度使徒了，她现在是……"特蕾娅双眼瞳孔急剧缩小着，非常惊恐，嘴角的血沫被风吹散，"她现在是最新的六度王爵，她是这片海域上新的永生王爵……"

"这怎么可能？！"幽冥突然松开手，他的面容上杀气四溢，他咬了咬牙，阴郁的面容看起来仿佛一条冰冷的巨蛇。

"西流尔临死前把他的灵魂回路赐予了鬼山莲泉，也就是说，他让鬼山莲泉成为了他的使徒。"特蕾娅擦掉嘴角的血迹，伸手按住大腿上那几道深可见骨的伤口，手背上的金色纹路闪烁着，大量的魂力覆盖住伤口，她的血肉缓慢地愈合着。

"莲泉身体里已经有五度王爵的灵魂回路了，如果再增加一套灵魂回路的话，两股性质截然不同的魂力之间瞬间就会产生强烈的排斥，导致肉体全面瓦解破碎，她怎么可能活到现在？"神音的脸上充满了疑惑，她的疑惑其实是此刻所有人内心的共鸣。然而，她眼睛里面，还闪烁着一种别人没有的光芒，那是几乎快要发狂失控的嫉妒。

"普通的两套灵魂回路绝无可能共存，然而六度王爵的灵魂回路实在是太过特别了，它压倒性的愈合能力，以接近永生的强度，让两套回路安全地共存了一个身体内……因为不同性质的魂力互相排斥而摧毁的身体脉络，都能够在瞬间被强大的愈合能力复原……并且西流尔死亡的瞬间，鬼山莲泉也就继承了六度王爵的身份和魂力，她身体里的这套灵魂回路立刻复制了一倍……她此刻等于拥有三套灵魂回路，除了一度王爵之外，没有任何一个王爵能够在体内共存三套灵魂回路，而且是不同属性。她现在的魂力凌驾在我们所有人之上……"特蕾娅的声音越来越虚弱，一方面来自于她刚刚在洞穴里受到的难以想象的重创，另一方面，也来自于她内心的绝望。她看着幽冥，内心有一条线索渐渐清晰起来，仿佛有一双手，为她拂开了眼前的迷雾。

"不！这不可能！我才是六度使徒！就算西流尔死了！也应该是我来继承他的爵位！你撒谎！"天束幽花突然冲出女神的裙摆的范围，她因激动而充血的脸上，是两行滚滚而出的泪水。然而，她忘记了，周围正在地裂天崩，漫天呼啸翻滚的巨大魂力，瞬间将她掀起，重重地摔向身后的岩石。她在如此巨大而突如其来的魂力压迫下，昏迷了过去。

"幽冥、漆拉、银尘、霓虹、神音……我以天格领导者的身份命令你们，现在立刻联手猎杀鬼山莲泉，绝对不能让她离开！"特蕾娅挣扎着站起来，她朝天空呐喊着，口中涌出更多的鲜血。

话音刚落，幽冥就立刻转身朝海岸线冲去，紧随他身后，漆拉、银尘、霓虹、神音四个人的身影也飞快前冲，五人如同流星般席卷向海岸线。

然而，对他们五个无法释放魂兽的人来说，此刻高高在上的鬼山莲泉和缝魂几乎是无法追击的，就算幽冥的魂力再强大，也难以将魂力送抵遥远的高空。

"幽冥，构筑冰桥轨道追击！我在下方帮你维持基座！"特蕾娅冲着狂奔的五人呐喊。

幽冥抬起手，金色魂力从掌心闪电般扫向海面。

巨大的冰块凝结的轰鸣，五道冰面从海面拔地而起，仿佛五把冰刀斜斜地挑空而上，随着冰桥轨道越来越长，挑空高度越来越高，对基座的承重压力就变得越来越猛烈。特蕾娅冲到海岸线边上，她双手朝着五道冰面的基座虚空一握，阴冷但柔韧无比的魂力仿佛牢不可破的丝绸，卷裹住五道冰面的基座，大块大块的冰晶在海面扩展凝结，基座无限扩大，仿佛五座晶莹剔透的岛屿从海面上浮起，将冰桥牢牢支撑在海面之上。

五人沿着五道冰面飞速地攀升，奔跑的速度越来越快。冰面在幽冥的魂力催动之下，朝着天空急速地伸展，天空里炸裂着巨大冰块不断凝固的咔嚓咔嚓的声响，仿佛整面苍穹都在碎裂，眼看冰桥就要抵达鬼山莲泉所处的位置——

突然，本应冲向妹妹准备会合的鬼山缝魂，像是着魔般地掉转方向，冲向幽冥五人。他从闇翅身上跃下，跳到幽冥所在的那道冰桥之上，他沿着冰桥朝下全力俯冲，全身的金色刻纹暴涨到了一个极限。

幽冥冷笑一声，抬起手在喉咙处一抓，手缝中间金光四射，他握紧拳头往身后一甩，空气中一阵尖锐而清澈的水晶折叠扭曲的声响密集爆发，一面黑色的巨大水晶镜面在他身后悬空出现，跟随着他往上朝鬼山缝魂飞驰，幽冥的嘴角露出一个邪邪的笑容，水晶镜面像是突然变成了液体，泛出一阵剧烈的涟漪，随后，两个黑暗幽冥的投影，从镜面里穿透而出，两个死灵投影一左一右奔跑在幽冥身边，如同两个邪恶的分身如影随形。

三个幽冥调动起全身的魂力，手上凝结出黑色冰晶幻化成的利剑，风驰电掣地朝鬼山缝魂冲过去。他们彼此的魂力都燃烧到了极限，仿佛都是同归于尽般的拼死一击。

"别杀他！别杀他啊！！"特蕾娅突然抬起眼睛看向天空，随即立刻对着幽冥撕心裂肺地呐喊，"——他就是想死！"

巨大的爆炸声。

天上翻滚的乌云，瞬间出现一个空洞，仿佛天空被炸穿了一个缺口。

五道巨大的冰面瞬间崩塌碎裂。

霓虹、漆拉、银尘和神音的身影都被这股爆炸的气浪掀得远远飞去，他们卸掉了全身的力量，任由身体被狂风席卷着如同断线的风筝往后飘飞而去，只有这样才能抵消这股足以撕裂天地的力量。

当刺眼的金色光芒散去，天空中颓然抛下的，是浑身千万道伤口、鲜血喷洒不止的幽冥，他已经昏迷不醒，残余的呼吸仿佛游丝，仿佛一颗陨石一样，朝大地坠落。

而另外一边，是如同陨石般坠落的鬼山缝魂的尸体。

他的身躯已经冰冷，双眼却没有闭上。他眼眶里残留的泪水，混合着从他额头那条深可见骨的伤口处流下来的血，飞洒在辽阔的雷恩海域上空。

他的身上残留着幽冥特有标志的黑色冰晶幻化成的巨剑，心脏、小腹、右膝，三个位置上，插着三簇黑色墓碑般的冰晶。

特蕾娅睁着双眼，难以置信自己感应到的魂力强度——一个崭新的、超越一切法则的、具有压倒性力量的双身王爵诞生了。

一个拥有四套灵魂回路的怪物，诞生了。

"哥哥！！！"远处撕心裂肺的声音从巨大的海银头部传来，然后，痛苦的呐喊就消失在一片巨大的空旷里。

天地间有两三秒钟彻底寂静，像是所有的声响都被一个看不见的怪物吞噬了。世界静止在了真空里面，周围的漫天雨水和血滴，如同悬浮般静止，石块以缓慢的速度飘荡在天空里……

片刻的寂静过去之后，一声震耳欲聋的爆炸声，从海银的身上传来，仿佛一颗陨石从天而降撞击向大地，顷刻间汹涌而来的光线剥夺了所有人的视觉。

刺眼的白光消失了，视线的尽头，天地重新聚拢起来。

庞大的岛屿已经被摧毁得只剩下零星的礁石。而大海的中央，一座崭新的岛屿崛起了。那是彻底觉醒的海银。它咆哮着，将它庞大的身躯完全展现在阴冷的月光之下。而在它的头顶九颗血红的眼球中间，迎风屹立着面无表情、眸子里充满着无穷无尽杀戮之光的鬼山莲泉，她冷冰冰的声音从大海的中央传来："你们杀了我哥哥……你们联手杀了他……不过没关系，他不会就这样孤零零地死去的……今天，我要你们所有人，都在这里给他陪葬！"

特蕾娅看着在高空迎风傲立的鬼山莲泉，她的面容冷漠而超然，像是没有声音的寂静狂野，空空荡荡，人类的情感在她的脸上消失殆尽，悲愤、喜悦、哀伤、绝望、痛苦、幸福……一切能够让人感知的情绪都仿佛消失在了那双闪烁着悲悯光芒的眸子背后——对，悲悯，那是天神俯瞰苍生时候的神情。

神从来不爱人，所以他们才是神。

刚刚从高空坠落而下的王爵使徒们，此刻正湿淋淋地走回海岸线。霓虹拖着昏迷不醒的幽冥，抬起头看了看特蕾娅，他的目光依然平静而纯洁——特蕾娅突然很羡慕他，因为他从来不知道何为恐惧，何为绝望。

"她现在是五度王爵，也是六度王爵……她是亚斯蓝历史上，第一个双身王爵……"特蕾娅的声音黯然而低沉，仿佛此刻暮色笼罩下的凄惶天地，"我们现在杀不死她了……"

"谁说的？"漆拉突然走到特蕾娅身后，他顺着特蕾娅的视线，望着朝他们咆哮而来的海银，"特蕾娅，杀戮王爵现在已经失去了战力，此刻，我想向你询问，是否继续天格的追杀红讯？如果红讯继续生效，那就由我代劳。"特蕾娅惊讶地回过头，她从漆拉的瞳孔里，看到了冰川般的寒冷。

"可是你……"特蕾娅的脑海里闪过刚刚在岛屿山洞深处，漆拉布下的庞大迷局，她突然发现自己看不透漆拉的立场了——也许，她从未看透，这个像是一直隐身在迷雾中的男人。她欲言又止，回避开漆拉的视线。

突然，海面上一声巨大的咆哮，海银挣扎着，将海面砸出巨大的浪花，鬼山莲泉不知道为什么，突然倒在了海银的背上，她仿佛忘记了刚刚自己说过的要他们陪葬的事情，突然驾驭起海银，朝着远处飞快地游动而去，海银岛屿般巨大的身躯在大海里劈波斩浪，卷起海啸般的巨浪。

"别让她走！"特蕾娅双眼白色风暴翻涌，她感应着远处扭曲的魂力变化，呼吸急促地说，"她的两套魂路还没有完全融合，出现了排斥，她此刻魂力处于一个短暂的真空期……趁现在，杀了她！"

"漆拉，送我过去！"银尘突然发声。

漆拉抬起手，一道金色的光门在海岸线上拔地而起，与此同时，鬼山莲泉逃走的路线前方，一道更加庞大，仿佛几十米高的金色光门从海面升起，阻挡住鬼山莲泉的去路。银尘突然起身，朝着海岸线的那道光门飞快冲去，空气里发出透明的涟漪，银尘的身影瞬间消失在光门的垂直面，一秒钟之后，银尘从大海深处的那道巨大的金色光门中飞身而出，同时随着他从金色光门中朝鬼山莲泉飞速掠去的，还有上千把闪烁着金属寒光的利刃，无数宝剑仿佛从金色光门中游动而出的鱼群，朝着鬼山莲泉疯狂地飞去。

鬼山莲泉的心陡然下沉，她的身体里，所有的灵魂回路仿佛一团打结纠缠的乱麻，魂力的流动完全受阻，全身的经脉血肉，都发出尖锐的剧痛。她看着迎面而来的疯狂剑阵和剑阵背后迎风飞掠的银尘，他的面容上杀机四起，像是冰冷的死神。

第一枚细身短剑朝着她的脸庞笔直激射而来，紧随其后的，是另外一把一模一样的短剑，鬼山莲泉本能地闭上了眼睛——

一切都发生在短短的两秒钟之内。

第一秒钟，第一把短剑几乎贴着她的右耳飞过，她甚至能够感受到剑刃的寒冷，随着短剑的飞过，金属剑身中发出第一句话，那是银尘的声音："别动。"

第二秒钟，第二把短剑擦着她左边脸颊飞过，银尘的声音再次闪现："相信我。"

——哥哥，你有信心吗？

——没有。可是，这是我们的誓言，不是吗？永远地守护亚斯蓝，用鲜血，擦拭荣耀。

——值得吗？也许我们两个都会死。

——我也许会死，但是，我一定不会允许你死。你一定要记得我和你说的，相信他。

——好，我相信他。因为我相信你。

众人还没反应过来的瞬间，那些本来朝着鬼山莲泉席卷而去的锋利剑刃，突然掉转方向，朝着海岸线上的众人激射而来！

漆拉的眸子突然锁紧，他的脸上出现了难得的愤怒和杀意，他背负着双手，一动不动，然而，他的面前，无数道金色的光斑凌空闪现，仿佛海岸线上闪烁着一个巨大的蜂巢。第一批抵达的剑刃，全部被这些闪烁的光斑吞噬！

银尘在空中舞动双手，所有的魂器仿佛具有生命般，在天空中画出诡异的弧线，绕过了所有闪烁的金色光斑——那是漆拉的空间之阵，所有被吞噬的魂器，都在瞬间被转移到了未知的地方。

无数剑刃发出蜂鸣，如同一群毒蜂，朝着众人缠绕席卷。

特蕾娅冷笑一声，双眼白色光芒翻涌，整个海岸线的礁石突然炸裂，无数白色的丝绸从地底爆炸而出，将众人全部笼罩进柔软的包围之中。

空气里密密麻麻地绽放着金色的涟漪，那是无数剑刃撞击在女神裙摆上发出的空间扰动。剑刃狂暴地围绕着女神裙摆疯狂穿梭，然而，裙摆内部却仿佛静谧的海底。所有的剑刃都不停地在丝绸间穿进穿出，却无法进入裙摆中央的空间范围。

叮叮当当的声音，所有的剑刃掉落在坚硬的岩石上，仿佛一群死去的飞鸟。

特蕾娅收起女神的裙摆，众人的视线朝大海上搜寻而去，空茫的天地间，已经失去了鬼山莲泉和银尘的踪影。

"这是怎么回事？"漆拉望着特蕾娅问。

"刚刚银尘释放出的那群剑刃中，有两把短剑，是传说中能够储藏声音的魂器，叫作【信鸽】。两枚短剑擦过鬼山莲泉耳边的时候，银尘对她说了两句话。"

"他说了什么？"漆拉问。

"第一句，别动。第二句，相信我。"特蕾娅苍白的面容，被海风吹出红红的血丝。

漆拉的目光看起来仿佛冬日的凌晨，锋利而寒冷。他看着特蕾娅颤抖的嘴唇，忍不住问："这两句话怎么了？就算银尘选择了和鬼山莲泉一个阵营，以你的实力，也不需要害怕吧？"

"我害怕的并不是银尘对鬼山莲泉说的这两句话……"特蕾娅的目光里此刻翻涌着无尽的怨毒和仇恨，但在这些之下，其实是无穷无尽无法掩藏的恐惧。

"我害怕的，是刚刚在我们躲避剑阵攻击的时候，鬼山莲泉对银尘说的一句话……"特蕾娅抬起目光，看着漆拉，一字一句地说，"她对银尘说：'你跟我走，我带你去寻找吉尔伽美什。'"

寒夜终于过去，苍茫的海天之间，破晓的霞光渐渐从地线上翻涌而出，绚烂的光雾仿佛神女华丽的衣袖，蜿蜒弥漫在大海之上。

整个波光粼粼的海面，倒映着破晓时金光泛滥的红，仿佛一整面燃烧的火焰汪洋。

游动的红光，此刻映照在麒零和幽花年轻而稚嫩的脸上。他们正趴在半空中振翅悬浮的苍雪之牙毛茸茸的大后背上，看着脚下的大海，表情茫然而又悲伤，仿佛被遗弃了的两个小孩般，看着茫茫无际的天地，不知道何去何从。

周围飞舞着一些残留下来的魂兽，几个小时之前，天地间黑压压的暴动兽群，随着鬼山缝魂的死去和鬼山莲泉的离开，而渐渐从暴戾的迷乱中清醒过来，浑身沐血的各种海狮、海象、剑翅鱼、海蝶、海蛇、电鳗……纷纷重新沉入黑暗的深海。剩下一些还没有完全清醒的零星魂兽，孤寂地飞舞在辽阔空旷的天地之间，发出沉痛的哀号声。霞光照耀着它们千疮百孔的表皮，血淋淋的伤口历历在目。

　　整个岛屿此刻已经分崩离析，巨大的岩石四分五裂，不断缓慢地往海面之下坍塌坠沉，混浊苍白的浪花仿佛一群又一群贪婪怪兽的森然獠牙，咬碎了整座岛屿，把它吃进深海里。整个巨大的岛屿，此刻只剩下一些零星凸出海面的尖锐礁石。

　　海面上漂浮着大面积的魂兽血浆，在朝霞的映照下显得更加黏稠，视线里一片猩红。

　　眼前在红日霞光映照下的大海，仿佛一个熊熊燃烧的人间炼狱。

　　麒零擦去眼角的泪水，茫然地望着天地出神。

　　他的视线所往，是之前银尘抛下自己，义无反顾地离去的方向。

　　苍雪之牙巨大的翅膀扇动着，带起冰冷的海风，吹动着他渐渐成熟的轮廓和鬓角。他的面容在硬冷的海风中，褪去了曾经年少的青涩，而多了一些他这个年纪不应该有的哀伤。

　　银尘离时决然而面无表情的冷漠面容，此刻还回荡在眼前，他朝着所有王爵使徒——包括自己——投掷出的那些锋利而雷霆万钧的杀伤性魂器，他面容上那种在所不惜的决绝，他目光里毫无迟疑的残酷。麒零突然感觉到一种被抛弃的痛苦，真实而又剧烈。

　　他忍不住冲着银尘离去的方向大声呼喊，他的声音听起来，和此刻天地间无数魂兽痛苦的嘶吼没有区别，沙哑的悲鸣，听起来像是在呼喊银尘的名字。

　　他突然像是又回到了孤独的年少岁月，无依无靠，无人挂念。

　　"麒零，你别难过了……毕竟吉尔伽美什是银尘的王爵啊，作为使徒来说，最重要的，当然是自己的王爵了。"天束幽花看着痛苦的麒零，忍不住轻声安慰他，"如果今天换成你，突然听到失踪了几年的银尘有了音讯，那么你也一定会抛下一切，义无反顾地去寻找他的吧。"

　　麒零没有说话，他的眉目更深地皱了起来。他的脸上强装着镇定的表情，但是他的眼眶却在刀割般的海风里，渐渐红了起来，一层浅浅的泪光浮动在他的眼底。他哽咽了一下喉咙，然后轻轻地点了点头。

　　幽花别过脸，有点不忍心看他。她的眼睛也微微地红了起来。

　　银尘留下的女神的裙摆，此刻已经恢复了原始的白色棋子般的状态。麒零握在手心里，这是唯一还残留着银尘气息的东西，这是曾经银尘对他的守护——而此刻，他带走了这份守护，消失在了茫茫的天际。

爵迹

Chapter 06

迷雾开启

L.O.R.D

·Legend of Ravaging Dynasties·

"他们都走了，你呢，你要去哪儿？"天束幽花小声地问他。

"我不知道。"麒零擦干眼泪，眼睛里密密麻麻的红血丝让他显得格外憔悴，他的声音带着成熟起来的低沉和磁性，已经有点不像曾经那个年少懵懂的少年了，他勉强打起精神，苦笑着，"我先送你回去吧，你父母还等着你回去成亲呢。"

"我母亲在生我的时候，就死了，而我父亲……"天束幽花低着头，目光空空洞洞地望着脚下翻滚不息的海洋和那些四处坍塌残破的礁石，她的眼泪还挂在她娇嫩得仿佛花瓣般的脸庞上，风吹在上面，发出冰凉的气息，"直到他刚刚死的时候，我都没有见过他……"

"刚刚？"麒零从哀伤中回过神来，惊讶地看着幽花，"你是说……"

"永生王爵西流尔，他是我的父亲。"天束幽花的声音淡淡的，听不出太多的情绪。

一滴眼泪从天空掉下去，闪烁着微光。它太渺小，和起伏翻滚的海面相比，这一滴哀愁甚至都无法激起涟漪，小小的苦涩被巨大的苦涩吞噬，变成一望无际的苍凉。

麒零握住她的手，他能够体会到她心里的痛苦，这种茫然天地间无依无靠的感觉，他从小到大都有。只是，这段时间以来，银尘一直守护着自己，让他忘记了这种感觉。他一度以为这样的感觉，再也不会有了。

可是没有谁能够看见自己的命运，就像奢望透过茫茫的大雾，辨识出前方道路边的一朵细小的枯萎小花。

你怀着悲伤和心疼慢慢走向它，然后发现，那是一枚鲜红的剧毒浆果。

【西之亚斯蓝帝国·港口城市雷恩】

苍雪之牙载着麒零和幽花，不急不缓地飞行了大概一个钟头之后，远远地，稀薄的云层之下，雷恩城蜿蜒起伏的海岸线出现在视野的尽头。

阳光此刻已经清澈发亮，一束束金色的光线穿透稀薄的云层，将淡淡的云影投射在雷恩城沿海巨大的白色港口广场之上。

为了让所有的居民都能没有遮挡地欣赏到壮阔的海景，雷恩沿海的白色建筑，都遵循着沿着海岸线往内陆渐次拔高的原则。雷恩城中心那几个最高的塔楼顶端上，此刻巨大的吊钟正在发出浑厚而辽远的钟声，飞鸟从屋顶惊起，沿着密集的白色建筑急速飞过，天地间传来无数夹杂在钟声里的"哗啦哗啦"的羽翅扇动的声音。

雷恩城的近海上，已经出现了不少的渔船。时辰尚早，但辛劳的渔民已经乘着大大小小的渔船出海捕鱼了。冬日的清晨非常寒冷，即使雷恩地处亚斯蓝国境南部，此刻也依然寒风刺骨。不过，世代居住在雷恩的居民，根本不在乎冬风肆虐。他们的脸上都是朝气蓬勃的红色，一看就是长期习惯海上生活的人，夏日的暴晒和冬风的凛冽，让他们的皮肤虽然粗糙但也红润，黝黑而且结实。

从高空望下去，波光粼粼的海面上，大大小小的渔船仿佛撒在湖面上的白玉兰花瓣一样。

而海岸港口处大大小小的集市，也已经开始热闹了起来。来自各个地区的人将货船停泊进港口，挽起袖子甚至赤膊的水手们，扛着沉甸甸的货箱，装卸着各种货物。从全国各地云集而来的商贩，熙熙攘攘地采购和贩卖着各种货品。

不时有拿着风车的小孩，穿着厚厚的冬衣在大理石修筑的广场上奔跑嬉戏。

麒零心里突然觉得一阵淡淡的酸楚。

黎明之前，距离这片祥和安定的盛世繁华不远之处，却是一片无尽杀戮的毁灭天地，被血浆染红的海洋，被魂力撕扯的哭号。而当阳光重新照耀，光明驱逐黑暗之后，咫尺距离的此处，已经又是欢乐安稳的平凡俗世。百姓安居乐业，岁月温婉静好。阳光如同圣泉，可以洗去一切罪恶和血腥。

也许做一个平常的百姓比做一个使徒更加幸福吧。就像曾经的自己，在福泽镇做着一个驿站里面的店小二，每天微笑着迎接来来往往的过客，你不会对他们产生任何的情感，因为你知道短暂相逢之后，也许此生你们都不会再次相逢。日出而作，日落而息，在秋天的时候去密林深处砍伐半枯的树木作为柴火，春天的时候去郊外那片花海采摘各种鲜花布置驿站，夏天的时候去果林偷吃农夫种的樱桃，冬天旅客稀少生意淡薄的时候，裹着被子在炉火边呼呼大睡，空闲的时候和村里的几个年轻小姑娘打打闹闹，远离对魂力的争夺和权力的饥渴，也许那样的日子，才是幸福。

麒零转过头，看了看此刻正望着脚下的雷恩发呆的幽花，她的目光里滚动着一种难以描述的神色。麒零低声问她："怎么了？"

"你看护城墙外那片沿海的区域……"天束幽花的声音有一些异样。

麒零随着天束幽花的视线往下方看去，他皱紧眉头，凝聚起视线之后，他微微张大了嘴。

护城墙外的那片工事防御地带上，密密麻麻地躺着无数魂兽的尸体。很多士兵正在将魂兽的尸体搬运上马车运走。大量的城市守卫队，正提着水桶，冲洗着地面上厚重黏稠的血迹。

"看来昨天鬼山缝魂还是没有完全控制住魂兽，雷恩城还是遭到了攻击。"天束幽花说道。

"可是雷恩城看起来并不像遭到了灭城浩劫的样子啊……从下方的尸体数量和大小来看，抵达雷恩的魂兽并不少，而且很多还是大型凶残魂兽，但昨天亚斯蓝所有的王爵使徒都在永生岛上，这个城里应该没有人可以对抗这些魂兽吧？"麒零有点疑惑地看着幽花。

"除去那些普通的魂术师之外，亚斯蓝顶级的魂术力量，可不仅仅只有王爵使徒而已，只不过民众对他们最熟悉罢了。"天束幽花淡淡地说。

"啊？还有什么人可以和王爵使徒抗衡啊？"麒零的脸色有点发白，这可是银尘没有告诉他的。

"皇室血脉。"天束幽花的声音有一些不自然。

"他们是什么人啊？都长什么样子？真想见识见识啊，看起来比王爵都还要厉害吗？"麒零的目光里满是好奇。

"你已经见过了。"天束幽花忍不住哼了一声。

"谁啊？"麒零挠了挠头。

"本郡主我。"天束幽花忍不住扯了一下麒零的小辫子，麒零龇了一下牙，倒吸一口冷气。

"皇室的人为什么那么厉害啊？竟然可以和王爵使徒并驾齐驱，有点难以相信……"麒零把被幽花扯歪掉的小辫子重新弄紧，然后转过头问她。

"因为我们身体里流淌的皇血，是一种被诅咒的'恩赐'……"天束幽花突然低下头，声音小了下去。

苍雪之牙缓缓地降落在护城墙外，它收起宽大的翅膀，跟随在麒零的身边，目光警惕地朝前走去。

幽花走在最前面，麒零跟在她的身后。

提着水桶和木刷的士兵，听见脚步声回头，然后纷纷跪下低头行礼。

麒零忍不住在心里暗暗"哇哦"了一声。

"你们起来吧。"天束幽花看着面前的士兵们，"昨晚雷恩城遭遇了魂兽攻击，对吧？"

"回郡主，是的。"一个肩膀上佩戴着小徽章，看起来似乎是队长的士兵站起来，恭敬地回答。

"格兰尔特有派出援助吗？"天束幽花问道。

"没有。"士兵队长回答。

"那以雷恩城平时的驻扎兵力来说，应该没办法对抗这些高等级魂兽的吧？你们怎么做到的？"

"昨日攻城的魂兽数量非常多，而且极其狂暴，魂力等级都非常惊人。雷恩城的士兵几乎全部出城防御抵抗，但也难以阻挡，城门几乎快要失守。就在快要对全城百姓发布弃城撤离的公告时，一个金色的光球突然扩大，将整个雷恩城笼罩保护起来，金色的光球从一个很小的点，然后飞速扩大，几乎笼罩住了整个雷恩。被扩大的光壁扫过的魂兽，全部像是进入了时间缓速的状态，从而让我们赢得了机会……"

天束幽花回过头，和麒零的目光对视了一下，她微微地点了点头，仿佛在肯定麒零脑海中的猜测，漆拉。

"光壁在扩大的过程中，应该不只扫过魂兽吧？被扫中的士兵或者百姓，有任何异常吗？"

"没有异常……"队长有点犹豫，"这也是我们困惑的地方。"

"看来漆拉已经可以令他的时间之阵具有靶向性了……"天束幽花低声喃喃自语。

"什么是靶向性啊？"麒零忍不住问道。

"就是针对性极强，触发效果完全锁定目标，不会发生偏离，漆拉展开的缓速之阵，虽然笼罩全城，但只针对魂兽，而不针对士兵或者居民。一般的群体范围魂术，是很难做到这一点的。比如幽冥在永生岛上大范围从天而降的黑色冰晶，就是无差别的范围攻击，只要在他的攻击范围之内，无论敌我、人兽，均会承受伤害。同样，比如我的永生天赋，如果我开启阵法，在我的阵范围内的所有生命体都会获得加速愈合的再生能力，我不能做到只让具体的几个人，或者只让魂兽受到效果，因此，靶向锁定和过滤，一直都是范围魂术中极难实现的效果……"天束幽花说到这里，突然停下来，她朝小队长伸出手，"把你的佩剑给我。"

小队长有点疑惑，但还是毕恭毕敬地将自己的佩剑从剑鞘中拔出，反手将剑柄递给幽花。

天束幽花接过佩剑，然后转身用力地朝身边一具魂兽的尸体刺去。

一阵尖锐清脆的金属断裂声响之后，小队长的佩剑变成了几截断裂的残片。

"这些魂兽的表皮都坚硬无比，普通的兵器很难对它们造成伤害，就算它们被缓速了，你们也很难将它们斩杀吧？"天束幽花看着小队长，表情看起来有一种让人害怕的威严，完全不像一个十六岁少女应该有的稚嫩和骄纵。

"魂兽确实不是我们杀的……"小队长的脸红了。

"所以援助你们的人是谁？"天束幽花问道。

"我们……我们不清楚。"小队长的脖子涨得通红，看起来非常紧张。

"怎么会不清楚？"天束幽花的脸上有些怒意。

"我们也说不上来，就看见金色光壁扫过所有的魂兽之后，那些被缓速的魂兽就开始陆续地倒下，魂兽的脖子上接二连三地出现手指粗细的血洞，大大小小的血珠像是凝固悬浮在空中一样，四处缓慢飞洒……就像有一个隐形的人，在帮我们刺杀魂兽。"小队长突然想起了什么，"哦对了，如果我没有记错的话，空气里一直闪烁着稍纵即逝的类似铂金剑刃划过的光芒，像是一道一道短促的闪电，看不清楚是什么……"

"自由意志……"麒零看着幽花，小声地说着。幽花面色有点凝重，点了点头。

"幽花郡主，这位是您的朋友吗？我看他脸上手上都受了伤，是昨天被魂兽攻击到了吗？前面帐篷里有医疗部队的人，他们可以为您这位朋友简单地清理一下伤口，上一些药。"

"哦，不用麻烦了，我没事。这些都是皮外伤，不要紧的。"麒零摆摆手，露出感谢的笑容。他回过头，看着幽花光洁无痕的面容，突然想起来什么。

"哎对了，幽花，你说在你出生之前，西流尔，也就是你父亲就失踪了，那你身上的灵魂回路……是谁赐印给你的啊？"

幽花看了看麒零，回头看了看面前的士兵们，她没有回答麒零的问题："你们继续清理魂兽的尸体吧，血迹务必洗刷干净，雷恩城历来洁白无瑕，我不想看见这些血污残留在雷恩。"

"是，幽花郡主。"所有士兵低头。

天束幽花转身离开了。

麒零把苍雪之牙收回爵印，然后低头，有点不好意思地跟在天束幽花身边。雷恩的街道上，熙熙攘攘的人群摩肩接踵，幽花走过的地方，人群都自动散开，然后垂首站立在旁，等幽花走过之后，大家才继续上路。

"幽花……我刚刚是不是问了不该问的问题啊？"麒零看着天束幽花沉默的面容，有点抱歉地问。

"没什么……这本来也不是什么大秘密，很多人都知道的。我父亲并没有直接对我进行过赐印，我身体里的永生回路，其实是从我母亲那里抢来的……"天束幽花在一个路口停下来，等着家族的马车前来迎接她回家。路口周围本来停靠着很多马车，看见天束幽花的到来，都纷纷牵起马匹的缰绳，把马车挪开一个空位，留给天束幽花。她刚刚在城门口，已经吩咐了守城士兵，通知他们派家族车辆前来接她。

麒零看着幽花，没有催促，也没有问话，因为他从她的眼睛里，能够看见不想被人触碰的阴霾。

天束幽花沉默了一会儿，低声继续说道："我母亲其实就是我父亲西流尔的使徒，因此她的体内拥有属于六度王爵的永生回路。然而，在孕育我的时候，她的子宫和胎盘上也随之开始密密麻麻地生长出崭新的灵魂回路，本来，这份被认为是额外恩赐的灵魂回路，却成为了放在我母亲脖子上的死亡镰刀……随着我在母亲子宫里发育长大、最终成形，胎盘上的灵魂回路通过脐带，逐渐蔓延转移到了我的身上，然而随着我在母亲体内越来越大，越来越成形，我不断地吸收掠夺我母亲的灵魂回路以及她的生命力。当胎盘和子宫上的灵魂回路被吸收完了之后，我的胎体并没有停下对灵魂回路的掠夺，它开始吸收我母亲腹腔、胸腔，甚至四肢上所有的灵魂回路。那种似乎与生俱来的贪婪让我不再像是一个胎儿……反倒像是一团饥渴着想要吞噬一切魂力的异变血肉……这种邪恶的吞噬无法停止，我的父亲和家族的人，都劝我的母亲放弃我，然而我母亲坚持。听我家族的人说，在她快要临盆的那段日子，她的身体基本已经骨瘦如柴，头发大量掉落，稀疏得露出大半头皮。她凹陷的眼眶里，一双眼球骇人地凸起，白眼球上布满了血丝。仿佛两根枯木般的细长双腿根本支撑不了隆起的巨大腹部，我母亲只能一直躺在床上，到后来连翻身都会困难，在天气炎热的夏天，她的身上长满了褥疮……最终，我母亲分娩的时候，因为没有足够的体力，所以难产而死。在那时，她的身体里几乎已经没有灵魂回路残留了，所以，她失去了永生天赋下顽强的生命力，她只能瞪着她那双充满血丝的双眼，迎接冰冷的死亡。我家族有一个比我大两岁的姐姐，在我七岁那年过新年的时候，我们两个抢一个糖果，她生气的时候当着整个家族的人骂了我一句，我到现在都还记得，她说，你怎么什么都想吃啊？连你妈妈都已经被你'吃掉'了，你还没吃饱吗？"天束幽花望着街对面熙熙攘攘的驿站茶肆，目光里带着悲痛，也有一丝怨恨——"所以，我一直都很恨我自己。我有时候觉得自己就像一个不应该存在的怪物。"

麒零看着天束幽花，他的眼睛有一点湿润，眼前的天束幽花已经不是第一次见面时那个蛮不讲理飞扬跋扈的郡主，她像是突然被拔掉所有尖刺的小小刺猬，一身柔软的皮肤，在黑暗的荆棘森林里，低声哀号着穿行，所有荆棘划过她的皮肤，都留下带血的伤痕。

"我父亲西流尔并没有对我赐印，我的灵魂回路是掠夺而来的。所以我并不算是真正意义上的使徒，在我逐渐长大的过程里，我渐渐地意识到，我的魂力、我的体能，甚至是我继承的天赋，都是残缺的。在沙漠、戈壁等水元素稀薄的环境里，我身体的愈合能力和普通人几乎没有区别……完全无法和我父亲那种近乎永生的恐怖新生能力相提并论，至于我对水元素的操控，说得不好听一点，有一些我们家族里的魂术师，都能胜过我……我比其他的使徒差远了……"

麒零看着天束幽花挂在脸上的泪痕，心里像是被淋下了一杯酸涩的草汁。他突然觉得幽花的命运比自己更加悲惨。虽然自己从小没有父母，但是至少还有关心照顾自己的银尘，而幽花的生命中，从来就没有出现过任何一个关心过她的人。连她的王爵，同时也是她的父亲，在临死前都没有见她一面。更让幽花伤心的，应该是西流尔让鬼山莲泉——这个他第一次谋面的陌生人继承了本该属于幽花的爵位吧。

远处急促的马蹄声传来，白银铸造的马蹄踏在雷恩城拥有几百年历史的光滑石头街道上，发出清脆的声音。

几辆豪华的马车缓缓地在路边停靠下来，马车的帆旗上装点着属于幽花家的家族徽章——金色丝线精心绣出的巨鹰。

幽花转过头，看着麒零："我要回家了。你呢？"

"我回驿站，我要在那里等银尘。他一定会回来找我的。"麒零露出笑容，他想要让幽花开心起来，"你不用担心我啦，银尘付了好多天的房费呢。"

"我们以后还会再见面吗？"天束幽花看着麒零英俊的面容，心里突然有一些失落。和这个少年只有短短几天相遇的时间，然而，此刻的别离，竟然可以牵动起她从小到大都习惯了冷漠的心绪。

"当然啊。放心吧，既然我们认识了，就是朋友了啊。"麒零笑着，露出洁白的牙齿。

"朋友……"天束幽花愣了愣，然后笑了，她弯弯的眼睛里闪烁着一些动人的光泽，"谢谢你，麒零，你是我这辈子，第一个朋友。"

马车边上的侍卫打开车门，撩起蓝色的布帘，幽花低头，钻进车厢中，侍卫轻轻地放下布帘，关上车门。

马蹄声一路远去。

幽花轻轻掀起窗帘的一角，她透过车窗的窗格，看着站在驿站边一直目送着自己离开的麒零。他孤零零地站在熙熙攘攘的人群里，显得那么孤独，他的身躯有着少年的挺拔，然而却没有成年人的坚毅。风吹动着他的披风，他的鬓角，他仿佛橡木般芬芳醇厚的气息渐渐消散，他的身影越来越小，他的目光越来越亮。

幽花眼角流下苦涩的眼泪，刚刚分别的时候，应该抱一抱他。

"再见了。"

"再见。"

【西之亚斯蓝帝国·雷恩海域·无名小岛】

苍茫的大海，永远让人敬畏。它可以无限温柔，将小小的一叶扁舟温柔地拥抱。它也可以无限狂暴，用滔天巨浪将一个城市摧毁。它无边无际，它深不见底。

它是亚斯蓝力量的源泉。

银尘此刻正站在一个无名的荒岛边缘，风从大海上吹来，将他银白色的头发轻轻拂动。漫天的霞光，将他幽蓝色的眸子映照出彩虹的斑斓。

他回过头，在他身后，鬼山莲泉依然靠在一块低矮的岩石上沉睡着。

她的脸色依然苍白虚弱，呼吸混浊，听起来像是在梦境里挣扎着。

刚刚那场大战几乎消耗光了她所有的魂力。

银尘看她露在铠甲之外的皮肤，脖子、手腕、耳背……所有皮肤上，都若隐若现地缓慢生长着金色的细小魂路，仿佛密集的植物根系，逐渐蔓延到她的全身。一根又一根金色回路，彼此交错，偶尔冲撞排斥，但是总能迅速找到另外的路径，她整个身体都像是被这些金色的细线切割成了碎片，不只是身体，包括她的灵魂、她的心。

他依然记得莲泉站在半空中俯视他们时，那种悯然众生的淡漠和无情，那是天神对众人的罪恶进行裁决时的神色。

银尘走向莲泉，抬起手朝她挥舞了一下，一个金色发亮的光阵在她脚下的礁石地面上旋转而出，持续转动的光芒里，无数金黄色的魂力碎片从地面上升起，不断地补充进莲泉的体内。

莲泉微微睁开眼睛，似乎从梦境里略微地恢复了一些清醒，她有些意外，她轻轻说了一句"谢谢"，声音疲惫而淡漠，然后又重新闭上眼，再次沉入了睡眠。

银尘面无表情的冷漠面容下，是惊涛骇浪般的惊恐。

就在自己刚刚制作出光阵，帮莲泉补充魂力的时候，他清晰地感受到了此刻莲泉体内不断孕育生长的魂力。刚刚被西流尔强行种植进去的永生回路，经过了初期植入身体的排异阶段之后，此刻，正在与莲泉的身体内部原本的灵魂回路融为一体。无数新生的金色刻纹，持续切割着她的身体。

巨大而蓬勃的魂力仿佛汹涌的大河不断在大地上开凿冲刷出新的支流，她的身体在不断地毁灭，同时又在持续地重生，仿佛一个山崩地裂后的城市正在缓慢重建。而且，随着鬼山缝魂与西流尔的同时死亡，存在于鬼山莲泉体内的两套回路瞬间变成了四套，这种爆发性的魂力激增正是此刻鬼山莲泉感觉精疲力尽的原因，她的肉体在这种汪洋般浩瀚的魂力冲击下，四分五裂，重构瓦解，几乎濒临死亡的边缘，如果不是永生回路的强大力量，她的肉身早就在这种排山倒海的巨大力量下陨灭。

银尘能够想象，当她体内的灵魂回路建立完毕之后，双重王爵的天赋和魂力彼此共存于一身之时，她将拥有多么可怕的力量。

看着面前面容苍白虚弱的鬼山莲泉，银尘的心绪极其复杂，说不上是对未知的恐惧，抑或是绝望中隐隐看见了期待。

也许这将是一股能够在狂风暴雨中守护亚斯蓝帝国的崭新力量，也有可能，这将是一场足以毁灭亚斯蓝的末世之殇。

莲泉醒来的时候，天已经黑了。她足足昏睡了一整天。此刻她身体表面已经没有那些疯狂生长的金色发亮纹路，白皙光滑的皮肤在月光下显得年轻而饱满，所有的伤痕都已经完全愈合新生，连一点淡淡的疤痕都没有留下。

皎洁的月光穿透天空碎云的缝隙，照耀着大海，海面波澜起伏，像是一面摇晃的碎银。光斑反射在岛屿之上，四处游动，银尘那张冰雪雕刻般的精致面容，此刻就笼罩在这样一片星星点点的光芒里。

鬼山莲泉站起来，轻轻握了握拳头，发现身体的力量已经完全恢复了，不只是恢复，她明显地感觉到体内的魂力已经远远超过之前的上限。

她尝试着运行了一下魂力，一个崭新的爵印从自己右肩膀的后方清晰地浮现出来，她看着从铠甲下方隐隐透出的金色光芒，没有说话。

"你休息好了吗？"银尘的声音从夜色里传递过来，带着一种露水般的凉意。

鬼山莲泉沉默了一会儿，点点头。

"我有一些事情想和你确认，如果可以的话，希望你能告诉我。"

"我哥哥说我可以相信你？"鬼山莲泉看着前方面容清冷、眉眼深邃的银尘，还是有一些警惕。

"可以。"银尘淡淡地回答，"或者说，到目前为止，你还是可以相信我的。我应该和你，是一个阵营。如果我对你和你哥哥的判断，没有出错的话。"

"你想知道些什么？"鬼山莲泉稍微放下了一些戒备。

"从你和你哥哥被白银祭司下达红讯追杀开始说起吧。"银尘看着莲泉，锐利的目光渐渐柔和下来，"白银祭司为什么要追杀你们兄妹？"

"事情的起始，发生在深渊回廊。那个时候，我和我哥哥正在深渊回廊深处，尝试着催眠更大范围的魂兽，对我们的天赋来说，没有比深渊回廊更适合我们训练的地方了，各种强度的魂兽都有，密度极大，而且就算失控，也不会危及平民百姓。

这是我们习以为常的训练，本来并没有什么特别……直到那天，在我们的训练过程中，深渊回廊突然弥漫起大雾，然后我们遇见了……"

银尘看着突然停下来的莲泉，他轻轻地接过她的话："……那个苍白少年。"

"对，那个少年。"鬼山莲泉的目光闪动着一片摇曳的光芒，仿佛无数回忆里的画面在她的眼眶里浮动着，她微微皱起眉头，似乎在考虑着应该怎么讲述这段听起来毫无可信度的事实。

"你和你哥哥为什么立刻就能肯定他就是'白银祭司'？"银尘的眸子里点缀着闪烁的星光，看起来有些清冷。

"起初我们并不相信，因为这听起来实在太过离奇而且叛逆。我们平日所见的白银祭司，是身处在巨大水晶墙面中，那个拥有两双手臂，高大而魁梧的样子，我无法相信眼前苍白孱弱的小男孩就是白银祭司，但是紧接着，他就开始复述出很多我们和白银祭司曾经发生过的对话，其中大部分的内容，都是极其机密、不应被任何外人知晓的事情。于是，我和哥哥都产生了动摇……"鬼山莲泉看着远处闪烁着粼粼波光的海面，回忆着，"尽管如此，但因为事情实在太超出常态了，我们依然半信半疑，没有全盘相信，因为有太多不可思议的地方让我们质疑他的身份和他所说的种种。比如他为什么会突然从心脏的水晶墙面里出来，而且会出现在离帝都格兰尔特如此遥远的深渊回廊，如果他真的是白银祭司，那么现在十字回廊房间里的又是谁呢？这些他都没有解释，他一直不断地在重复，时间不多了，时间不多了……只是我们并不是很明白，到底是什么时间不多了。"

"是他还能够存活的时间不多了。"银尘闭上眼睛，苍白少年诡异而惨烈的死亡，再一次浮现在他的脑海。

"当晚，我按照苍白少年的要求，立刻出发前往雷恩，进入魂塚拿取魂器回生锁链，而鬼山缝魂负责带苍白少年，前往深渊回廊最深处的黄金湖泊。就在当晚，我和他们分开之后，我哥哥就立刻遭到了幽冥的猎杀。缝魂后来告诉我，他说幽冥仿佛是突然出现在深渊回廊的，完全没有任何提前的预兆，周围的魂力甚至都没有异动，他就像最擅长潜伏在黑暗中狩猎的猎豹一样，悄然出现，几秒钟之内，就将缝魂击溃。随后，我也被神音盯上，一路追杀我直到雷恩。"

"但当时幽冥并没有成功狙杀鬼山缝魂。"

"是，但不是幽冥不想，而是苍白少年阻止了他。"

【西之亚斯蓝帝国·隐山宫】

"阻止我？"幽冥赤裸着上身，斜过眼睛看着身边的特蕾娅，他的嘴角又露出那个从少年时代就一直存在的邪气的笑容，尖尖的牙齿，像是狡诈的兽类，"应该是，他没有将我粉身碎骨，已经是最大的仁慈了吧。你根本无法想象那种压倒性的力量。"

"足以比拟一度王爵的力量？"特蕾娅的嘴角露出一个不屑的微笑。

"足以比拟一切的力量。"幽冥的笑容消失了，他的目光里闪动着阴霾。

特蕾娅平日里一直盘起的发髻，此刻已经拆散下来，一头乌黑发亮的秀发，仿佛云朵一样盈盈地笼在她的肩上，她赤裸着肩膀，胸口上围着一条油亮的狐狸毛编织成的皮草薄毯。她看着幽冥凝重的面容，轻轻笑了笑，没有接话，她把浸泡在烈酒中的白色纱布捞起来，继续清洗着幽冥刚刚被划开的胸膛，殷红的鲜血迅速将纱布浸染开来。

幽冥皱了皱眉头，龇了龇牙，轻轻地吸了一口气。

"怎么，堂堂一个杀戮王爵，这点痛都怕？"特蕾娅看着幽冥英俊而性感的侧脸，嘲讽地笑着，她鲜红的嘴唇看起来格外妖媚。

"你以为我是你那个什么都感觉不到的野人使徒啊？我有感觉的啊。"幽冥笑了，露出洁白锋利的牙齿，嘴角一道淡淡的疤痕，看起来像是一个笑靥，让他的面容看起来更加邪恶而性感，"而且我不是怕，我是享受。再来啊。"幽冥凑近特蕾娅，张开嘴，冲着她的嘴唇喃喃地说着，低沉的嗓音带着他口腔里清冽的荷尔蒙气味。

特蕾娅把手上的纯银匕首，在铜盆的烈酒里洗净血液之后，再一次划开幽冥肌肉结实的胳膊，她的手腕灵巧地翻动着，匕首的尖端不断在幽冥的肌肉里游走，很快，两颗深绿色的海蛇毒牙就被挑了出来，叮当两声，落在旁边的珐琅胎底的金属盘里。

雷恩战役，身上被各种魂兽咬伤的幽冥，在昏迷的时间里，身体依然持续地愈合新生，他的体能也是强大得有些恐怖。只是，那些残留在身体里的各种毒牙、尖角、鳞片，还是需要挑出来，否则，再强大的身体，也承受不住皮肤下种满各种尖锐的骨中钉肉中刺。

特蕾娅纤细修长的手指，沾满了幽冥滚烫的鲜血，她抬起手，轻轻张开嘴唇，品尝着幽冥鲜血的味道。

"有点怀念……"特蕾娅突然幽幽地笑了。

"你竟然会怀念断食，你也是够变态的。"幽冥狭长的眼窝里，闪烁着黑暗的光泽。

"说起来，你被那个少年撕碎了胳膊，只能怪你自己太过轻敌吧。"特蕾娅把匕首丢进铜盆里，拿起一张柔软的丝巾擦手，"当死灵镜面只能投影出鬼山缝魂，而无法投影出小男孩的时候，你就应该意识到，那个小男孩的魂力，远在你之上啊。你还要恋战，真是狂妄无知。"

"死灵镜面无法投影出两种人，一种是魂力超过我的人，另一种，是毫无魂力的人，换作是你，你当时会怎么判断？当然我会觉得那个小男孩毫无魂力了，毕竟，他连逃跑都没有力气，需要鬼山缝魂背负他前进啊。要知道，亚斯蓝国境内，魂力超越我的，只有一度王爵修川地藏。"幽冥胳膊上刚刚被划开的血肉，缓慢地愈合着。

"不只修川地藏。"特蕾娅在软塌上，轻轻地斜躺下来，一双修长而肌肉结实的白皙美腿，从黑色的皮草薄毯下露出来，薄毯之下的她，浑身赤裸，看起来充满了诱惑。

"什么意思？"幽冥的目光锋利起来，"有新的侵蚀者出现了？"

"那倒没有。"特蕾娅妩媚地笑着，"不过，你有没有发现，很长一段时间以来，十字回廊三个白银祭司的房间，只有左右两边在使用，中间那个房间，一直处于关闭状态。如果我猜得没错的话，你在深渊回廊遇见的那个苍白少年，就是本应该待在中间房间的白银祭司。"

"可是白银祭司是从来不会离开水晶墙面的。"幽冥靠近特蕾娅，他俯下高大而结实的上身，几乎把娇小的特蕾娅整个笼罩在他的阴影里。

"你错了，不是他们不会……"特蕾娅抬起手，抚摩着幽冥结实的胸膛，她的手灵巧而有经验地挑逗着幽冥敏感的地方，"而是他们不能。"

【西之亚斯蓝帝国·雷恩海域·无名小岛】

"在目睹了苍白少年压倒性的力量之后，我哥哥更加相信了他就是白银祭司的事实，也因为如此，他才愿意即使舍弃性命，也要完成苍白少年的嘱托。"鬼山莲泉的眼睛有些湿润，海风吹动着她披散的头发，带出一阵淡然的花香。

"什么嘱托？"银尘隐隐地猜到了事情发展的方向。

鬼山莲泉抬起目光，看着面前神色凝重的银尘，她点点头："苍白少年应该也对你传达了同样的嘱托吧，所以，我哥哥才会让我一定要相信你。我们兄妹接受的嘱托，其实和你一样，那就是，营救吉尔伽美什。你难道没有觉得，这一次几乎全部王爵和使徒共同参与的，永生岛的猎手猎杀，是那么地似曾相识吗？"

银尘转开目光，将视线投往苍茫的大海。

"当年，常年隐居在雾隐绿岛，几乎不问世事的上代一度王爵吉尔伽美什，突然遭到所有王爵使徒联手追杀，作为天之使徒的你，自然也包含在猎杀名单之中，你应该比我更清楚地记得当时的惨烈吧……"鬼山莲泉看着目光闪烁的银尘，有一点不忍，沉默了一会儿，继续说道，"当年，白银祭司给出的理由，和这次对我和我哥哥下达的追杀理由如出一辙：背国。然而，作为一直跟随着吉尔伽美什的使徒，你应该深知，吉尔伽美什并没有也不可能会背叛亚斯蓝。所以你们天地海三使徒才选择了誓死跟随，用行动宣告着你们对他的忠诚和对这个罪名的抗议，这也代表着你们选择了站在所有王爵使徒的对立面，直到最后，你们三个使徒全部灭亡……其实也说不上全部灭亡，当场被杀死的，其实只有海之使徒东赫。而地之使徒格兰仕，则在那场围猎中彻底失踪。而作为天之使徒的你，全身的骨骼血脉以及灵魂回路，都被寸寸摧毁粉碎。而吉尔伽美什太过强大，就算是集合了二度到七度的所有王爵，也没有办法摧毁他，只能将他囚禁在一处早就为他设计好的'监狱'里……我和哥哥虽然没有亲自经历过四年前的那场浩劫，但是，从各处听来的叙述中，我们也可以想象那是一场比永生岛更加惊天动地的战役……"

"四年前的那场浩劫，没有永生岛战役这么惊天动地，但是，它远比一切战役，都更加残忍，也更加黑暗……"

银尘闭上眼睛，脑海中再一次浮现出那张鲜血淋淋的巨网，它从头顶缓慢地笼罩而下，渐渐收紧，直到扑鼻的血腥气味，将每一个人紧紧缠绕。

收网的人，站在混沌的黑暗尽头，他和他彼此微笑着，他们的目光里闪动着遥不可及、无法揣测的光芒。

【西之亚斯蓝帝国·雷恩海域】

　　风将云朵几乎都吹散了。漫天的星光点缀在黑蓝色的夜空里，仿佛天神随手撒在天鹅绒上的钻石。

　　巨大的海面波光粼粼，倒映出的星光、月光，和地平线上的璀璨星辰融为一体，将海天的界限温柔地抹去，眼前的天地似乎回到了浑圆的初始。

　　银尘的声音低沉地揉进海风里，听起来也带着一股涩涩的味道。

　　"其实我对于四年前的那场浩劫，也已经没剩下什么记忆了，都是一些碎片一样的场景，时不时地出现在我的脑海里。很多时候我甚至觉得自己其实已经死了，因为我记忆的最后，是格……是别人杀死我的画面。但是之后，我又重新活了过来，当我苏醒过来的时候，已经在帝都的心脏里了。那个时候，白银祭司告诉我，我之前身体里的所有血管筋脉，还有灵魂回路，全部被切割断裂了，此刻身体虽然愈合，但是，之前的灵魂回路，已经被新生的肉体覆盖了，曾经的灵魂回路也已经被抹去，完全无法被激活。这种沉睡状态不知道什么时候才会重新恢复，很大的可能是永远都不会了……所以，他们在我全新的身体里，种植了新的灵魂回路，赋予了我崭新的天赋。"

　　"所以你就什么都没说地接受了自己崭新的身份？过去的一切对你来说都没有意义了吗？"莲泉不太相信地看着银尘。

　　"因为在我脑海里的'过去'，已经残留得不多了……刚刚醒来的那段日子，我被脑海里支离破碎的记忆折磨得一度想要去死。你知道那种感觉吗？就像是几百张不同颜色的玻璃彩画，全部摔碎之后，把所有五颜六色的残渣碎片混淆在一起，然后从你的头顶倾倒下来，这些锋利的玻璃碎片快速地划过你的身体，你能够感受到每一个碎片带给你的疼痛，但是，你却拼凑不出完整的曾经的画面。大量的碎片流走了，剩下部分碎片深深地扎进我的血肉里，留了下来……那就是我现在仅剩的记忆……没有人告诉我，吉尔伽美什是死是活，只是在大家的言语里，他叛国这件事情，已经是既成事实了。之后，我被任命接替死去的费雷尔，成为新的七度王爵。但你知道吗，作为一个没有记忆的人，活在这个世界上，那种孤独和荒凉的感觉……"

——每一天早上醒来，都像是在一个陌生的城市，陌生的时间，万千人群摩肩接踵，他们讲述的故事，他们在意的纷争，都和你没有任何关系。你不知自己身在何处，为何存在。你不知道自己从哪里来，又应该往哪里去。

——谁是你在乎的人，谁是你仇恨的人。

——你宁愿活在一个万籁俱寂的旷野，荒无人烟，但是有熟悉的草木岩泉，有清晰的脚印可以引领你走回那堆燃起的篝火。有小径分岔到一片生长着甜美浆果的草原，有平缓的浅滩指引你前往熟悉的湖泊。

——但你不愿在一个喧闹却完全陌生的世界里存活，因为你身上的碎片，不能指引你，它只会成为你的桎梏，和执念。

"所以这些年，你才一直隐忍地活着，远离了权力的争夺，和对魂力的饥渴，在所有的王爵使徒中，成为一个孤独的异类，对吗？"鬼山莲泉看着银尘，第一次明白，眼前这个被众人认为冰雪般冷漠的人，为何如此孤傲。他一身的记忆碎片，是他视为珍宝的财富，但也是他无尽的痛苦。

"因为这个崭新的世界对我来说，没有什么意义。我只想找到吉尔伽美什。"银尘的目光里涌起清亮的泪水，"我曾经是他的使徒，所以，我永远都是他的使徒。"

"那麒零呢？"

银尘眼睛里闪烁的光芒突然颤抖了一下，像是烛火突然被风吹动。

这是这个崭新的世界，第一枚插在他身体上的，新的无法割舍的记忆碎片。

莲泉望着星光下的银尘，他的眼眶泛着红色，瞳孔湿漉漉的，仿佛被海水冲刷得温润光滑的黑色石块，莲泉有些不忍，于是转开话题："只要找到吉尔伽美什，一切就都有答案了。"

"你知道吉尔伽美什在哪儿？"银尘回过头，声音里掩藏不住他的激动。

"吉尔伽美什被囚禁的位置，就在西流尔熔炼后变成的岛屿之下。一个囚禁之地如果想要困住强大的魂术师，那么除了需要物理条件上的密闭空间、坚不可摧的四壁之外，还需要一个拥有强大魂力的事物，作为封印。否则，一些强大的魂术师，就算你把他囚禁在大洋之底，或者铜墙铁壁中间，他依然能够凭借自身的力量逃脱。封印可以是任何具有魂力的东西，比如魂器，或者魂兽，等等，作为封印的事物越强大，那么这个囚禁之地就越难被破坏，但是，作为封印的物件，魂力都会随着时间流逝而逐渐消耗，当封印的魂力彻底消失之后，这个囚禁之地也就随之失效。所以，越强力的封印，有效的囚禁时间也就越长。吉尔伽美什超越常理的强大，让白银祭司不得不以'一个王爵'作为活体封印，西流尔那种独特的天赋，使得他可以把自己和岛屿熔炼成为一体，同时整座岛屿浸泡在大海之中，在取之不尽的丰沛水元素里，西流尔几乎可以永生不死，因此，囚禁的时间也就接近了永恒……"

"熔炼？"

"对，我对熔炼不是非常熟悉，以我仅有的了解来说，熔炼是魂术师将自己的身体和其他不同的异质，靠强大的魂力作为支撑，进行局部融合或者取代的过程。这是一种非常危险的禁忌魂术，在魂术发展早期阶段，一度非常流行。因为那个时候，人们对天赋和魂力的研究和探索，还远没有现在这么精进，人们对黄金魂雾的利用和想象力，非常局限。那时，魂术师身体的强度基本就决定了战力的强弱。因此，为了获取更加强大的力量，有一些王爵和使徒铤而走险，开始进行各种熔炼，从而强化自己的肉身。但是熔炼有极高的副作用，一来这种禁忌魂术的成功概率很低；二来，熔炼对自身肉体的耗损非常巨大。肉身被局部取代之后的魂术师，往往看起来像一个怪物……根据我查阅到的史料记载，在亚斯蓝的历史上，出现过将自己的骨骼熔炼为金属的，也有将【坎特尔寒狐】无坚不摧的利爪熔炼到自己身体上，取代自己双手的，有在自己的肩胛骨上企图熔炼一双巨龙的肉翅的……大量魂术师在熔炼的过程中死去，而成功幸存下来的人，就站上了魂力的巅峰，他们一度长期统治着亚斯蓝的魂术世界。但是随着魂术界对天赋和魂力的进一步研究探索，很快，熔炼这种古老而邪恶的增强力量的方式就被抛弃了。随着熔炼渐渐退出魂术界的主流，天赋的争夺和研究成为了新的趋势和方向。越来越多崭新而诡谲的天赋诞生，亚斯蓝的魂术界也从一直延续传承几种古老天赋的局面，进入了无数种天赋争奇斗艳、适者生存的时代，天赋的进化异变速度越来越快，逐渐诞生了很多杀伤力极其强大，或者防御力极其惊人的天赋，还有一些精准定位在干扰、掠夺、毒性、自体免疫等领域的小众天赋持续诞生，这些新生的天赋就像是病毒一样，很快就侵蚀了原本的魂术体系，曾经的十几种古老天赋在这些新天赋面前，就像是老态龙钟的庞然大物，它们被成群结队拥有尖牙利齿的敏捷怪物围攻，很快就倒下了，大批古老的天赋失去传承，消失在历史的长河里……天赋流的崛起彻底宣告了强大肉体时代的没落，那是亚斯蓝历史上，第一次大范围地更新魂术系统。但是，绝大多数的熔炼，都是局部取代、局部融合，因为身体被置换或者置入的异质越多，排异反应也就越大，死亡的概率也就越高，而西流尔这种将全身彻底熔炼的做法，古往今来，都没有人成功过，只能说，永生这种从远古时代就存留下来一直延续的天赋，确实非常强大……"

银尘沉默着，但是他的目光里充满了动容。尽管莲泉的语气平缓而冷静，但是，他依然能够在脑海里，想象出历史上这场惨烈的更新换代，这是无数白骨尸骸造就的魂术巅峰，人们只会记得闪耀的强大荣光，没人会记得阴影背后的无尽杀戮。

鬼山莲泉看着银尘，他的眼眶里含着两汪清澈的眼泪，泪光拥簇着他仿佛冰雪般通透的眸子，格外让人动容。

【西之亚斯蓝帝国·隐山宫】

"你闻到风暴里这股血腥气味了吗？山雨欲来风满楼，亚斯蓝很快就要风云再起了……"特蕾娅靠近幽冥英俊的侧脸，把鼻子埋进他的锁骨，深深地呼吸着他身上浓烈的男性气味。

"这不就是我们的最爱吗？杀戮的游戏，我们从小玩到大啊……"幽冥邪邪地笑着，不以为意。

"这次不一样，如果我预感得没错的话，亚斯蓝魂术界应该很快就会迎来第三次彻底的大范围更新换代了……"特蕾娅闭上眼睛，她的面容看起来有些无力和疲惫。

"第三次？我只知道第一次是熔炼时代的结束，那第二次是什么？"

"第二次，就是'我们'的出现啊……你、我、神音、霓虹……我们对这个世界的侵蚀，就是对亚斯蓝的第二次更新。"特蕾娅睁开眼睛，她纤长卷曲的睫毛下，是一双仿佛能够看透一切的美艳眸子，"没有我们，哪儿来这么多光怪陆离的天赋，如果要依赖天赋的自然进化和异变的话，至少需要几千年的时间，才会进化出我们身上这种和最初始阶段的那些古老天赋如此截然不同的天赋吧。这个世界曾经被各种各样的庞然大物主宰，可是最终，它们都被人类这种又小又脆弱的生灵所统治，然而，人类可以无视挑衅各种比我们庞大得多的生灵，却永远逃不过疾病的阴影，无数看不见的细菌、病毒，肆无忌惮地玩弄着人类的寿命——所以，进化，才是这个世界永恒的权力主宰。"

"那你预感到的第三次魂术更新，是什么？"幽冥收起他不羁的笑容，伸出肌肉结实的胳膊，把特蕾娅搂进自己的胸膛。

"我不知道，现在这头'怪兽'依然还藏身在浓雾之中，我能够看见它闪烁着寒光的眸子，但是我却看不清它的样貌，它比我们有耐心，它有着更高的智慧……"特蕾娅的呼吸有点急促起来，"我们要小心翼翼地等。"

"可我不想等……"幽冥突然笑了，低沉的声音仿佛金属的音色，性感迷人，他修长而有力的手指，伸进了特蕾娅裹住身体的薄毯，他的手被力量的源泉吸引着，温柔但无从抵抗地朝着某个地方游动而去。

散发着危险气味的猎人，在荆棘丛林中，寻找到那朵含苞待放的玫瑰，他粗糙的手指，抚摩着带着露珠的娇嫩花瓣。

特蕾娅张开玫瑰花般艳红的嘴唇，轻轻地咬在幽冥的胸膛之上。

【西之亚斯蓝帝国·雷恩海域·无名小岛】

"可是莲泉，有一个不太合理的地方，西流尔和岛屿的熔炼过程极其漫长，根据天束幽花和漆拉的说法来看，西流尔在天束幽花出生那年，也就是十六年前就已经从世人眼里消失了踪迹，这个时间点应该就是他前往永生岛，开始熔炼的起始。然而，那个时候，吉尔伽美什还没有继位，当时的一度王爵还是漆拉，所以严格说来，如果从那个时候起，这个如此庞大复杂的猎杀计划就已经诞生，那白银祭司难道能够预知吉尔伽美什一定会背叛吗？既然如此，为什么还要让吉尔伽美什成为一度王爵呢？"银尘看着莲泉，微微皱起眉头。

"我想，白银祭司决定牺牲西流尔去制作这样一个'监狱'，可能不是针对吉尔伽美什，而是为魂术世界提前准备的一个制衡机制，一旦有人超越了魂力强度的临界点，白银祭司就会启动这个囚禁计划，只是吉尔伽美什率先到达了这个临界峰值而已……"鬼山莲泉回答，"吉尔伽美什的灵魂回路，几乎可以称得上是亚斯蓝有史以来所有王爵中出现过的最巅峰的灵魂回路，这是魂术研究的一个巨大成功，但同时也是白银祭司的一个严重的失误——他们亲手创造了一种凌驾于所有现存的、几乎拥有神级力量的灵魂回路，白银祭司自己都没有把握能够完全将其压制，使其不脱离控制，必要的时候，可以对其进行清除。吉尔伽美什的强大，造成了严重失衡，这种失衡，不仅仅是对白银祭司的威胁，更是对整个世界的威胁，吉尔伽美什的出现，让奥汀大陆的【熵】骤然增大，从而加速了让这个世界抵达那个'彻底死亡、万劫不复'的终点的进程……"

"你的意思是……"银尘看着莲泉，他脑海中很多一直断裂的线索，渐渐地联系了起来，仿佛那根金色的丝线，越来越清晰，它清楚地指向一个黑暗中封存的秘密……

"这个世界的黄金魂雾，总量是有限的，当有一天所有的黄金魂雾被消耗干净的时候，这个世界就会回归原始的死寂，回归到那个没有白银祭司没有魂术的荒凉的世界……这是白银祭司绝对不愿意让它发生的情况，或者说，这是白银祭司在拼命推迟的一个注定会到来的末日……"

"可是这难道不矛盾吗？如果说白银祭司要控制黄金魂雾的消耗的话，那干吗还要诞生这么多王爵，赋予这么多王爵不同的天赋？那些魂术师对魂力的消耗完全也没有人监管，海量的魂兽对黄金魂雾的消耗也难以估量，这难道不会加速这个世界的衰败吗？"

"普通的魂术师、魂兽，他们对黄金魂雾的消耗量非常微弱，和王爵使徒们比起来，基本可以忽略不计，他们就是那一长串的零，再多的零，都没有意义，但是，一旦这串零前面多了个'一'，那这个数字就会瞬间放大……七个王爵、九个使徒、四大魂兽……所有带着局限数字编号的存在，都是这个世界上的'一'，其余的所有，都是'零'。所有的'一'都是经过精密计算、细心平衡的，一个不多，一个不少，白银祭司费尽心机地让这个世界的熵维持在一个最佳的微弱平衡：不会让这个世界快速地走向毁灭，但是又不会让这个世界失去该有的力量——能够为他们所用的力量，他们需要借助这些力量来改造这个世界，完成他们的计划。他们早就为这个世界，计算好了一个精准的终焉，在这个终焉到来之前，他们能够有不多不少的时间，完成他们的终极目的……"鬼山莲泉看着面容惊讶的银尘，停顿了一下，然后继续说道，"所以，在创造出这个一度王爵的同时，他们就已经准备好了这样一个'监狱'，以防万一有一天无法控制吉尔伽美什的时候，可以用来镇压封印他——但是，一件偶然发生的事情，让白银祭司不得已，决定提前实施这个计划……"

银尘的目光闪动着，尽量控制着自己的情绪，但是，他难以掩盖内心里翻涌不息的震惊。

"什么事情？"银尘问。

"出于某种原因，吉尔伽美什竟然在魂塚里，得到了魂器【审判之轮】。"莲泉回答道。

"……我跟随吉尔伽美什那么多年，从来没有见过他使用魂器，这个审判之轮到底是什么，为什么得到了这个魂器，就一定要遭到猎杀呢？"银尘问道。

"吉尔伽美什的灵魂回路所带来的天赋和魂力，已经远远超出白银祭司所能控制的范围，而得到审判之轮的吉尔伽美什，他的实力已经凌驾于白银祭司之上了。"

"审判之轮到底是什么魂器？"

"我们的魂器都诞生于魂塚，奥汀大陆上的四个国家，分别都有专属于自己的魂塚，四个帝国因为属性不同，所以魂塚里产生的魂器属性也不相同。举个例子，在亚斯蓝的魂塚里，你是不能从其中找到一件【火属性】魂器的，所有诞生于亚斯蓝魂塚里的魂器都是【水属性】，区别只在于强弱，或者攻防。"

"嗯，这个我知道。"

"那么，这就是问题所在。"鬼山莲泉继续说道，"现在奥汀大陆上的四个国家，每个国家都有三个白银祭司，一共十二个。他们和我们其实来自于不同世界，你可以理解为，他们来自神界，他们也是这样称呼自己的——十二天神。他们十二个，分别是智慧之神、力量之神、海洋之神、天空之神、大地之神、火焰之神、梦境之神、死亡之神、生命之神、时间之神、光明之神、黑暗之神。而他们各自都拥有属于他们自己的佩剑，每一把佩剑都拥有独特而强大的力量。这十二把天神配剑，组合在一起，就是审判之轮。也因此，审判之轮是没有属性的，它拥有所有的属性，但是又不属于任何一个属性。也许是因为吉尔伽美什特殊的天赋造就了他的身体拥有所有属性，但又不属于任何属性，所以，他在魂塚里，召唤出了审判之轮，又或者说是审判之轮选择了他。"

银尘望着鬼山莲泉的面容，心里的惊讶如同面前浩瀚无垠的大海："你怎么会知道这些？"

"你说呢？"鬼山莲泉没有看他，而是望着黑色的大海发呆。

"……那个深渊回廊里的苍白少年告诉你的？"

"嗯。所以我和我哥哥才会那么相信，他就是白银祭司。"提到她的哥哥，莲泉的声音稍稍有些哽咽起来。

银尘的目光柔软了下来："你刚刚说白银祭司对这个世界设下了一个倒计时，在那个终焉到来之前，他们要完成他们的计划，这个计划是什么？苍白少年有告诉你吗？"

"没有，其实从他的态度来看，他也非常矛盾，我能够清楚地感觉到他的话语里有所保留。肯定有一些事情，是他不愿意或者说不敢对我们提起的，可能这是属于白银祭司，也就是十二天神之间最大的秘密吧。他对我们的要求，就是希望我们帮他找到吉尔伽美什，将他解救出来，也告诉了我们吉尔伽美什被囚禁的地方，就是西流尔幻化成的岛屿之下。少年说，只有吉尔伽美什，才能拯救这个大陆。"

"拯救这个大陆？可是按照他的说法，吉尔伽美什不是会加速这个世界的毁灭吗？那为什么还要让我们营救他？苍白少年的目的是什么？"

"你觉得眼下的亚斯蓝，还有所谓的平衡吗？不只亚斯蓝，整个奥汀大陆，每个国家都有各自的秘密和计划，当有人无视规则打破平衡的时候，最先灭亡的人，一定是还在继续遵守规则维持平衡的人……所以，没有人愿意再维持所谓的平衡，即使他们知道，他们在向着毁灭加速前行，但是，谁都不想成为，第一个被毁灭的人……"

"你将这些也告诉了西流尔，是吗？所以西流尔才会决定牺牲自己，将自己的灵魂回路刻印在你的体内，然后以自己的死亡，促使你成为新的永生王爵？"银尘看着鬼山莲泉，目光里仿佛沉睡着一片漆黑的草原，风吹动着起伏的草浪，一片波澜壮阔的黑暗。

"也许吧……但也许他已经厌倦了永恒的生命，我想，没有人愿意一直做一个不生不死的封印。所以，他解脱了自己……"

银尘在岩石上坐下来。

突如其来的疲惫，仿佛从身体深处涌动起的温热泉水，将自己包围了。大脑里是一种昏昏沉沉的混沌感，就像刚刚经历了一场精疲力竭的杀戮之战。

有一种快要虚脱的感觉。

多少年来的困惑，多少年孤独的漂泊、寻找、等待，在此刻都变成了星空下一个接一个闪烁的秘密。有些秘密点亮了，有些秘密依然沉睡在巨大的乌云背后，你隐约可以看见云朵边缘透出的寒冷光芒，但你穷尽视线，也无法揣测其万一。

银尘抬起手掩住眼睛，但是指缝里的泪水，还是被海风吹得冰凉。他没有发出任何声音，甚至没有动作，没有颤抖，他看起来仿佛一个把脸埋在自己掌心安静睡着的疲惫旅人。

漫长的黑暗看不见尽头，广袤的星空之下，他突然觉得自己如此孤独，如此渺小。

蛋壳般的世界突然被凿开了一道口子，然后他发现，裂缝外面，是更加庞大的未知黑暗。

"莲泉，苍白少年除了将这些秘密告诉你们兄妹之外，他还有告诉其他的王爵或者使徒吗？"

"除了你之外，我想应该是没有了……怎么了？"

"没什么，我只是在想，亚斯蓝目前的王爵体系，究竟是怎样一种阵营划分。因为从永生岛战役来看，敌我划分其实并不是那么清晰……"

"其实大部分人的立场，都还是蛮清楚的，幽冥、特蕾娅、神音、霓虹，他们四个属于杀戮红讯的执行者，肯定站在我们兄妹的对立面，而天束幽花和麒零涉世尚浅，以他们的年纪和阅历来说，他们谈不上什么阵营，而且麒零必定是和你站在一边的，我很了解。他非常单纯，他有着这个世界上罕有的清澈和纯真。剩下唯一一个不太确定立场的，也就是漆拉了……"鬼山莲泉看着银尘，缓缓地说道。

"为什么你会觉得漆拉的阵营无从判定？"银尘看着莲泉的眼睛，认真地问道。

"因为我在进入岛屿内部，企图寻找西流尔的时候，我发现，整个岛屿内部的空间，被彻底打乱了，一开始我还没有意识到这一点，直到我找到西流尔，他才告诉我，要不是他感应到我的魂器回生锁链，用回生锁链指引我的话，我会被永远困死在岛屿内部，别说寻找到西流尔了，我连活着出去都做不到。"莲泉说到这里，停了停，她看了看低垂着眼睛的银尘，然后继续说道，"但是，也正因为如此，特蕾娅寻找到我们的时间也被拖延了，否则，西流尔来不及完成对我的赐印。如果漆拉是站在我们兄妹的敌对阵营的话，那他应该撤掉错综复杂的空间迷局，让特蕾娅迅速找到我才对……"

"亚斯蓝的阵营也许并非黑白两个极端，也有可能，漆拉是想把你和特蕾娅，一起困死在岛屿内部。如果不是西流尔死亡产生的巨大能量，导致了岛屿坍塌，你和特蕾娅真的有可能被永远地困在漆拉的迷局里……其实根本不用永远，只要短短几天，你们两个就会死于饥渴……"

"漆拉这样做的目的是什么？"鬼山莲泉问。

"我不认为这是漆拉的目的，应该说，这是漆拉背后的主宰者的目的。"银尘轻轻叹了一口气，"莲泉，你知道吗，有时候，我会很怀念曾经的那个亚斯蓝。"

鬼山莲泉突然淡淡地笑了，她的目光里有一种难言的悲凉，像是冰冷的泉水流过心脏，散发着一种草木灰烬的气味："我和我哥哥，曾经一直以王爵和使徒的身份而自豪，我们发誓会永远效忠于白银祭司，用生命守护亚斯蓝，用鲜血擦拭荣耀，然而，到现在，我才发现，王爵和使徒，只不过是白银祭司手中的棋子，只是一群有着人形的魂兽罢了。

"古往今来，不知道诞生过多少王爵，新的王爵诞生，老的王爵死去，一个个孤独而高贵的血统，无声无息地消失。曾经的传奇不断被后人变为遗迹，变为封存在黑暗中的秘密。源源不断的生命，为荣誉、财富、权力、正义而彼此厮杀，最终陨灭。人们为了站在魂力的巅峰，为了后人能够留下一支传唱他们的歌谣，而变成一具具冰冷的尸骸。所有人性中最珍贵的情感，持续衰败，最终消亡，只剩下对魂力无止境的欲望，和对权力不断膨胀的野心，填满这个荒芜的世界。"

"曾经我的心里也装满了这些，但是现在，都没有了……我现在心里只剩下一种东西。"鬼山莲泉看着黑色的大海，波光粼粼的海面反射在她颤抖的眸子里。

"悲哀？"

"不。"她轻轻地笑了，"是仇恨。这是支撑我活下去的唯一动力，否则，我真不愿意活在这个如此丑陋的世界。那你呢？"

银尘看着面前的鬼山莲泉，轻声地说："为了再见到吉尔伽美什。"

"可是我必须要告诉你，要抵达囚禁吉尔伽美什的那个'监狱'，并不容易。"鬼山莲泉看着银尘，脸色凝重。

"什么意思？你之前不是说吉尔伽美什就囚禁在岛屿下面吗？"银尘问。

"永生岛不是监狱的本身，它只是监狱的'屋顶'，要抵达囚禁之地，必须层层下潜，经过一层又一层地狱般的试炼。这个岛屿下面的第一层空间，就是魂塚。魂塚底部蛰伏着亚斯蓝四大上古魂兽之一的祝福，再往下是第二层空间，我们之前都去过，那就是尤图尔遗迹，它的位置，就位于魂塚的正下方，穿过祝福之后即可抵达。那个时候我们并不知道，这个遗迹存在的意义。现在我知道了，里面所有的亡灵，都是镇压吉尔伽美什的看护者，如果他能从最底层逃脱的话，那么，这些亡灵，和最上层的祝福，都会对他进行最后的阻击。"

"那再下一层呢？"银尘问道。

"再下一层，就是被称作'白色地狱'的囚禁之地。没有人知晓那里究竟隐藏着什么骇人的防线，只不过西流尔临死前有提醒我说，那个地方对魂术师来说，是真正的人间地狱，上面三层负责镇守的万千亡灵、上古四大魂兽之一的祝福，以及作为封印存在的永生王爵，和最后一层比起来，完全不值一提……"

银尘凝重地点点头，又轻轻地叹了口气。尽管他曾经贵为天之使徒，现在又已经收集了数量可观的众多魂器，同时，鬼山莲泉又是身兼双重魂力与天赋的亚斯蓝历史上从未出现过的王爵，但是，仅凭他们二人的力量，根本难以对抗万千的亡灵和上古魂兽祝福，他也完全没有把握，更何况，还有那个未知的"最后一层人间炼狱"。

但无论如何，他一定要救出吉尔伽美什。

既然知道了他依然活在这个世界上，那么无论是哪儿，他也会依然前往。就算营救不了，那和他囚禁在一起，也好。

"我陪你一起，就算只有万分之一的希望。"鬼山莲泉的声音，在海风里带着湿漉漉的水汽。

"好。"银尘轻轻地点了点头，他温润的眼睛，看起来像极了多年前那个孤独的少年。

爵迹

Chapter 07

封存之世

L.O.R.D

·Legend of Ravaging Dynasties·

【六年前】

【西之亚斯蓝帝国·格兰尔特·心脏】

悠长的走廊两边，一边是高不见顶的石墙，灰白色的坚硬石材泛着地底特有的潮湿光泽，其上雕刻着异常繁复精美的花纹。流动的线条是水源亚斯蓝建筑流派中最常用的装饰风格，只是和百姓居住的城市相比，这些装饰风格显得更为久远而古老，散发着一种漫长时间的气味。而另外一边，是一扇一扇巨大的拱形门洞，外面灿烂的光线照耀进来，在地上形成一块一块形状整齐的光斑。

这里是帝都格兰尔特地底，按理说应该暗无天日，但是，门洞外剧烈的光线却照得人毫发毕现。没有人质疑这种违反自然现象的情景。在这座深埋在帝都王宫之下的心脏里，还有很多很多无法用自然物理常识解释的事情。比如这座地底宫殿中有无数面垂直悬挂的水墙，液体仿佛失去重力般竖立在空气里。比如壁龛和石柱上随处可见的幽蓝色火焰，没有温度，没有热量，看上去仿佛冰块在灼烧一般的诡异感，这些幽蓝色的火焰似乎从心脏存在之时起，就一直熊熊燃烧着，持续到现在，没有人为其添加灯油，或者更换灯芯，但它们一朵一朵，兀自妖冶地跳跃闪烁着，仿佛永远不会熄灭。

此刻，幽冥和特蕾娅正穿过这条走廊，然后通过一个旋转而下的石梯，往更深的地底走去。石梯的尽头，是一条幽深阴暗的走廊，走廊在前方分岔成一个十字路口。每一个路口的尽头，都是一扇沉重而巨大的石门。

这里是帝都格兰尔特的地底，暗无天日，潮湿阴冷。和神圣、庄严等词语看起来似乎没有任何关系，但实际上，这里却是整个亚斯蓝帝国信仰和权力的最高殿堂。

他们两个刚刚成为王爵不久，这也是他们第一次来到十字回廊。

两人一路沉默着，没有交流。空旷的走廊里回荡着他们的脚步声。

幽冥的表情是他一贯的阴冷而不羁，他的眼睛藏在深邃狭长的眉弓下的阴影里，看起来像一个刚刚从墓地里爬出来的目光混浊的鬼魅。只有他裸露在空气中的健壮胸膛散发着热量，让他看起来有着生气，他挺拔修长的身躯包裹在一团邪气的性感气息之中。

而特蕾娅的脸上依然维持着她那媚惑而动人的盈盈微笑，

她的嘴角微微翘起，唇珠饱满而娇嫩，永远都像是欲言又止的样子，让人忍不住一直揣测她的意图。她的目光四处灵活地移动打探着，瞳孔里白色的混浊丝絮如同云雾般翻滚不息。

她对眼前的一切充满了好奇。

走廊的光源来自墙壁上每隔一段距离就安置的一个壁龛，壁龛里燃烧着幽蓝色的火焰。地底走廊是一个密闭的空间，空气的流动极其微弱，然而，蓝色的光芒却一直跳跃闪烁着，像是被大风吹动下的烛火。走廊在这样起起伏伏的灯光之下，看起来像一条又大又长的活物，持续地缓慢呼吸着。

幽冥和特蕾娅同时停下了脚步。

"这是……水？"特蕾娅抬起眼睛，朝前方望去，走廊前方的十字路口藏在一片昏暗的阴影里，要抵达那个分叉路口，必须跨过脚下这条笔直而狭长的漆黑水域。

"我们不会走错路了吧？"幽冥无所谓地笑着，看起来有一种漫不经心的轻蔑。

特蕾娅皱着眉头，观察着脚下深不见底的幽暗水面，狭长的水域是一条工整的长方形，显然是人工开凿之后灌注进的水源，应该不是活水，在这样密闭的空间中，如果没有气流动荡的话，水面应该是如镜般毫无波澜，然而，漆黑的水面却持续翻涌着细小的波纹，时不时还会有一道涟漪从某一处水面"倏"地一下蹿出去很远——看起来就像是水下生活着大量未知的速度极快的活物。特蕾娅的双眼此刻已经彻底变成了白色，但是她用尽全力，也无法看穿水底的秘密，仿佛水面有一层透明的屏障，完全阻隔了她的魂力感知，像是激射而出的箭矢撞在空气里一面看不见的墙壁上，所有释放而出的探知魂力，全部被水面疯狂地反弹着。

"你还在等什么，做一段冰桥不就行了。"幽冥冷冷地笑了笑，露出他野兽一般尖尖的牙齿，完全没放在心上。

特蕾娅仿佛没有听见他的话语似的，双眼依然直直地盯着眼前笔直狭长的水域。

幽冥看特蕾娅没有搭理自己，以为她对自己刚刚说的话不以为然，于是朝前缓缓迈出两步，在水池边停下来，似笑非笑地说："这块水域太过狭长，魂力很难抵达那么遥远的距离，想要完成这么长距离的一条冰冻，不是很容易，而且也不知道这个水到底有多深……但是，好歹我也是新晋的二度王爵……"说着，幽冥蹲下来，伸出手臂，修长而骨节分明的手指朝水面轻轻一按——

"别碰那个水！"特蕾娅尖锐的嗓音在走廊狭窄密闭的空间里反复回荡着，像是锋利的指甲划过人的耳膜。

与此同时，轰——轰——

两声猛烈的爆炸声，水面突然蹿出两股银白色的冰柱，冰柱刺出水面的速度快得令人难以置信，还好特蕾娅提前感应到了前方的魂力异变……

她身上的黑色丝绸裙摆突然暴涨，衣裙之下两股卷动而出的白色丝绸迎风而起，迅速将她和幽冥卷裹而进，"咔嚓"几声，锋利的尖锐冰柱从他们两人的胸膛前方笔直刺穿，斜斜地穿到他们身后，几缕鲜血飞洒在视线里，腥甜的血液味道弥漫在空气中。

幽冥和特蕾娅所在的白色丝绸包裹的空间里，冰柱凭空消失了，然而丝绸之外的空间，冰柱依然存在，整个防御范围内的空间像是被抽走了似的。

　　卷动的白色丝绸旋转着收回特蕾娅的身躯，重新裹紧她曼妙的身材，她的面容惨白，大口呼吸的胸口微微起伏着，仿佛还没有从刚刚的危险里恢复过来。幽冥伸出手抹了抹胸口被锋利冰刺划开的地方，肌肤缓慢地愈合着，他把手指放在嘴里，吮吸了一口自己腥甜的血液，嘴角依然是那个不羁的邪气笑容。然而很快，他的笑容也凝固在了嘴角。

　　刚刚进攻他的那两股冰柱，此刻正缓慢地扭动着，重新滑回了水底，仿佛两条光润冰冷的白蛇，扭动着消失在了漆黑的水面之下。幽冥看着面前诡异的场景，沉默了。

　　将水制作成锋利的冰箭、凝固为防御用的冰墙，这些将水元素瞬间转化为固体状态进行攻击和防御的做法，是亚斯蓝领域上最司空见惯的，但是眼前……眼前的场景，如果非要形容的话，就是面前的冰柱是"软"的。这是一种根本说不通的形容，这完全违背了真实世界的准则，软的冰、硬的水、三角形状的风、滚烫的雪……这些都是不应该存在于真实世界的东西，它们只应存在于最荒诞的梦魇里。

　　然而眼前的这几股白色的冰柱，确实如同巨大章鱼的触手一样，柔软而恶心地、缓慢地滑进了幽暗的水底。冰柱彼此摩擦发出的"咔嚓咔嚓"声响和掉落的锋利冰屑，又证明着它的锋利和坚硬……

　　"你们在这里，也敢轻举妄动，实在是有点自不量力了。"幽暗的走廊深处，传来一个男人晦涩不清的声音，他的声音冷漠而机械，没有任何一种人类的情感。

特蕾娅朝远处望去，模糊不清的晃动的蓝色光线里，站着一个戴着银白色面具和兜帽的使者，他整张面容几乎都笼罩在那个看起来仿佛裸露骨骼般的白银面具之下，只幽幽地露出两只幽深的眼睛，昏暗的光线下也依然可以看见那双精光四射的眸子。

"站在原地不要动。"说完，那个使者上前两步，蹲下来，他伸出手，从他的袖子里，钻出一条银白色的活物，看起来像一条没有鳞片的半透明小蛇，或者说更像一条肥硕肿大的雪地蚯蚓。

白色黏滑的活物倏忽一下就钻进了水里，漆黑的水面仿佛煮沸一般，翻涌起大大小小的气泡和浪花，随后，一块一块坚硬而沉重的黑色石阶，从水底升上来，一格一格地延伸到了特蕾娅和幽冥脚下。石阶看起来非常诡异地在水面浅浅漂浮着，像是没有根基漂在水面的木头——硬的水，软的冰，浮在水面的石座……

一块一块湿淋淋的石阶连成了一座摇晃的浮桥。

"过来吧。"使者沙哑的声音从黑暗中传来，带着一种金属的音色。

特蕾娅和幽冥彼此对望一眼，没有说话，彼此沉默着，听从命令小心翼翼地前行。

每两块浮阶中间的距离都不一样，特蕾娅每走到一块石基上，都能听见水底传来一种奇怪的呜咽之声。那种声音说不出来地怪异，感觉像是有人躲在水底难过地哭泣……特蕾娅这样想着,低头朝脚下一看,她被自己脚下的场景瞬间吓得满脸苍白。

"啊……"她不由得发出一声小小的惊呼。对她这种见多识广、心狠手辣的女爵来说,要让她发出惊呼,不是一件容易的事情。

幽冥站到特蕾娅身边,伸出手扶住她的肩膀。

特蕾娅没有说话,只是低下头,用目光暗示幽冥。

幽冥顺着特蕾娅的视线往下看去,然后,他的脸色变得和特蕾娅一样苍白。

每一块石阶之下,漆黑的水里,都有一双苍白而骨瘦如柴的手撑着石阶的底部,向上用力地托举着,那些白森森的手臂上都是泛着瘀青的血管和浮肿发皱的皮肤。然而漆黑的水面更深处,却看不到了,只能看见这样一双手,托举着每一块石阶,每当双脚踩上石阶,水底就会传来痛苦的呜咽声……

特蕾娅双手冰凉,她抬起头,望了望走廊尽头的白袍使者,目光里是颤抖的恐惧,她甚至觉得这里比凝腥洞穴还要恐怖……

特蕾娅深呼吸一口气,没有说话,轻轻地拉了拉幽冥的衣袖,两人继续朝前面走去。

走过这段阴森的水面之后,特蕾娅和幽冥站在白袍使者面前,使者朝右边那扇沉重的石门指了指,说:"进去吧。"

特蕾娅和幽冥朝里走,走了两步,特蕾娅回过头来,看着使者,使者的面容依然沉浸在一片看不清的黑暗中:"你们两个先进去,我还要等一个人。"

特蕾娅轻轻咬了咬嘴唇,转身和幽冥朝沉重的石门走去。

特蕾娅和幽冥的身影消失在石门背后。走廊重新回归鸦雀无声的死寂。

白袍使者一直低头伫立在黑暗里，仿佛一个没有生命的雕塑一般等待着，直到听见走廊深处传来一阵有规律的脚步声，他才轻轻地抬起头，那双藏在黑暗里的眸子反射出幽蓝火焰的光芒，他看着走廊里走来的三个人，脸上露出一丝不自然的神色来。

有规律的脚步声其实只来自三个人中的两个。

其中一人的脚步优雅而克制，他的脚上穿镶嵌着金属勾边的靴子，撞击坚硬的石材地面时，也只是轻微地发出一点点声音来，他的脚步声间隔几乎完全一致，声音大小听起来似乎没有变化，仿佛一个计时精准的仪器，按照固定的频率发声。从这一点看来，他的性格应该非常理性而克制。

而另外一个人的脚步声，就非常清楚，甚至有些放肆了。他的步伐明显要快很多，脚步声里带着一股锐利的冲劲。靴子敲击地面的声音，仿佛清晰的战鼓，充满了一种年轻而不羁的力量。

而走在最中间的那个人，步伐稳重但轻盈，他那双白银镶边的靴子仿佛踩在云朵之上，没有发出半点声响。

白袍使者把僵硬的身子轻轻朝前倾斜，他低垂着眸子，鞠躬致意。"您来了，一度王爵，吉尔伽美什。"他的声音依然低沉，但是听得出，冰冷的语调中，明显带着一种隐隐的恐惧之意，"请您稍等，我来为您解除这个水面的封印，这个水域已经被白银祭司用魂力布置过强力的防御体系……"

"不用啦！"白袍使者的话音被那个走路带着冲劲儿的

年轻人打断，他抬起手一挥，两边墙壁内部突然爆破出"轰轰轰——"一连串巨响，坚硬的古老石壁上离水面一米高的地方，整齐地冲出一根根方形石柱，力道万钧地插进对面的墙壁上，顷刻间，水面上就凌空架起了一座由无数根石柱组成的桥梁。下方的漆黑水面纹丝不动，翻滚着的幽光依然潜伏在水底。

"格兰仕，你也太乱来了，你刚学会使用地元素没多久，万一没控制好，把这里搞坍塌了怎么办？"走在左边的年轻人，低声呵斥道。他的声音里有一种稳重和克制。

"东赫，你能不能别每天都这么一本正经地板着脸啊？天天都在教训我，我的耳朵好痒的。正因为我刚刚学会使用地元素，所以不更应该让我多多练习吗？而且有什么好担心的啊，王爵还在这儿呢，我就算把房顶搞垮了，他抬抬手指头，不也就瞬间复原了吗？"格兰仕挑了挑他漆黑锋利的眉毛，嘴角歪歪地露出一小寸白色的牙齿，坏笑着拉过中间那个气宇轩昂的人的胳膊，"你说是吧，王爵？"

"你还是别闹了，别的地方我还可以补救……"吉尔伽美什看着面前大咧咧的男孩，脸上是带着明显宠溺味道的苦笑，"你要是把这里给弄坏了，我也是回天乏术啊。"

三个人一边说着话，一边从水面上方的一根一根横空的石柱上走过，走廊尽头的使者看着他们三个，心里无限惊讶。虽然他以前就听过吉尔伽美什的威名，甚至很多人都传说他是亚斯蓝历史上魂力最巅峰的王爵，但是此刻亲眼所见时，这种震撼难以言述。他优雅而低调的华贵长袍上，仿佛游动着一层朦胧的光晕，让他看起来像是一个从天而降的天神，三人凌空缓缓走来，他们贵族般的容颜笼罩在让人心生敬畏的光芒里。

"请进左边的这间石室，白银祭司有任务下达。"使者低着头，朝左边的方向指了指，不再说话。他压抑着心里的恐惧，难以相信水源亚斯蓝帝国的王爵和使徒，竟然能够自由地使用属于南方最神秘的那个国家，地源埃尔斯帝国的地元素。而且，从他们的对话里，可以知道，这个凭空建造出一排石头阶梯的年轻使徒，竟然是"刚刚学会使用地元素不久"，白衣使者偷偷抬起头，看着前方这排整齐划一、工整笔直的石柱，没有精准的魂力控制，是不可能做到每一根石柱都同样粗细大小，同样横平竖直的。

他额头上冒出一层细密的汗珠。

原来这就是传说中深不可测的一度王爵和他的使徒们。

吉尔伽美什走过使者身边的时候，冲他淡淡地微笑着点了点头，他金色的长发像是一瀑流动的黄金，散发着皇家橡木的幽然气味。

三人的背影消失在走廊尽头，沉重的石门缓缓打开，然后关闭。

白银使者暗暗地松了一口气，抬起手擦了擦额头的汗珠。

房间很大。光线很暗。

整间房间内没有任何的摆设，四壁上也没有任何的花纹装饰。穹顶高高耸起，往上汇聚成一个尖顶。房间两边是一排闪烁跳动的幽蓝色火焰，此刻正散发着诡异的光亮。特蕾娅和幽冥的影子拓印在阴冷潮湿的地面上，看上去像是两道薄薄的鬼魂。

　　幽冥和特蕾娅站立在房间的中央，彼此都沉默着，特蕾娅双眼中翻滚的白色风暴一直没有停息，但是，以她这样出类拔萃的魂力感知天赋，也无法判断周围的状况。自从开始从心脏大殿往下走，越往深处，魂力翻涌就越强烈，此刻站在这间祭司房间中央，周围的魂力却仿佛彻底消失了，一切都静止得有些可怕，像是置身在剧烈风暴的风眼之中，耳朵里甚至能够听见寂静的弦音。

　　空气里发出轻轻"嗡——"的一声响动，正对他们俩的那面水晶墙壁，突然发出幽蓝色的光芒来，幽冥眯起眼睛，看见了水晶墙壁里模糊而发着微光的人影。

　　他和特蕾娅双双跪下低头。

　　"这次叫你们来，是有新的任务，需要你们去完成。"水晶里的人影渐渐地清晰起来。高贵复杂的服饰，战斗的铠甲和精致的王冠，天神般精致的容貌——永远沉睡在水晶里的白银祭司。

　　特蕾娅抬起头，脸上带着敬畏的神色："随时愿意为您效命。"

　　"你们应该知道你们两个人的身份吧？"白银祭司的声音在水晶深处，听起来遥远而又混浊，却有一种锐利而不可抗拒的神圣感，仿佛天空上笼罩而下的神之低语。

　　"我们是侵蚀者。"特蕾娅低头，小声地回答。

　　"你们曾经是侵蚀者。"白银祭司双眼依然紧闭着，脸上没有任何表情，仿佛凝固在琥珀中的沉睡之神，"而此刻，新一代的侵蚀者，已经诞生了，你们的任务，就是前往你们曾经熟悉的地方，迎接他们，让他们成为你们的使徒。"

"为什么……当初我们'诞生'的时候，是自己走出那个洞穴的，并没有任何王爵来迎接我们，让我们成为他的使徒啊？"特蕾娅望着水晶中的白银祭司，疑惑地问道。

"因为他们和你们不一样，你们是带着完整而清晰的记忆从凝腥洞穴里走出来的，你们记得所有的事情，知晓所有的起源，了解前后的因果，熟知你们身上肩负的使命。但是从这一代侵蚀者开始，他们都不再拥有过往的记忆，从走出凝腥洞穴的那一刻开始，他们的记忆都将被抽取清除。所以，需要你们去接应他们，并以王爵的身份带领他们，熟悉这个魂术世界。等到适当的时机，再告诉他们，他们真正的身份和使命。"

"什么时机，才是适当的时机？"幽冥突然开口说话，他低沉的嗓音听起来像是一种粗犷的金属，在封闭的石室里激起清晰的回声。

"我们自有决定。"

特蕾娅抬起头，她看清楚了，水晶里的人影，是三位祭司中的那位女祭司。她纤长的睫毛仿佛柔软的白色羽毛垂在闭紧的眼睑之上，她的面容低垂，笼罩着一层高贵的静谧。她的四条手臂有两条微微地展开，平摊在身体两侧，仿佛对这个世界温柔而怜悯的拥抱，而另外两条手臂，则在腹部双手合十，指尖朝下，特蕾娅不是很明白这个手势的意义。

看着水晶里仿佛凝固的琥珀般、闭目沉睡的白银祭司，特蕾娅谨慎地问道："为什么要洗去他们的记忆呢？这样他们岂不是失去作为侵蚀者的意义了？还是说，他们这一代的侵蚀者，不需要再肩负曾经属于我们的那种'杀戮'的使命？"

"特蕾娅，作为王爵，你应该明白你的使命是执行每一个来自我们的任务，而不是一直询问'为什么'，任何有必要让你们知晓的信息，在执行任务之前，都会告知你们。出发吧，迎接新的侵蚀者，让他们成为你们的使徒。"

石室内的光线瞬间暗下去。刚刚还仿佛幽蓝色海底般波光潋滟的水晶墙壁，突然变得幽暗混浊，像是一口深不见底的井。

特蕾娅依然低着头沉思着，直到幽冥有力的手轻轻握住她的小臂，她才回过神来。

她望向幽冥。

第一次，幽冥在特蕾娅的眼里看见了恐惧和沉默。曾经的她，妩媚而冷傲，即使面对曾经的一度王爵漆拉，也没有露出过丝毫的胆怯和退让，那种见神杀神、遇佛杀佛的冷冽媚然已经在她眼里消失，此刻她的眸子漆黑温润，闪烁着颤抖的碎光。

幽暗的光线里，三个穿着高贵长袍的挺拔男子站立在石室中央。他们都静默地肃立着，除了格兰仕偶尔把身体的重心从左脚挪到右脚，又从右脚挪到左脚，仿佛一个不安分的顽劣男孩。

吉尔伽美什和东赫垂着双手，目光静静地投向前方的水晶墙面。顽劣的格兰仕眼角余光偷偷瞄了瞄吉尔伽美什俊美的侧脸，他低垂的眼睑遮住了他的眸子，格兰仕窥测不到他的眸子，于是他也被眼前弥漫开来的这种寂静所感染了，眼前庄严而充满仪式感的气氛让他并拢了双腿，乖乖站好，不敢造次。

"嗡——"的一声弦音，石室内蓝光爆射，前方石壁突然幻化成一片波光潋滟的幽蓝大海，整面巨大的剔透水晶发出清澈的光芒，三个人恭敬地跪下来，一个人影从蓝色光芒里浮现出来。他的面容如同神祇，眉弓高高耸起，眼窝深陷，白银铸造的精致王冠锁在他的额头上，他低垂着双眼，无法看清他的眸子。

格兰仕突然觉得白银祭司的神态看起来和自己的王爵有那么一点相似。他内心隐隐觉得有些骄傲，嘴角忍不住浮现出一丝淡淡的笑意来。

"吉尔伽美什，以及地、海两位使徒，此次召集你们的原因，是告诉你们，一直空缺的天之使徒的合适人选已经出现，请尽快前往，将其带回心脏，进行赐印。"

"是，白银祭司。请问使徒出现的地方是哪儿？"吉尔伽美什低着头，礼貌但平静地询问道。

"东方边境之城，【褐合镇】，他的名字叫银尘，是一个十七岁的少年。"水晶里的白银祭司，声音模糊低沉。

十字回廊左边的房间缓慢打开，吉尔伽美什和他的两个使徒缓缓地走出来，他的脸上依然维持着淡然而优雅的笑容。

白银使者依然站在路口等待着，他从衣袖里再次掏出那条银白色的小蛇一样的东西，准备走向那面漆黑而森然的水域。

吉尔伽美什突然打断他："不用麻烦了。我们自己来就可以。谢谢。"他的声音带着一种王者的威严，但同时又很温柔，像是被篝火烘焙的夜色，带着一种静谧的暖意。

"东赫你看看，还是王爵对我好。"格兰仕笑嘻嘻地，把目光从板着脸的东赫身上挪回到吉尔伽美什，"王爵，你是想让我再练练手，对吧，你放心，我肯定……"

"你可别练手了，赶紧走吧，我们还有任务要完成呢。"吉尔伽美什忍不住笑了。

说完，他的眼睛轻轻地眨动了一下，空气里突然旋转而出一阵猛烈的飓风，白银使者的视线一晃，瞬间，三人已经稳稳地飘落到了水域的另外一头，他们三人的华丽长袍在空中翻飞着，像是三面高贵的旗帜。

走廊里的风消失了，只剩下水面被气流晃动的涟漪，证明着刚刚的一切不是幻觉。

格兰仕回过头，冲着白银使者吐了吐舌头，表情看起来欠揍极了："不好意思哦，忘记告诉你了，我们家的人，会飞哟。哈哈哈哈……哎哟喂！东赫！"

格兰仕摸着被东赫敲疼的脑袋，赶紧跟上吉尔伽美什的脚步，三个人消失在走廊尽头。

空气里只剩下那股若有若无的皇家橡木的味道。

白银使者这时才轻轻地呼了一口气。

他确认了吉尔伽美什三人和幽冥、特蕾娅都已经离开了十字回廊之后，才轻轻地转过身，面对着中间那间白银祭司的房门垂首而立。

沉重的石门紧闭着，他耐心地等候着里面的人出来。

吉尔伽美什缓步行走在皇宫的大殿走廊里，从地下心脏中走出来之后，光线也明亮了很多，不再只有那种幽蓝色的诡异火焰。大殿四处悬挂着奢侈的水晶吊灯，无数蜡烛熊熊燃烧着，精心切割的水晶叶片反射出绚烂的彩虹光芒，将整座王宫殿堂照耀得璀璨夺目。

"王爵啊，你不要怪我多话哦，褐合镇那种蛮荒边境，远离亚斯蓝的魂力中心，同时接壤风源和火源两个帝国，说真的，出门撒个尿，稍微不注意走远一点，都有可能一不小心就尿到火源去——哎哟，东赫，你再扯我头发我揍你了哦！"

"你怎么和王爵说话的，什么撒……撒尿什么的……像话吗？！这里是王宫，你注意点分寸行不行！"一本正经的东赫额头上已经冒了一根青筋出来了。

"我只是打个比方！比方！"格兰仕压低声音，冲东赫挤眉弄眼吐舌头，"王爵，褐合镇地处三国交界，魂力元素那么复杂，能有潜能魂力高到可以成为天之使徒的人吗？听上去不太靠谱……"

吉尔伽美什抬起头，看着疑惑的格兰仕，笑着问他："你忘记你的天赋是什么了吗？能够最大限度地将我们身体里的灵魂回路激发出全部潜能的人，本身就不可能是天生纯粹的水源之身。正是像褐合镇这样元素交错、魂力互相影响的边境之地，才有可能诞生出天之使徒啊。"

"我还是不太相信，那个地方鸟不拉屎，懂魂术的人都没几个……"

"你除了尿就是屎，你有没有点规矩？"东赫深呼吸一口气，胸腔明显大了一圈。

"你刚刚一句话里面还把屎和尿一起说了呢，你有资格说我？"格兰仕朝边上跳开一点，贱兮兮地笑着，防止东赫伸手教训他。

"好了，别闹了。准备好了，我们就出发吧。"

"那我晚上收拾好路上需要的行李，明天一早我们就起程。"东赫望着吉尔伽美什，恭敬地点头。

"我们今天就出发。"吉尔伽美什低头微笑着。

"啊？……好。"东赫显然有点意外，但还是很快低下头，"是，王爵。"

格兰仕在一旁发出咻咻的笑声。

"你又在笑什么？"东赫有点恼火。

"我笑你也有吃瘪的时候。哈哈哈哈，笑死大爷我了。"格兰仕揉着肚子，装出一副肚子笑痛了的样子，朝前跟跟跄跄地走去，然后"咣当"一声，结结实实地撞在一面看不见的墙壁上，他的额头冒起一个小包。他惊讶地愣在原地，揉着被撞痛的额头，伸出手摸了摸面前透明的气墙，然后抬起头，对着已经朝前方走去的吉尔伽美什和东赫的背影大喊："王爵，你太偏心啦！你教东赫气盾你不教我！"

"你自己那天偷跑去湖里游泳抓乌龟去了，你怪谁。"远远地，吉尔伽美什带着笑意的声音传来，他的声音听起来温柔而又低沉，就像有人无心拨动了古老的琴弦，"我们要出一趟远门，你记得给你的小乌龟准备好吃的，别饿着它。"

"什么小乌龟，没有小乌龟。"格兰仕脸有点红，眼睛滴溜溜四处看着，一脸抵赖不承认的样子。

"你被子里那只。"吉尔伽美什头也没回地说道。

"这他都知道！"格兰仕心里闷哼一声，撇下了嘴角，像是被人抽走了手里糖果的小孩。

头顶幽然的月光照在东赫的脸上，他们已经走出了王宫走廊，行进在花木修剪整齐的皇家庭院里。

他看着身边的吉尔伽美什，有点担忧地问道："王爵，据我所知，褐合镇虽然属于水源领土，但这几年几乎都被火源帝国的人占领着，而且经常和风源以及水源发生边境冲突问题，您贵为一度王爵，而且还带着我和格兰仕两大使徒，这样大动作地前往，很容易引起风、火两国的敏感吧？"

"所以我们低调出发，速去速回，找到那个名叫银尘的男孩之后，就迅速地离开。一路上，也尽量隐藏自己的身份，便装前往。"吉尔伽美什的脸，在清朗的月光下，仿佛水晶雕刻般俊美。

"低调啊，那我最会了。"揉着额头的格兰仕已经追上来了，"东赫不行的，你看他每天板着一张脸，看谁都是居高临下的，走路吃饭睡觉全部是教科书一样的皇家礼仪，瞎子都知道他来头不小，王爵，我们还是别带他了。就我和你两个人去，我趁着月黑风高，神不知鬼不觉地就可以把那个叫什么银尘的一拳揍晕，然后装在麻袋里，给你扛回来。根本不需要您出马，我觉得您就附近找个驿站喝着茶等我。"

"你……"吉尔伽美什笑了。

"这都是我应该做的，使徒为王爵效劳，天经地义，您不用谢我。"格兰仕嘴里叼着一缕自己的头发，嘿嘿地笑着，少年俊朗的容姿在他脸上展露无遗。

"我是想说，你能不能打得过他，还是个未知数。"吉尔伽美什看着格兰仕，笑着故意逗他。

"那绝对不可能！一拳下去，他应声倒地。不晕过去算我的。"格兰仕眉毛一拧，撩起半截袖子，露出结实的小臂肌肉。

"也对。你啊，趁还打得过他的时候，赶紧欺负他。因为很快，他就是天之使徒了。别忘记，三个使徒里，天使位置最高，也是公认的天赋能力最强的人。白银祭司既然选择了这个银尘，那自然有他的道理。"吉尔伽美什看着格兰仕，微笑着调侃他。

"是，王爵。"格兰仕低头一合拳，但心里想的却是，"哼，就凭他。"但他也只敢在心里哼哼，嘴上完全不敢说出来，他转头冲着旁边皱着眉头的东赫挤了挤眼，"听到没，是王爵让我欺负他的哦，你可不要插手多管闲事……"

"你这是断章取义……"东赫受不了。

……

三个人打闹着，走出了皇家庭院，开阔的天地之下，三个人修长的身影在月色下透出淡淡的影子。

空气里弥漫着野草渐渐枯萎后的清香味，已经进入了秋天，这是亚斯蓝最美好的季节，天空遥远而高，漫天星斗像是天神毫不吝啬撒给世人的钻石，布满了天鹅绒般的夜空。

——很多年之后，这个美好的夜晚，一次一次地，出现在格兰仕的梦里，这是他的命运和那个叫作银尘的少年交织在一起的开始。

——人们都说，饕餮并不是完全的野兽，它们会在邪恶的杀戮本性里，零星残留下一些曾经属于人类的最美好的回忆，就像是一堆发臭的尸骸中，几朵孤零零的小花。

——它们庞大的身躯会守护着这些小花，蜷缩着将小花围绕保护起来，然后沉睡，或者死去。

【西之亚斯蓝帝国·极北之地·凝腥洞穴】

风暴渐渐停止。

不久前在天地间翻涌不息、肆虐冲撞的拳头大小的雪团，此刻已经消失不见。

暴虐的气流消失在冰川的背后，空旷的天地之间只剩下微弱的寒风，大片大片鹅毛雪花，悠然地在空中缓慢飞舞，天寒地冻的极北之地，此刻看起来一片温柔的静谧。

突然间，平整的冰冻湖面之上，出现了一个金色旋转的光斑，光斑渐渐扩大，复杂的闪烁纹路在冰面上穿梭交织成一个巨大的光阵。

光阵的中心，出现密密麻麻的金色碎片，无数金色碎片拼凑出两个完整的人形。

特蕾娅和幽冥睁开眼睛，习惯着眼前一片耀目的雪白。

空旷而辽阔的雪原，坚硬的岩石和冻土上铺满了厚厚的积雪，这些积雪终年不化，越来越厚，看起来像是柔软的云层。目光的尽头，是拔地而起的黑色山崖，山崖往前延伸，逐渐集拢，形成一个巨大的黑色峡谷，峡谷的尽头，是一个森然漆黑的洞穴。

这就是每一代侵蚀者诞生的地方——凝腥洞穴。

特蕾娅的脑海里涌进无数属于这里的回忆，这个洞穴深处那种种骇人惊悚的恐怖气味，似乎依然萦绕在她的鼻息，她的胃里一阵翻涌，焦灼，但是又有一种扭曲的兴奋。

她和幽冥静静地伫立在雪地上，他们两人没有前进，在原地等候着。他们的肩膀上落满了积雪，让他们两个看起来像是冰天雪地中的两座没有生命的雕塑。

幽冥侧过头，看着双眼混浊的特蕾娅，他在等待着她对周围环境的探查结束。他看着特蕾娅白色混浊的双眼，有点出神。特蕾娅告诉过他，当她发动大范围魂力感知的天赋时，她的视界和普通的视界是完全不一样的，整个视野变成空无一物的黑暗，只有具有魂力的物体，才会发出金色的光芒来，而且不同属性的魂力物体，发出的光芒强弱、闪烁频率、色域变化，在她的视野里都会有精准区分。

"有人已经在我们到来之前抵达这里了。"特蕾娅的双眼重新变回黑色，她转过头，面色有点凝重地看着幽冥。

"他们在哪儿？"幽冥的眸子收紧成一条细线，看起来有点像蛇的瞳孔。

"已经走了。"特蕾娅环顾四周，"但是周围有明显的魂力残留，而且魂力痕迹非常清晰，证明他们刚刚离开不久。"

"你能感应出来是谁吗？"幽冥问。

"不能。"特蕾娅的眼神有点不甘，"就我感应到的残留魂力来讲，魂力强度极高，而且魂力的类型非常罕见，至少我从来没有在亚斯蓝的领域上遇到过。否则，我一定会留下印象。先我们到来的人，应该平时不常在亚斯蓝抛头露面。"

"吉尔伽美什？"幽冥发出一声冷笑，"要说魂力强度高的话，我只能想到他了。"

"有可能……"特蕾娅叹了口气，"我也没有遇见过吉尔伽美什，所以，我对他的魂力类型也不了解。"

"新的侵蚀者出来了吗？"幽冥抬起手，用他纤细而有力的手指轻轻擦掉他眉毛上凝结起的冰晶，他已经有点不耐烦了。

"还没。目前还没有感应到任何新的魂力迹象。"特蕾娅看着那个幽暗深邃的洞口，澄澈的眸子在她浓密的睫毛下闪动着冷冷的光斑。

"一晃已经这么多年过去了……当初我们两个挣扎着从里面出来的时候，还是小孩吧？那个时候你有十岁吗？"幽冥顺着特蕾娅的目光往洞穴看去，他的目光里沉淀着一种回忆的色泽，像是暮色时分催促旅人归家的灯火，看起来有一种沉甸甸的疲惫感。

"不太记得了。"过了一会儿，特蕾娅才回答了幽冥的问题，她明显有点心不在焉，幽冥转过头，望着身边心神不宁的特蕾娅，说："你在想什么呢？"

"你有没有觉得……"特蕾娅拨开被寒风吹到脸上的几缕发丝，她转过头，望着幽冥那张年轻而桀骜的脸，"这一代侵蚀者诞生得有点太快了？我们成为王爵才多久？一年？半年？这么短的时间内，怎么可能就有新的一代侵蚀者'诞生'了呢？要知道，我们上一代的侵蚀者和我们之间，可是隔了十几年啊。我们刚刚完成对上一代王爵的杀戮，淘汰了最弱的两个王爵，更新了亚斯蓝王爵的魂术实力量级，这才短短一年的时间，难道新的侵蚀者这么快就要开始下一轮的'淘汰'了？我无法相信……"

"在我们之前的上一代侵蚀者，有可能和我们中间并没有隔那么久的时间。我有一种感觉，我们上一代到我们中间，应该是存在过一代被隐藏的侵蚀者的，更有可能，此刻我们正在等待的这两个最新的侵蚀者，都不是我们的下一代，在我们和他们中间，很可能有更多代的侵蚀者存在……"幽冥的双瞳看起来就像是漆黑的深渊，没有人知道他在想什么。

"这不太可能……"特蕾娅皱了皱眉，缓慢地摇头，"侵蚀者成长为具有高强度魂术战斗能力的人，至少需要十几年的时间，我们俩在十岁左右，就完成了一整代侵蚀者的淘汰，我们已经算是极具天分的侵蚀者了，即便如此，我们也花了十年的时间。我不认为有四五岁的小孩，可以完成对魂术界的侵蚀。如果这样的话，那就太可怕了……"

"你觉得吉尔伽美什是侵蚀者吗？"幽冥突然问道。

"……"特蕾娅沉默着，没有说话。过了半晌，她说："你的意思是？"

"虽然我们俩都没有见过吉尔伽美什本人，但是，从白银祭司给出的信息里，我们知道，他身上的灵魂回路、天赋，甚至是他的魂力上限，都是漆拉难以企及的高度。王爵的诞生历来只有两种方式，一种是通过赐印，让使徒承袭，而另外一种就是侵蚀取代。所以说，从吉尔伽美什和漆拉的截然不同可以推断，吉尔伽美什必定属于后者，也就是侵蚀者，只是不知道他是诞生在我们之前，还是我们之后……"

"我不认为他诞生在我们之前。"特蕾娅若有所思地看着空旷天地间的某个地方，神情有点恍惚，"如果是这样的话，等到我们出现的时候，漆拉根本不可能还维持着一度王爵的位置，他应该早就被吉尔伽美什取代了。"

"那他就是诞生在我们之后。"幽冥点点头，神色更加沉重起来。

"那为什么白银祭司突然加快了制造侵蚀者的速度呢？"特蕾娅的声音很低，似乎在自言自语，她的脸色渐渐苍白起来，脑子里飞快地闪过无数零星碎片，却始终拼凑不出一幅完整的画面。

她隐隐觉得黑暗里一个巨大而恐怖的秘密正在缓慢地觉醒，随时都有可能冲破地表，吞噬毁灭掉整个天地。但是她此刻却无法抓到头绪，她只能回过头，脸色苍白地望着幽冥。

"无法推测。不过，按照吉尔伽美什出现的时间来推算，我更愿意相信，他是在我们之前就已经从凝腥洞穴里出来了。只是从我们走出洞穴，开始在深渊回廊里四处游走、秘密存在的时刻，到我们公然露面更新取代王爵的这段时间里，他的行踪被彻底隐藏抹去了。他像是从时间的坐标上消失了一样。这种魂力强度的人，但凡稍微在世间露面，就一定会留下线索和踪迹。我们那一代侵蚀者，最后活着走出凝腥洞穴的，就只有我们两个而已，如果吉尔伽美什和我们同代，我们不可能不知道他的存在。而且，白银祭司也说过，此刻我们来迎接的，是我们下一代的侵蚀者。所以，吉尔伽美什应该是在我们之前，就秘密存在了的一代侵蚀者，而且……"幽冥的脸色也变得和这片雪原一样煞白，"他很可能是那一代唯一的一个侵蚀者，白银祭司出于某种原因，隐藏了他这一代侵蚀者存在过的历史痕迹。这个世界上不可能凭空诞生如此强大的魂术师，这种可能性几乎为零。但矛盾的是，他和我们两个出现的时间太过接近，理论上来说，都不够一群侵蚀者互相残杀直到最后决出剩下存活的那一个……"

"你的意思是？"特蕾娅的瞳孔因为恐惧而轻微地颤抖着，因为她心里隐隐觉得，那个仿佛怪兽般的秘密，已经在黑暗里，露出了一圈森然发亮的轮廓来。

"我只是猜测……"幽冥停顿了很久，仿佛他自己也感觉接下来说出的话，太过骇人且令人难以置信，"吉尔伽美什那一代侵蚀者，从头到尾，就只有他一个而已，他是那一代唯一的一个。"

特蕾娅沉默着，没有说话，但是她涂满暗红色豆蔻的指甲已经因为她用力握紧的拳头而深深地嵌进她掌心。

"如果这样说来的话，吉尔伽美什和我们一样是侵蚀者，但又不完全相同。我们每一代侵蚀者，需要从婴儿时期开始就在这个凝腥洞穴里成长，然后在我们的天赋基本成形，并且拥有了基本的智力之后，几百个侵蚀者就开始名为断食的互相残杀互相吞食……最后存活的少数几个人，才能成功离开这个洞穴，成为那一代存活下来的侵蚀者。但吉尔伽美什……"幽冥顿了顿，声音听起来更加沙哑，"我感觉他很可能不是诞生于这个洞穴，我想，他应该是在另外一个我们不知道的地方，秘密诞生的……"

特蕾娅咬了咬她苍白的嘴唇，接过幽冥的话："……与其说吉尔伽美什是诞生的，不如说他是被人工制造，或者说是精心培植出来的……白银祭司制造侵蚀者，虽然说是为了持续强化亚斯蓝国境的魂力巅峰，让水源的七个王爵始终处于更新换代、优胜劣汰的动态平衡，但是，我一直有一种感觉，白银祭司真正的目的，并不是无上限地推动亚斯蓝的王爵使徒持续进化，越来越强……他们一定有一个最终的目的，他们想要制造出一种终极的……我不知道该怎么说，但我觉得白银祭司，应该是在期待着制造出一种完美的符合他们预期的东西。我们所有的侵蚀者，都只不过是这种东西制作出来之前，一次又一次失败的实验品罢了……"

幽冥的眉毛深锁着，双眼笼罩进一片狭长的阴影。

特蕾娅嘴唇不由自主地发出微微的颤抖："你觉得……会是为了制造出……吉尔伽美什吗？"

幽冥摇摇头："应该不会。如果吉尔伽美什就是白银祭司想要制造出来的'最终形态'的话，那么我们此刻就不用到这里来迎接新的侵蚀者了。"

"我突然想到……"特蕾娅惊恐地转过头，她突然伸出手抓住幽冥的胳膊，仿佛一个受到惊吓的孱弱少女，她脸上的所有媚态、所有妖娆、所有窥视众生的洞察、所有毒辣的心机和深不可测的城府都消失不见了，只剩下纯粹的、极致的恐惧和无助。

幽冥被她脸上仿佛看见最恐怖鬼魅般的表情吓到了，因为他深深了解特蕾娅是一个多么可怕的女人，从她当初和自己并肩作战一路踩踏着成堆的尸体走出凝腥洞穴开始，她的人生里就再也没有经历过如此透彻的恐惧，就算是当年在深渊回廊里对抗漆拉的时候，因为控制不了黑暗状态而差点变为饕餮时，她也没有露出过如此惊恐的表情，而现在……

"特蕾娅，你想到什么？"幽冥的喉咙有点发紧，他被特蕾娅的情绪感染了。

"我突然想到，白银祭司告诉我们，这一代侵蚀者，在走出洞穴，看见外面第一丝光线的时候，他们的脑海也将如同外面的雪原一样，空白一片，回归原始。他们被强大而神秘的力量抹去了洞穴内数百人生存淘汰的所有的记忆，从此以后的侵蚀者，不会知道自己究竟是谁，也不再记得自己从哪里来，为什么可以存活下来……也就是说，白银祭司希望凝腥洞穴在我们这一代之后，就彻底地成为一个被抹去的秘密存在。不再有人知道这个洞穴的位置，也没有人能知晓它内部蕴藏的恐怖能量，以及它的存在对现存王爵们所代表的意义……"

幽冥似乎也意识到了特蕾娅心里的恐惧，他的掌心渗出细密的汗珠。

"……那么，我们两个作为最后一代知道这个洞穴存在的侵蚀者，如果白银祭司真的想让这个秘密从亚斯蓝的历史上彻底消失，完全将这个秘密隐藏起来的话，那么最简单的方法……"特蕾娅抓紧幽冥的胳膊，指甲刺进他结实的手臂肌肉，流下细小的一丝血迹。

"就是，将我们两个的存在，也彻底抹去。"幽冥接过特蕾娅的话，一字一句地，补完了特蕾娅急促呼吸下未完的话语。

"我们不是来等待着准备迎接新一代的侵蚀者……"特蕾娅眼眶里积满了因为恐惧而无法自控的眼泪，"而是新一代的侵蚀者，在这里等待着准备迎接我们两个……"

"这里，就是最新一次的，魂术世界更新换代的杀戮战场……"幽冥紧紧抿着嘴唇，他的脸上写满了绝望和愤怒。

巨大的雪原上，他们两个并肩站立着。

曾经，他们是这个雪原上的幸运儿，他们从死气沉沉的洞穴中走出来，迎接他们的是辽阔壮丽的新天新地，全新的世界在他们脚下铺展开来，千枝万叶等着他们去更新或者收割。年幼的他们双手沾满了滚烫的鲜血，高高在上地践踏着无数冰冷的尸骸，一步一步走向最耀眼的王座。他们稚气未脱的眉宇间却蕴藏着死神锐不可当的锋芒。

而现在，他们面如死灰地彼此扶持着，站立在冰冷无情的天地尽头。翻滚的暴风雪仿佛是白色的碎纸，飞扬着伴送着他们最后的旅途。他们无助地等待着，等待被洞穴里走出来的两个最新的怪物吞噬。

突然间，幽冥感觉到空气里一阵几乎微不可测的魂力波动，他的瞳孔还没有来得及聚焦，就突然听见身边的特蕾娅锐利的喊叫："第一个，来了！"她裹身的修长黑色丝绸长裙之下，突然白光四射，旋转狂暴的光线凝聚幻化成白色的纱裙，同时，围绕她和幽冥身边的雪地表面，无数纯白色的丝绸缎带破雪而出，迎风飞扬，翻涌卷动。幽冥看向特蕾娅，刚要说话，就看见特蕾娅突然扬起手在自己的胸膛上用力地一推，一阵狂潮般翻涌的魂力，从幽冥的身旁如同万千刀刃疯狂卷过，幽冥只来得及看见一条橙色的影子在视线里闪电般一晃，自己胸膛上就突然划开了三道深深的血口，如果刚刚不是特蕾娅推开自己……

幽冥借着特蕾娅的力量朝后倒跃而出，修长矫健的身体高高地飘飞，然后仿佛一只猎豹般坠落在一块岩石后面。他侧过身从岩石背后警惕地探出头，只来得及看见橙色的闪电身影追逐着浑身萦绕满白色绸带的特蕾娅而去。

幽冥刚想追上去帮特蕾娅，还没有来得及展动身形，就突然感应到了身后一阵极其扭曲的魂力——那种感觉，就像是一只沾满滑腻黏液的冰冷黑手，伸进了你的嘴里，然后沿着你的食道一直探进你的胃部，这种森然的、诡异的、恶心的恐怖魂力，完全不像是来自正常的王爵或者魂术师。

幽冥忍不住弯腰吐出一口酸楚的胃液，他的大脑里持续响彻着一种低沉的轰鸣，仿佛身体的平衡已经被打破，像是躺在一艘不断被汹涌海浪掀起拍落的小船之上，冰冷的晕眩像是一顶金属头盔将太阳穴锁紧。他艰难地转过头，看见了在他身后正朝他缓慢走过来的一个少女：破破烂烂的裙子被撕扯得几乎遮不住身体，裙子的布料已经看不出原本的材质，上面沾满了半凝固的血浆，血迹已经发黑发硬，她的脸上、脖子上、头发上，都挂着零星散落的肉屑和深色的内脏碎块，她的整个身体散发着剧烈的恶臭。

她的表情非常茫然、非常呆滞，她走路的姿势有一种说不出来的扭曲感，后背弓缩起来，双手垂在膝盖前方，双脚极其诡异地缓慢挪动着，看起来仿佛背着一个看不见的沉重包裹，重量将她孱弱的脊椎压得直不起来。

幽冥看过更可怕的怪兽，经历过更加匪夷所思的血腥场面，眼前的少女虽然诡异，但也不至于多么离奇吊诡。但是，为什么，这股紧紧贴着胃壁的冰冷恐惧感如此巨大，如此扭曲，仿佛有一双冰冷的鬼手在撕裂自己的头皮。

那个女孩缓慢地走过来，停在了离幽冥几米远的地方。她茫然地看了看幽冥，然后开始转过身环顾四周——这个时候，幽冥终于明白了那种无法形容的扭曲恐惧来自什么地方。

那个女孩的背后，背着一个和她一模一样的少女，两个人的背脊骨位置处，肌肉皮肤连成一片，她们是共用着同一根脊椎的连体人！

此刻，两个人后背血肉相连的地方，皮肤下面正汩汩地涌动着什么，仿佛她们的身体里孕育着一个嗜血的怪物，它正准备着撕破困住它的腥臭皮囊，汹涌而出。

女孩缓缓地开始转动身体，之前一直在背后的另一个女孩，随着转身的动作，渐渐地朝向了幽冥，她抬起手，伸进自己的喉咙，抠出一块猩红而模糊的带肉软骨一样的东西，轻轻地扔在了雪地上，滚烫的血肉在雪地上发出吱吱的声响，融进了厚厚的积雪。

"我饿了。"那个女孩目光空洞地，从喉咙里模糊地喊出三个字。

爵迹

—— *Chapter 08* ——

死灵眷赏

L.O.R.D

· *Legend of Ravaging Dynasties* ·

【六年前】

【西之亚斯蓝帝国·极北之地·凝腥洞穴】

　　那道橙色闪电般的身影始终紧紧地追在特蕾娅的身后，恐惧如影随形，几乎紧贴后背，像是死神挥舞着镰刀，不停地在耳后方擦过，急促的风声化成利刃，像是随时要把喉咙割破。

　　特蕾娅将魂力提升到几乎接近极限的状态，她全速向前飞掠，雪地上留下一连串轻浅的脚印，她像是一团黑白混合的光影，在冰天雪地中飞驰着。狂风卷动着她猎猎作响的女神裙摆，如同雪域上一朵翻涌的莲花。

　　特蕾娅的魂力在急速地耗损，但是她不敢有丝毫的停滞，身后那个仿佛鬼魅般迅捷的身影，速度实在快得让人惊叹。这么多年以来，特蕾娅对水源领域上各种大大小小的情报悉数掌握，在她的记忆中，亚斯蓝的历史上，似乎还从来没有出现过纯粹靠魂力就达到如此骇人速度的魂术师。即使是号称能够将速度提升到极限从而可以短暂穿越时间的漆拉，如果他不发动天赋的话，也绝对无法达到身后这个追击者的速度。

不仅仅是速度，特蕾娅能够清晰地感觉到蕴藏在那道橙色闪电中那种摧毁一切的力量，以及旺盛如同烈日的生命力，这在魂术师中极其罕见，比如说以生命力愈合力见长的六度王爵西流尔，他就不可能拥有敏捷的速度；以速度见长的漆拉，就无法拥有像幽冥般狂暴的攻击伤害能力……这个世间仿佛有一种力量，它操控着魂术世界的一切，维持着精妙的平衡。

然而，身后的追击者，却似乎打破了这种平衡。从特蕾娅的感知判断来说，他各方面的能力都出类拔萃，没有明显的弱项和短板。

但这并不是最让人恐惧的。

真正让人恐惧的，是身后这个看不清楚样子、只能看清楚一团模糊闪动的橙色光影者，他的天赋还隐藏在未知的浓雾里。他现在如此汹涌的魂力和罕见的速度，仅仅是他的常规战斗状态而已。

而且自始至终，身后的追击者都没有使用过任何水元素魂术，或者发动魂兽攻击，他的追杀简单粗暴，却极其奏效，直接而又锋利，没有任何花哨的拖泥带水——特蕾娅终于绝望地意识到，为什么白银祭司会让这样一个怪物来等待自己：因为面对这样直接得近乎于拼命状态的近身肉搏猎杀，特蕾娅那件让她引以为傲、纵横亚斯蓝的上古魂器，能够抵挡一切间接攻击的女神的裙摆，此刻毫无用武之地，显得那么可笑而愚蠢，曾经将无数王爵使徒戏弄于股掌之间的强大魂器，在这个人面前，彻底沦为一件徒有华丽外表，却毫无防御能力的曼妙纱裙。

身后雷霆万钧的魂力越来越强烈，她感觉随时都会被对方撕个粉碎。

特蕾娅心里非常清楚，自己这样无休止地逃下去，迟早会被对方追上。要维持目前不被对方追上的速度，魂力的消耗速度实在是太快，这样下去，应该坚持不了多久，魂力一旦断档无法接续，身后那疯狂的尖锐魂力只需要几秒钟就能割断自己的喉咙。其实此刻，特蕾娅已经感觉到自己的魂力渐渐开始下降了，但是身后那个怪物，特蕾娅敏锐地感知到，他的魂力依然和刚刚从洞穴闪出时一样汹涌澎湃，仿佛一直都处在战斗巅峰的状态……但是这怎么可能呢？难道他能够凭借纯粹的体能就达到如此惊人的速度吗？一点魂力也不消耗？特蕾娅有点无法相信。

特蕾娅确认了一下前方是一览无遗的空旷平地之后，她索性彻底闭上了眼睛，将肉体与生俱来的视觉彻底关闭，用来换取对魂力更精准的感知捕捉。她不断颤抖起伏的眼睑之下的瞳孔里，此刻翻涌着无尽的混浊白雾，她对魂力的大范围感知已经释放到了极限，她企图抓取到身后追击者魂力中的破绽或者漏洞，然而，即使她彻底封闭了感官视觉，她还是只能感应到，身后狂乱繁杂、毫无章法的魂力，想要在如此狂暴混乱的魂力中捕捉瑕疵和破绽，就像是在肆虐的暴风里想要辨认出风的精准流动一样困难。

她牙关一咬，突然硬生生刹住身形，然后猛地回过头来——

"吱呀——"

宁静的雪域上空，突然尖锐地划过几声昆虫的尖叫，那个橙色的闪电身影瞬间停住，然后飞速地后退，整个过程几乎没有任何停滞，完全没有减速缓冲和逆向加速的过程，看上去这个世界的物理原则似乎在他的身上已经失效一般——然而，还是来不及了，空气里瞬间膨胀开浓郁的血腥气味。

刚刚还美艳动人、凹凸有致的女人身体，此刻却像一个被无数刺刀扎破的皮囊。无数锋利的刀刃般的肢节长脚，从特蕾娅的身体里一边尖叫一边唰唰地往外穿刺。她的身体里似乎有无数巨大的螳螂被困在皮肤之下，它们挥舞着刀锋前臂，挣扎欲出，特蕾娅那张妩媚的脸上，十几把匕首般锋利的短触角毫不留情地刺破她的容颜，甚至能够听见锐利刀刃穿透鼻梁骨的声响。所有利刃在突破身体屏障的瞬间，迎风怒长，变成朝前激射的夺命武器，风雪里"吱呀"杂乱的尖叫声不绝于耳。

"噗。"

"噗噗。"

一连串钝重的血肉模糊之声。

空旷的雪原上，光线强烈得让人失明，一切都似乎静止不动。

寒冷吞噬了所有的声响，耳孔里只剩下诡异的静谧。

辽阔苍茫的雪地上，两个黑漆漆的剪影静止不动。一个看得出是肌肉健硕的高大男子，另一个能分辨出显著的女人性感曲线的轮廓，然而那个轮廓里，却持续地穿刺出一根一根的刀刃，不断插进对面那个男子的身体里。

特蕾娅美艳的面容，已经被无数锋利短刃切割得血肉模糊，唯一完整残留的那双娇艳欲滴的嘴唇，此刻轻轻地往上扬起——她当然有理由得意，她如今对黑暗状态的驾驭，早已不是当年那个小女孩时的生疏了。她能够把握最佳的分寸平衡，多一分则彻底堕入永夜，少一分就失去了凌驾一切的力量。

然而，她的笑容仅仅只在她那张恐怖的碎脸上绽放了一小会儿，就凝固成了一个僵硬的弧度。她眼睁睁看着对面身体上插满了刀刃的男子，仿佛完全不曾受伤、毫无痛觉般地朝自己挺进过来，一步一步地顶着刀刃用力逼近，刀刃穿透他的胸膛、肩膀、大腿……从他后背洞穿而出，刀刃摩擦骨头的咯咯声让人毛骨悚然。

那个男子伸出他那只修长而又有力的手，特蕾娅只觉得眼前一花，右胸膛就传来一阵撕裂的剧痛，那男子的手仿佛一扇薄薄的刀片，电光石火之间，就轻易地插进了自己的胸口，胸腔隔膜被粗暴地撕破，大量的鲜血涌进肺里，沿着气管朝上翻涌，特蕾娅的喉咙里瞬间涌出大量腥甜的血液，她渐渐感觉呼吸越来越困难，她能清晰感觉到对面这个男子的手指，在自己身体里游刃有余地穿梭探寻着，终于，他的手抓紧了自己的锁骨，然后用力地一扯。

白茫茫的天地间，一片喷洒而出的血光。

幽冥双眼直勾勾地看着面前这个一脸阴森诡谲的小女孩，不，应该说是两个小女孩。

她们俩在说完那句"我饿了"之后，就再也没有动作了。

面朝幽冥的那个女孩，此刻正在和幽冥对视，她那双空洞的眼睛在她瘦削的面孔上显得比例极大，大得有些瘆人。她的瞳孔混浊而又迷茫，没有任何焦距的视线如同一张黏稠的网，冷冷地笼罩着幽冥。

幽冥心底那股恶心而湿冷的恐怖感越来越强烈，这对连体的女孩让他感觉到极度不适，然而他却控制不了自己不去看她们，他无法挪开自己的视线，浑身挂满血浆肉末的这对女体，像是一个黑洞，幽冥的目光被这个黑洞吸得无法动弹。他艰难地抬起手，指尖金色魂力席卷而出，一枚冰雪凝固而成的匕首从雪地里破土而出，幽冥手腕朝外一翻，冰刃朝小女孩激射而去，然而，那个小女孩完全没有躲闪的打算，她还是呆立着，甚至连眼珠都没有转动。

"咔嚓"。

冰刃直接插进了她双眼中间的鼻梁，寂静的旷野之上，几声"咔嚓"的脆骨碎裂的声响清晰可闻。

小女孩站着没有动，一会儿，冰刃就被她滚烫的鲜血融化了。她的双眼中间，鼻梁骨已经碎裂，只剩下一个血肉模糊的黑漆漆的肉洞。

幽冥忍不住弯下腰，喉咙里发出干呕的声音。那种阴冷的恐惧感再次从胃里汹涌而出，他握紧拳头，尽量控制着自己颤抖的身体。

"咯——咯咯——"

一阵骨头关节扭动的声音。

幽冥抬起头，刚刚一动不动、看起来仿佛已经死去的小女孩，此刻开始僵硬地扭动起身体。她的目光依然混浊，她鼻梁上被刀刃刺出的血洞很深且大，几乎快要让她的两只眼睛连成一体。她艰难地转动身体，把她的后背转过来，面对幽冥。一张和刚刚那个女孩一模一样却完好无损的脸，重新对准了幽冥，幽暗的瞳孔完全一致，混浊黏稠的目光，像一张冰冷的猎网撒向幽冥。

幽冥瞳孔一紧，右手臂上金黄色的刻纹瞬间浮现起来，他伸出手臂在空中一劈，小女孩脚下的雪地上，噌噌噌蹿起无数尖锐的冰柱，仿佛疯狂生长的竹笋一样，拔地而起。

小女孩喉咙里立刻发出惨痛的喊叫，又细又尖的声音像一道冷光般劈开了雪原的静谧，短暂的撕心裂肺之后，一切又重新陷入死寂。

雪地耀眼的白光下，几根锋利的冰柱已经从小女孩的大腿处，由下而上、斜斜地穿透了她的身体，有两根冰柱直接从她的胸膛上穿刺了出来，一根扎进她苍白的脖子，还有一根从她的右脸颊上斜斜地挑了出来。她整个人往后仰躺着，像是被这些冰柱扎在空中，血汩汩地从她身体里往外涌，沿着冰柱往积雪上流淌，大团大团白色的热气蒸腾着甜腻的血腥气味，覆盖在纯净的雪原上。

幽冥心里的恐惧越来越重。白银祭司的命令是将最新的侵蚀者带回格兰尔特，虽然他不知道眼前这个东西究竟算是人还是怪物，但是，他依然不敢贸然地杀死她，眼前的状态，让他有点不知所措。

他勉强忍耐着胃里的恶心感，眼睁睁地看着那些冰柱融化。

　　随后，"咯咯——"的骨头扭动的声音再一次响了起来。刚刚已经被刺得千疮百孔的女孩，再一次把另一个身体，转向了幽冥。

　　幽冥的瞳孔一瞬间缩紧了，刚刚那个停留在她双眼间的血洞，已经消失不见了，女孩的脸此刻已经完好如初，连一点伤痕都没有留下。她依然用那双混浊不堪的眼睛，凝视着幽冥，她的喉咙里低低地哼着一些模糊的音节，听起来格外阴森。

　　幽冥的面容已经变成了彻底的死灰色，像是被吞噬了所有的血色和生命力，但他自己并没有意识到这一点，他已经被恐惧牢牢控制了。

　　刚刚那用力的拉扯，瞬间将特蕾娅抛出去十几米的距离。她纤细的身体仿佛被风吹断的风筝一样，从天空坠落，血浆喷洒而出，溅在雪地上凝固成灿烂的红色冰花。

　　她重重地摔在一块露出雪地的黑色岩石上，猛烈而钝重的疼痛让她双眼一花，视线瞬间一片黑暗，她感觉自己全身的骨骼似乎都已经碎裂，锁骨的位置像是被塞进了一块烧红的烙铁，正发出剧烈灼烧般的疼痛。

　　海潮般席卷而来的强烈痛感全面吞噬了她的视线和听觉，她的双眼只能看见一片漆黑，耳朵里响彻着尖锐的金属蜂鸣。她身体上那些锋利的刀刃，哗啦啦如同被火烧到的蜘蛛脚，迅速缩回了她血淋淋的身体里。她肩膀上此刻是一个巨大的血洞，连同她的锁骨和粘在上面的肌腱筋肉，都被那双有力的手连皮带骨地撕扯了下来。特蕾娅张着嘴，想向幽冥呼救，然而，她喉咙里此刻充满了血浆，只能模糊地发出"咕噜咕噜"的声响。

特蕾娅渐渐恢复过来的模糊视线里，那个橙色的身影再一次闪电般地冲向了自己。他又一次举起了那双仿佛刀刃般锋利的手，然而，却迟迟没有劈下来。

雪地上，除了风声，就只剩下粗重的喘息声。

特蕾娅的视觉渐渐恢复，她看见站在自己面前的，是一个几乎全身赤裸的年轻男子，红色的短发，仿佛火焰般凌乱地竖立在头顶。他的眉眼非常深邃，眼神却温顺而澄亮，暗红色的瞳孔像是两颗温润的红宝石，在雪地里闪动着美好的光泽。他的眉毛浓密柔软，像是黑狐的背毛，他的鼻梁挺拔高耸，嘴唇饱满，微微地张开着，欲言又止的样子，让他显得无辜而又单纯。

他的外表和血腥的杀戮看起来没有丝毫关系。

但是，特蕾娅能从他眼里清晰地看出翻涌不息的欲望，那种最原始，也最炽烈的欲望——那是男女之间最浓烈的性欲。

特蕾娅顺着他的视线低头看向自己，她的黑色紧身长裙，已经破破烂烂，雪白的皮肤大片大片地裸露在冰冷的空气里，寒风吹过肌肤，带起玫瑰般的红晕，她一双修长的大腿几乎彻底裸露在他面前。

——就像一面坚不可摧的万丈冰墙上，突然出现了一道小小的裂缝。

特蕾娅双眼瞬间一片雪白，暴风雪顷刻间充盈了她的眼眶，她的视线翻涌编织成金色的探索猎网，她知道，这是她等待已久的瞬间，一个能够让她逆转局面的破绽瞬间。

她明显地感觉到面前这个男人身体里的魂力正在失控，他的力量正在随着他越来越急促和混浊的呼吸而错乱流动。她闭上眼睛，快速地感知着他的魂力异变——"就是这里！"

她飞快地抬起手，用尽自己最后的力量，挣扎着朝他扑了
过去，她迅速地摸到了他赤裸的左侧小腹——那是她刚刚探知
到的，他的魂印所在的位置。她五根手指末端，迅速地释放出
尖锐的魂力，仿佛游窜的毒蛇撕咬进他小麦色的皮肤，那个男
子只来得及感觉到几股刺进魂印的冰冷锐痛，然后就重重地倒
下来，摔在黑色的岩石上，失去了知觉。

特蕾娅的魂力也接近虚脱，她终于松了口气，仿佛在死亡
的边缘游走了一番似的，她闭上眼睛，任由身体虚脱，她很清楚，
这片冰天雪地里，有取之不尽的水元素供她使用，这就是一片
白色的大海，她会缓慢地恢复。

当特蕾娅再次睁开眼睛的时候，天地间的光线已经稍微转
弱了一些。整个雪地变得朦朦胧胧，已经不是之前那种可以刺
痛人双眼的锐利纯白。

特蕾娅稍稍坐起来一些，然后将魂力在身体内部沿着魂路
游走了一圈，除了肩膀上那个重创还未完全恢复之外，身体上
其余部分的创伤，已经差不多愈合了。

她站起身来，仔细打量着前方躺在岩石上一动不动的那个
红发男子。

他左侧下腹部位置上的魂印上，依然封着一层坚固的寒冰，
那是特蕾娅在千钧一发之际，为自己争取来的一线生机，如若
不将他的魂力全部封住，此刻，特蕾娅可能已经是一具冰冷的
尸体了。

红发的年轻男子并没有沉睡，他睁着纯净的双眼，一动不

动地凝望着特蕾娅。他的目光里没有杀戮，没有邪恶，只有无限的温顺和纯净，他两颗温润的瞳孔在柔软睫毛的装点之下，仿佛最透彻的琥珀，让人挪不开目光。

特蕾娅走过去，在他身边蹲下来，他全身只有腰部和最私密的位置有一圈白银锻造成的防护铠甲，身体其余部分都是赤裸的，他的身体大部分肌肤表面都布满了暗蓝色的神秘刺青，甚至脸颊上都有少许，刺青从肌肤表面微微隆起，像是浮出的血管静脉。他的身躯高大挺拔，肌肉非常发达，下巴上有一圈青色的胡楂，手臂上、小腿上，甚至小腹肚脐下方，都有着明显的毛发，他看起来仿佛是一具包裹着闪电的肉体，充满着雄性荷尔蒙的力量。

"我来带你回去，我不会伤害你，明白吗？"特蕾娅看着面前年轻男子的面容，一字一句地说着，一边说，一边将手指放到了他的小腹魂印的位置，"我现在把你魂印上的寒冰封印解开，但是，你如果再动手的话，我就立刻杀了你。明白吗？"

他没有点头，也没有摇头，他睁着那双小鹿般的眼睛，一动不动地望着特蕾娅，像要深深地看进她的心里。

特蕾娅手指上流动出几缕魂力，他魂印上的寒冰开始缓慢地融化，但是，特蕾娅并没有挪开自己的手指，她时刻感应着他体内魂力的变化，一旦他企图再次对自己动手，她就会毫不留情地摧毁他的魂印。

他的身体渐渐地开始可以活动起来，特蕾娅正看着他那双琥珀般迷人的眼睛出神，突然他身躯微微一动，特蕾娅的心脏陡然下沉，她的手上刚刚想要释放魂力摧毁他的魂印时，却发现，这个年轻的男子，紧紧地抱住了自己，然后就一动不动地安静了下来。

他炽热的呼吸喷薄在特蕾娅的耳边，带着一种强烈的荷尔蒙的气味和诱惑力，仿佛有人嚼碎了一片小小的檀木和肉豆蔻，然后在自己鼻尖轻轻地呢喃。他的身体炽热而滚烫，就算是在这样冰天雪地的环境里，也依然像是燃烧着无穷的能量。

特蕾娅不自觉地抬起手，轻轻地抚摩着他的后背。她能感应到，他身体里的魂力都平缓而安静地流动着，仿佛春日里潺潺的溪涧——不再是汹涌的情欲，不再是无法控制的狂暴，而是一种温柔的靠近。

过了一会儿，他放开特蕾娅，双眼深深地看着她，他喉咙里沙哑地发出几个模糊的音节，特蕾娅微微皱了皱眉头，她听不明白。

他脸上微微出现着急的神色，英俊的面容显得有些让人心疼。他急切地伸出手指了指自己，然后再一次试图让自己喉咙里混浊的声音尽量变得清晰。特蕾娅尽力地分辨着他喉咙里沙哑低沉的那两个音节。

"霓……霓虹？"特蕾娅尝试着重复他的发音。

他立刻高兴得直点头，然后反复指着他那张喜悦的脸。

"你的名字？"特蕾娅忍不住轻轻地笑了。

霓虹用力地点了几下头，站起来挥舞了几下手臂，他脸上是无法抑制的喜悦，像一个刚刚拿到新玩具的孩子一样，尽管他的身躯已经成熟高大，完全是一个成年男子的模样。

特蕾娅望着他，内心突然有些柔软了下来："你是不是不会说话？"

霓虹的动作停下来，他的面容沉了下去，目光中浮出一层浅浅的悲伤。他点点头，然后走过来，在特蕾娅身边坐下，他长长的双腿不知道如何放置，显得有点局促。特蕾娅抬起手，抚摩着他的头发，心里涌起一些怜悯。她自己也有一点难以相信，竟然会对这个刚刚还想要杀死自己的人，产生这样的情绪。

突然，一阵阴冷而森然的感觉从背后渗透而来，仿佛一只冰冷滑腻的手正在从自己的喉咙里探进去，企图抚摩自己的食道——那种让人想要呕吐的恐惧感。

霓虹看着面前脸色苍白、发出几声干呕的特蕾娅，脸上露出疑惑的表情。

特蕾娅回过头，远处，茫茫的天地间没有任何的异动。

特蕾娅双眼白色翻涌，她的神色凝重起来，她站起来，冲着霓虹说：“跟我走，幽冥遇到大麻烦了。”

特蕾娅和霓虹，在雪地上风驰电掣地往幽冥的方向掠去。

特蕾娅的眼睛里只剩下翻涌的白色，她一边感应着前方魂力的变化，一边暗暗为身边的霓虹感到吃惊。他们两人都以极快的速度往前飞掠，特蕾娅自己的魂力一直在持续地耗损，她的速度虽然没有太大的降低，但是，身体的状态已经出现了力竭之感，她的呼吸也随着魂力的消耗而越来越急促。但是，身边和自己并肩奔走的霓虹，他体内的魂力却仿佛一片纹丝不动的湖水一般，波澜不惊。他的气息稳如最初，速度也没有任何的变化，他的整个身体似乎一直维持在最巅峰的状态——这简直太不可思议了。

特蕾娅正在为霓虹而感觉惊讶，突然，一股汪洋般的巨大恶心感，让她双耳嗡地一鸣，她朝前重重地跌倒摔出，在雪地上滑了一段距离，她挣扎着想要站起来，但是还是忍不住弯下腰开始剧烈地呕吐起来，大量褐色的液体从她的胃部涌进她的喉咙，她的口腔里充满了苦涩的味道。

特蕾娅抬起头，擦干净嘴边的污秽，面前是霓虹高大的背影，他正挡在自己面前，保护着自己。他双腿微微弯曲，维持着一个半蹲的姿势，随时可以突进或者跃起。他浑身的肌肉紧绷着，魂力在四肢不断积蓄酝酿。他的后背弯曲出一个弧度，看起来就像是猎豹面对着一头更加危险的野兽，时刻准备着反击。

竟然会有东西让霓虹这样几乎没有恐惧可言的人如此严阵以待，特蕾娅移动了一下身体，目光从霓虹身边越过，她想看清楚前方这股让人无法抵抗的恐怖魂力，到底来自哪里，然后，她的目光就再也无法移开了。

前面十米远的地方，桀骜不驯的幽冥此刻正蜷缩着跪在地上，他全身止不住地颤抖，他的身体已经失去了控制，双手不断地挥舞着，喉咙里持续不停地发出痛苦的怒吼，他看起来已经有一些神志不清了。

他每一次挥舞手臂，几道锋利的冰刃就从空气里破空激射而出，不断地刺向前方的那一团……特蕾娅的瞳孔颤抖着，她完全不知道应该如何形容幽冥前面的那个东西：那是一团在雪地上散发着剧烈热气同时不停蠕动着的巨大肉块，腥臭的血浆源源不断地从这团血肉里涌动出来，而且这团肉块之上还纠缠着密密麻麻的黑色长头发，一缕一缕的头发和肉屑碎骨缠绕在一起……肉团上被冰刃切割开的伤口花瓣般朝外翻卷，血肉下暴露出的白骨也支离破碎，仔细看的话能勉强分辨出手脚，然而却有四只手四只脚，从不同的方向诡异而又畸形地由肉块里扭曲地伸展出来，那些手脚不停地挣扎着，随着这些挣扎带来的蠕动，这团巨大的肉块不断发出惨绝人寰的尖叫声来，那声音锐利得如同匕首撕破人的头皮，阴冷而又瘆人，如同来自万丈深渊的地底鬼叫。

失去理智的幽冥还在持续不断地激射出大量冰刃，冰刃密密麻麻地扎进那团肉块里，肉块发出的尖叫声越来越大……

"不要再进攻它了……"特蕾娅冲幽冥绝望地大喊，"没有用的！"

所有的进攻都没有对那团恐怖的东西造成致命的伤害，相反，随着幽冥的持续进攻，那团巨大的肉块里，正涌动起越来越剧烈的魂力，特蕾娅的心里越来越恐惧，因为连她都无法感应到这股魂力的上限了，仿佛这团血肉的魂力正在突飞猛进地增长着……或者说，正因为魂力不停地狂暴上涨，也就没有所谓的上限了。

"你去制止幽冥，带他离开！"特蕾娅尽全力压制着自己脑海里的恶心感，转身对霓虹说。霓虹点点头，毫不犹豫地身影一闪，他朝幽冥冲过去，无数的冰刃瞬间激射进他的身体，他眉头都没有皱一下，冲过去抓住幽冥的双手，然后把他扛起来，翻到自己的后背上，迅速朝远方飞掠而去。

特蕾娅站起来，全身白色气浪翻涌，无数雪白的丝绸飞扬激射，如同卷动的云丝，一缕一缕飞快地朝那堆畸形的肉团包裹而去，女神的裙摆呼啸着裹紧那个不停蠕动尖叫的东西。

密不透风的白色丝绸将那团血肉彻底包裹了起来，那种让人失去平衡的恶心尖叫瞬间停止了。那团巨大的血肉慢慢静止了下来。

特蕾娅抬起手，万籁俱寂里，一阵"哗啦啦——"的冰块凝结的声音，那团血肉模糊的东西，凝固在了巨大的冰晶里，仿佛一个凝固在琥珀里的异类。

一小缕头发留在冰块的外面，上面染满了腥臭的血浆，湿答答地垂落着。

特蕾娅压抑着心里的恶心之感，但双手依然忍不住颤抖。

她在雪地上坐下来，突然感觉无比地疲惫。

也许是因为刚刚经历的这两场战斗实在太匪夷所思，又或许，是最新的这两个侵蚀者，带给她的震撼太过巨大。

她突然想到，自己和幽冥，与眼前这团阴冷而恐怖的东西，皆来自同一个地方，属于同一种不可告人的存在，这难道不是最最绝望的事情吗？

她转过头，远处，幽冥跪在地上低声喘息着，他的头发凌乱地披散着垂在面前，挡住了他的脸。他一动不动，显然，他的理智已经被击垮了。在特蕾娅记忆里，幽冥一直都是冷酷而锋利的，不羁的笑容永远浅浅地浮在他的嘴角。从来都是他摧毁别人的理智，摧毁别人的生命，他永远扮演高高在上的冰冷死神。然而现在，他像是一个无助的小男孩，跪在雪地里绝望地颤抖着。

霓虹站在他的身边，刚刚插进他身体里的几把冰刃，正被他身体的热度融化着，混合着血液，变成浅浅的红色液体，沿着他的肌肉流淌而下。

他的脸上依然没有痛苦，没有害怕，那种能够摧毁特蕾娅和幽冥的声音对他而言似乎完全没有作用。他回过头，干净的笑容浅浅地在他脸上绽放开来，他的目光温柔而又坚定，深深地望着特蕾娅。

无论如何，先把霓虹和"这个玩意儿"带回格兰尔特再说吧。特蕾娅想着，慢慢朝幽冥走过去。

【六年前】

【西之亚斯蓝帝国·褐合镇】

东赫的额头上顶着一层细密的汗珠。他的脸色看起来通红，像是在地下温泉洞穴里面被水蒸气蒸了一个钟头的样子。

褐合镇虽说是亚斯蓝的领土，但实际上，从整个城镇的样貌来看，一点都没有亚斯蓝的风格。四处都是坚硬土墙砌成的简陋房屋，房屋的上方没有瓦片的屋顶，基本都是树枝编织而成的屋顶架子，上面铺着一片片宽大的棕榈叶，棕榈叶层层叠叠地将屋顶覆盖起来，树叶之间的空隙能够保证空气的流通，否则在褐合镇这样干燥炎热的地方，屋内的温度能够让人很快脱水。同时，棕榈叶又经过橄榄油浸泡后晒干而成，因此雨水冲刷时，水珠就像是玻璃珠子一样，圆滚滚地滚落屋檐，不会因为渗透而漏雨。

格兰仕穿着一件当地居民最常见的齐肩背心，领口开得很大，所以他结实漂亮的胳膊肌肉和宽阔胸肌都裸露在外面，在火把和油灯的光芒下，映射出性感而健康的小麦肤色。他嘴里叼着一根麦草秆，歪过头，有点忧伤地看着东赫。

"我说，你真的不热吗？你看起来有点不太好。"格兰仕忧愁地看着正襟危坐的东赫，他依然穿着从格兰尔特出发时的那身宽大长袍，领口的扣子一直扣到最上面一颗，看起来像一个牧师般严肃和正经，只是他的脸已经通红了，看上去热得难受，"你真的不考虑换一身衣服吗？"

"这里的衣服都不太合适。"东赫板着脸，舔了舔干燥的嘴唇，"我宁愿热一些，也不要像你一样露胳膊露胸露腿的，像什么样子。"

"我露胸露胳膊我承认，我哪有露腿？我这条裤子都快要到膝盖了好吗？这叫腿吗？这叫脚好吗？！"格兰仕翻了个白眼，屈起一条腿，把胳膊搁在膝盖上。

"哎哟我……"东赫突然太阳穴一跳，他的目光飞快地从格兰仕宽大的裤管中缩回来，像是见了脏东西一样，用力地闭了下眼睛，"你里面能不能穿条裤子！伤风败俗！"

"太热了，会影响发育的，我还是个少年呢，正在长身体。"格兰仕拿起嘴里的麦秆，指着东赫说，"你怕不怕热我先不管，但是我保证，你这样一走出去，一定被围观。被围观是小事，但万一引起边境纷争，那可就麻烦了。而且你还是皇室身份，你觉得露胳膊露腿更丢脸，还是被边境的守卫遣送回格兰尔特更丢脸？吉尔伽美什王爵可说了，让我们低调行事，切勿暴露身份。"

东赫深呼吸了一口气，脸色有点难看，显然，他有点动摇了。

格兰仕贱贱地飘到他身边，把手上一堆褐色的粗布衣服递过去："来，一闭眼，一咬牙，也就过去了。"

东赫直勾勾地看着格兰仕，然后在喉咙里非常愤怒地闷哼了一声，伸手抓过衣服，然后转身走到墙角的柜子后面。

"换个衣服而已，还要躲柜子后面，你是不是屁股后面长了尾巴啊，还是说你有六根脚指头？"格兰仕探过身子，朝墙角偷瞄过去，刚刚探出头，迎面"砰——"的一声就撞到了一面透明的墙上。

墙角处传来一声冷冷的哼声："我就知道。"

格兰仕伸手摸着空气里竖在自己面前那面透明的气盾，有点不甘心："哼，你就仗着我不会气盾欺负人吧，我和你说，我回雾隐绿岛就立刻找王爵教我，到时候我要把你……"格兰仕突然停下了说话，双眼直勾勾地看着从墙角柜子背后走出来的东赫。

东赫穿着一件对开的无袖短褂，胸肌和腹肌整个裸露在外面，看起来就像一个街头耍蛇的吹笛手。他赤着脚踩在泥地上，整张脸看起来非常严肃而别扭。

格兰仕弯下腰，"哈哈哈哈哈"地一阵狂笑："东赫，你放心，我保证不会告诉别人你看上去就像一只小奶猪的，你这一身皮肤，白得有点过分了，这哪像爷们儿的皮肤啊，这就是从来不晒太阳窝在宫殿里长大的小公主啊。"

"我公你大爷！"东赫额头跳起一根青筋，然后转身一言不发闷闷不乐地走出了这间小小的土屋。

格兰仕揉着笑疼的肚子，跟了上去，一边笑，一边气喘吁吁地嚷嚷着："你等等我呀。"

街道上挤满了人。

大家都在朝同一个方向拥去。

格兰仕和东赫混在人群里面，随着大家一起前行。人流的目的地非常统一，大家都在前往城镇西边的广场，那里马上就要开演第一场巡回马戏。

这个马戏团非常有名，一直在亚斯蓝东部边境的几个城市之间巡回演出，但是他们的演出频率不是很高，所以，基本上一个城市一年也就只能轮到一次。所以每一年的巡回演出，对褐合镇来说，都像是一个小型的节日。

格兰仕和东赫猫在一架装满了各种器具的木车背后，朝着那个临时搭建起来的巨大帐篷张望。

格兰仕若有所思地点点头，然后认真地对东赫说："东赫，等一下你用风源魂术制造一场沙尘暴，这里气候干燥，满地都是黄沙，我相信大家的视线都会被暂时遮蔽，我会趁着这个短暂的空当，蹿上帐篷的屋顶，你看见顶上那个圆洞了吗，我就从那里进去。你在门口等着接应我，我应该几分钟之内，就可以把银尘带出来。"

"我为什么要浪费我的魂力？"东赫转过头，冷冷地看着格兰仕。

"因为吉尔伽美什告诉过我们，不能引起任何骚动啊！我当然知道凭我们俩的实力，瞬间把这几百几千人吹上天都没有问题，但那多引人注目啊，你就不能暂时放下一些些你的骄傲吗？你们皇室的人总是这么虚荣。虚荣不能当饭吃，该低头时就低头。"

"这个世界上，有一种东西……"东赫冷冷地看着格兰仕，

"叫作'钱'。"

格兰仕："……"

说完，东赫优雅地朝帐篷门口走去，他走到门口那个留着络腮胡的中年壮汉面前，掏出几枚银币："两张票，一张给我，一张给我的马夫。"说完，回过头，优雅地看着一脸不高兴地跟过来的格兰仕。

格兰仕抬起手，指着自己，一脸不可思议的表情，他双眼圆睁，用嘴型一字一句无声地问东赫："我，是，马，夫？"

东赫："马拴好了吗？"

格兰仕在心里连声骂娘，然后露出一个灿烂的微笑："拴好了哦。"

东赫看着格兰仕一脸吃瘪的表情，笑容更加舒展了："嗯，你们穷人家的小孩，没看过马戏吧？今天带你来看一下，开不开心？"

格兰仕一排雪白的牙齿快要咬断了："开……开心……"

"那跟我进去吧。"东赫心满意足地转身走进了帐篷。

"东赫，我回去一定会告诉王爵的，你……"格兰仕嘀咕着，突然一下子撞到前面的东赫，不知道为什么，东赫刚刚走进帐篷，就停了下来。格兰仕看着他的背影，虽然看不见他的面容，但是从他紧绷的身躯来看，格兰仕也知道，有什么事情不太对劲。

他走上前去，和东赫并排站立，他顺着东赫的视线往前方看去，然后，他的脸色也变得凝重起来。

对面的另一个入口，一群穿着暗红色紧身服饰的人，正在走进帐篷。他们的脸上有图案各异的红色文身，双手的肌肤像是被滚水烫过一样，都泛出明显的赤红。

"火源的人……"格兰仕小声地说。

"不要轻举妄动。"东赫压低声音，然后拉过格兰仕，潜在人群里，默默地坐到后面几排的座位上。

格兰仕在圆弧的木条长凳上坐下来，他侧过头看着东赫，东赫的脸色异常严肃。

格兰仕明白他的担忧，尽管褐合镇在名义上属于亚斯蓝的领土，但实际上这些年，基本上这个城镇都是由火源的人背地里掌控着，他们控制了镇上的贸易、农作物贩售、边境通行……基本上已经把褐合镇变成了火源的殖民地。

这其实也和褐合镇的地理环境有关，整个城镇几乎都处于戈壁沙漠的边缘，常年干旱炎热，水分稀少，水源的魂术师在这里基本上痛不欲生。所以，很少有魂术界的人愿意居住在这个城镇。而且，褐合镇的地下有一条隐秘的岩浆秘河，滚烫的岩浆持续在地底循环流动，几十年前这条岩浆秘河还离褐合镇很远，然而，随着地底裂缝的扩大，滚烫的岩浆渐渐渗透到了小镇的地下，于是，这个城镇变得更加不适合水源的人居住。褐合镇的地理环境日益地被改造成为火源的地貌，越来越多的火源魂术师从边境移居过来。因此，这里也成为了被亚斯蓝半遗弃的一个边境之地。

入场的观众渐渐坐满了。帐篷里响起一阵悠扬的笛声。

喧闹的观众随着笛声渐渐安静下来。

帐篷的顶上，突然发出一阵咔嚓咔嚓的金属声。

格兰仕抬起头，一个生锈的金属笼子，从帐篷顶端缓慢地降下来。

笼子降落在圆形场地的中央，看起来像一个巨大的鸟笼。

所有人都屏住呼吸，等待着接下来发生的事情，人们的目光里都有一种焦灼的期待。

这时，帐篷尽头的布帘掀开了，正对布帘的笼子处有一扇铁门缓缓打开。看起来，有什么东西要进入这个笼子了。

格兰仕和东赫看着掀起的布帘背后，等待着。

一双瘦削的脚，踩到滚烫的黄沙地面上。白皙的脚踝看起来非常瘦弱，格兰仕抬起头，被那双冰蓝色的眸子吸引了，那双眼睛里没有任何的情绪，看起来冷冷的，像是冻结的海面。一个扎着辫子的年轻女孩，慢慢地走进生锈的铁笼。她的头发是一种罕见的银灰色，看起来像是纯净的白银，闪烁着迷幻的光芒。她的睫毛纤细而柔软，面容俊俏，同时又带着一种仿佛少年般的坚定，看起来丝毫没有女孩的娇弱。她的嘴唇薄而柔软，她此刻正微微地咬着下唇，看起来有点紧张。

"银尘？"格兰仕瞪大了眼睛，他转过头看着东赫，一脸迷惑，"银尘是女的？"

还没等东赫回答，死寂的观众突然爆发出一阵狂热的欢呼，所有人的脸上都呈现着一种嗜血的兴奋。

格兰仕转过头，银发少女已经安静地站在了铁笼子的中央，她的身躯修长但是瘦弱，此刻，和她一起关在笼子里的，还有一只两米多长的、浑身长满利刃的【狼斑蜥蜴】。它吐着鲜红的舌头，上面湿淋淋的毒液，闪烁着粼粼的光芒。

观众的欢呼越来越激烈和频繁，他们眼中释放出的疯狂，随着银发少女一次又一次从狼斑蜥蜴的攻击下惊险避过，而越来越炽热。

他们焦虑地期待着嗜血场面的到来，以此填补他们在这个边境荒凉城镇的无趣生活。

人和兽类其实本身并没有太多的区别，甚至在某种程度上，人类比兽类更加嗜血。没有任何一种野兽，会从观赏杀戮上，获得快感和兴奋。不会有一只狮子兴奋地观看另外一只狮子对猎物的捕食。野兽的杀戮，都是源自饥饿，源自天性，源自生存的需求。

而人类的杀戮，却有太多匪夷所思的理由。

银发少女的粗布长袍，已经在狼斑蜥蜴的撕扯下，变得破破烂烂，她白皙的皮肤也渐渐裸露在粗糙的黄沙里，上面布满了清晰的擦痕和血迹。她的呼吸越来越急促，但是目光依然坚定，她全神贯注地凝视着前方的凶兽，随时准备着从它的猛攻之下逃脱。

格兰仕的手心渗出一些汗水，他握了握拳头，皱起了眉头。他英俊而深邃的眉眼中蕴藏着一些愤怒。他不能理解周围这些观众的兴奋和狂热，他对眼前的一切感到深深地厌恶。

东赫伸过手，按在他的膝盖上："冷静一点。不要冲动。"

格兰仕转过头，咬着牙："可是，那个女孩应该坚持不了多久了。她应该就是银尘，没错吧？不管她是不是银尘，这种马戏都太残忍了吧。我们真的不做点什么吗？"

东赫把视线转向对面那一群火源的魂术师，用眼神暗示了一下格兰仕。然后，他低声说："如果我们直接行动的话，一定会惊动对面那群火源的魂术师。虽然我并不认为他们可以战胜我们，但是，这和王爵对我们低调行动的要求就完全背离了。"

格兰仕呼吸的节奏有点乱："那我们怎么办？"

"我擅长风源魂术，你擅长地源魂术，我想，一会儿，我先用风将地面的大量黄沙吹起来，阻隔观众的视线，你趁着所有人的视线被干扰的时候，进入铁笼子里，然后用地源魂术改造地面，做出一个地下通道，带着银尘离开这里，我随后去棚屋跟你们会合。"

格兰仕点点头，把掌心的汗水在裤子上擦了擦，深呼吸一口气，身体里的魂力渐渐酝酿起来。

"呼——"

一阵突然席卷而来的怪风在帐篷里吹起，帐篷四周悬挂的五彩旗帜被吹得猎猎作响，气流以铁笼子为中心旋转起来，越来越强烈，渐渐形成了一个倒漏斗状的气旋，地面的黄沙被卷起来，在整个帐篷里快速飞舞。

飞沙走石之中，所有观众的视线都一片昏黄，人们纷纷闭上眼睛，抬起袖子捂住鼻息，稍微发出一些惊呼的女人，喉咙里瞬间就扑进了一把黄沙，被呛得低头直咳嗽。

银发少女突然感觉到身边一个身影闪动而至，一个高大而年轻的少年，背对着自己，面对着前方的狼斑蜥蜴，他浑身的肌肉紧绷着，小麦色的肌肤看起来充满了力量。他的头发凌乱而不羁地扎在脑后，他微微屈着膝盖，仿佛随时准备往前冲刺。

疯狂卷动的黄沙中，少年转过头，充满野性而深邃的五官，看起来英俊而凛冽，他咧咧嘴角，冲银发少女露出了一个微笑。

银发少女的眼睛看起来有些湿润了，不知道是不是吹进了沙子，她那双冰蓝色的眸子看起来有点红红的。

格兰仕看着眼眶发红的银发少女，突然有些害羞起来，他尴尬地挠挠头，有点不知道说什么，他抬起头，突然看见银发少女的脸色瞬间变得苍白，与此同时，格兰仕明显感觉到了身后朝自己袭来的力量。

他转过身，一根闪烁着毒液光芒的长舌已经朝自己卷射而来，格兰仕身体朝后一仰，他的脚下瞬间冲起一大团黄沙，沙丘在他面前竖立起一道短小的沙墙，湿淋淋的毒液洒在黄沙之上，发出吱吱的腐蚀声响。一股腥臭而诡异的气味弥漫开来，格兰仕不小心呼吸到了一些毒气，就立刻觉得胸口一阵发闷，太阳穴上跳动着鼓点般的阵痛。

"这毒性真强。"格兰仕心里暗暗想着。

黄沙毕竟不是坚实的地面，很快，被格兰仕操纵而起的沙丘就迅速坍塌了。周围没有太多能够使用的坚实的地元素用来进攻或者防御，水元素更是少得可怜。格兰仕此刻有点后悔，早知道，就不该经常旷课偷懒，去湖里抓小鱼找乌龟钓龙虾了。要是此刻已经掌握了风源魂术和火源魂术的话，就不会这么被动了。

格兰仕转身，飞快走到银发少女身边，他低下头，看着比自己矮半个头的银发少女，轻声地说："我带你走，你抓紧我。"他的面容看起来是少有的认真和严肃，没有了平日里的顽劣和不羁。

格兰仕伸出手，抓紧银发少女的手腕，她白皙的皮肤非常冰凉，这在褐合镇这种炎热干燥的地域，实在是非常罕见。格兰仕握着她的手，像是握着温润而冰凉的白玉。

银发少女顺着格兰仕的动作蹲下来，格兰仕伸出手抚摩着地下的黄沙，感应着地底的结构，然后，他的脸色变得苍白而惊恐。

他转过头，企图寻找观众席上的东赫，然而，卷动的风沙完全遮蔽了所有的视线，整个铁笼子之外都是昏天暗地的飞沙走石。他想要告诉东赫，铁笼子内部黄沙地面之下，全部是翻涌滚动的炽热岩浆，他完全没有办法利用地源魂术做出通道逃离这里……

时间一分一秒流逝，东赫看着被黄沙包裹的铁笼，心里也越来越紧张，因为他依然能够感应到格兰仕的魂力，他还在铁笼子的中心，并没有转移。他不知道出了什么差错，他只能继续维持着风力的卷动，然而，这样的状况持续不了多久，很快就会从一场临时的气候异常演变成一场人为制造的魂术骚乱——甚至升级成为边境纷争。东赫的额头上渗出越来越多的汗水。

格兰仕感觉到手中银发少女的手腕渐渐开始颤抖。他咬了咬牙，对她说："不等了，我带你闯出去。你跟在我身后。我会保护你。"

格兰仕的面容在昏暗的黄沙中，看起来有一种悲伤的哀愁。他低头咬破自己的指尖，手腕轻轻翻转，几颗血红色的水珠悬浮在空中——这个环境里，唯一能够利用的水元素，就只剩下自己的鲜血了。他的手背上布满了金色的魂路。他环顾着四周，很明显，铁笼子之外的黄沙里，已经渐渐开始涌动起了各种属性繁杂的魂力，应该有人已经觉察到了异样，此刻的风暴，并不是天气的骤变，而是人为的骚乱。

格兰仕看着手腕粗细的生锈铁笼栏杆，琢磨着是否能用血珠将铁笼击穿，还是应该先对付狼斑蜥蜴，然后从那个布帘入口逃离……突然，一阵树木的清香笼罩了他和银发少女。

蹲在地上的他们，突然被一片清凉的芬芳笼罩，光滑如丝的长袍温柔地将他们覆盖，丝缎冰冷顺滑，让被炙热干燥的黄沙包裹的他们瞬间感觉到一阵惬意。他们两人的肩膀上，各有一只有力而冷静的手，轻轻地拥抱着他们。

熟悉的皇家橡木的气味。

格兰仕突然开心地笑了，整个人变得轻松了起来。

银发少女没有回头，但是能够清晰地感觉到，有一个高大的成年男子，从她和格兰仕身后温柔地拥抱着他们。她的鼻尖盈溢着一种陌生但是极其尊贵的气味，仿佛是远古国度流传下来的熏香，在时光的浸染中变得醇厚而淡雅。她的眼前飞起几缕金色的发丝，像是玫瑰金锻造而成的闪光丝线。

银发少女转过头，一张仿佛天神般俊美的成年男子的侧脸，近距离地出现在她的视线内。挺拔的鼻梁，深邃的眉眼，金色羽毛般柔软而卷翘的睫毛下，是一双美得惊心动魄的眼眸。他的目光坚定而又优雅，没有丝毫的慌乱。他的身躯高大挺拔，宽大的长袍带着一种仿佛雪山泉水般的冰凉气息，将她和格兰仕温柔覆盖，她从小到大在褐合镇这种炎热和粗暴的城镇长大，从来没有感受过这种冰凉的气息。

成年男子转过脸，看着她露出一个温柔的笑容，低沉而磁性的声音不急不缓地说："相信我，不要动。"

他抬起手，轻轻地将她和格兰仕的眼睛覆盖住，然后往下温柔地一拨，她仿佛无法抵抗地，顺着他指尖的力量，闭上了眼睛。

他手指上萦绕的冰凉芬芳，像是带着一种让人沉睡的力量。

吉尔伽美什回过头，透过黄沙，辨认着熟悉的魂力，看向东赫的方向。他轻轻地眨了眨眼睛，旋转的黄沙突然撕开一个漏洞，东赫混沌的视野里突然出现一小块清晰的视界，像是一个清晰的窗口，窗口里，是吉尔伽美什安静而优雅的笑容。他轻轻地扬起嘴角，用嘴型对东赫无声地说了一个字："走。"

东赫点点头，挤过混乱的观众，悄然离开了帐篷。

确认了东赫已经离开之后，吉尔伽美什笑了笑，双手从格兰仕和银发少女的眼睑上挪开，确认两人都已经闭上眼睛之后，他的双手手背上布满了几丝细不可辨的金色魂路，两只手上的回路完全不同，右手手背上的魂路柔软缠绕，云雾般编织交错，左手手背上的魂路锐利狂暴，像是扩散的闪电。

他抬起双手，左手轻轻地翻动，瞬间，整个帐篷内的温度急剧升高，然后红色的火舌沿着帐篷底部一圈，熊熊燃烧起来。

随着东赫的离开，风力渐渐减小，黄沙逐渐掉落到地面，整个视野清晰了起来。

惊慌失措的观众看见已经起火的帐篷，开始尖叫着朝着出口跑去。

吉尔伽美什的右手再次翻转，一阵柔和的清风将他们三人包裹了起来。

帐篷在火舌的席卷之下，很快朝外面坍塌了，只剩下一个生锈的铁笼矗立在黄沙的中心。

铁笼唯一的那个入口处，狼斑蜥蜴依然匍匐在那里，然而，铁笼中已经空空荡荡，完全没有任何人影了。

——王爵，我的魂力什么时候才能有你一半厉害啊？

——格兰仕啊，很多的战斗，最后的输赢，其实并不完全取决于魂力的绝对高低值。还有一样最重要的能力，那才是成败的关键啊。

——最重要的能力？那是什么啊？

——想象力。

【西之亚斯蓝帝国·格兰尔特·心脏】

格兰尔特的地下心脏宫殿里，此刻，在十字回廊左右两个白银祭司房间中，分别站着不同的人。

两个房间尽头的高大墙壁，缓慢地从坚硬的暗黑色石壁，变幻成剔透梦幻的幽蓝色水晶。仿佛笼罩着天神光芒的白银祭司，清晰地出现在水晶之墙里。

左边的房间中，特蕾娅安静地站立在水晶墙面前，低头思考着刚刚白银祭司的话，尽管她脑海里充满了各种各样的疑问，但是，她的面容看起来没有丝毫的怀疑，她恭敬地点头，然后转身离开了房间。

她带着等待在房间门外的霓虹一起，穿越冗长的走廊，一步一步朝着地表上方的王宫走去。

她仔细打量着身边刚刚成为自己使徒的霓虹，他看起来纯真而又美好，仿佛天使般纯净的眸子一直好奇地打量着周围的一切。他对特蕾娅有一种温驯的归属，他很听她的话。特蕾娅的脑海里持续不断地回忆着刚刚白银祭司的话语。

——霓虹是新一代的侵蚀者，他的天赋是无感，对痛觉无感、对恐惧无感、对疲惫无感、对死亡无感……他的这种与生俱来的天赋让他可以免疫一切针对精神的负面攻击，因此他能够时时刻刻保持巅峰的战斗状态。他无法被虚弱，无法被催眠，无法被控制，无法被渗透进一切感官领域的伤害。而且，他的魂路是一种非常复杂的复合型魂路，他和大多数的王爵使徒不同，他没有明显的弱项和短板，他的力量、速度、体能、生命力均属于最强级别，他的所有攻击都倾向于最原始而直接的物理属性，但这并不代表他对水元素的操控就很弱，他对元素的使用虽然不如一些精于元素属性攻击的王爵那么出类拔萃，但是也足够优秀。因此，他就是一具生来只为斩杀一切的完美猎命机器。

——白银祭司，他的这种直接而原始的物理攻击力量，对我来说，是致命的，为什么你会选择一个全面针对性压制我的人来做我的使徒呢？你不觉得这对我来说是一种威胁吗？

——他成为你的使徒，才是对你最大的保护。虽然你并没有对他进行直接赐印，但是，他的记忆被抹去的同时，也被植入了王爵和使徒之间的那种情感共鸣。我想你肯定不希望他有朝一日成为你的敌人，那么让他成为你的使徒，也就从根本上抹去了这种可能性。

——……是，白银祭司。

特蕾娅从回忆里回过神来，她看着霓虹懵懂而天真的侧脸，不知道为什么，竟然在心里感到一种淡淡的悲哀。

不知道是为他，还是为自己。

侵蚀者。

呵呵。她在心里冷冷地笑了笑。她明显感觉到舌头上有一丝苦涩的味道。

右边的房间里，幽冥还在安静地等待着。

房间里空荡荡的，和当初出发前的那个房间一模一样，只是房间尽头的那面墙壁，此刻依然还只是黑褐色的潮湿岩石，没有幻化成剔透的幽蓝色水晶。

一团巨大的冰块被摆在房间的中央，透过冰块可以看见里面凝固着的那团血肉模糊的残骨碎肉，凝神聆听，依然可以听见冰块内部发出的微弱呼吸和心跳，这团恶心的东西，还没有死去，它顽强的生命力真让人惊讶。

幽冥目不转睛地看着巨大的冰块，他仿佛依然能够清晰地感受到胃里那种灼烧着的恶心感，就像是一团贴在皮肤表面的火焰，持续地灼烧，无法扑灭。

要不是特蕾娅及时赶来，也许自己的大脑已经在那片极北之地的雪域上支离破碎了。那两个阴森恐怖的连体女孩，毫无疑问，对人的精神领域有一种无法抵抗的浸染能力，能够让人的理智被持续不断的阴冷恐怖撕扯成血淋淋的碎片。

随着空气里"嗡——"的一阵弦音，房间尽头的那堵石壁，幻化成了剔透的水晶。那位女性白银祭司的身影，出现在水晶的深处。她的面容依然仿佛冰雕玉琢般精致，她的双唇紧闭着，但是空气里却传来她清晰的声音。

"幽冥，你带回来的侵蚀者，是一个特例，或者说，是一个美妙的意外。她们本来是一对同卵双胞胎，但是在母体子宫内发育的时候，却因为某种原因而没有彻底分离，发生了肉体粘连。两个人虽然拥有各自完整而独立的身体和外形，然而，她们的后背却粘连在了一起……"

"那为何不将她们分开呢？"

"如果仅仅是单纯的肉体相连，当然可以将她们分开，以她们作为最后存活下来的侵蚀者来说，在她们出类拔萃的魂力下，这种皮肉外伤的愈合根本不成问题。然而，可惜的是，她们的体内，仅仅只有一根脊椎骨，她们共享同一根脊椎，也共享同一个魂印。魂印的位置，在脊椎的顶端，脖子背后。所以，两个女体里面，只有一个可以存活。一个魂印只能匹配一种魂路，但是她们两人，却具有不同的灵魂回路，这也产生了两种截然不同的天赋，两种魂路共存的时间不可能太长，魂印最终会自发选择一种回路。但现在我们必须要选择了，因为此刻她们两个的肉体已经在你不断的攻击之下，支离破碎地纠缠在了一起，开始互相渗透。本来彼此暂时隔绝的魂路此刻正在开始吞噬彼此，最终的结果很可能是两败俱伤，魂印破碎的同时生命也被摧毁。"

"她们两个的天赋分别是什么？"

"其中一个的天赋，叫作【精神浸染】，她的体内能够发出一种人类无法听见但是可以感知的高频音波，这种声音能够将人脑海里的平衡感彻底打破，并且让人接收到她营造出来的极大恐怖和恶心之感，最终将人引导至精神错乱，失去理智，暴乱发狂。这个天赋属于大范围的精神控制类天赋，和特蕾娅的天赋属于同一个类型。而另外一个的天赋，叫作被动进化，是能够将自身受到的伤害，吸收转化为魂力的天赋，通过不断承受来自敌人的攻击伤害，进而不断完善自身的灵魂回路，让自己的魂力上限不断攀升。而且，攻击她的敌人越厉害，她所取得的飞跃就越大，而且，如果受到同一个敌人的反复攻击，还会有一定概率窃取敌人的独有能力或者部分天赋。只要她不被当场击毙，那么当她恢复之后，她的魂力就会比之前更加深厚。她的这种天赋……"

"和我的天赋属于同一个类型，对吗？"

"是。"白银祭司短暂停顿了一下，然后给出了肯定的回答。

幽冥望着面前的那团巨大的冰块，脑海里有些混乱。他隐隐觉得这两个侵蚀者，冥冥之中，和自己与特蕾娅有着千丝万缕的联系，而现在自己却需要在两者之间，选择一个活下来的，作为自己的使徒……

"决定好了，就开始吧。"

房间里突然爆出一圈蓝光，空气仿佛被看不见的波纹冲击着摩擦起来，迅速升温。冰块慢慢融化开来，一摊不太清澈的血水在地面上迅速积成一片水洼。

那块融化开来的肉团，开始重新蠕动起来。幽冥的胃里，再一次激荡起那种恶心阴冷的扭曲感。

骨骼扭动的咯咯声，女孩尖锐的惨叫声，冰块碎裂的咔嚓声，无数种声音挤进幽冥的耳孔，在他的耳膜上反复摩擦，像是尖锐的指甲在玻璃上死命地抓挠。

两团肉块重新分离成两个少女的模样，她们彼此背靠背地持续尖叫着，仿佛正在承受剧痛的酷刑。

幽冥抬起手，迅速地朝前面一挥。

一声巨大的惨叫之后，两个女孩从中间撕裂开来，其中一个明显比另外一个的后背要厚一些——她保留下了肉体里那根唯一的脊椎，而另外一个……

她侧躺在冰冷的地面上，背上一个巨大的血肉坑洞，仿佛被怪兽一口咬掉了整个后背。她腹腔内的肠子汩汩地流出来，仿佛一团拥挤而巨大的白花花的蛔虫，缓慢地蠕动着，滚烫的肠子在冰冷的地面上冒着热气，散发出剧烈的内脏气息，她的脸色苍白得像纸，抽搐的嘴角不断涌出血沫。她急促而紊乱地喘息着，然后渐渐一动不动了。

而另外一个女孩，她后背连着的那根脊椎骨，仿佛一条活动的骨蛇，哗啦啦地钻进了她的身体，她后背的血肉缓慢愈合，仿佛一朵合拢的花朵。

幽冥的额头已经布满了细密的冷汗。

白银祭司的声音回荡在空气里："果然，你选择了和自己一样的，理论上来说，魂力没有上限的人作为自己的使徒。你通过进攻摧毁敌方魂印来吸纳对方魂力的天赋，和她通过承受伤害转化为自己魂力的天赋，其实异曲同工。只是主动和被动的区别而已。"

幽冥没有说话，但是他心里明白，自己选择了现在活下来的这个女孩，并不是刚刚白银祭司说的理由，真实的理由，是他实在无法抵抗那个死去的侵蚀者所具有的天赋——那种最最绝望的，仿佛来自地狱深渊的阴冷，那种最最扭曲的恶心感，那种对精神领域的致命浸染。

他再也不想尝试那种能把人的头皮撕裂的感觉了。

"这个女孩，年纪还小，你把她放到格兰尔特的神氏家族寄养。等到合适的时候，你将她收为使徒。神氏家族所有人的记忆都已经被修改，他们会认为这个小女孩，原本就是他们家族最小的女儿。等到她成长成熟之后，你再告诉她，她真正的，侵蚀者的身份。她不会记得之前在凝腥洞穴里的任何事情。但是，有可能她会记得，刚刚你'杀死'了她的姐姐。因为她们曾经共享过同一具肉体，甚至共享生命。所以，我们也不是很确定，是否能够将这一段记忆，从她的脑海里抹去。但是不用担心，即使她能够保留这段记忆，也仅仅会留下非常模糊的印象，不会记得任何细节。"

幽冥看着地上两个已经分开的女孩，没有说话，这时，他听见了身后石门轰隆打开的声音。

【西之亚斯蓝帝国·格兰尔特·十字回廊】

特蕾娅站在走廊的转角，空荡荡的走廊里没有任何的动静。

角落里站立的白银使者一动不动地静默于阴影之中，带着森然的鬼气。他们看起来仿佛没有生命的雕塑，如果不是刻意地留意，完全觉察不到这条十字回廊里，悄然站立了四个白银使者。

挑高但狭窄的回廊空间里始终充盈着壁龛里燃烧火光发出的幽蓝色光线，没有人知道那些火焰依靠什么燃烧，从来没有人看到过有人更换壁龛里的灯油或者燃烧源。火团几百年来持续不断地燃烧着，让这本应漆黑一片的幽深地底，始终笼罩着晨曦初亮时的那种青灰色冷光。

霓虹已经在天格使者的带领下，被护送回隐山宫了。

特蕾娅还没有离开，她心里很乱。几个小时之前，自己的性命差一点就断送在这个仿佛橙色闪电般的男子手里，而现在，他已经变成了自己的使徒。曾经是侵蚀者的自己，今天居然有了另外一个侵蚀者作为自己的使徒。命运在此时此刻看起来有些可笑。侵蚀者的宿命本应是粉碎击溃王爵使徒这种腐朽落后的笨拙传承，而现在的自己，竟然成为了当初嘲讽和轻视的存在。

特蕾娅抬起头，看了看右边紧闭的石门，幽冥还没有出来。

特蕾娅心里隐隐有些担忧，刚刚在那片雪原上，她亲自目睹了那两个连体姐妹的恐怖力量，那是一种与人类常识完全相违背的诡异，那种听不见的声音，比全世界所有的恐怖声音加起来都还要可怕，指甲划过镜子的声音、银勺刮碗底的声音、死寂里的耳鸣声……所有一切令人不适的声音，都比不上那种无法听见却真实存在的声响。

走廊的静谧被一阵沉重的石门开启的声音打破了。杂乱的脚步声传来，幽冥裹在漆黑战袍中的修长身影，出现在特蕾娅的视线里。

幽冥的身后，跟随着四个白银使者，他们两两一组，扛着两口巨大的黑木箱子，看起来像是棺材，但是比棺材要小很多。

他们沉默地跟随在幽冥的身后，步伐出奇地一致。

一股隐约的血腥气味飘到特蕾娅的鼻尖，带着一种让人恶心的甜腻。

"箱子里是……她们两个？"特蕾娅看着箱子木头缝隙里渗出的暗红色血浆，压抑着内心的不适，问幽冥，"她们分开了？"

"嗯。"幽冥走到特蕾娅面前停下来，不动声色地点了点头。两个白银使者抬着一口箱子，继续朝前面走去。另外两个，则抬着另一口箱子，恭敬地站在幽冥的背后，等待着幽冥的指令。

"我要先把活着的这个，送到神氏家族寄养。这是白银祭司的命令。"幽冥看着特蕾娅，轻声地说道。他的脸色看起来依然苍白，仿佛仍旧停留在脑海平衡被打破的恶心感之中。

"活着的？那另一个……"特蕾娅有点意外地抬起头，那两个抬着箱子离去的白银使者，已经消失在走廊的尽头，朝地面之上的王宫方向走去，"另一个要怎么处理？"

"另外一个已经死了。一具尸体，没有什么价值，当然只能丢掉了。"幽冥冷冷地回答，脸上终于恢复了一些杀戮王爵一贯的冷酷和残忍。

"为什么要杀了其中一个？"特蕾娅问道。

"你们先把箱子送到地面上去，在王宫的出口处等我。我马上来。"幽冥没有回答特蕾娅的问题，而是转过头，对抬箱子的白银使者说道。

两个白银使者离去之后，幽冥对特蕾娅说："边走边说吧。"幽冥在说这番话的时候，眼神朝着他们周围静默站立在各个角落的那些仿佛石像般一动不动的白银使者看了看，特蕾娅心领神会，点点头，随着他往心脏外面走去。

　　"她们两个其实只能算作是'一个'侵蚀者。她们是一对双胞胎，在子宫内发育的时候，却因为某种原因导致发育残缺，肉体出现粘连，没有完全分割。尽管她们生长出了各自独立的身体和面貌，却没有生长出两条独立的脊椎——她们背靠背地粘贴在一起，骨血相溶。所以，这就注定了，她们两个只有一个人能够存活，分开她们的话，其中一个就一定会死亡。白银祭司让我在她们两个之间，做出选择……"幽冥对特蕾娅说道，他锋利而浓密的眉毛紧紧地皱着，脑海里依然残留着刚刚石室内骇人的景象，白花花如同蛔虫般涌出的肠子，腐烂花朵般的后背，骨蛇般窜动回体内的脊椎……

　　"为什么非要分开她们两个呢？她们两个这种连体的状态，如果单纯只是从战力上而言，难道不是更厉害吗？拥有两倍的魂力，双重的魂路，两种截然不同的天赋……这应该是天下所有魂术师梦寐以求的巅峰力量吧？"特蕾娅低声问道。

　　"你确定每个人都梦寐以求吗？你想要变成那样的怪物吗？"幽冥的声音里带着一种嘲讽。

　　"你觉得，我们就不是怪物吗？"特蕾娅不动声色地问道，"分开她们，只是让她们在外表上看起来更美观，更像一个正常人罢了。我不相信白银祭司会因为这个原因而让你必须杀死其中一个，保全另外一个。"

　　"她们除了共享同一根脊椎之外，还共享同一个魂印。魂印的位置，在脊椎骨的顶端靠近后脑的位置。特蕾娅，你应该了解，一个魂印只能匹配一种魂路，但是她们两人，却具有不同的灵魂回路，这也是她们能够产生两种截然不同的天赋的原因。白银祭司说，两种不同的灵魂回路共存的时间不可能太长，就算我现在不将她们分开，不主动选择，魂印最终也会自发选择一种回路，而吞噬另一种回路。而且，在雪原上，我对她们两个人的攻击，已经将她们的肉体连同灵魂回路切割得支离破碎，在强大的魂力催动之下，她们的肉体混沌地愈合生长在了一起，无意中加速了两种魂路彼此渗透的进程。两种魂路都在企图吞噬对方，最终的结果必定是两败俱伤，魂印破碎的同时肉体也会随之摧毁……"

"她们两个人的天赋是不同的？"特蕾娅沉思着，想了想，抬起头问幽冥。

"是的，截然不同。其中一个的天赋，和我很像，都是拥有不断地突破自己魂力上限的能力，而另外一个，我们刚刚在雪域上，已经感受过她天赋的可怕了，你还记得之前那种冰冷恶心的恐惧感吗？那就是她的天赋，叫作精神浸染，她体内能够发出一种无法听见的声音，将人脑海里的平衡感和理智都打破，能让人感受到她营造出的极大的恐怖和恶心感，从而将人引导至精神错乱，失去理智，最终暴乱发狂。"

"你选择了这个？"特蕾娅后背突然发凉，她似乎又清晰地感受到了那种令人崩溃的脑海里的音波。

"当然不会。这种邪恶的天赋，我不认为它应该存在于这个世界，它太可怕了……"幽冥的嘴唇轻微地颤抖着，"而且，我觉得这对姐妹，还没有完全掌握她们自己的天赋，就像我们俩刚刚从凝腥洞穴里出来时一样，我们对我们天赋的使用还不熟练，再加上魂力有限，她们还无法完全发挥天赋的潜能……我无法想象，当精神浸染这种可怕的天赋被一个魂力强大且擅长精神控制的人催动时，会产生怎样的效果……我不可能让这种天赋存在于这个世界。"幽冥没有再说下去，轻轻地闭上了眼睛。他轻微颤抖的眼皮，让他的表情有一种令人同情的脆弱——这是特蕾娅从来没有在他的脸上看到过的神情。

"所以你选了那个和你差不多的天赋？"特蕾娅脸上写满了疑惑的表情，因此，她的话里，包含着一种难以置信的语气。

"嗯。"幽冥点点头，"我对这种天赋，有一种亲近感，我对它足够了解，我知道，它很难伤害到我。就算他们成为了我们俩的使徒，但是不代表我会忽略或者遗忘，侵蚀者与生俱来的使命。我不愿意成为被取代的无用之辈。"

特蕾娅没有再说话。

两个人沉默地朝心脏上方的格兰尔特城走去。

"那我先走了。我要先去神氏家族。"幽冥在暮色里裹紧他黑雾般的长袍。王宫的前廊，已经点起了油灯。

特蕾娅看着幽冥的身影消失在越来越浓的昏暗天光之中。她心里一个声音正变得越来越清晰，那个声音在对着特蕾娅反复地说着：

他在说谎。

白银祭司也在说谎。

她抬起头，双眼里的白色雾气翻涌不息，几分钟之后，她的嘴角悄然挂起了一丝神秘的笑容。她收拢目光，转过身，朝着另外一个方向飞快地掠去。

【西之亚斯蓝帝国·格兰尔特城外旷野】

夜色渐渐黏稠起来。

起风了，风里卷裹着零星的碎雪，吹打在脸上发出令人清醒的寒冷。特蕾娅此刻需要这种寒冷，来让自己的思绪变得清晰。

她追踪着那股此刻已经几乎弱不可辨的魂力一路至此。

这里已经是格兰尔特城外的旷野，裸露的漆黑岩石四处耸立，初冬崭新的积雪簇拥着石堆，将天地装点成一个非黑即白的分明世界。皑皑白雪在月光下，反射着清冷的光芒，让这个天地看起来没有丝毫的温情。

像极了这个被魂力主宰的世界。鲜血，阴谋，杀戮，尸骸……五彩绚烂，一片死寂。

特蕾娅站在一座高高的巨石顶上，在她面前，是一个由几块巨大的岩石合拢在一起，围成的坑洞，坑洞底部是一层厚厚的积雪，此刻，那个小女孩的尸体，就被丢弃在这个坑洞中央，她残破的身体已经渐渐地发冷僵硬起来。

谎言。

特蕾娅印证了她的推测。

刚刚她在听到幽冥说出两种魂路无法共存的时候，就已经开始疑惑。

没有人比她对魂力魂路的感知更加精准而熟悉，她的眼睛看过无数人的魂路和魂印，她的视线洞悉过无数种天赋的运转法。她清楚地知道，如果这两个小女孩是彼此只有一个魂印，两套魂路无法共存只能二选一的话，她们绝无可能在凝腥洞穴生存那么久，久到足够让她们成长到十二三岁的年纪。

如果对一个已经拥有回路的人赐印，赋予他崭新的灵魂回路，不要说十年，就是十分钟也撑不过去。再强大的肉体都会在两套灵魂回路的彼此切割渗透之下，迅速地引发魂力逆流紊乱，从而导致快速死亡。

那两个小女孩，必定拥有属于各自的完整魂印和灵魂回路。

而让特蕾娅加深怀疑的，则是幽冥刚才对另外一个女孩天赋的描述。他的语气过于刻意地轻描淡写，将她的天赋描述为和他的天赋相差不多……但是，他怎么可能选择一个和自己拥有近似天赋的侵蚀者来做他的使徒呢？相差越多的天赋，越有存在的价值，因此也越不容易被取代吧？而且，就算他有可能做这样的选择，白银祭司也不会在凝腥洞穴中培养重复的天赋并且还让她活着走出来吧？

特蕾娅朝着石洞下面轻轻一跃，来到小女孩的尸体旁边。她蹲下身子，双手在小女孩破碎的身躯上，轻轻地抚摩着她少女丝缎般光滑的肌肤，和肌肤上早已经凝固的血块。她手上均匀而缓慢地渗透出魂力，一丝一丝的魂力被注入少女的体内，仿佛雨水填满了干涸的河床，金色的魂路如同大小分支的水流般清晰地出现了，果然："她还活着……"

然而……

特蕾娅猛地站起来，她在巨大的震惊之下后退了几步，狼狈地撞在岩石上。她瞪大双眼，眼前的场景让她难以置信：金黄色的魂力在她粗粗细细密密麻麻的灵魂回路里，开始缓慢地流动了起来，所有原本属于特蕾娅的魂力，在小女孩的魂路里缓慢流动着，渐渐汇聚往同一个地方！

特蕾娅的胸口急促地起伏，她证明了自己的判断，眼前的这个小女孩，拥有属于她自己的独立的魂印，而且，这个魂印并不在后脑勺脊椎顶端，相反，是在她的大腿内侧。此刻，那个魂印已经被渐渐汇聚的魂力填满，清晰地透射了出来。

特蕾娅猛然意识到：这个小女孩的灵魂回路，和自己所拥有的魂路太像太像！甚至连魂印的位置都几乎一样！

特蕾娅压抑着胸腔内狂乱跳动的心，她重新小心地走近小女孩身边，伸出她颤抖的双手：她在感受，她在临摹，她在窃取，她在探知这个小女孩和自己如此高度相似的运魂方式。

巨大的月轮高高地悬挂在黑色的苍穹之上，皓白的月光，将雪域旷野，照耀得一片凄惶，然而，黑色巨石围绕起来的洞穴底部，一个巨大的秘密正在滋生、壮大、崛起。

特蕾娅心中跃动着巨大的喜悦，仿佛一只野兽困在她的胸膛，难以抑制地想要冲出来。

"成功了。"特蕾娅在心里对自己说，"这是原本应该死去的灵魂，赐予自己最慷慨的眷赏。"

特蕾娅虚脱地靠在岩石上。

面前的小女孩后背上撕裂开的大洞，已经在缓慢地愈合，甚至她哗啦啦流出体外的白色肠子，也如同有生命的长虫一样，开始缓慢地缩回了她的腹腔。一根崭新的脊柱，正在她的体内缓慢地生长。

特蕾娅压抑着内心的狂喜，此刻，她身体里某种东西也在生长，那是一种异端的力量，一种本不该存在于这个世界的力量。然而，一股锋利而凛冽的魂力，正在朝她靠近。

她轻盈地飞掠而起，跃出坑洞，闪身躲藏在岩石的背后。

她探出头，看见了月光之下，站在黑色巨石上面，长袍翻飞如同黑鹰羽翼的幽冥，他的面容笼罩在凄惶的月光之下。他苍白的面容笼罩着残忍而冷漠的杀意。狭长的眼眶如同深邃的峡谷，寒水般潋滟的眸子像是谷底奔涌的沧浪之水。他在雪域荒野里，仿佛一把生锈的铁剑。

他的脸庞突然扭曲起来，抽搐的四肢，颤抖的肩膀，都分明地昭示着此刻他正承受着无尽的痛苦。好在，那种剧烈恶心的感觉，瞬间就消失了。

幽冥看了看依然在昏迷的小女孩，难以相信在这种失去意识的情形下，她还能发动天赋。他跳进石堆中，将小女孩的尸体抱起，然后飞快消失在了夜色之中。

"幽冥，你不要逼我。"月光下，巨石的背后，特蕾娅柔情万种的眸子里，渐渐涌上泪水，"我不想杀死你。"

Chapter 09

闇 之 骑 士

L.O.R.D

·Legend of Ravaging Dynasties·

【六年前】

【西之亚斯蓝帝国 · 雾隐绿岛】

空气湿润而又清凉，微风里带着树木的清香。

吉尔伽美什走在最前面，道路两边是茂盛高大的木棉，此刻已经是初冬时节，木棉的叶子都已经掉光了，在干净的石板路上铺出厚厚的一层金黄色的树叶垫子，看起来并不萧瑟，反倒有一种温暖。每年的春天，这些木棉都会盛开如同火焰般鲜红的花朵，大团大团的红色沿路装点着这条通往雾隐绿岛的主干道，浓郁的红色有一种皇家贵族的庄严。

东赫紧跟在吉尔伽美什斜后方两步的距离，他的步态严谨而又讲究，脚步声听上去非常规则，像是经过精密计算的有节奏的鼓点。

和东赫对比起来，远远落在后面的格兰仕，就似乎是一个喝醉的年轻人，他东倒西歪的，看起来像是走不了直线一样，一会儿看树林里的鸟，一会儿伸手摘一个路边灌木上结出的野果。他的嘴角始终挂着淡淡的不羁笑容，看起来一副玩世不恭的样子。

他看起来一直都有点心不在焉，因为他的注意力，始终都放在走在自己身边的那个银发少女身上。

格兰仕忍不住一直用眼角的余光偷瞄她，然而，她的面容看起来始终冷冰冰的。从把她带离褐合镇开始，她就没有说过一句话。但她也没有想要逃走，她始终维持着一种礼貌的顺从。

"你是不是不会说话啊？"格兰仕凑到她边上，表情认真而凝重地问。

她完全没有任何反应，继续朝前面走去。

格兰仕扯了扯嘴角，心里哼了一声。

木棉大道的尽头，两座长满青苔的神像相对而立，一座神像手持利剑，一座神像紧握盾牌，仿佛在守卫着这个静谧而神圣的领地。

银发少女抬起视线，一片波光潋滟的景色映入眼帘。

星罗棋布的大小岛屿，懒洋洋地散落在巨大的湖面上，小岛上都覆盖着浓郁的植被，远远地看去，每一个小岛都像是一团一团毛茸茸的绿色苔藓。

空气的湿度非常明显，但是并不是那种让人不适的黏腻，反而让人的皮肤有一种清新的润泽，缓慢循环流动的微风里有一种明显的气味，和吉尔伽美什身上的香气有点类似，但没有他身上的气息那么醇厚沉淀。

银发少女深呼吸了一口气，对比起褐合镇来说，这里简直算是人间仙境了。

"王爵说，你先梳洗一下，然后就来和我们一起吃饭。"格兰仕转头看向身边的银发少女，然后指了指这个地底石室中间的那口散发着热气的温泉，"这个温泉连接着地底的地热，泉水里有很多利于身体恢复的矿物质，对烧伤烫伤的皮肤都有很好的恢复作用，还能够淡化留下的疤痕。泉水里的黄金魂雾浓度非常高，我看你身上伤痕挺多的，我不知道你会不会魂术，如果你会的话，那你恢复起来应该很快。"

银发少女没有说话，走到温泉边上蹲下来，伸出手试了一下泉水的温度，非常温热，却不灼人。泉水里有一种矿物质的气味，像是硫黄。

格兰仕把手上的衣服放在边上的一个光滑温润的古旧木桌上，挠了挠头顶乱糟糟扎起来的头发，看起来有点尴尬地说："王爵带我们出发前，也没有告诉我们你是女的，所以，我们也没准备你的换洗衣服，平时这个雾隐绿岛只有王爵和我、东赫三个人居住，没有别人，所以，你可能需要先将就一下，穿一穿我的衣服了，我这身衣服刚洗好，干净的，我给你放在这里了哦，你洗完就……哎哟喂呀，我的妈呀！"

银发少女已经脱掉了上身的所有衣服，背对着格兰仕正准备脱掉裤子走进温泉的她，侧过头，有点疑惑地看着身后面红耳赤、手足无措的格兰仕。

　　"你你你……你们褐合镇的人都这么开放吗？"格兰仕感觉全身的血液都冲到头上了，他的脸红得发烫，"我的眼睛……我先出去了！"

　　"什么开放不开放的。"低沉而磁性的声音在石室里响起，格兰仕看着背对自己的人，无所谓地转过身来，正面面对自己，"我听不懂你在说什么。"

　　格兰仕突然蹲下身子，双手抱头，用力地抓着自己的头发。然后他猛地站起来，看着面前瘦削而平胸的银发少年，深呼吸了一口气："你是男的？！"

　　"你一直以为我是女的吗？"银发少年不在乎地回答着，然后脱掉了裤子，走进温泉里。他把脸埋进泉水之中，然后开始用手清洗脸上的妆容。随着他手指的擦拭，泉水里渐渐荡漾开一些乳白色的混浊，他用手背擦拭着自己娇嫩红润的嘴唇，用手指轻轻揉开眼睑上的晕染。

　　他从泉水里抬起头，把湿淋淋的银色头发整个撩到脑后，他的面容在泉水的清洗之下，褪去了之前不露痕迹的妆容，露出了他原本清秀但仍然英朗的五官，洗去了白色染膏的眉尾，不再如同柳叶般尖细，而是刀锋般的浓密漆黑，原本白皙柔软的肌肤，此刻也变成了正常的肤色，他的手背上残留着朱砂的红润色泽，但嘴唇已不再如同少女般红润娇艳。

　　面容冷冽如同冰雪的少年，在雾气蒸腾的温泉里，无声地看着格兰仕。

　　"你之前那样子，谁不会以为你是女的啊？那脸，白成那样，那嘴，红成那样，哪个男的是你之前那副样子啊？"格兰仕双眼圆瞪，有点愤怒地在木桌上坐下来，跷起一只脚，把手放在膝盖上。

"马戏团的人，想要让观众感觉更刺激，所以，每一次表演，都会让我装扮成女孩的样子。"银发少年平静地说，"观众远比你想象的更加嗜血，越悬殊的力量对抗，越能引发他们内心的邪恶和狂热。"

"……哼。"格兰仕不知道如何反驳，只能歪着嘴，闷哼一声。

"你还有什么事吗？没有的话，我想要好好洗个澡了。"银发少年看着格兰仕，冷冷地说，"不管我是男的还是女的，你看着我洗澡，似乎都有点奇怪吧？还是你的兴趣爱好是这个？"

格兰仕从桌子上跳下来，非常不高兴地转身走出去了。刚走出去几步，又折回身来，抱起他原本搁在桌子上的衣服，冲着银尘不怀好意地贱笑了一下："再见！"

然后，他就抱着自己的衣服，头也不回地走了。

银发少年看他消失在石室门外，也没说话，他从温泉里起身，大大小小的水珠从他瘦削修长的身体肌肤上往下滑落，地面湿淋淋的一片水光，他走到自己脱下来的充满血腥气味和泥土尘埃的脏衣服面前，把衣服捡起，然后重新走进温泉。

他把衣服整个浸泡在充满硫黄气味的温泉水里，然后，他闭上眼睛，深呼吸之后，缓缓地沉到了水面之下。

正殿高大台阶之下的前庭院里，一棵上千年的银杏树下，吉尔伽美什正坐在一把阴凉风栖木雕刻出的宽大舒适的躺椅上，他的膝盖上盖着奶黄色的浅毛羊绒厚毯，手上捧着一卷翻旧了的羊皮卷轴。

东赫站在他的身边，正在摆弄着一堆银器，他正在从黑曜石水壶里把滚烫的热水倒进纯银的茶壶中，他已经在里面放好了一小撮昂贵的金莱郡红茶叶。随着热水的浸泡，空气里开始迅速弥漫出一股仿佛烘干后的玫瑰花瓣的芬芳。

格兰仕坐在旁边一把珊瑚绒面料的高背椅上，闷闷不乐地吃着一个橘子。

滴滴答答的水声，让吉尔伽美什和东赫都忍不住抬起头。

银尘穿着湿淋淋的衣服，从远处慢慢地朝他们走来。

雾隐绿岛虽然气候温和，但是无论如何，此刻也已经是初冬时节。湖面的风吹过来，吹在银尘湿淋淋的衣服上，他的面容看起来苍白而瘦削。

格兰仕懒洋洋地直起身子，眼神里充满了惊讶，他的心里隐隐有一些内疚。

吉尔伽美什看着银尘，低沉的声音温柔地说："别动。"

说完，他抬起左手，手指轻轻地翻动了一下，银尘湿淋淋的衣服瞬间冻结成冰，然后很快，所有的冰碴儿碎裂而下，在银尘脚边散落一地。

随后，吉尔伽美什伸出右手，轻轻地在空气里画了一个圆弧，银尘周围突然燃起一圈闪动的火焰，紧接着，吉尔伽美什的左手再次翻动，一阵柔软的风围绕着火焰吹拂了一圈之后，就温柔地包裹着银尘，缓慢地缠绕起来，风被火焰烘焙得温暖而干燥，银尘的面容渐渐恢复了一些气色。

吉尔伽美什拿起自己膝盖上的羊绒厚毯，冲格兰仕使了个眼色，格兰仕有点别扭地站起身来，但还是听话地接过毛毯，走向银尘，用毛毯兜头兜脸地一阵乱裹，把银尘整个人包在了毯子里，只露出一双眼睛。

银尘冷冷地斜过眼珠，瞪了瞪他，没有说话。

"不用谢。"格兰仕歪了歪嘴角，又别扭地坐回椅子上窝着吃橘子了。

"你是谁？"银尘看着面前金色长发的人，问道。

吉尔伽美什看着面前倔强而冷漠的少年，忍不住笑了，他尊贵而优雅的面容，被这个笑容装点得像是带着柔和的光芒。

【四年前】

【西之亚斯蓝帝国·雾隐绿岛】

银尘从树上跳下来的时候，还没站稳，就被突然出现在自己面前的格兰仕吓了一跳，他手上篮子里刚刚采集来的红瑚木浆果也撒了一地。银尘皱了皱眉头，然后弯下腰开始把红瑚木浆果一颗一颗地捡起来。

这种甜美多汁，同时微微带有一些清冽的酸味的浆果，是雾隐绿岛的特产。

雾隐绿岛其实是整个雾隐湖上的群岛的总称。

整个雾隐湖的范围，都是吉尔伽美什的领地。他和他的三个使徒居住在这里，平时几乎不会有人来访。

雾隐湖位于亚斯蓝帝国的中心位置，从地理上来说，处于南北两极的正中间，所以，这里一年四季的气候都相对温和，夏天没有酷暑，冬季的寒冷也并不凛冽。

整个湖上大大小小的岛屿星罗棋布，每个岛上都长满了茂密的参天大树，树下各种各样茂盛的灌木丛密集生长。浓郁欲滴的绿色仿佛终年不散的雾气一样，湿漉漉地笼罩着分布在各个岛屿上的白色大理石宫殿。在湖心最大的那个岛上，有一座最大的行宫，那是亚斯蓝最高王爵吉尔伽美什的居所。

可能是雾隐绿岛特殊的环境和地质，整个亚斯蓝领域内，只有这里生长着漫山遍野的红瑚木浆果，一到春天，满树都是红色的果实，沉甸甸地把灌木压得很低。

浆果的新鲜期非常短，很快就会从树梢上掉落下来，在泥土里腐烂。所以每一年的春天，天地海三使徒都会忙着采摘，整个春天，他们的嘴里都是这种异常甜美而又微酸的美味。还有很多吃不完的浆果，银尘都会把它们制作成果酱，放进陶瓷罐子里密封起来，存放在湖水下面的一个洞穴里，那里的温度长年维持着低温，需要食用的时候，银尘就会潜水下去从洞穴里抱一罐出来，果酱在湖水的浸泡下，带着凉凉的口感，涂抹在黄油面包上，吃起来非常美味。

格兰仕的最爱，是用红瑚木果酱来蘸苹果吃。

东赫喜欢在鹅肝上涂抹一些。

吉尔伽美什喜欢在红茶里放上一勺果酱，用来代替砂糖，茶香中会增加一些果香，同时茶水的颜色会变成漂亮的珊瑚红，像是液态的红宝石一样，好看极了。

银尘对每一个人的习惯都记得很清楚。

格兰仕抱着胳膊，斜靠在旁边的树干上，看着狼狈的银尘，完全没有打算帮忙的样子，他的嘴角挂着他那独有的坏笑，露出尖尖的牙齿，看起来似乎非常满意自己的恶作剧。

"你几岁了？幼稚。"银尘把浆果重新捡回篮子，站起身来拍拍膝盖上的泥土，他看着一身黑袍、头发凌乱而不羁地束起来的格兰仕，冷冰冰地说。

"我和你一样大。我幼稚，你也幼稚。"格兰仕咧着嘴笑着，绕到银尘背后，伸出手轻轻扯了扯银尘扎起来的小辫子，"你长得已经够秀气了，还扎这么一个小辫子，有没有人说过你看上去就是个女孩啊？"

"没有'人'说过，只有你说过。"银尘转过身，身形瞬间一动，闪到格兰仕背后。

"哟，骂人真是一套一套的啊。"格兰仕转过身来，认真地思考了一下，双手抱在胸前，"我听出来了，你在骂我不是人。对不对？"

"听出来啦？我还真有点意外呢。"银尘没好气地说着，然后不再搭理他，转过身直接往回走。

格兰仕在他背后发出爽朗的笑声来："喂，讲真的啦，你的辫子留得有点太长啦，对于一个男人来说，这个发型不太和谐，容易让人引发误会。我来帮你剪短一点吧，我手艺不错的，你看我的头发，自然而又潇洒，长短适中，方便清洗，还很衬脸形。"

"你的头发看起来像是刚刚被狗啃过。"银尘头也不回地往前走着，"而且你四五天才洗一次头，你好意思说方便清洗。"

"……屁！"

三个使徒里面，银尘和格兰仕同岁，因此他们两个感情最好。格兰仕的性格和银尘的性格，几乎是两个极端。格兰仕玩世不恭、风流不羁，对任何事物都充满了兴趣，喜欢下水捉小鱼、抓乌龟，也喜欢蹿到树上掏鸟窝，时不时去密林里和小豹子打架，然后灰头土脸但是兴高采烈地回来。而银尘则看起来似乎对一切事物都不感兴趣，整天顶着一张冰雪般的脸，似乎这个世界与己无关，唯一的兴趣就是拿着一卷厚厚的羊皮薄纸，去雾隐绿岛的一个个散落的小岛上，寻找各种不同的罕见植物，描摹它们的外形，记录它们的生长周期和花期，然后研究它们的果实有什么作用，有时候在树林里一待就是一天。

格兰仕没事就喜欢和银尘斗嘴，有时候也动手打打小架，他总想看到冷静淡定的银尘炸毛的样子，但基本上都是以失败告终。

而海之使徒东赫，比他们两个年纪都大，而且跟随吉尔伽美什的时间最久，所以，在两人面前一直维持着严肃的长兄姿态，经常教训银尘和格兰仕。

银尘每次都是虚心地低头垂手，听从教诲。但格兰仕总是心不在焉，一张桀骜不驯的脸看起来充满了难以驯服的野性，他的英气和银尘的俊美，是两种截然不同的感觉。仿佛烈日的磅礴和皓月的静美。

格兰仕追上银尘，伸出手从银尘的篮子里拿了几颗红瑚木浆果，丢到嘴里，甜甜的汁水散发出来的浓郁果香，浸染到舌尖和牙齿，瞬间弥漫了整个口腔。

"我还没洗！"银尘扯过篮子，有点烦。

"洗什么洗，昨天刚下过雨，这浆果淋得够干净了。银尘，你这不叫爱干净，你这叫洁癖，是病，可能需要吃药。"格兰仕伸着胳膊，又抓了一把。

两年前，当这个顽劣的少年突然出现在银尘面前的时候，银尘还是一个从小被巡回马戏团收养的小孩，跟随着那个杂耍班子四处流浪、漂泊。而他们马戏团中的一个老者，会一些简单的魂术，他也教给了银尘一些简单的魂术。而银尘身体里，仿佛有与生俱来的对魂术感应的天赋，让他能够表演各种以水为道具的神奇的魔术。比如将水悬浮在空中，扭动成一条水龙，或者将一桶水全部激发到空中变成珍珠般大小的水珠，环绕着观众们飞舞。后来老者死去之后，就没有人继续教银尘新的魂术了，于是这些把戏就渐渐地被观众看腻了。那个时候的银尘眉清目秀，身材瘦削，还没怎么开始发育，于是马戏团的人就决定把银尘打扮成女孩子，关进笼子里和各种凶残的猛兽搏斗。观众为之疯狂，生意越来越好。但银尘身上的伤痕也越来越多。

直到那一天，吉尔伽美什出现在年幼的银尘身后，对他说："相信我，不要动。"然后他修长而带着橡木芬芳的手指轻轻地覆盖上银尘的眼睑，他闭上了眼睛——然后，他的人生就像是进入了一个繁华的梦境。

后来，当银尘开始练习风源魂术的时候，他才明白吉尔伽美什当时让他和格兰仕都闭上眼睛的用意。他们并没有从牢笼中逃脱，只是，吉尔伽美什用风源魂术，将他们三个隐身了起来。所以，在观众的眼里，笼子里变得空空如也，只剩下那只依然狂暴的狼斑蜥蜴。而隐身最难控制的，就是视线，轻微的目光晃动，都能够让隐身露出破绽。

那个时候，年轻的格兰仕穿着一身漆黑的衣服，头发乌黑发亮，用布条凌乱地扎起来。他的眼神明亮而锋利，挺拔的鼻梁，眉毛浓密而狭长，年轻的脸上看起来充满着浑然天成的霸气和野性。第一次的相见，银尘是打扮成女孩的样子出现在格兰仕面前的，因此，即使回到了雾隐绿岛，银尘洗去脸上的妆容，换回男孩的衣服，格兰仕也会时不时地调侃他："你到底是男孩还是女孩？"

而一转眼，两年的时间过去了。

他还是不厌其烦地问着："你是男孩还是女孩？"

然后自得其乐地哈哈大笑而去。

银尘端着那篮子刚刚采摘好的浆果，走到小岛的边缘，他看了看对面湖中心最大的岛，绿树掩映下，白色大理石建造的宫殿反射着灿烂的阳光。院落的前庭，吉尔伽美什正坐在一把古老而精致的黑檀木椅子上，翻阅着他手里一卷古旧的羊皮卷轴。阳光透过那棵高大古老的银杏树，照在他仿佛天神般金光灿烂的长发上，他的面容闪烁着一股天生帝王般的气息。

从银尘第一眼见到吉尔伽美什起，他就一直觉得，吉尔伽美什身上有一种让人无法抗拒的美感，这种美来源于他凌驾众生的力量，来自于他媲美天神的容貌，或者说直接来自他迷人的灵魂。

银尘刚要展动身形，准备飞掠到对面的岛屿去。这个时候，格兰仕突然拍拍他的肩膀，银尘回过头去，格兰仕一脸痛心疾首的表情："虽然我们的天赋是【四象极限】，但做人不能忘本，我们作为水源的使徒，要懂得自尊自爱，没事瞎用什么风魂术。

你会飞了不起啊，你以为你是大鸟吗？"

"你会玩水了不起啊，你以为你是小乌龟吗？"银尘忍不住还嘴。

"我家小乌龟招你惹你了，拉它下水你真不要脸。"说完，格兰仕突然神秘地笑了笑，然后凑近银尘的耳边，"给你看个厉害的。"

"你又抓了只大乌龟是吗？"

"什么呀！别说话，看我！"说完，格兰仕突然闭上双眼，领口露出来的肌肤上，突然泛出一些金黄色的刻纹，然后他将右手往湖面一挥，一阵"咔嚓咔嚓"的声音突然从湖面响起，银尘转过头，看见从自己脚边的湖水上，突然凝结出了双臂伸展般宽度的一道坚冰，并且这道坚冰迅速地朝着湖对岸的岛屿哗啦啦地延展而去，仿佛一条不断伸展的白蛇。转眼的工夫，两个岛屿中间就出现了这样一座冰桥。

格兰仕得意地冲银尘眨眨眼，然后背着双手，迈着大步，一脸炫耀地往对岸走。走到一半，冰桥哗啦啦地碎裂开了，格兰仕脚下一空，扑通一声摔进湖里去了。

当格兰仕从湖里飞掠上岸来的时候，他看到银尘已经站在吉尔伽美什的旁边了。银尘把已经清洗好的红瑚木浆果摆放在王爵旁边的纯银果盏里，而此刻的吉尔伽美什正看着浑身湿淋淋的格兰仕，脸上露出幸灾乐祸的笑容。此刻的吉尔伽美什，和一个年轻人没什么两样，他褪去了身上那种无法接近的神祇光芒，显得俊朗而又温柔——也只有在自己的三个使徒面前，他才会露出这样柔软的一面。而出现在其他人面前的吉尔伽美什，永远都放射着让人无法正视的光芒，带着摧毁一切的霸气和高傲，冷若冰霜，吞噬天地。

银尘看着此刻王爵脸上纯真而开朗的笑容，忍不住也跟着笑了起来。

"王爵，这就是你的不对了，你干吗整我啊？"格兰仕的头发上不断地滴水，他抬起手擦了把脸，懊恼地说，"你害我在银尘面前丢脸。这本来应该是我的封神之刻啊！这——么——长——"格兰仕一边说，一边伸展开双臂比画着，"这么长的冰桥，可不容易呢！"

吉尔伽美什在阳光下笑着，露出整齐洁白的牙齿，他薄薄的嘴唇带着红瑚木浆果的颜色，看起来就像是露水打湿的玫瑰花瓣，"那也是你自己魂力不够，你应该直接把冰一直冻到湖底，这样才稳固，你只在表面弄出一层浮冰来，当然轻轻一碰就碎了啊。我没想要弄垮你的冰桥，我本来只是想试试你的冰桥稳不稳固而已。"

"王爵，我也想啊，你真是站着……坐着说话不腰疼，你应该没下过这湖里游泳吧？改天你和我一起去抓小乌龟你就知道了，这雾隐湖深不见底，我现在的魂力，怎么可能把冰一路冻结到湖底啊。我首先得控制冰桥的长度，其次才考虑得了深度啊。"

"你算是说到点子上了。"银尘捧着银色的餐盘，把红瑚木浆果端到吉尔伽美什面前，冷峻的脸上带着讥诮的笑意，"你这人，最缺的就是深度。"

格兰仕一把将身上湿淋淋的衣服脱下来，阳光照在他结实而光滑的小麦色肌肤上，湿淋淋的厚实胸膛反射出一片炫目的光。他把上衣和裤子拿在手上稍微使力，瞬间，衣服上所有的水都结成了冰，他拿着衣服用力地抖了几下，无数的冰碴儿哗啦啦地往下掉，瞬间衣服就干透了。他挑着眉毛，一脸贱笑地看着银尘："但至少我有长度啊！"

银尘噎住，张了张嘴，想要还嘴，但最后还是摇了摇头，放弃了接话，他有洁癖。

倒是吉尔伽美什，非常淡定而优雅地接过了格兰仕的下流笑话："也就还好。"

格兰仕："……"

吃瘪的格兰仕闷头闷脑地哼了一声，说："王爵，你不能太偏心，我欺负银尘的时候，你总是帮忙，他数落我的时候，你永远都是笑而不语，你那嘴角都快咧到耳朵了好吗，这不公平。手心手背都是肉，天之使徒捧上天，地之使徒你不能踩下地啊！"

银尘看着一直站在草坪上赤条条的格兰仕，有点脸红，忍不住数落他道："你的衣服都已经干了，能不能先把上衣和裤子穿起来再说话？猴子也知道在腰上围一圈树叶，你好歹在王爵面前放尊重些！"

"我怎么没见过围树叶的猴子？"格兰仕眉毛一挑，英俊的脸上露出一股不羁，"你骗谁呢？你以为我没去树林里追过猴子吗……"还没说完，一阵从天而降的黑色光芒，从他身边呼啸着掠过，如同一阵旋转的黑色雾气，瞬间降落在草坪上，黑色的光芒消散之后，漆拉长袍蹁跹地站立着，如同一朵黑色的莲花。

空气里荡开一股清冽的香味，和吉尔伽美什浑厚沉淀的橡木气息不同，这股香味浓郁、锋利、阴冷，像是诱人但危险的花香。

"漆拉王爵，你吓死我了。"惊慌失措的格兰仕看清楚来人之后，特别自然地把挡住下半身的双手拿开，松了口气，"我还以为从天而降一个女的呢，搞得我有点尴尬，我这儿可是连裤子都没穿呢！"

"……你尴尬不尴尬，和来的人是男是女有关系吗？你光天化日之下不穿裤子站在自己王爵面前聊天，你像话吗？"漆拉看着双手叉腰、浑身湿淋淋的格兰仕，皱紧了眉毛，"东赫呢？他也不管管？"

"我王爵吉尔伽美什都没说什么，哪轮得到东赫管啊，嘿嘿。"格兰仕挑着眉毛，拿着衣服擦身上的水。

"吉尔伽美什早就被你们带坏了，上梁不正下梁歪。"漆拉冷冰冰地转过头看着吉尔伽美什。

"……漆拉先生，我哪儿歪了？我穿得蛮多的……"吉尔伽美什苦笑着，张开双臂，宽大的长袍在风里面飞扬起来。

"不过话说回来，漆拉王爵，从第一次见你到现在，我虽然看了这么多年了，但是我时不时一晃神，还是会偶尔觉得你是个女的，你的脸长得也太漂亮了，和你比起来，银尘简直就是个整天在山里打猎的粗犷猎人！"格兰仕把衣服搭在肩膀上，在清澈的阳光下大剌剌地站着。但他的笑容迅速凝结在了脸上，因为他脚下湿润的草地上，突然蹿起无数破土而出的冰晶，仿佛雨后春笋般哗啦啦一阵乱响，很快，格兰仕腰部以下就已经被结实地冻住了。

而他面前的漆拉连手指都没动一下，只是眼睛里飞快地闪烁了一丝金色的光线。银尘看着漆拉精准的魂力释放，心里非常震撼。

漆拉冷着一张脸，盯着面红耳赤的格兰仕看了一会儿，就回过头来不再理他，任凭格兰仕嘴里嚷嚷着："你堂堂三度王爵竟然欺负一个使徒，也好意思啊？王爵，你不帮我吗？"格兰仕转过头，冲着吉尔伽美什求助，一双眼睛变得像是小鹿一样，水汪汪的，看起来格外可怜。

吉尔伽美什有点尴尬也有点心疼，小声嘟囔了一句："……漆拉，你——"

"我怎么了？"漆拉的面容看起来非常严肃，一板一眼的，"格兰仕一直都顽劣成性，是该管管了。你下不了手，我来帮你管。"

"可这真的不会影响他长身体吗？他才十几岁……"吉尔伽美什看着下半身被冻住的格兰仕，欲言又止，看着漆拉朝自己丢过来的冷眼，吉尔伽美什摆摆手，拇指和食指捏在一起，在自己嘴巴上划拉了一下，表示自己不再说话。

自从银尘住到雾隐绿岛以来，几乎很少有人到访——更从来没人胆敢擅自闯进这片领域，所有的人都会在入口处的两座雕像前耐心等候，等待着东赫前去迎接。

除了漆拉。

曾经有一次，七度王爵费雷尔因为急着要传达白银祭司的一个命令，而没有提前让人通报，急匆匆地闯了进来。就在他刚刚踏进雾隐绿岛范围时，吉尔伽美什仅仅眯了一下眼睛，他全身的白银铠甲就瞬间粉碎，全身上下顷刻间爆炸出数百道密密麻麻的伤口，每一个小伤口都深一寸，刚好一寸，足以痛彻心扉，却又不至于伤筋动骨。

那时，银尘就对吉尔伽美什的能力有了崭新的认识。他魂力使用的精准度早已达到随心所欲的境界，操控距离和对手强弱，对他来说，都是可以忽略不计的存在。只剩下对魂力的精雕细琢，仿佛对艺术品的打磨。

第一次进入雾隐绿岛的漆拉，是抱着打败吉尔伽美什的目的来的。

然而，他失败了。

但是漆拉并没有停止他的挑战，每一次，吉尔伽美什都是悠然地躲避着他快如闪电的进攻，他们的身影在湖面上闪烁着破碎的残像，一金一银的长发像是两道闪电，彼此追逐，整个雾隐绿岛的湖水像是被高强度的微波震颤着，蒸腾起碎如针尖的水滴，如同秘银碎屑，穿行于树海密林。所过之处，冰霜卷裹，寒意横扫。

年少的银尘和格兰仕，只能躲在远处，看着两个当今亚斯蓝顶尖的王爵的魂术对阵。每一次的挑战，都让银尘和格兰仕心里感受到无法掩饰的震撼。

漆拉和吉尔伽美什的天赋和魂术，都截然不同，但他们有一个共同的地方，那就是对魂力的运用都精准苛刻，仿佛雕刻精致的艺术品一般，将每一丝魂力都激荡出极致的力量，每一次进攻或者防御，都完美无瑕、绝不浪费。

漆拉在湖面上、天空上，不断释放出的光阵，让人眼花缭乱，整个辽阔的雾隐湖上，全部是各种形状旋转不断的阵法，漆拉诡谲的身影在这些闪烁的光斑里不断穿行，仿佛在多重空间里自由进出，他的身形闪动如同迅捷的雷电，速度甚至快到空气里充满了大量他的残影，亦真亦幻，仿佛有成千上万个漆拉在对吉尔伽美什发起包裹式的进攻。

仿佛密不透风的雨幕，笼罩一位吟游歌唱的旅人，然而，歌者梦幻般悠然的步伐，在雨幕里自由穿行，滴雨不沾。吉尔伽美什总能够不快不慢但又恰到好处地避开漆拉每一次角度奇险、速度凌厉的进攻。

最后一次挑战时，漆拉不再吝惜自己的魂力，那是银尘第一次见识到漆拉魂力狂暴的状态，他将整个雾隐湖的湖水瞬间挑上天空，千万吨沉重的湖水在漆拉庞大的魂力操纵下，幻化为一条咆哮的冰龙，雷霆万钧地冲向吉尔伽美什。但是，当那条巨大的冰龙张开锋利的巨齿，快要吞噬掉吉尔伽美什的瞬间，吉尔伽美什面带微笑地轻轻伸出手，仿佛慢动作一般在冰龙的脸颊上抚摩了一下，像是宠爱地抚摩着温驯的小猫，然后手臂悠然地顺着冰龙雷霆万钧的力量，轻轻往旁边一带，于是，一整条巨大的冰龙无声无息地回到了干涸的湖里，温柔地重新化成绿幽幽的湖水。整个湖面仿佛温润的碧玉，波澜不惊。

而在漆拉还没有反应过来的瞬间，吉尔伽美什闪动的身形已经站到了漆拉的背后，他的手臂绕过漆拉的腰，然后停止不动。

漆拉清晰地感觉到了吉尔伽美什轻轻放在自己爵印上的力量，他心里突然翻涌而起的恐惧几乎让他自己站不稳，因为他知道，只要吉尔伽美什此刻从指间稍微释放一些魂力，就足以将自己的爵印彻底粉碎。

然而，吉尔伽美什只是在他的背后静静地站立着，漆拉看不见他的面容，只有他平稳和优雅的呼吸，带着皇家橡木的气味，停留在自己的耳际。

吉尔伽美什轻轻地收回手，拍拍漆拉的肩膀，露出优雅的笑容，他的声音听起来愉悦温和，没有任何敌意和轻蔑："还要打吗？还是说，休息一会儿，喝杯茶？"

漆拉僵硬的身体慢慢松懈下来，他终于明白他们之间力量的差距。

"我认输。"

"也不一定。"吉尔伽美什看着漆拉，微笑着，"你还没有用出你的魂器呢。"

漆拉看着吉尔伽美什，沉默着，没有说话。

那是银尘的记忆里，漆拉最后一次挑战吉尔伽美什。从那一次之后，漆拉再也没有对他发出过挑战。漆拉终于明白——应该是说，他很早就明白，只是一直不愿意承认，但最终，他放下了自己曾经凌驾众生的骄傲：自己绝对不是吉尔伽美什的对手，他根本无法打败吉尔伽美什，因为，吉尔伽美什甚至从来都没有真正地进攻过他。

之后的漆拉和吉尔伽美什，渐渐变成了互相欣赏的朋友。这种情谊淡然清雅，并不浓烈，像是雪山顶上开出的花朵，在寒风里几乎闻不到迷人馥郁的花香，然而却有一种空谷冷然的君子之风。

在战斗上，漆拉不是吉尔伽美什的对手，但是，漆拉对空间和时间登峰造极的控制力，也让吉尔伽美什非常钦佩。漆拉渐渐成为了雾隐绿岛上这些年唯一持续到访的客人。有些时候，漆拉甚至也会教三个使徒一些提高自身速度的技巧。

　　说起来，离上一次到访，已经过去很长一段时间了。这一次到访的漆拉，精致俊秀的面容上虽然还是挂着他一贯的清冷淡然仿佛随时拒人于千里之外，但是，银尘看得出来，在这份冷漠的背后，他的目光里隐藏着一种沉重。从他眉宇间织满的愁云看来，应该是发生了一些不太好的事情。

　　吉尔伽美什抬起头，看了看沉默不语的漆拉，于是把笑容收起来，他转过身对银尘和格兰仕说："你们两个先去找东赫，然后准备一下晚餐吧。漆拉王爵也很久没有来做客了。"

　　银尘点点头，恭敬地退下，他走到格兰仕身边，伸出手将那些冰晶融化成水，把他的袍子往他身上一裹，然后就像是拉一只粽子一样，拉着一直翻白眼的格兰仕离开了。

　　空旷的草坪，阳光从头顶直射而下，庞大的寂静笼罩着巨大的宫殿。整个雾隐湖像是被包裹进了一块透明的琥珀，所有的声响都被隔绝。

　　突然有一尾游鱼，从水面跃起，在平滑如镜的湖水上打出一圈涟漪，小小浪花的声音，在此刻听起来有些突兀。

　　吉尔伽美什轻轻地眯起眼睛，狭长的眼眶里闪动着金色的光芒，他那双温柔的眸子掩藏在浓密的睫毛之下："漆拉，出什么事了？"

　　漆拉的表情看起来有一些不自然，他依然面色凝重地沉默着，过了一会儿，他才小声而谨慎地开口，仿佛在寻找着确切的措辞："魂兽暴动了。"

　　"这些年发生的魂兽暴动次数也不算少，你这么紧张地来找我，有些奇怪吧？而且，镇压魂兽的事情，你应该去找伊莲娜才对吧，以她的天赋来说，再凶猛的魂兽在她面前，不都像一只温驯的小绵羊吗？"吉尔伽美什淡淡地看着漆拉，等待着他的回答。他知道，事情肯定不是魂兽暴动这么简单。

　　"这次不一样……"漆拉停了一会儿，"这次的暴动发生在北之森深处，上古四大魂兽之一的宽恕觉醒暴动了。"

　　吉尔伽美什看着面前的漆拉，没有接话，他帝王般孤高的脸上，仍然维持着优雅的笑容。他沉默地看着漆拉的眼睛，视线没有丝毫的挪移，仿佛想要从漆拉的眼睛里，看出一些秘密来。

　　漆拉转过头，把目光投向空旷的湖面，他微微皱了皱眉毛，抬起手，轻轻地按在自己的肋骨位置，仿佛那里受了一点轻伤，有点隐隐作痛。

　　吉尔伽美什两只眸子里突然聚拢金色丝线，圆润的瞳孔瞬间变成窄窄的缝隙。

　　他们两人周围的空气突然发出锐利的蜂鸣。

　　仿佛有一层透明的玻璃幕墙将两人包裹隔绝了起来。

　　吉尔伽美什的嘴唇动了动，看起来像是在说话，但是，却听不见一点声音。

　　漆拉转过头，目光四处看了看，然后朝吉尔伽美什走去。

【四年前】

【西之亚斯蓝帝国·深渊回廊·北之森】

漫无边际的暴风雪，将整个天地卷裹得一片混沌，周围拔地而起的巨大红杉木连绵不断地组成了这片一望无际的树海雪原。

厚重的积雪沉甸甸地挂满了每一棵杉木的树冠，看上去仿佛无数个裹着雪狐皮草的女妖，阴沉沉地站在昏暗的天色里，俯视着企图靠近的旅人。

地面突然出现两个旋转的金色光阵，空气仿佛被某种力量激荡出透明的涟漪。无数黑色的碎片和无数金色的碎片，在两个光阵里不断旋转成形。

寒冷肃杀的空气里突然弥漫出温暖的橡木气味，中间夹杂着若隐若现的冷冽花香。

吉尔伽美什拿着一个晶莹剔透的水晶红酒杯，表情悠然而又平静地站在雪地上，他杯里的红酒轻轻地晃动着，在寒冷的空气里荡漾出一圈醉人的酒香。

"要是你的魂力再高一些的话就好了，说不定就能做出一扇通往一百年后的光门，那这杯酒，就更值得细细品味了。"吉尔伽美什自言自语地轻声说着，然后抬起头，将剩下的红酒一饮而尽，"不过来不及慢慢品味了，真可惜啊，再不喝掉，就结冰了吧。"

"都什么时候了，你还有心情喝酒。暴动的魂兽就在前面，你小心了。"漆拉走过来，望着前方混沌暴雪里的森林尽头，神色凝重地说。

"还有一段距离啊，你这么紧张干什么，宽恕也不喜欢散步啊，一时半会儿不会过来的。"吉尔伽美什微笑着，朝前轻轻地走了两步，雪地上一个脚印都没留下。他面朝着风雪咆哮的远处，轻轻地闭上眼睛，如同天神般俊美尊贵的面容渐渐地凝重起来，他重新睁开眼，看着漆拉说："怎么会这样……"

"宽恕彻底觉醒了？"漆拉看着吉尔伽美什凝重的表情，这是他从未露出过的神色，"接到天格消息的时候，宽恕才刚刚从地底觉醒，以它对黄金魂雾的需求量而言，要彻底觉醒，应该没这么快才对……"

"不是，不只是宽恕……"吉尔伽美什转过头，脸上温和而动人的神色消失殆尽，"亚斯蓝上古四大魂兽排名第一的自由，也觉醒了……"

"不可能吧……"漆拉看着风雪的尽头，声音被狂风吹得孱弱而干涩。

吉尔伽美什看着自己面前脸色苍白的漆拉，低声说道："过去一百多年以来，自由、宽恕以及祝福、诸神黄昏四头亚斯蓝领域最邪恶残暴的魂兽，一直都处于沉睡蛰伏的状态。自由一直待在亚斯蓝东境边缘的岩石丘陵区域，宽恕一直沉睡在极北的雪原深处，祝福在西南面的雷恩海域的海底峡谷蛰伏，诸神黄昏虽然下落不明，但是根据情报探测到的魂力波动来看，它活动的范围一直都在亚斯蓝南面和地源埃尔斯接壤的沼泽丛林里。因为它们四个几百年前甚至几千年前，就已经爬升至食物链的顶端，所以它们四个虽无交集，但都默认彼此各自占据一方领地，以半沉睡的状态蛰伏生存，间隔万里，相安无事。历史上，它们苏醒的次数屈指可数，同时苏醒的次数更是为零。因为它们的每一次彻底苏醒，都是以巨大的黄金魂雾消耗作为代价。一旦它觉醒，至少方圆数万平方米以内的魂兽都会灰飞烟灭，所有魂兽体内的魂力都会重新化为黄金魂雾，被强行吸收进觉醒的它们体内。所以，怎么可能在北之森这么小的范围内，同时觉醒两头上古四大魂兽这样的怪物呢……看起来这么不可能的事情，就这么眼睁睁地在我们面前发生了啊，漆拉，你不准备说些什么吗？"

"我确实不清楚怎么会这样……二度王爵幽冥和五度王爵伊莲娜，以及七度王爵费雷尔都已经赶过去了，如果是这样的话，不知道他们现在情况如何，我们得赶紧……"漆拉站在吉尔伽美什身后，瞳孔颤抖着。

"谁去谁死，包括你。"吉尔伽美什打断漆拉的话，转过头看着他，"你可知道，自由和宽恕是四大魂兽中排名最靠前的两头，随便哪一头，如果彻底觉醒失控的话，都足以摧毁半个国家，单论魂力而言，自由和宽恕的魂力均在你之上……这群人去了也是送死，没有任何战胜的可能。倒是有着大范围精准感知和拥有女神裙摆的特蕾娅，也许能够侥幸活下来，不过，从你的话里说来，她却没去？白银祭司这组的是什么鬼阵容，自杀小分队吗？"

漆拉看着吉尔伽美什，没有说话，他俊美的面孔此刻笼罩着一层苍白的寒气，他的瞳孔微微颤抖着，里面一片无边无际的恐惧。

"所以，我要回雾隐绿岛吃晚餐了，我劝你也赶紧走吧。

如果我没有感应错误的话，自由和宽恕现在已经彻底被幽冥和伊莲娜惹火了，两头魂兽此刻都已经是百分之五十的苏醒状态了。或者你快去快回，简单直接地告诉他们几个，就说趁着现在有胳膊有腿儿，赶紧走，否则等到那两只神经病完全苏醒的话，他们一眨眼就会被撕成面包屑的。说到面包屑，银尘刚从湖里捞起来一罐冰镇了一年的红瑚木果酱，你要不要随我回去吃一些？"吉尔伽美什抖抖自己长袍上落满的积雪，微笑地看着漆拉。

"都这个时候了，你还想着吃果酱……难道就任由这两头魂兽暴动而不管吗？你刚刚也说了，它们如果彻底觉醒的话，是会毁灭半个国家的啊！"漆拉望着风雪弥漫的森林尽头，远处隐隐传来魂力的余震。

"以我的经验来说……"

"你的经验？！你怎么对上古四大魂兽还有经验啊你？"漆拉转过脸，一脸尴尬的惊诧。

"……咳，咳，好吧我直说吧，我确实是有一次溜达太远了，一不小心就溜达到南方的热带沼泽丛林里去了，在那儿遇见了上古四大魂兽排名第四的小弟弟诸神黄昏，那次我也是差点被它当成小点心吃了。你知道遇到四大魂兽时应该怎么办吗？很简单，低头，认怂，对不起，然后隐身，走人。就这么简单。漆拉你不用担心它们会暴动屠城，离这里最近的人口聚集之地也相隔好几千里，这种级别的魂兽，是不可能长时间暴动的，只要不是有人故意持续煽动它们，让它们百分之百地苏醒过来的话，那么当周围的黄金魂雾耗尽之后，它们自然会重新进入沉睡状态，根本不用管的。而且是两头同时一起暴动，黄金魂雾会消耗得更快。况且它们四个几百年前就商量好了彼此不开战了，也不会互相斗殴的，你就别瞎担心了。走吧，回家，喝酒。"

"……其实我们接到来自白银祭司的指令，说是要捕获宽恕这头魂兽的。"漆拉望着吉尔伽美什说。

"捕……捕获它？你是在闹我吗？"吉尔伽美什放下红酒杯，差点被呛住。

漆拉的脸色看起来非常不好看。

"不要开玩笑了，就凭你们几个，你们连靠近宽恕的脚边都做不到。你知道宽恕长什么样子吗？它扫开你们几个就像一把扫把扫开几只小虫子那么简单。更不用提几万年来一直处于整个亚斯蓝魂力链条顶端，从来没有任何魂兽能超越的自由。漆拉，你真的知道自己在说什么吗？以你的资历，不可能不知道那四头怪物的实力吧。你知道它们在亚斯蓝存活了多少年吗？这四头魂兽几乎就是亚斯蓝的活化石啊，它们见证了雷恩城从一个破败的小渔村变成今天的繁华大都市呢……"吉尔伽美什望着漆拉，持续摇头，"反正，我不去，除非是白银祭司今天亲自走到我面前来指着我的鼻子下达这个指令，否则，任何人传递这个消息，在我看来，都太过荒谬了，我相信白银祭司不会做这么荒谬的事情。"

"不是我们捕获……"漆拉看着吉尔伽美什，"白银祭司是让我们协助你，捕获宽恕，成为你的第一魂兽。但不知道为什么，连自由也觉醒了，这个在我们的计划范围之外……"

吉尔伽美什看着漆拉躲闪的眼神，刚刚还在苦笑的表情凝重起来："所以……是你们故意把它唤醒的？"

漆拉看着面前目光如同冬雪般发亮的吉尔伽美什，缓慢地点了点头："我们本来只想唤醒最近的极北雪原里沉睡着的宽恕，结果没想到，不知道什么原因，自由也苏醒了。可能是它们两头魂兽彼此感应到了对方汪洋般的魂力，都想要将对方吞噬到自己的肚子里吧……但又因为还没有完全觉醒，所以并不清楚对方就是四大魂兽之一，所以它们才逐渐一边彼此靠近，一边缓慢地觉醒着，最后在北之森的最北面会合了……"

"你们可知道，你们干了一件多么可怕的事情吗……"吉尔伽美什看着远方混浊的暴风雪，低沉的声音扩散在风暴里。

"如果你现在去还来得及，凭我们所有王爵的力量，再加上你的实力，应该可以捕获宽恕的……"吉尔伽美什回过头，看着漆拉，发现漆拉再一次抬起手，按住了自己的肋骨。

吉尔伽美什双瞳金光四射，周围的风雪突然被吹开一个圆球状的区域。

四下弥漫的雪花纷纷扬扬，却飘不到吉尔伽美什和漆拉身旁，他们仿佛被笼罩在一个看不见的透明水晶球里，雪花在他们头顶积成一个半圆的穹顶。能够将这两个绝世容颜的王爵装进水晶球，是亚斯蓝多少少女心中的顶级梦幻啊。从高高的苍穹向下俯瞰，挂满积雪的杉木仿佛玩具，两个小小的他们，一金一黑的身影彼此面对，一切都静止着。

他们的嘴唇开合着，像在讲话，像在争论，但是水晶球里却万籁俱寂。

最后，吉尔伽美什的嘴型看起来像是说了四个字。

第一个字，他的嘴唇聚起来，像是在谈论眼前肆虐的暴风雪，"呜"的声音。

第二个字和第三个字是连着念的，很快，吉尔伽美什发音时露出了牙齿，看起来心情很好，像在笑的声音，"嘻嘻"。

最后一个字，他的舌头在牙齿中间嗒嗒地轻弹了一下，看起来像是在说他们身上有泥，泥土的"泥"。

过了很久，吉尔伽美什挥了挥手，头顶穹顶状的积雪分散开来。

他看着漆拉，低沉而磁性的嗓音缓慢地说："你做棋子吧，我们现在过去。"

四处倒塌的巨大树木把连绵不绝的林海雪原挖出了一个窟窿，像是厚实的白色棉被上被火焰灼烧出了一个焦黑的洞。

粗壮的树干断裂成碎块，空气里咆哮翻滚的魂力，仿佛无数看不见的透明刀刃，风驰电掣地卷动着，所过之处，刀痕遍野。

地面厚厚的积雪被狂风掀起，肆意地在空气里翻滚咆哮，被遮蔽的视线模糊一片，能见度很低，周围持续着此起彼伏的巨大撞击声，参天大树一棵接一棵轰然倒下，然后迅速被空气里刀锋般的魂力卷碎成木渣粉末。从高空往下俯瞰，林海中央这个灼烧着的黑洞正在持续扩大，此刻方圆一千米以内，都只剩下光秃秃的树桩，巨大的旷野雪原，变成了泣血的战场。

五度王爵伊莲娜大口大口地喘息着，她单腿跪在地上，佝偻的身体持续地颤抖，手上的骑士击打之剑深深地插进积雪之下的泥土里，她用尽最后的力气，勉强地维持着自己的平衡，她不想倒下去——因为她知道，此刻一旦倒下，就再也起不来了。

而在她的身后，是穿着秘银铠甲的七度王爵费雷尔，他雄浑锋利的铠甲上，是大片大片淋漓的血迹，铠甲下的雪白战袍，也早已被鲜血浸透，刺骨的冬风吹透他的胸膛，那些曾经滚烫的鲜血，也已经凝固成寒冷的冰碴儿。他跪在地上，手上的盾牌裂开了两道深深的裂缝，巨大的银枪倒在他的脚边，他口中不时喷出滚烫的鲜血，洒在地上，迅速地凝结成鲜红的冰花。

而在费雷尔的身旁，是面如纸色的幽冥，此刻他正靠着一个被斩断的树桩，紧闭着双眼，试图恢复自己的体能。然而，周围能够利用的黄金魂雾已经非常稀薄，很大范围内的黄金魂雾都像是被一个黑洞吸收着，朝着远处席卷而去。他的四肢暴绽出大量深深浅浅的伤口，看起来像是被锋利的刀刃密集循环切割后的惨状。他结实的胸膛上，是三个拳头大小的血洞，此刻，正汩汩地往外淌血。他伸出手，在旁边的地面上抓起一把干净的新雪，在掌心里揉捏成紧实的一团，然后将雪团塞进自己胸口上的血洞。雪团很快就吸收了血液，变得通红，但与此同时，快速地失血也在冰冷的温度下，缓和了很多。剧烈的寒冷收紧了血管的末端，血流变得缓慢了。他仿佛失去意识一样，瘫倒在地上，他能感受到，胸膛的血洞里，此刻正在缓慢地蠕动着、重生出鲜红色的崭新血肉。

我还活着。你呢？

他这样想道，不由得苦笑了一下，嘴角牵动起他标志性的邪气笑容。

他抬起头，看着天空中卷动的白色丝绸般的云朵，目光有些闪烁，眼眶有些发红，看起来像是哀伤但又狂怒的野兽。

而远处的暴风雪里，一个巨大莲花的轮廓，在天地交接处，缓慢地摇曳着。

伊莲娜的心如同巨大的石块般沉了下去。

在今天之前，她只是听说过这只存活了几千年的上古魂兽，传说里宽恕的外形近似一朵莲花，也有人说，宽恕其实就是一朵极北之地特有的【星血巨莲】，不知道因为什么，而具备了活动力和自我意识。星血巨莲有着比普通莲花庞大得多的外形，每一朵花座盛开的时候，都足有成年男子手臂伸展开的直径那么大。花朵中央的花蕊，由一根一根红色的柱状花芯组成，花芯持续分泌着红色的液体，散发着类似人类血液的腥甜气味。和普通的莲花不同，星血巨莲并不是水生植物，相反，它生长在陡峭嶙峋的雪域巅峰，冰川缝隙。它有着双重的进食系统，和普通的植物一样，它能够依靠水分和阳光，自我合成养分，维持生长。同时，在它开花期内，它能够通过花芯散发的血液气味，吸引各类嗜血的昆虫或者动物，并成功将其捕食，它的花朵类似口腔，花茎像是消化道。第二套进食系统，让它在开花繁殖期，得以获取额外的丰沛养料。

此刻，地平线上混浊翻滚的风暴里，那朵巨大的莲花看起来，却足足有一座小山那么高。它紧闭的花骨朵，正在缓慢地打开，此刻，已经呈现半绽放的状态。

伊莲娜并没有意识到，她的眼眶里正在涌出滚烫的热泪。她也没有意识到，她的身体正在发出剧烈的颤抖。

伊莲娜原本以为，凭自己能够大范围催眠魂兽的天赋，足以牵制住还未彻底觉醒的宽恕，再加上二度王爵幽冥的庞大攻击力，就算不能捕获宽恕，但至少不会落到现在的局面。但是，实际的情况却是，他们三个人连靠近到足以看清楚宽恕的距离都做不到。每当他们逼近到宽恕的感知范围，就会遭到暴风雪里突然暴射而出的几十条血红色巨蟒般的花蕊的剧烈进攻，他们没有任何的还手之力。

越来越多的黄金魂雾，持续地朝着远处正在不断觉醒的宽恕吸纳而去。

花瓣在天空，缓慢而高傲地绽放着。

【西之亚斯蓝帝国·雾隐绿岛】

夜色下的雾隐湖显得静谧而又美好。巨大而温润的湖面，像一块不规则的温润玉石，镶嵌在茂密的植被中。

月亮皓洁的光辉从天空上渗透洒下，将茂密的森林涂抹上发亮的银色，每一片树叶都被勾勒出清晰的银边。水银般的光影在树海上、湖面上、草地上缓慢地流动着，像是看不见的天神在这里悠然漫步，衣裙从地面轻轻拂过。

大大小小星罗棋布的岛屿上，不时传来一两声幽静的鸟鸣。偶尔有一两条游鱼跃出水面，溅起波光粼粼的涟漪。

这些声响，把夜色衬托得更加静谧。

银尘和东赫、格兰仕三个人坐在湖边上，彼此都没有说话。就连平日顽劣惯了的格兰仕，此刻的表情也有一些凝重。

此刻整座雾隐绿岛上，就只剩下他们三个使徒。下午漆拉到访之后，吉尔伽美什就跟随着漆拉匆忙地离开了，临别时连简单的交代都没有留下。

反倒是漆拉临走之前，神色凝重地找到他们三个，提出了一个奇怪的要求。

漆拉要求他们暂时切断他们和吉尔伽美什之间爵印的感应联系。

"为什么啊？"格兰仕不是很明白。

"因为我和吉尔伽美什马上要前往执行一个极度危险的任务，所以，任何有可能会干扰到他，让他分心的魂力感应或者召唤，都会给他带来危险。"

"我们肯定不会主动用'灵犀'召唤王爵的……"东赫说，"但是，完全切断的话，这样吉尔伽美什有什么危险，我们不是也无法感应了吗？"

"正是这个原因，所以需要完全切断你们和他之间的灵犀。"漆拉的脸上带着一种悲伤的诀别，"当他遭遇到危险的时候，你们通过灵犀是会感应到的，也因此，你们一定会产生剧烈的情绪波动或者魂力激荡，这些都会对他造成困扰，即使这些困扰微小到可以忽略不计，我也不愿意让他冒这个风险。"

东赫最终还是和银尘、格兰仕一起，暂时切断了自己和吉尔伽美什爵印之间的感应联系。他们都能从漆拉的脸上，清晰地感受到那种危机四伏、山雨欲来的紧张气息。

以前也发生过吉尔伽美什突然就被白银祭司召唤而一段时间彻底消失的情况，银尘也早就已经习惯了吉尔伽美什仿佛神龙见首不见尾般的行踪，但是，他从来都没有看到过漆拉脸上露出如此沉重的神色。

他知道，这一次的任务肯定是非常危险的。

"有什么我们能帮忙的吗？"银尘看着漆拉，小声地问道。

"相信你们的王爵。"漆拉低声回答，"也相信我。"

"你说王爵去哪儿了？"格兰仕从脚边捡起一块扁扁的石头，往湖面扔过去，无聊地打着水漂。

银尘和东赫都没有搭话，两个人的目光都显得有点沉重。

空气里突然有一股透明的涟漪扩散开来，微弱得几乎不能察觉。

"你们有感觉到……"格兰仕懒散的面容突然紧绷起来。他迅速地回过头，望着漆黑的树林深处。

"你们两个站到我身后去。"东赫站起来，将格兰仕和银尘拉到自己身后。他缓慢地朝前走了两步，浑身金黄色的刻纹清晰地浮现出来，空气里振动着他的魂力发出的蜂鸣声。

一种庞大的恐惧从前方的黑暗里铺天盖地地袭来。仿佛一面黑色的潮水，正在从丛林深处的黑暗里，朝他们冰凉地涌来。

无声无息的寂静。

没有任何响动，没有任何影子，没有任何气味。

只有不知道来处的、看不见、摸不着的，清晰骇人的森然恐怖感扑面而来。

银尘和格兰仕的脸色变得渐渐苍白起来，本能的第六感让他们觉察到前方潜伏在黑暗里的致死威胁。

东赫激荡起魂力，身后的湖面仿佛煮沸一般汹涌起来，东赫十指翻动，瞬间从湖面蹿起无数的水柱，它们在空气里哗啦啦地凝固为刀锋般锐利的冰箭，疾速射向前方荆棘树丛中浓厚的黑暗。一道模糊的白光在树丛中如同游鱼般蹿动了几下，所有的冰箭就仿佛石沉大海般，被吞噬了所有声响。黑暗里如同蛰伏着一个无形的怪兽，轻易就将攻击彻底吞没。

"呵呵。"

一阵轻轻的笑声幽幽地从前方黑暗里飘来，仿佛幽灵贴近耳边的呼吸。

而且还是一个女幽灵。

一团模糊幽暗的白光，从黑暗里隐隐地浮动出来，白光渐渐清晰，一双修长而白皙的大腿，从黑暗中迈步而出，一步、一步、一步……婀娜的脚步踩在草地上悄无声息，仿佛野猫行走在暗夜的屋脊。

一个穿着雾气般浮动的洁白纱裙的妖艳女人，缓慢地朝银尘他们三个走来。

银尘迅速地抬起手朝她飞快地投掷出几支冰箭，冰箭的轨迹并不是完全的直线，而是诡谲的曲线，仿佛大海中有生命的银色游鱼，在空中划出难以预测的攻击路径，这是极其难以防御的攻击方式。

然而，缓慢走来的女人毫不畏惧，她的脸上带着性感媚惑的微笑，嘴唇像抹着鲜血一样性感而饱满，她抬起手掩住了嘴角，这个动作被她做得充满了娇媚和诱惑，随着她一抬手，她洁白的衣袖轻飘飘地在她的脸前飞扬，仿佛薄雾般的面纱，银尘投出的冰箭，在击中面纱的瞬间，就被吞噬了。仿佛雨滴落进湖泊，除了激荡出几圈涟漪，就再也无法寻找。

东赫将银尘和格兰仕朝身后一推，然后双膝用力，朝着不断走来的女人飞快掠去，在他身形展动的同时，他的双手朝身后用力伸展，仿佛羽翼，身后的湖面随着他的动作突然爆炸出巨响，几股双臂环抱粗细的水柱突然破空而出，仿佛咆哮的冰龙一般刺向那个女人。与此同时，站在银尘身边的格兰仕双手朝地上一按，无数从地表"唰唰唰"刺穿土壤的坚硬石刃，从格兰仕的手下，一路朝那个女人疯狂地刺去。

然而，所有的攻击在接触到包裹着那个女人的白色纱裙的瞬间，都消失不见了，那些如同雾气般翻飞的白色长裙像是能够吞噬一切进攻。

她脸上始终弥漫着诡异而妖艳的笑容，她赤着双脚踩在草地上，一步一步轻盈地朝他们靠近，年轻诱惑的女性香味，在夜色里像是黏稠的糖浆般蔓延。

"这……这不可能……"东赫内心的恐惧像是疯狂生长的藤蔓般将他的心脏紧紧缠绕，像要窒息。他抬起头，那个白色长裙笼罩下的女子，此刻已经站到了自己的面前。

"我还以为，天底下所有的使徒，都像我家的那位一样厉害呢。"她轻轻地抬起白皙的手，掩住嘴角，妩媚而诡异地笑着，"没想到，一度王爵的使徒，竟然这么弱啊……"她似乎毫不防范地贴近自己，东赫甚至能够闻到她吐气如兰的媚惑气息。

东赫感觉到一阵眩晕，像是在大海上航行时的那种感觉，他的身体开始摇晃起来，有种失去平衡的感觉。但是并不难受，更像是喝下一大杯红酒后的那种舒服的醉意。

等东赫意识到的时候，那个女人的一只手已经放到了他尾椎爵印的位置，东赫还没来得及张口，突然一阵锐利到难以忍受的刺痛贯穿了自己的爵印，他两眼一黑，仿佛一块石头般，轰然倒下了。

"你是谁……"格兰仕把银尘拉向自己的身后，忍着通红眼眶里的热泪，咬着牙问。

妖艳的女人抬起脚，踩在死去的东赫脸上，她勾魂夺魄的双眼，看着面前的银尘和格兰仕，嘴角弥漫着诡谲的笑容，她用一双白色雾气翻滚汹涌的瞳孔，看着他们，笑盈盈地说："哎呀，你看我，就忙着杀人了，连基本的礼貌都没顾上，真是有些失礼了。告诉你们我的名字啊，你们一定要记得我哦，忘了我的话，我可是会伤心的。我叫特蕾娅，我今天来雾隐绿岛，负责杀死你们。不过你们俩长得这么英俊，杀了你们，真是有点可惜啊……"

"这座岛上有吉尔伽美什设下的封印，封印范围极大，几乎笼罩整个雾隐湖，一般人根本不可能突破封印进入这里。你怎么可能……"格兰仕看着特蕾娅，冷漠地问道。

"吉尔伽美什的封印那么厉害，我当然突破不了，不过，你们难道不知道，这个世界上有一种东西，叫棋子吗？呵呵。"特蕾娅看着英俊而年轻的格兰仕，轻轻地摇了摇头，忍不住叹息了一下，仿佛对他有一点不舍。

"漆拉？怎么可能，他和我们王爵是好朋友，他一直都——"

"好朋友？你真单纯，你比我家那个使徒都还要单纯。你以为这些年，漆拉一直来雾隐绿岛挑战吉尔伽美什是为了什么啊？他那么精明的人，难道不清楚他永远不可能战胜吉尔伽美什吗？漆拉没有去过的地方，他就不能做棋子，这是他天赋里最大的一个限制，然而，愚蠢的你们一直对他敞开大门，这座岛的棋子可多着呢，你以为只有刚刚灌木丛里那一个吗？真是可笑。"特蕾娅的目光冷漠而嘲讽，她的嘴唇里吐露的一字一句，都像是冰针扎在银尘和格兰仕的心里。

"我不相信漆拉会允许你这么做，你肯定是骗他让他用棋子将你传送过来的。"格兰仕看着特蕾娅。

"他有什么理由不让我这么做？你以为你们是他的谁啊？你以为他会关心你们的死活吗？要知道，多年前，我把他的使徒杀了的时候，他也没怎么样啊。我想，他应该已经很熟悉这种感觉了吧。说不定，他还很期待呢，毕竟，他不是唯一一个，被杀掉了天地海三使徒的王爵了啊。"

特蕾娅看了看周围，打量着恢宏的汉白玉宫殿和四周精心修剪的树木，叹息着："真可惜啊，从今天之后，这个世外仙境一般的地方，就要变成一个死寂之地了，时间会把这里蒙上尘埃，结上蛛网，湖水渐渐混浊，灌木藤蔓肆意生长，很快，就不会有人再记得这里了吧。"

"我不会允许你破坏这里的，这是我的家，我死也会守护这里的。"说完，格兰仕在身后悄悄地拉过银尘的手。

银尘抬起头，格兰仕没有回头看自己，这时，银尘突然感觉到格兰仕在自己的手心里写了字。

天崩地裂的轰然声，银尘脚下突然踩空，大地陷落出一个巨大的坑洞，然后又再次合上。

银尘持续地下坠，然后重重地摔倒在地。

一条昏暗的地底隧道出现在银尘面前。在雾隐绿岛上这么久，银尘从来都不知道这条密道的存在。他看着地道中昏暗烛火照耀着的黑暗深处，揉了揉通红的双眼，手指一片滚烫的湿润。他突然后悔自己为什么要先学风源魂术，不学地源魂术，他不想走，就算能够活着走出去，又有什么意义呢？他忍不住哭了起来，像是回到了多年前，自己第一次被打扮成女孩子丢进铁笼子里面对凶残猛兽的时候。

格兰仕，你这个浑蛋。

——"走。"

——他修长的手指，在银尘的掌心里写下了这个字。然后，他紧紧地握了握自己的手。他的手掌温暖而有力，他握紧自己的时候，用尽全力的感觉，像是在对自己说："再见了。"

【四年前】

【西之亚斯蓝帝国·深渊回廊·北之森】

远处混沌的风雪里，几条软绵绵的红色细舌般的肉状藤蔓，带着剧烈的刺鼻腥气，再次以闪电般的速度，从风雪深处朝着三人暴射而来。

费雷尔刚刚捡起地上的盾牌，还没有举起盾牌释放魂力，就突然被一条血红的肉状藤蔓"啪"的一声，拍打在盾牌上，他整个人被巨大的冲击力震得凌空飞起，往后摔出十几米的距离，口中的鲜血在空中喷洒出一道道刺眼的弧线。他浑身铠甲的沉重躯体将一棵巨大的杉木拦腰撞断，仿佛一块巨石般轰然落地。

幽冥和伊莲娜朝身旁的雪地快速侧翻，千钧一发地避开了致命攻击，但幽冥的右肩膀依然被肉藤上密密麻麻的倒刺刮去了一大块皮肤，被撕扯开的皮肉仿佛残破的布块一样，血淋淋地挂在肩膀上，血浆沿着他的胳膊往下流，滴滴答答地从他的五指指尖滴到雪地上，打出一个一个黑色的窟窿。

"怎么会这样……"伊莲娜颤抖的眼眶里，滚烫的眼泪翻涌而出，从未有过的恐惧让她突然挪不动步伐，她仿佛感觉到前方混沌的风雪里，是一个自己无法抗衡的死神，"我不想死……我不想死……"

"你理智一点！不想死就照我说的做！"幽冥伸出左手，将残留在右肩膀上的几块被刮下来的皮肉一把撕下来，他眉头都没有皱一下，直接走到伊莲娜面前，看着她，低沉的声音依然稳定而沉着，"等一下，当宽恕再一次发动攻击的时候，你要释放最大的魂力催动天赋去控制它……"

"不行……我做不到……它的魂力实在太庞大了，我根本不可能将其催眠……"伊莲娜的声音带着明显的颤抖。

"我知道你不能百分之百地将其催眠，但是，相信我，不会一点作用都没有的。你是王爵，是这个国度上魂力最杰出的七个人之一。你只管用全力牵制、干扰、削弱它的攻击，剩下的，交给我！"

伊莲娜抬起头，面前的幽冥长发被风吹起，脸上笼罩着腾腾的杀气，风吹开他的漆黑战袍，厚实的胸膛暴露在空气里。凛冽的寒风将他结实而充满性欲象征的裸露躯体，吹出古铜色的光芒。他浑身散发着一种沸腾的热度和一种令人窒息的狂野气味。他拢紧的锋利眉毛下，是一双毫不惧怕的眸子。伊莲娜不由自主地被他的气势感染了，迟疑地点了点头。

幽冥转过身去，他浑身的金色刻纹浮现出来，发出耀眼的

光芒，仿佛要冲破他的皮肤一般不断跃动。他被肉藤刮去的那
块伤口，在强大翻涌的魂力下，迅速地愈合重生，重新变得光
滑起来。

"你现在剩下的魂力还能够催眠多大范围内的魂兽？"幽
冥双眼凝视着前方危机四伏的暴风雪，低声对伊莲娜问道。

"不知道……刚刚宽恕和自由都大幅度地觉醒了一下，将
周围很大范围内的魂兽都撕成了粉碎，吸收了它们所有的魂力。
我想，附近剩下的魂兽应该不多了。"伊莲娜看着幽冥，不知
道他想干什么，"而且，就算我能将远处的魂兽催眠过来，也
起不了任何作用啊，它们在宽恕面前，根本构不成任何实质性
的威胁……"

"我并不指望用那些魂兽去对抗宽恕，我只是想……你按
照我说的做就行了，现在，你将周围所有能调集到的魂兽，全
部驱赶到这里来。"

伊莲娜收敛心神，强压下心中的恐惧，她闭上双眼，在脚
下绵延万里的雪地上，悄然无声地释放了她的【驭兽之阵】。

一圈金色的涟漪，在雪地上轻轻地扩散开来，飞快地沿着
地面传递开去。

隐隐地，森林深处传来地震般的轰鸣，紧接着，无数只巨
大的【独角雪犀】雷霆万钧地朝伊莲娜冲撞过来，同时，周围
的冻土地面瞬间高高隆起，厚厚的冰层咔嚓咔嚓地裂开深深的
地缝，成百上千只巨大的铁铠般坚硬的甲壳类昆虫，从地缝里
嘶叫着爬出，它们甩动着铁鞭子一样的触须，拳头大小的赤红
眼球转动不停，翅膀在坚硬的甲壳下震动着，发出类似铁片震

动般哗啦啦的声响。

　　幽冥喉咙里发出一声仿佛野兽般的怒吼，他脚下的地面突然旋转出一个崭新的黄金之阵。空气里四射着刺眼的光芒，在这个阵的范围里的雪犀和各种奇形怪状的昆虫身上，都突然浮现出发亮的金黄色魂印来，幽冥整个身体用一种向后弯曲的姿态，悬浮在空中，他的双臂用力张开，顷刻间，上百个魂印爆炸成碎片，无数金黄色的碎光闪尘，仿佛被黑洞吸纳着一般，朝他的喉结处源源不断地旋转而去，仿佛一阵金色的龙卷风，被吸纳进他的身体。幽冥野性而英俊的面容上，呈现出一种撕心裂肺的迷幻快感，他的瞳孔涣散成一片闪动的绚丽光芒，模糊而又斑斓，嘴角邪恶的笑意让人毛骨悚然。

　　伊莲娜看得呆住了，她从来不知道幽冥的天赋是如此可怕而邪恶，这个新近诞生的杀戮王爵一直都保持着神秘的行踪，平时甚少见到他的身影，只是一直都传说着，只要他出现，就必定会带来王爵或者使徒的死亡。

　　幽冥的目光重新凝聚起来，他缓慢地降落在雪地上，看了看周围爆炸散落的魂兽尸块，和雪地上凝结起来的大大小小的血泊，神色凝重地转头对伊莲娜说："你准备好了吗？"

　　伊莲娜点点头，全身的金色刻纹也浮现了出来，她突然觉得，有了一些存活的希望。

　　幽冥突然举起右手，朝着远处地平线方向用力一挥，一道透明的金色涟漪划破空气，飞速地朝前旋转而去，往前飞出几十米之后，透明的涟漪渐渐凝结成了一道闪电般旋转的冰刃，冰刃冲击的速度越来越快，转眼消失在混沌的风雪里。

冰刃如同石沉大海一般，消失在远处空旷苍茫的大雪里。四下安静得仿佛一座坟墓，伊莲娜只听得见自己紧张的心跳声。

她知道，这道冰刃只是诱饵，用来触发宽恕的进攻。

前方剧烈的魂力异变！

来了！

还没来得及看清楚，两道血红色的闪电就朝着幽冥和自己激射过来，伊莲娜下意识地想要躲避，但是突然想起刚刚幽冥的告诫，于是两眼一闭，抱着必死的心，瞬间释放出自己最大限度的驭兽能力。

空气里一声仿佛断弦般的破空声，两道红色的闪电在伊莲娜强大的天赋之下，动作停滞了那么几秒，仿佛慢镜头一般，在空气里缓慢下来——而对幽冥来说，几秒钟就够了。

他的身形瞬间闪动，如同一个漆黑的幽灵诡谲地蹿到伊莲娜的面前，他伸出肌肉隆起的双臂，以不可思议的速度瞬间抓住了快要刺穿伊莲娜身体的两条血淋淋的肉状藤蔓。幽冥两眼闪亮刀锋般锐利的金色光芒，他一声低吼，双手突然爆炸出排山倒海的魂力，一瞬间，两条血淋淋的藤蔓沿着幽冥的双手咔嚓咔嚓地全部冻结上了一层银白色的坚冰，无数冰块哗啦啦地凝结在藤蔓表面，朝着混沌风雪深处的宽恕游窜而去，如同两条嘶嘶作响的白蛇。幽冥两眼充斥着杀戮血光，他双手一抖，哗啦啦的一阵脆响，两条血淋淋的藤蔓，瞬间碎成无数的冰碴儿，从天空上掉落下来。

远处的混沌风雪里，传来一声沉闷而巨大的痛苦嘶吼。

幽冥的脸上弥漫着杀戮的邪气，嘴角的笑容在惨白的雪光下显得狰狞而诡异。

漆拉和吉尔伽美什从金色的光芒里显影而出。

此刻，周围已经不再是茂盛整齐的雪杉密林，四处倒塌的断木证明着此处也处于魂力波动的范围。

吉尔伽美什看向前方，地平线上，已经非常清晰地出现了一朵巨大的莲花轮廓。

"你怎么把棋子做在了这里，直接空降战场不好吗？"

"我不清楚宽恕觉醒的程度，贸然进入战场，风险太大了。"

吉尔伽美什点点头，觉得有些道理，他回过头刚要接话，却看见漆拉抱着一棵巨大的杉树，将脸轻轻地贴近树干，仿佛在聆听着什么。

"你在干吗？"吉尔伽美什忍不住问道。

"感应。"漆拉把脸从杉树表面移开，"不是所有的人都像你和特蕾娅一样，能够那么精准地感知遥远距离外的魂力情况的。"

"你这叫感应？你知道你这样看起来有些蠢吗……这样能听得见什么啊。"吉尔伽美什苦笑着，"你想知道前面的战况，问我就好了啊。目前来说，他们几个都还没死，但是，如果再不赶过去的话，就说不好了。他们其中有一个人，刚刚突然获取了巨大的魂力，他自身的魂力上限在短时间内跃升了一个巨大的能级。如果我没猜错的话，应该是幽冥，虽然我并不清楚他是怎么做到的。亚斯蓝新一代的王爵真是青出于蓝啊，我们都老了。"

"你别谦虚了，你老当益壮，谁斗得过你。"漆拉皱着眉头，看着依然面带笑意的吉尔伽美什，叹了口气，"快走吧。"

吉尔伽美什："老……老当益壮……这词听起来不是很令

人愉悦……"

"别废话了，快走。"说完，漆拉朝前迅速走去。

吉尔伽美什赶上漆拉，走在他略微斜前方一步的距离，他的身子稍稍有部分遮挡着漆拉——他不动声色地，将漆拉掩护在自己的身后，因为他知道，每往前一步，危险的能级就上升一阶。

漆拉抬起头看着走在自己面前的吉尔伽美什，没有说话。他轻轻地抬起手，一道铂金光芒迅速在他掌心里一闪即逝，仿佛一尾银色的小鱼，从他指缝中滑走。

铂金光芒朝着刚刚漆拉俯耳倾听的那棵杉树无声飞去。

就在光芒快要穿刺到杉树树干的时候，突然被空气里一阵扭曲的涟漪吞没，瞬间消失了踪影。森林中除了风雪声，没有任何异样的声响。

——刚刚漆拉俯身贴近树干的时候，已经将那棵杉树，制作成了一颗棋子。

——铂金光芒在接触树干的瞬间，就已经被棋子转移。

——棋子通向哪儿？

吉尔伽美什和漆拉的身影，飞快地朝前方奔去。

漆拉调动起天赋，勉强地跟上吉尔伽美什的前进速度。

他不想让吉尔伽美什看出自己的异样——他的魂力，正在持续而剧烈地消耗。

【西之亚斯蓝帝国·雾隐绿岛】

地底隧道潮湿阴冷，非常狭窄，仅容两人并肩走过。两边古老的墙壁上长满了厚厚的青苔和霉斑，看起来年久失修。隧道两边每隔二三十米的距离，才会有一盏微弱的灯火，这让隧道呈现出一种悲伤的明明灭灭的间隔，像是反复行进在光明和黑暗里。

银尘看了看壁龛槽里的燃料，并不是普通的灯油——普通的灯油很快就会燃烧殆尽，需要人经常更换燃料，但这里看起来是一条几乎没有人在使用的半废弃隧道。壁龛里燃烧着的是一种金锏气原石，这种石块燃点不高，燃烧非常缓慢且稳定，小小的一块矿石经常可以燃烧数年之久。这种矿石在亚斯蓝并不多见，相反，它是地源的产物，银尘听吉尔伽美什说起过，地源很多地下宫殿，就是大量用金锏气原石作为燃料照明。

隧道幽深而长，不知道通往哪里，但是很明显，是可以出去的，因为整个地下隧道里的空气是流通的，并不混浊，因此壁灯的燃烧也很稳定。只是非常寒冷，应该是在水下湖底。

银尘看着前方明明灭灭的隧道，他不愿意挪动脚步。不管这条隧道通往哪里，只要他往前，就是在离格兰仕越来越远。想着此刻地面之上，格兰仕一个人在面对特蕾娅，他感觉像是在持续地下坠，胸腔里那种因为恐惧而带来的失落感，像是一个怪兽一样吞噬着他的理智和情感。

滴答。

滴答。

水滴的声音。

银尘抬起手，把眼角的眼泪抹掉，注意力循着声音传来的地方看去，他朝前走着，水滴声越来越清晰，银尘在一大块潮湿的地面处停下来。

墙壁上的壁龛里，火光已经熄灭了，凹陷的壁龛里积满了水。墙壁上一大片淋淋的潮湿。银尘趴在冰凉的墙壁上，耳朵贴向石壁，隐约的水流声从墙壁那头传来。

银尘后退两步，他的目光闪动起来，呼吸有一点急促。

他抬起手，催动着魂力，墙壁缝隙裂纹里渗透出来的湖水，开始结冰，冰块在石头裂缝中膨胀开来，越来越多的湖水从裂缝中涌进来。

银尘双手猛然紧握，一阵巨大的爆炸声，石壁被冻结的寒冰震出一个巨大的窟窿，汹涌冰冷的湖水倒灌进隧道。

月光下，东赫的尸体直挺挺地倒在湖边，他的身躯在寒冷的夜色里迅速地僵硬了。

格兰仕的眼泪涌在眼眶边缘，恐惧混合着愤怒，让他的眼睛放出野兽般的红光。他双手紧握着两把狭长而锋利的黑色金属刺刃，作为地之使徒，他是三个使徒里第一个拿到魂器的人。这两片狭长锋利的柳叶刺刀样的兵器叫作【黑雁斩】，它以一种比玄铁还要坚硬的黑色金属锻造而成，至为坚硬的同时也至为轻盈，使用起来没有任何负担。格兰仕本身就以闪电般的速度和瞬间爆发的力量见长，所以，他双手挥舞起双刃的时候，就像是两道黑色的闪电，所过之处，轻易地就能斩杀一切，仿佛手持利刃精准地收割的猎者。

他的肩膀和大腿处，已经被特蕾娅的冰刃攻击撕开了好几道口子，鲜血浸染在他黑色的袍子上。他的嘴角也有一些明显的血痕。

而此刻站在他对面的特蕾娅，却依然优雅而动人，浑身上下没有任何伤痕，甚至她的呼吸都平稳而悠长。她看着格兰仕，目光里混合着怜爱和嗜血的双重神色。

"格兰仕！"

湖面突然爆开水花，银尘从湖底游出水面，他快速地从岸边跑向格兰仕，湿淋淋的袍子紧贴在他的身上，他银白色的头发被湖水浸泡后，在月光下仿佛发亮的银丝。

"你回来干什么？！"格兰仕低沉混浊的呼吸里，带着明显的痛苦。他的眼眶迅速涌起薄薄的泪水，他的声音哽咽起来，"你会死的！"

"那就一起死！"银尘擦干净自己脸上的水迹，双手魂力释放，两把坚硬锋利的冰刃从他掌心幻化而出，森然的寒冷散发着明显的白汽，"让我一个人逃走，我做不到。"

格兰仕红着眼睛，用力地将银尘拉到他的身后，他的个子本来就比银尘高，身材也壮，此刻站在银尘面前就像是他的守护神一样。银尘心里涌起一阵难过，虽然这些年在一起的日子里，格兰仕永远像一个长不大的野孩子一样，整天不务正业，四处闯祸，没事总爱拿自己寻开心，但是，在任何有危险的时候，他永远都站在自己的前面。银尘没有哥哥，但是他想，如果有哥哥的话，就一定是格兰仕这样吧。

无数往日回忆涌上银尘的心头，他的喉咙像被滚烫的沙子堵满了一样，发不出声音来。他可以清晰地感觉到前方特蕾娅传递而来的死亡的威胁，但不知道为什么，他却没有刚刚自己

一个人在地底隧道时恐惧。越过格兰仕宽阔的肩膀，远处那个
诡异微笑着的白裙翻飞的女人，此刻正目光怪异地看着他们两
个，像是看着两个将死之人，嘴角的笑容里充满着嘲讽。挡在
自己面前的格兰仕，身躯高大挺拔，浑身的肌肉此刻正翻涌着
无数的魂力，他的肌肤被泛滥发光的金黄刻纹映照出一片古铜
光芒，他的头发扎在脑后，肆意地飞扬在风里。

　　不知道什么时候，他已经从当初印象里那个男孩，变成了
这样一副挺拔成熟的男人样子。

　　空气里一声蜂鸣，银尘眼前一花，格兰仕的人影已经闪电
般地朝特蕾娅冲了过去，他的身影在这种极高的速度之下，拉
动成灰黑色的光芒，他两只手中疯狂翻卷的狭长薄锋，震动出
无数的幻影，在空气里划出一道一道闪电般的透明光亮来，攻
击的线路和角度极其刁钻难测，格兰仕的体态和身姿，在巨大
魂力的辅助之下，呈现出寻常人类难以达到的力量和动作。

　　但是，站在远处的特蕾娅，只是轻轻地移动着自己的脚步，
优雅淡然，毫不费力地就一一躲开了格兰仕快若闪电般的攻击。
每一次格兰仕的攻击，她看起来都能提前知道方位角度和力量
大小，她的脸上始终带着那种诡异而傲慢的笑容，两只眼睛绽
放出骇人的白光，瞳孔里卷动的漫天暴风雪像是要从她眼眶里
倾泻而出，择人而噬。

　　格兰仕重新回到银尘身边，他双膝微屈，维持着一个警戒
的姿势，手上的黑雁斩嗡嗡地震动着，他的胸膛剧烈地起伏着，
大口喘息，浑身蒸腾着金黄色的热气。

　　银尘伸出手，轻轻地放在格兰仕的尾椎上，手里源源不断

的金黄色魂力涌动而出，流进格兰仕的爵印里，补充着他刚刚因为超高速度而消耗的魂力。

"看起来她对魂力的流动感知非常精准，我所有的攻击都能够被她提前预判，难以接近她的身边。"格兰仕转过头，在银尘耳边小声说道，"你试一下远距离攻击，银尘，你比较擅长元素战斗，我来辅助你。"

银尘点点头，看着格兰仕渗满汗珠的额头，和他被汗水打湿的鬓角，有点担心地问："你一直维持这种速度，魂力消耗会很大，能吃得消吗？"

"我没事，雾隐绿岛上黄金魂雾浓度很高，恢复起来很快的。"格兰仕看着银尘，目光滚烫发光，仿佛一个年轻的战神，"你自己当心。"

银尘全身的金黄刻纹在黑暗里浮现出来，四肢甚至脖子上都密密麻麻地闪烁着金色的纹路。如果单论魂力的驾驭能力和元素的使用熟练度的话，银尘是三个使徒里天赋最高的，他似乎对元素的操纵有着与生俱来出类拔萃的驾驭能力。在格兰仕还不能将水以冰的状态悬浮在空中的时候，银尘已经可以将水以液体的原态在空中自由游动旋转了——不改变水元素的原始液态，直接操纵，是比以冰雪等固体形态操纵要困难得多的事情。所以，在雾隐绿岛这样被水源环绕着的区域，银尘的战斗力自然远超其他靠速度或力量取胜的王爵使徒。

当然，格兰仕在力量和速度上的天赋，也让银尘望尘莫及。

"哎哟，准备换人了啊？"特蕾娅目光清澈起来，她的表情没有任何担忧，依然胸有成竹的样子，她甚至轻轻地在草地上一块光滑的大石上坐下来，蜷缩起膝盖，双腿从她高高开衩的裙摆下裸露出来，月光下，她白皙的双腿修长结实，反射着细腻的光泽。她的长裙与其说是包裹住她的全身，不如说仅仅仿佛是浮动的云絮一样，轻拢着她曲线玲珑的躯体，她雪白而高耸的胸脯，盈盈一握的腰肢，都肆意地散发着勾魂夺魄的蛊惑力。

空气里年轻女性独有的气味更加浓郁，撩拨着两个血气方刚的年轻人。

银尘和格兰仕的脸微微一红。

"来啊，我等着呢。"特蕾娅抬起手，掩着嘴轻轻地笑着。

"锵——"

"锵——"

空气里两声锐利的摩擦声，两道又薄又锋利的冰刃仿佛神鬼出没般，突然从特蕾娅身后的黑暗树丛里显形，急速斩向特蕾娅，冰刃速度极快，甚至都让人无法清晰看到它们的轮廓边缘，只能听到它们急速地划破空气的声音和反射出的模糊月光。

两道巨大的薄刃闪电般地划向特蕾娅，在靠近她的身体范围内的时候，突然消失不见了。

空气里闪烁着巨大的透明涟漪。

"怎么会……这样……"银尘脸色苍白，刚刚他在空气里凝结出的两片刀刃，仿佛消失在了特蕾娅周围的空气里。他收敛心神，双手一张，身后的湖泊水面突然高高隆起一个圆弧，如同湖底有一个巨大的怪兽即将破水而出，下一个瞬间，巨大的爆炸声像要将每个人的耳膜撕裂。爆炸后的湖面，突然蹿出无数条巨龙般的冰柱，它们高高地冲天而起，然后以雷霆般的威力轰然朝特蕾娅砸落，与此同时，格兰仕人影迅速闪动，仿佛一条黑色的闪电刺向特蕾娅。

无数股力量汇聚到一起轰然炸裂，银尘被迎面撞来的气浪掀得往后倒跃出去，跌落在草坪的边缘，差点掉进湖里。

四散爆炸的泥土、草屑、冰碴儿，将视野搅动得一片混沌。

银尘努力地在周围急速流动的空气里睁开眼睛，他看着面前的景象，内心的恐惧如同沼泽大蛇将他吞噬干净。迎面走来的特蕾娅一尘不染，浑身上下没有任何伤痕和污渍，她全身的纯白色纱裙，仿佛有生命力的巨大海草一样，肆意地朝天空生长着，迎风缓慢摇曳，宛如一朵巨大的白色昙花，而她就是那株散发着迷人香味的花芯。她的表情有一种说不出的恐怖和怪异，瞳孔一片苍白迷茫，嘴角笑意盈盈，仿佛一个艳丽的女鬼即将张开血盆大口。无数冰碴儿碎片只要一进入她白裙的范围，都瞬间消失不见，石沉大海。

格兰仕背靠着远处一棵大树，跌坐在地上，胸前的衣衫上是一个巨大的血洞，大量的鲜血从血洞里往外涌，很快浸湿了他的长袍。

银尘看向特蕾娅的手，她的右手五指上，正在滴滴答答地往下滴血。

"呵呵……你们听没听说过……有一样东西，叫作女神的裙摆？"特蕾娅笑盈盈地停下来，像是一只猫玩弄着面前挣扎着的老鼠一样，并不急于吃掉它，她抬起自己的右手，把带血的手指放在唇间品尝着，"这是亚斯蓝所有防御魂器里，顶级的一面'盾牌'，所有的间接攻击，包括元素攻击和魂兽攻击，在它面前都没有任何效果……"

特蕾娅抚摩着她迎风飞扬的雪白裙摆："此刻我穿在身上的这件白色纱裙，就叫这个名字。银尘，你所擅长的这些攻击方式，对我来说，都是没用的。而能够对我构成威胁的，反倒是格兰仕纯粹的物理性杀伤力。格兰仕，你那两把赫赫有名的黑雁斩速度真是快啊，我想除了我，应该没有人能够持续抵挡你那一对闪电刀刃吧，可是呢，真不巧，我的天赋又是精准的魂力感知，在你靠近我之前，我就已经知道你所有的进攻动向了，当你的一切攻击都能够被我提前预判时，躲开你的进攻对我来说，就像在花园散步一样了啊。你们说，这该怎么办呢？我是不是有点太欺负小朋友了啊？呵呵……你们现在应该知道，为什么派我来杀你们了吧？我就是为亚斯蓝大部分王爵使徒量身打造的一份礼物啊。这份礼物的名字，叫作【压制】。"特蕾娅的牙齿上，还沾染着格兰仕的鲜血，她看起来像是刚刚咬死猎物的毒蛇。

银尘的瞳孔急剧缩小着，他曾经听吉尔伽美什提起过，女神的裙摆是自远古时代就流传下来的有名盾牌，在魂器里非常罕见，只是他从来没有想过，一面盾牌，竟然会是穿在女人身上的纱裙。

"怎么办？看起来你们好像没有办法杀死我了呢。"特蕾娅轻轻地叹息着，"我们还要继续浪费时间吗？"

话音刚落，特蕾娅全身的金黄刻纹暴涨开来，无数金黄色的光芒四处流窜，她的目光杀机重重，寒光四射："我觉得差不多了吧，我也玩腻了！"

巨大的冰刃像是土壤里破土而出的怪兽，张大着森然獠牙的血盆大口，咔嚓咔嚓地朝银尘和格兰仕撕咬过去，沿路掀翻的泥土散发着剧烈的腥气，就在那些疯狂蹿出的冰刀快要到达银尘和格兰仕的位置时，突然，两团巨大的火焰从银尘和格兰仕脚下的泥土里蹿动升起，无数的火光仿佛蟒蛇，卷裹缠绕，瞬间将冰刃融化成水，火光游动着，如同温柔的守护神一样，缓慢环绕着银尘和格兰仕。

　　"没想到你们……"特蕾娅的脸色苍白一片，"这么快就能使用'火'的元素了……你们更该死了啊……"

　　银尘慢慢地站起来，走到格兰仕身边，他扶起格兰仕，把他的手绕过自己的脖子，搭在自己的肩膀上。他的血沾染了银尘白色的长袍，像是银尘胸襟处开出了一朵小小的木棉花。两人并肩站立着，面对着此刻杀意四起的特蕾娅。

　　"没想到，你们对四象极限这种传说中的天赋，熟练程度已经如此之高了。"特蕾娅看着他们，眼里是仇恨的怒火，她咬牙切齿地说道，"……好……真好……怪不得白银祭司要杀你们……"

　　"因为你们确实该死！"一瞬间，特蕾娅的面容扭曲狰狞，她全身仿佛爆炸开无数的气浪，巨大的白色纱裙膨胀翻滚，仿佛遇风则生一样，瞬间变得巨大无比，铺天盖地的白色云浪，将周围的空间遮蔽包裹。

　　特蕾娅突然仰起头，太阳穴上的血管像是快要从皮肤下破裂而出。空气里突然充斥着一种完全听不见，却将人折磨得痛不欲生的声音。那种声音像是无数密集的冰冷肉虫爬进了自己的脑海，爬进了自己的食道，胃里的酸液朝着喉咙翻涌而上，脑海中的平衡被瞬间打破，格兰仕和银尘跌倒在草地上，痛苦地抱紧头，身体不由自主地开始颤抖。

银尘的视线突然一晃，卷裹而来的白色丝绸就如同蚕茧般瞬间裹紧了他的全身。仿佛千斤巨石压身，白色丝绸犹如一条巨蟒般勒紧了自己的身体，胸膛上巨大的压力让银尘气血翻涌，一口鲜血喷洒而出，在白色的丝绸上晕染开来，银尘清晰地听见了自己的肋骨一根根断裂的声音。

他的视线被那种震耳欲聋的诡异声响撕成碎片，所有的理智和判断，都被震碎。

四处翻涌的气流，空气里不时发出雷鸣般的爆炸声，泥土在暴风里旋转飞舞，遮天蔽日，银尘的意识在不断勒紧的白色绸缎里，渐渐消失，特蕾娅看着面前两个被全身包裹着无法呼吸、不停挣扎的一度使徒，脸上是狰狞的笑容："你们就带着你们身上本就不应该存在于世的天赋，一起去死吧！"

"咔嚓——"

"咔嚓——"

一枚薄薄的刀刃从丝绸的卷裹里刺了出来，紧接着，第二根，第三根……连续不断的刀刃哗啦啦地将层层丝绸划开，仿佛白色的蚕茧里，有什么怪物正在迅速地膨胀、挣扎、呼之欲出……

特蕾娅的心仿佛被一根钢丝勒紧。

"这是……这……"她看着不断疯狂地从丝绸里刺出来的巨大刀刃，突然明白了，她忍不住诡异地哈哈大笑起来，"哈哈……哈哈哈……你竟然使用了黑暗状态，一个小小的使徒，竟然敢不自量力地使用哪怕是高位王爵都不敢轻易触碰的禁忌魂术，哈哈……太好了，我不杀你了，你这么努力地要活下去，我怎么舍得杀你呢……我要看着你自己变成一个人不像人鬼不像鬼的畜生，哈哈哈哈……"

特蕾娅白色的瞳孔里放射着兴奋到扭曲的光芒："我今天就要好好看着你，怎么一步一步变成肮脏的饕餮！"

天地间突然绽放的黑色光芒，将白色的丝绸撕成碎片。轰隆隆的声响，仿佛大地都在颤动，白色的丝绸突然撤回特蕾娅的身体，在她的周围警惕地缠绕浮动着。

银尘的意识缓慢地恢复过来，当他的视线重新聚拢时，他惊呆了，矗立在自己面前的，是一匹人马一样的巨大怪兽，它的双臂和背部，长满了巨大的仿佛翅膀一样的漆黑剑刃，每一根羽毛，都是锐利坚硬的刀锋，无数刀刃彼此摩擦、旋转，哗啦啦地发出金属的蜂鸣。

巨大的马身，高高地仰起它的前蹄，它的马尾不是无数的鬃毛，而是一根仿佛鱼骨般一节一节的巨大长鞭，上面长满了锋利的刀片，随着马尾的甩动，无数参天大树轰然倒下。而在马身之上，是格兰仕肌肉健壮的肉体，他的面容已经狰狞扭曲，胸膛和肩膀都变得无比巨大，他的牙齿变得尖锐，目光含混不清，仿佛阴冷的地狱恶魔般放射着青光。

他低沉地嘶吼着，巨大的魂力咆哮翻滚，每一声嘶吼都扩散出震碎一切的力量。

银尘的胸口被这样的嘶吼震得如同千钧重压，腥甜的鲜血涌上喉咙，填满干涩的口腔。

而远处，特蕾娅的脸色开始渐渐苍白，她浑身的白色纱裙已经肆意翻滚扩张到了极限，但是，却完全抵挡不住【暗化】

后的格兰仕一次简单的攻击。

　　他的攻击直接而又简洁，没有任何技巧，没有任何元素驾驭，仅仅是单纯的物理性一击，特蕾娅就仿佛一只断线的风筝一样，从空中高高地抛出去，在半空里洒下无数的鲜血。

　　银尘无法相信自己的眼睛，那个攻击太迅速、太强烈，已经超越了人类速度和力量的极限，所以，就算特蕾娅提前预知到了，她也来不及躲开。

　　银尘看着面前持续膨胀持续变形的格兰仕，心如刀割，他的眼泪滚滚地漫出眼眶，他用尽自己最后的力气大声地嘶吼着："格兰仕！你快恢复回来啊！再不恢复过来，你就被黑暗吞噬了啊！"

　　格兰仕听见银尘的声音，他转过身，两只青灰色的巨大瞳孔放射着恐怖的凶光，他挪动着四条兽腿，缓慢而沉重地朝银尘走来。巨大的铁蹄仿佛千斤巨石一样，一步一步地砸向大地，每一步都踩出一个坍塌的坑洞，他的身躯此刻有一座小山那么高，参天大树在他的身边，仿佛低矮的花丛，他弯下身体，巨大而狰狞的面容靠近躺在地上的银尘。

　　银尘看着居高临下俯瞰自己的巨大怪物，泪水流满了他的脸，他哽咽而撕心裂肺地喊着："格兰仕……你听我说……我是银尘，我是银尘！你不要变成怪物……我不要你变成怪物……你快回来！你快回来啊……我求求你了……"

　　格兰仕轻轻扬起那双钢铁剑刃组成的翅膀。

　　第一枚钢刀，缓慢地插进了银尘的肩膀。银尘咬着牙，没有发出痛苦的喊叫。他抬起手，抚摩着近在咫尺的格兰仕已经半兽化后巨大的脸庞,那上面依然残留着模糊的格兰仕英俊五官的影子。银尘的眼泪从眼角滑下,他的视线里,并不是一只残忍的野兽,他依然是那个嘴角带着微微笑意的顽皮少年。

"格兰仕,一年前,我们俩在沙漠里寻找【阿卡时黄气宝石】,突然遇到成群的铁蝎,在干涸的沙漠里,我找不到任何的水源用来战斗……是擅长物理攻击的你挡在我的前面保护我。你的胸膛被巨大的铁蝎划出一道鲜血淋漓的伤口,到现在,都还有一道淡淡的疤痕……"

第二枚钢刀,刺进了银尘的腹部。血液变得苦涩,涌进银尘的嘴里,银尘的话语开始变得断断续续。

"一年半前,在【幽碧峡谷】……我们同时摔下山谷,是你紧紧抓着我,死也不肯放手,你说要死我们一起死,最后……最后……"银尘的呼吸开始越来越困难,"……我们两个人一起摔下了悬崖,后来东赫驾驭着【雪雁】及时飞来救我们……"

第三枚钢刀,停在银尘的胸口,迟疑着,没有刺下去。

银尘突然忍不住开始哭起来,他的声音颤抖着,抬起手,抚摩着格兰仕高高隆起的眉骨,像是金属一样的两道骨骼已经从他本来英俊锋利的眉毛下刺破皮肤长了出来。格兰仕狰狞而巨大的瞳孔,颤抖着,不由自主地流下了滚烫的泪水。他的眼泪沿着银尘的手指往下流淌。

"还有两年前,在【雾女沼泽】,我和你一起被脚下的绿色腐烂沼泽吸住无法脱身时,是你把我举起来,扔出了沼泽的范围,而全然不管因为用力而更加下陷的自己……"银尘抬起手,轻轻地擦掉格兰仕眼角的泪水,"都是你啊……你一定记得啊。你快回来吧……"

巨大而狰狞的怪兽脸上，此刻渐渐出现了格兰仕英俊而野性的轮廓，它的眼眶停止了膨胀，高高隆起的眉骨缓慢地恢复着。它的两枚巨大的青灰色瞳孔慢慢恢复着黑色的光泽。它看着躺在地上渺小的银尘，狰狞的面容安静下来，目光里缓慢地恢复着柔软的凝视。它的瞳孔清晰起来，狰狞的青光散去，凹陷的眼眶里，只剩下柔软的守护和滚烫的泪水。

银尘看得心都碎了。

他伸出手，轻轻地抚摩着它巨大而狰狞的脸，他的手抚摩过它尖牙边光滑的鬃毛，低声说道："求你了，你快变回来……我不要你变成怪物……我知道你听得见……"

它滚烫的眼泪沿着脸庞流下来，湿润了银尘的整个胳膊，它咧着巨大的嘴，锋利的牙齿颤抖着，像在哭泣。

一枚又一枚的刀刃不断地缩回它的身体。

汹涌而狂暴的魂力渐渐安静下来。

它的翅膀消失了，一双肌肉结实的手臂环绕过来，温柔地抱紧了银尘。

"银……尘……"它缓慢恢复过来的神识，发出了第一声混浊的呼唤。

空气里突然一阵蜂鸣。

像是有什么锐利的东西刺破了夜色。

银尘的眼睛里突然闪烁过一道铂金色的光芒，随后，铂金色光芒突然朝着格兰仕的后背脊椎刺了进去。

格兰仕突然发出一阵巨大的哀号。

刚刚平复的魂力瞬间再次狂暴。

空气里哗啦啦响动着金属刀刃切割的声音。

一双巨大的金属翅膀在银尘头顶展开。铂金光芒在它身体周围反复穿梭，一下又一下毫不留情地穿刺进它厚厚的皮甲。它被巨大的痛苦刺激着，狂乱地挥舞着双翅。

无数锋利的刀刃哗啦啦地转动着，铿锵作响，银尘的喉咙里充满了黏稠的血浆，这使得他发出的痛苦呻吟模糊而又短促，他的躯体在无数刀刃哗啦啦的切割下，渐渐地变成了碎块，每一条血管每一根筋脉，都被疯狂旋转的刀刃，切割寸断。他的血从身体下面流出来，浸染了一整片草地。

巨大的格兰仕被铂金光芒持续不停地反复穿刺，身上出现一个又一个血流不止的深洞。它扬起的前蹄重重地砸下，其中一只铁蹄，踩在了银尘的胸膛上。

骨头咔嚓咔嚓断裂的声音。

格兰仕前腿无力地跪下，它俯在银尘的上方，伸展着双翅，想要保护他，远离铂金光芒的无情穿刺。

银尘的意识渐渐消散，他望着离他的脸只有几寸距离的巨大青灰色瞳孔，他看见它滚烫的眼泪仿佛悲痛的大河，滚滚地流淌到自己脸上。

他充满滚烫鲜血的喉咙里，最后一声模糊的声音是："……你快走……"

铂金光芒突然出现在银尘的眼角，然后，他就感觉到一阵冰冷的锐利，抵在他的太阳穴上，然后，尖锐的刺痛缓慢而冷酷地，穿刺进了他的脑海。

银尘所有的记忆，停留在了这一刻。

格兰仕突然张开巨大的兽口，咬紧刺进银尘太阳穴的铂金剑，它用力地咬紧上下颌，然而，铂金剑突然高速地震动起来，它锐利的牙齿瞬间变成碎片。

铂金光芒趁机迅速逃逸，消失在黑色灌木丛里，空气里一阵透明的涟漪波动，铂金光芒瞬间无影无踪。

怪兽低下头，看着眸子里已经干涸的银尘，它扬起头，发出了一声巨大的悲鸣，低沉的吼声仿佛胸中无法诉说的悲痛。

如果有人听见这声惨叫，那他一定会觉得，这是世界上他听过的，最悲哀、最痛苦、最撕心裂肺的声音。

巨大的轰鸣声，一声，一声，仿佛沉重巨大的鼓点一样，随着巨大的铁蹄，消失在森林深处。锋利而巨大的鞭状马尾，所过之处，森林无声地成片倒塌。

凄冷的月色下，银尘的尸体躺在湖边，鲜血顺着湖岸，流进碧绿的湖泊。

爵迹

Chapter 10

众神审判

L.O.R.D

·Legend of Ravaging Dynasties·

【四年前】

【西之亚斯蓝帝国·深渊回廊·北之森】

吉尔伽美什停下飞速前进的身形，他抬起头，前方混沌的风雪里，已经没有高大树木残留的痕迹，空旷的雪原上，只有遍地倒伏断裂的巨大树干和光秃秃留在地面的高高低低的树桩。

"再往前，就进入宽恕的攻击范围了。"吉尔伽美什回过头，看着漆拉，"你准备好进入战场了吗？"

"嗯，准备好了。"漆拉点点头，"走吧。"

"可是我觉得你没有准备好。"吉尔伽美什突然淡淡地笑了，他仿佛淡金色琥珀的瞳孔，闪烁着一丝神秘的意味，"你的魂力在快速地流逝，你不会认为，我感觉不到吧？"

漆拉的脸色微微有些发白。他沉默着，没有说话。

"而且，你刚刚在那棵你停下来倾听感应的杉树上，看似不经意却非常迅速地做了一枚棋子。"吉尔伽美什朝漆拉走近一步，他的长袍被风卷动，"我还挺有兴趣想知道，那枚棋子通往哪里，你打算告诉我吗？"

"我沿路都会设置棋子，没有什么好奇怪的，谁都无法预料等一会儿和宽恕的战斗究竟会如何，也许我们随时都需要可以撤出战场的紧急方案。沿路留下棋子，也方便我们随机应变，如果真的无法对抗宽恕的话，那至少可以安全撤离，不至于让战局失控。"漆拉的语调冷静而平和，没有任何慌乱，他的目光直视着吉尔伽美什，没有任何闪躲。

"可是，你却把你的魂器通过那枚棋子转移了，这恐怕有些说不过去吧？"吉尔伽美什看着漆拉冷静的面容，依然维持着优雅的微笑，"哪有人还没上战场，就先把武器丢掉的？"

漆拉不再说话。他看着吉尔伽美什，呼吸有些混浊。他纤长的睫毛像是被雾气晕染了，带着一种湿漉漉的哀伤。

"你的魂器去了哪儿？"

漆拉依然没有说话。

"我可以继续等你，你什么时候想告诉我了，你再开口，我不是很急。"吉尔伽美什轻轻地扬了扬手指，指着他身后混沌的风雪，"就是不知道，他们几个能不能再坚持下去了。虽然你不是很擅长魂力感知，但是，此处离战场已经一步之遥了，我想你应该也可以感受到，宽恕没多久就会彻底觉醒了吧……"

"我让我的魂器，短暂穿越了一小段时间，去了未来。"漆拉调整着自己的呼吸，镇定地说道。

"去未来干吗？"

"我让它去看一看，这场战役的结局……"漆拉的眼睛微微有些发红，像是被冰冷的寒风吹痛了眼眶，"如果结局……如果结局不好，我们现在就立刻离开这里。我不想你走进一场注定会失败的战役。"

"你为何不告诉我，你可以自己去看一看，我可以在这里等你。"吉尔伽美什的声音有些柔软下来，他看着漆拉泛红的眼眶，有些不忍。

"穿越时间远比穿越空间消耗的魂力要大得多。光是把我的魂器送往未来，就几乎消耗了我大量的魂力。如果我让自己穿越时间的话，我可能短时间内完全无法战斗，甚至无法立刻回到这里……"漆拉把视线从吉尔伽美什温柔凝视的眸子上挪开，他不想让吉尔伽美什看见自己湿润的眼眶，"我想留下来帮你……虽然我没你强，但至少，我可以辅助你，我想和你并肩战斗……"

远处，一道铂金色的光芒闪电般地朝漆拉飞来。

漆拉抬起手，铂金色的光芒仿佛游动的银鱼，消失在他的掌心里。

"你的魂器回来了。"吉尔伽美什温柔地笑着，他走过去，拍拍漆拉的肩膀，"那你问问它，这场战役的最后，我还活着吗？"

"活着。"

"那你呢？"吉尔伽美什问，"你还活着吗？如果不是，那我们现在就走。"

"我也活着。"一滴小小的眼泪，从漆拉眼眶里滴下来，仿佛一颗闪烁的钻石，掉进松软的雪地里。他压抑着自己哽咽的呼吸，露出了笑容。

吉尔伽美什抬起手，抓起漆拉冰冷的手，源源不断的精纯魂力输送进漆拉的体内："那我们走吧，我需要你，和我一起，并肩战斗。"

漆拉感受着身体里面不断涌进的仿佛精纯黄金般的魂力，那些魂力带着滚烫的热量，像是能够将人融化的热度。

"你有信心吗？"漆拉看着吉尔伽美什，小声问他。

"我有信心，因为你说，战役的最后，我们都还活着。"吉尔伽美什用力握了握他的手，"我相信你。"

【四年前】

【西之亚斯蓝帝国·深渊回廊·北之森】

伊莲娜看着面前的幽冥，他浑身散发着一种让人恐惧的狂暴力量。伊莲娜感觉，站在自己面前的这个裸露着结实肌肉的男人，如同怪物般让人恐惧，同时又让人迷恋。

幽冥看着面前脸色苍白的伊莲娜，嘴角轻轻勾起一抹不羁的笑容，但是，他的笑容很快凝结——他看见伊莲娜的瞳孔里，突然倒映出无数密密麻麻的红点。

他立刻转身，然而，视线还没来得及聚焦，数百条血淋淋的倒刺藤蔓，铺天盖地地迎面激射而来，将他穿射，幽冥在全身几乎快要被撕裂般的痛苦里，昏迷了过去。

他被高高地抛甩出去，坠落在一截断裂的树桩上，他身体里发出清晰的骨头断裂的声响。

伊莲娜呆若木鸡地瘫倒在原地，看着自己面前此刻正在朝天空肆意疯狂摆动摇曳着的红色巨蟒般的肉状藤蔓，浑身颤抖，她被恐惧抓紧了心脏，扼住了咽喉，她完全没有一丝力气挪动自己的身体。

她面如土色地看着天空里无数条沉重的血红巨蟒，朝自己疯狂地蹿动而下。

她闭上双眼，等待着自己的身体被撕得粉碎。

然而，巨大的痛苦并没有降临，取而代之的，是一阵浑厚的皇家橡木的气味，带着春日暖阳般的和煦热度，笼罩在她的鼻息间。

"漆拉，你保护幽冥和伊莲娜，带他们退到后面去。"耳边突然传来一个低沉却温柔的声音，那声音带着一种帝王的尊贵，同时又充满了诱人的磁性。

伊莲娜睁开双眼，自己已经远离了刚刚死亡阴影的笼罩，身边依然躺着昏迷不醒的幽冥，不远处，七度王爵费雷尔勉强从地上挣扎起来，朝她走过来。

伊莲娜抬起头，往前方看去，漆拉翻飞的黑色长袍，仿佛黑色的莲花一样妖冶诡异，她隐隐觉得他的轮廓看起来竟然和远处风雪里若隐若现的星血巨莲极其相似。而此刻站在他身边的，是闪耀着金色光芒的亚斯蓝魂术巅峰———一度王爵吉尔伽美什。

"你知道你们惹到了一个什么样的怪物吗……"吉尔伽美什望着前方成百上千根朝着天空蠕动摇曳的红色巨蟒般的血色

肉藤，低声说道。

"这些血淋淋的红色藤蔓，应该就是它捕食猎物的花蕊吧？它的花瓣还没有完全绽放，应该还没有彻底觉醒。如果我们趁早出手的话，应该还有胜算吧？"漆拉看着吉尔伽美什，尽量控制着自己声音里因为紧张而产生的颤抖。

"我说的怪物，可不是面前这个哦……面前这个宽恕虽然棘手，但是勉强拼到极限的话，还是多少有些成功的可能……可是这朵巨莲背后，远处那个正一步一步朝我们走过来的小家伙，如果它也顺利觉醒的话，我们没有任何生还的可能。"吉尔伽美什的眸子像是冰冻的湖面，反射着清冷而锐利的光芒，"如果它不参战的话，我们就还有机会。"

吉尔伽美什回头看着一脸苍白、沉默不语的漆拉，继续说道："这四头亚斯蓝活着的遗迹，千百年来一直都是亚斯蓝领域上魂兽实力的巅峰，它们统御着整个魂兽世界，长期占据食物链的顶端。其他的魂兽和它们相比几乎是天壤之别。但是这四头魂兽，实力也分强弱，从最弱的诸神黄昏，到祝福，再到宽恕……而处于巅峰的，就是远处此刻还在观望，暂时没有参战欲望的自由。"

"自由比宽恕厉害很多吗？"漆拉问。

吉尔伽美什转过头，帝王般的容颜在风雪里透着一种凛冽的锋利，冰雕玉砌的五官在雪地里发出柔亮的白光："自由和宽恕的差距，就像是……我和幽冥的差距。"

漆拉没有说话，他从吉尔伽美什的话里，获取不到太多的信息量。因为不管是吉尔伽美什，还是幽冥，他都无从知晓他们的魂力上限究竟有多高。他转头望着远处混沌的风雪，此刻宽恕摇摆的巨大触须，正释放着巨大而混乱的魂力，漆拉完全无法感知到宽恕背后自由的魂力状态。而刚刚吉尔伽美什说，自由此刻还没有参战欲望，那么它的魂力也就还没有释放，只处于隐藏状态……吉尔伽美什的天赋并不是精准的魂力感知，但他却依然可以清晰地透过面前混乱暴走的宽恕的魂力屏障，感知到远处此刻处于隐藏状态下的微弱魂力变化。

漆拉发现，自己从来不曾知道，吉尔伽美什到底有多么深不可测。

这也许就是被称为亚斯蓝魂力巅峰的压倒性实力吧。

"漆拉，我需要你做一枚棋子，让我可以在不触怒宽恕的情况下绕到它的身后去，我需要先去解决自由，否则，按照它此刻的觉醒速度，就算我们成功地捕获了宽恕，那自由也已经彻底觉醒了。那个时候，我就没有力气再去对付一个那样的家伙了。"

"那这里的宽恕怎么办？"漆拉问。

吉尔伽美什转过头看着漆拉，脸上露出迷人的微笑，他低沉而动人的声音像冬日里的暖阳，他抬起手，抚摩了一下漆拉皱在一起的眉毛，他把他皱紧的眉心轻轻抚平，轻声说："如果说要你战胜宽恕，确实不太容易，但是如果只想躲避宽恕的攻击，保护好你们几个的话，漆拉，你一定没问题。我相信你。"他嘴角轻轻扬起，"你在这里等我，我一会儿就回来。在我回来之前，就麻烦你照顾好他们几个了。"

"那你……"

"我答应你，我一定会活着回来的。"吉尔伽美什看着漆拉担忧的面容，不由得温柔地笑了。

吉尔伽美什面前的雪地上，一枚冰雪雕刻而成的精致莲花静静地绽放在半凝固的血浆里，小小的莲花通体剔透，仿佛水晶般萦绕着星辰的光芒。

"都什么时候了，你还要闹。"吉尔伽美什揉了揉额头，苦笑着说，"你竟然做了一朵小宽恕给我当棋子，我也不知道该说你什么好……"

漆拉尴尬地笑了笑，一脸窘迫的神情："我无意识地……随手就做了，可能是下意识里在想着莲花，所以就成了这个样子……"

吉尔伽美什抬起手拂了拂肩膀上的碎雪，朝那枚水晶般的莲花走过去："我没有回来之前，留在原地，不要对宽恕有任何的挑衅，它现在依然处于吸收黄金魂雾的阶段，应该暂时不会发动大规模的攻击。但如果……我只是说如果……如果我之后没有回来的话……"吉尔伽美什轻轻地在那枚莲花棋子旁边蹲下来，回过头，抬起他浓密的金色睫毛笼罩下的漂亮眼睛，"答应我，不管用什么方法，你也要活着离开这里。"说完，他伸出手，拾起了那朵冰雪莲花。

空气里一阵轻微的波动，吉尔伽美什的身影就仿佛被风吹散了一般，消失在空气里。

远处，仿佛一座高耸入云的雪山般巨大的宽恕，此刻安静地轻轻摇曳着它巨大的白色花瓣，如同无数翻涌堆积的云片，层层遮蔽了视线的尽头。刚刚一直昏迷的幽冥，此刻恢复了意识。他挣扎着走到漆拉的身边，望着吉尔伽美什已经消散的身影，他咬了咬牙齿。深邃的眉骨下，他的眸子里闪过一道黑色的光：
"你怎么这么蠢。"

"什么意思？"漆拉的目光从前方混沌的风雪里收回，他
的眼神变得冰冷。

"吉尔伽美什是在试探你。"幽冥的呼吸里带着压抑的怒意。

"试探我？"漆拉的瞳孔微微有些颤抖。

"我们一直都宣称，我们对自由的觉醒毫不知情，对吧？"
幽冥看着漆拉，目光里的冷意仿佛一把涂毒的匕首，"那你又
是怎么知道自由的具体位置呢？你没有去过的地方，你是无法
做棋子抵达的，你自己的天赋，你不会不清楚吧？"

"附近残留的黄金魂雾已经非常稀薄了，宽恕一时半会儿
应该不会大幅觉醒。只要你们不再贸然进攻的话，那战局应该
会短暂地僵持胶着一会儿。趁现在，我就先去'那边'找她了，
如果那只丑陋的怪物重新返回的话，特蕾娅就有危险了。漆拉，
这里先交给你了。"幽冥按着自己的肋骨，微微皱着眉头，仿
佛在聆听一种非常遥远的声音。

他身上刚刚被撕裂的肌肉，此刻正在慢慢地愈合，包括胸
口上那几个被红色血舌挖出的巨大血洞，也已经被新生的粉红
色血肉填满，上面的肌肤正在愈合成最初丝缎般的光滑。看来
他预留下来的魂力依然非常丰沛。

漆拉不动声色地转过身，走向一个残破的树桩。他伸出手，
树桩上一个金色的印记浮现出来。幽冥走过来，抬起手，准备
触碰棋子之前，突然停下来，转头看着漆拉，欲言又止，最后，
他低沉着声音，淡淡地说了一句："我知道你想做什么。但是，
我劝你，不要犯傻。"

幽冥的身影消失在一阵透明的涟漪里。

漆拉抬起头，望着地平线上的宽恕，他的面容如同山顶万古凝固的寂寞雪线一样，他的目光里有什么东西翻涌着、挣扎着，但最后还是不甘地熄灭下去。

他望着吉尔伽美什消失的方向，眼眶里有些湿漉漉的光芒，仿佛春日阳光照射下，森林里积雪刚刚融化出的溪涧。

大雪被剪掉翅膀就会融化成雨。

灵魂被收割后我才遇到你。

你自由原始吐纳无邪气息，而我苍老衰败一身戒律。

你我皆心有愧疚但静默无言。

悲哀的战歌唱着唱着就过去几年。

【四年前】

【西之亚斯蓝帝国·雾隐绿岛】

黑夜已经到了尽头，破晓的曙光从浓厚的云朵背后刺破而出，清澈的光束均匀地抚摩着雾隐绿岛上终年不散的绿色水汽，光线驱赶着黑暗和冰冷，它带来勃勃生机。

仿佛温玉般连绵不断的绿色树荫，衬托着沉睡翡翠般的湖光，整个死寂的天地再次开始缓慢呼吸起来。

幽冥的脚步很轻，他像一个惧怕阳光的地狱鬼魂，浑身裹在黑色长袍里，只露出一双狭长深邃的眼睛，他一步一步走进这个亚斯蓝的领域上，被所有人视为禁区而不敢轻越雷池的圣地。因为他知道，这个地方的主人，包括随从，在这个黎明之后，都将不复存在，或者说，此刻，笼罩这里的传说就已经不复存在。

他清楚特蕾娅的实力。

草坪上的露水将幽冥的靴子浸湿。他一路走过来，享受着笼罩整座群岛的庞大寂静和薄凉水汽，如同地狱的亡魂享受黑暗与死寂。他嘴角那丝若有若无的笑意，仿佛一道性感的疤痕，装点在他英俊而邪气的面容上。

他的笑容渐渐消失了。

战况远比他想象的还要惨烈。

空旷的草坪上，是无数条仿佛被巨刃劈开的沟壑，黑色土壤像是被砍开的血肉一样翻出一条条裂缝，远处的草坪上清晰地残留着两块黑色烧焦的痕迹，空气里依然弥漫着燃烧后留下的焦灼气味。

特蕾娅半躺着靠在一块石头上，脸色苍白得仿佛一块冰，她的瞳孔里是难以压抑的痛苦。花瓣般娇嫩的嘴唇，此刻微微张开着，忍不住大口大口地喘息。她身上雪白的纱裙已经被半凝固的血浆染红，大腿上被划出了深深浅浅的刀口，大部分正在缓慢而艰难地愈合着，还有一小部分依然保留着最初的创痕深度，每一刀都能看见血肉深处森然的白骨。

幽冥感应着周围的黄金魂雾，非常稀薄。

"他暗化成饕餮的时候，掠夺走了这里大部分黄金魂雾吧？"幽冥走到特蕾娅身边蹲下来，伸手握起特蕾娅的右手，将她雪白而纤细的手掌，轻轻地放到自己赤裸而结实的胸膛上，

"别客气。"

特蕾娅咽了一口嘴里残留的瘀血，闭上双眼，手指尖引动出几丝金色的光芒，接着，仿佛大海般汹涌澎湃的魂力源源不断地从自己的掌心流进身体，全身翻开的伤口，开始快速愈合。

幽冥的脸色渐渐变得苍白，他的胸膛里发出混浊的呼吸声。他看着特蕾娅苍白的面容渐渐地浮现出血色，脸上重新恢复了邪气的笑容。他苍白的面容在清晨的光线下看起来有一种孱弱而病态的美。但谁都知道，他是亚斯蓝的杀戮恶魔，"孱弱"这样的字眼，永远都和他没有关系。他代表的，是对生命的收割和对血腥的歌颂。

幽冥侧过头，不远处的湖边，躺着一具冰冷僵硬的尸体。整个尸体在寒冷的清晨露水里，已经硬得像一块石头，尸体四分五裂，甚至面容上，也已经被无数条刀痕弄得面目全非。血肉模糊的尸块，错乱地堆在湖边。

"那是哪个使徒？"幽冥皱着眉头，低沉的声音问道。

"天之使徒，银尘。"

"死得这么恶心，你下手挺狠的嘛。"幽冥的嘴角又露出那种仿佛对世间一切都不屑一顾的笑容，轻蔑却又充满着致命的吸引力。

"不是我，是地之使徒格兰仕。"特蕾娅淡淡地说着，一边说，一边抓过幽冥的手，在幽冥的手心飞快地写下一行字，"不是格兰仕。"

"哦？内战了？有意思啊。"幽冥呵呵地笑着，一边说，一边在特蕾娅的手心里写道，"那是谁？"

"我不知道。"特蕾娅在幽冥手心里飞快地写着，"看不见。"

幽冥微微皱着眉头，不再说话。

特蕾娅放下手指，轻轻地站起来，经过了一晚上的愈合，再加上刚刚幽冥传递过来的巨大魂力，她已经恢复得差不多了。她身上的魂器女神的裙摆如同雾气般翻涌旋转着，然后化成光缕，窸窣几声，回到她的身体里。她又恢复了一身黑色袍子的性感模样。

她和幽冥站在银尘的尸体旁边，她说："格兰仕在和我战斗的时候，不惜使用了黑暗状态，但你也知道，就连对魂力有着精准感知和应用的我，都没办法百分百保证可以熟练地驾驭这种禁忌魂术，他一个小小的使徒，才多大年纪，就这么自不量力……真令人费解。"她的面容艳丽但是冷峻，没有了平时看起来的轻佻和媚态。

她继续在幽冥的掌心写字："他能够控制，他恢复了。"

幽冥看着远处，目光不知道落在哪里，他磁性的声音在雾气里有一种异样的性感："作为一度王爵的使徒，他们的实力早就等于低位的王爵了吧，他们身上有太多我们不知道的秘密了，正因为如此，他才敢去碰黑暗状态吧。不过他们也太低估这个禁忌魂术的力量和代价了。"幽冥把目光收回来，看着银尘的尸体。他在特蕾娅的手心写道："漆拉可能暴露了。"

特蕾娅深呼吸了一口气，突然，她的面容变得柔媚起来，声音像是化开的糖浆："我这一身血，臭死了，我要洗一洗。"特蕾娅把视线往湖泊转过去，目光暗示着幽冥，"你要和我一起吗？"

"你是在诱惑我吗？"幽冥笑着，把特蕾娅抱起来，缓缓走进湖泊。

特蕾娅和幽冥彼此面对面安静地站在湖泊里，湖水淹没到他们脖子的位置，他们的表情带着冷雾般的肃杀。

湖底一片静谧，只有暗暗的水流涌动声。几乎完全听不见湖面上特蕾娅和幽冥彼此的低声交谈。

太阳越升越高，雾隐绿岛的浓雾渐渐散去。

"你有把握吗？"幽冥低声地问。

"我有把握，相信我。"特蕾娅的呼吸像是最轻薄的面纱。

"我相信你。"幽冥从水里慢慢朝特蕾娅走过去，他刀锋般性感的嘴唇，轻轻吻上特蕾娅花瓣般娇嫩的嘴唇，他脱去自己的长袍，露出被湖水浸泡后，闪闪发光的肌肉。

特蕾娅的呼吸开始急促起来。

【四年前】

【西之亚斯蓝帝国 · 深渊回廊 · 北之森】

吉尔伽美什从空气里显影出来，棋子已经将他从远处直接越过了庞大得如同山脉般的宽恕，来到了更靠近北之森边缘的地方，准确地说，应该是更靠近了此刻还没有明显加入战局意愿的亚斯蓝魂兽的巅峰——自由。

吉尔伽美什回过头，看见空气里出现一阵透明涟漪，漆拉黑色的长袍在空气里幻化而出。他沉默着没有说话，径直走到旁边的山壁处，他伸出手，一朵崭新的冰晶莲花悄然绽放在那里。

漆拉抬起手，轻轻按住自己的肋骨。他等待着吉尔伽美什将他们笼罩进透明的水晶球里。

　　然而，吉尔伽美什只是看着他，淡淡地微笑着，没有任何的动作。

　　漆拉静静地望着吉尔伽美什，等待着，最后，他眼睛里的光芒熄灭下去，像是被雨淋熄的灯火，他的眼眶微微红了起来。

　　"如果感觉有任何不对劲的话，不要冲动，这枚棋子会带你返回。"漆拉抬起头，看着吉尔伽美仕，等了很久，终于鼓起勇气，开口说道。一句非常简单的话，但是对他而言，看起来却像是斩断自己一条胳膊一样痛苦。

　　吉尔伽美什的面容柔软下来，他低声说："不用担心我，你快回去吧。他们需要你，自由对魂力变化非常敏感，我们两个同时出现，对它来说，可不是件开心的事情。"说完，他顿了顿，语气稍微有些变化，"你在这里，我反倒更危险，不是吗？"

　　漆拉看了看吉尔伽美什，没有多说什么，伸手触摸那朵晶莹的冰雪莲花，他微微有些哽咽地，留下了最后一句："你保重。"

　　吉尔伽美什看着漆拉的身影再次消失之后，转身慢慢地朝前面的峡谷走去。

　　他的笑容依然温暖如同春日里带着彩虹光晕的日光，脚步缓慢，镇定自若，感觉像在自己的花园里悠然散步，但实际上，在前进的每一步中，吉尔伽美什都在精准而又微妙地调整着自己的身体姿势，同时以一种难以觉察的幅度，一点一点地小心翼翼地调动起自己的魂力。

　　走出十几步之后，他就在空气里捕捉到了前方传来的若隐若现的魂力。

那是来自半沉睡状态的自由的魂力，并且很明显是刻意隐藏之下的魂力，强度极其微小，像是有人在千米之外的昏暗森林里微弱地呼吸着——除了特蕾娅之外，一般的王爵根本无法感知。但是，吉尔伽美什微笑着，皱了皱眉毛，有点苦笑的样子，他仿佛自言自语一般："这下可有点麻烦了啊。"

因为，他刚刚捕捉到的那几丝空气里飘动着的仿佛蛛丝般微弱难寻的魂力，其精纯程度完全超越了他的预想，就像是最纯净的液态黄金丝线一般，以绝对均匀的速度在空气里由远而近地传递过来。这种对魂力的控制，有点像……

"有点像我啊……"吉尔伽美什轻轻笑着，"真难想象如果你全面觉醒该是什么样子啊……"

吉尔伽美什迈出去的一只脚突然停在了空气里，他的脚悬在空中，迟迟没有踏下去。

此刻，他脚下的土壤里，仿佛破土嫩芽般温柔地开出了一小束一小束的晶莹冰花，一朵接一朵小小的冰花缓慢而轻盈地开放着，在他的面前凝结出一条银白闪亮的细线来。

他明白，这是来自自由无声的警告——

"越线者死。"

吉尔伽美什收回悬在空中的脚，站在原地没有继续前进。

他停在冰线的后面，抬起头，朝前方望去。

此刻身处的地方，正是山谷最狭窄之处，继续往前的话就走入壶口，深入谷腹般越来越宽广起来。视野在前方豁然开朗，一望无际的雪原上，无数参天大树高耸入云，仿佛存活了几百年上千年的粗壮云杉、红松、冷松……一株株极北之地特有的针叶树木拔地而起。厚厚的积雪一团一团地堆积在交错的树冠枝杈上，像是在半空中铺了一床软绵绵的白被。空气里弥漫着一种沉重的静谧，偶尔有零星的雪片，带着光晕从树冠的缝隙里飘落下来，仿佛羽毛般缓慢地飞舞在树与树的间隙。

吉尔伽美什微笑着，轻轻地弯腰鞠了一躬，他抬起头，目光望着森林深处，嘴角的笑意仿佛一片溪面上顷刻间就会融化的薄冰，若有似无。他的瞳孔一紧，身上的金色刻纹浮现出来，然后又一闪即逝，像是温柔的萤火般亮了一下就飞快熄灭了。

一缕同样弱不可辨的魂力，从他的身上扩散出来，涟漪般朝森林的深处匀速扩散开去。这同样是一股液态黄金般精纯的魂力，来自这个国度里魂术界的另一座巅峰。

吉尔伽美什心里清楚，作为两股几乎同等级的对峙力量，稍有不慎，就会引发一场后果难以估计的灾难。他安静地站在原地，不卑不亢地等待着，他维持着礼貌的姿势，同时身上的王者霸气依然如同光环般笼罩着他。

他散发出的这股魂力，是对刚刚自由的一种回应，或者说，是一种实力的证明。他用一种礼貌但同时毫不畏惧的方式，向自由清楚地表达了自己的来意——"我不为宣战而来，但是我也并不畏惧，你可以根据我的魂力，来判断是否与我对战。"

时间在这样近乎凝滞的对峙里流逝着，吉尔伽美什就像是站立在白色柔光里的一座雕塑，一动不动，除了风偶尔吹动他金色的发丝，他整个人如同静止在时间之外。

"嗡——"

"嗡——"

终于。

空气里轻轻地、缓慢地传来了几声仿佛蝴蝶振翅般微弱的弦音。

吉尔伽美什抬起他低垂的眼睑，金黄色的睫毛在光线里闪烁出羽毛般的柔软质感，他的笑意温柔而高贵。

他看着前方正在朝自己缓慢走来的亚斯蓝历史上排名第一的魂兽——自由。

它停在离自己几米开外的一株横倒下来的巨大的红松树干上，天空垂直而下的几束光线，在它小小的身躯上，投出几个游弋的光斑，它全身雪白如同银丝般的皮毛，衬着周围洁白的积雪，看起来纯净得没有一丝杂质。

一只小巧而又温柔的猫，此刻正趴在褐色的粗大树干上，用它温驯而乖巧的冰蓝色眸子轻轻地望着吉尔伽美什。

它静静地打量了一会儿面前的这个人，然后站起来，伸了个懒腰，用极其轻盈的步子，慢慢地朝吉尔伽美什一步一步地走过来，它的瞳孔太过清澈，像是由天下最美的蓝宝石雕刻而成。它的面容完全就是一只猫，但是不知道为什么，看起来却有点像一只鹿，又有一点像龙……它一直定定地望着吉尔伽美什，目光湿漉漉的，大大的冰蓝色眸子看起来温驯而又甜美，仿佛一只淘气的宠物，正在冲自己的主人撒娇着走来。

但是，吉尔伽美什知道，在它一步一步朝自己走近的过程里，它一直都在反复衡量与评估着自己的魂力，但是因为他们彼此的魂力都如同深不见底的汪洋，它不断地靠近，却依然没有测出准确的上限，所以，它持续地靠近着，没有任何行动——只要有一个短暂的瞬间，一个电光石火的瞬间，自由能够肯定吉尔伽美什的魂力低于自己的话，他相信，自由一定会发动瞬间致命的攻击，顷刻间爆炸的伤害绝对足够将他的性命一秒钟收割。

吉尔伽美什依然微笑着，低下头目光温柔地看着已经快要靠近自己脚边的自由。

当它停留在吉尔伽美什脚边的时候，整个天地间的空气都仿佛凝固了一样。他们彼此看起来都温柔安静，但是，平静的表象之下，是骇人的滔天巨浪。此刻任何一个细微的变化，都有可能导致一场天崩地裂的魂力爆炸。

终于，在彼此对峙了几乎一分钟之后，自由轻轻地眯起眼睛，仰起它毛茸茸的可爱小脸，歪过头在吉尔伽美什的脚上蹭了蹭，然后继续朝前面走过去了。

吉尔伽美什松了口气，他发现，自己的额头已经布上了一层细密的汗珠。

他如释重负地笑了，脸上凝重的僵硬微笑，此刻才真正如同春天的花瓣般舒展开来。他转过头，准备走回峡谷。既然自由已经选择不再参战，那么自己只需要专心对付宽恕就好。

当吉尔伽美什转过身时，他的笑容像是结冰般冻结在他的嘴角。他的脸色看起来如同被寒冬的罡风吹割着，呈现出一种冰冷的死灰色。

前方离自己不远的自由，此刻已经不知不觉间，站在了返程棋子的那朵冰雕莲花旁边。它转过身来看着吉尔伽美什，大大的冰蓝色眼眸，已经全部变为了闪烁的金黄。它瞳孔里一道金光快速一闪，下一刻，它身后峡谷的地面上，一道数米厚的冰墙，仿佛一座小山般从地面轰然爆炸而出，瞬间耸立入云，把整个峡谷的入口完全封死——也同时，把那朵脆弱的棋子，彻底隔绝在了冰墙的另外一边。

自由回过头来，眼神依然乖巧温驯，它张开嘴，仿佛撒娇一般轻轻地"喵"了一声，空气里几道快得几乎看不见的金色光芒一闪而过。

吉尔伽美什的身躯被一股难以言喻的力量高高抛起，往森林深处重重地摔落而去。

天空中洒落几股滚烫的鲜血，溅在厚厚的雪地上，发出"吱吱"的声音，触目惊心的猩红冰花四处绽放。

自由舔了舔自己的爪子，轻盈地朝吉尔伽美什走去。

【四年前】

【西之亚斯蓝帝国·雾隐绿岛】

日光下的雾隐绿岛，雾气已经彻底散去。然而，死亡遗留下的沉寂，依然沉甸甸地压迫在这座曾经人间仙境般的群岛之上。

光线赤裸而爆烈地垂直照耀在草坪上，四处蒸腾的热度，让这个冬日隐约有了夏天般的炽热。湖面上蒸腾着水汽，让整座岛屿充满了一种令人不适的湿热。

草坪上一道道刀疤般的土壤裂缝，证明着这里曾经发生过的刀光剑影。

而现在，人去楼空后的群岛已经物是人非。让人快要发疯的绝对死寂，笼罩在湖面上空。遥远群岛深处偶尔传来一声尖锐的鸟鸣，叫声里带着惊恐和凄凉，仿佛划破锦缎的匕首撕裂着透明的空气，恐怖的寂静在这种声响的反衬下，变得更加摄人心魄。

银尘破碎的尸体，依然无人理睬地被抛弃在湖边，湖泊里那一块被他的鲜血染红的区域，此刻也已经扩散稀释，湖水恢复了碧波荡漾的惬意盎然。

一两只苍蝇嗡嗡地围绕在他的尸体旁边。一些蚂蚁爬上了银尘血迹斑驳的面庞。

空旷的天地间，一阵轻微的脚步声响起，绝对的寂静里泛起隐约的回音。

一双镶嵌着铂金装饰的精致皮革编织成的靴子，此刻正一步一步地走向银尘冰冷的尸体。脚步后方，长而厚重的披风从草坪上拂过。

明媚的阳光照在来人的脸上，这是一张英俊而深邃的面孔，精致的下巴上有一层若隐若现的青色胡楂。笼罩在金色羽毛般浓密睫毛下的琥珀色双眸，此刻安静地看着躺在地上的破碎的银尘。无边无际的绿树枝叶，像是舍不得他被阳光曝晒似的，将柔和而温润的光芒投射到他高大而修长的身躯上，斑驳的树影像是温柔的拥抱，将他环绕。他一身银白色的长袍，装饰着无数精致而昂贵的铂金镶边。风吹起他的披风，仿佛一片缓慢浮动的云彩，散发着让人目眩神迷的光泽。

他抬起手，修长而白皙的手指动了动，银尘的尸体瞬间被一层剔透的冰块包裹起来，他抬起头，环顾了一下此刻周围死寂的绿岛，剔透的阳光抚摩着他英俊而尊贵的面容。

他蹲下身子，伸出手，隔空沿着银尘的尸体游走了一圈，他闭着眼睛，仿佛感应着什么。

"已经死去这么久了，灵魂竟然还保存得这么完整，你死之前，情绪一定波动得非常剧烈吧……"死的时候越安详的人，灵魂就会消散得越快，而死前带着巨大的不甘、恨意、不舍……情绪就会持续地在原地逗留，"可是，我并不需要你的灵魂这么完整啊……"

冰帝艾欧斯，这个国度皇族中最尊贵而至高无上的帝王，带着银尘的尸体，消失在了茫茫绿色的尽头。

【四年前】

【西之亚斯蓝帝国·深渊回廊·北之森】

巨大而沉闷的嘶吼声持续从远处传来，一直都没有停止过，而且，随着时间一点一点流逝，嘶吼的频率变得越来越快，声响也变得越来越剧烈——宽恕正在以越来越快的速度觉醒。

漆拉皱着眉头，有点担忧地望着远处仿佛一座小山般高耸入云的巨大莲花，瞳孔里的神色如同黑夜般寂然而绝望。按照这样的状态来看，过不了多久，宽恕就会完全觉醒。方圆数公里之内的黄金魂雾，都在持续不断地消耗着，被源源不断地吸纳到宽恕的体内，这朵沉睡了很长时间的食物链巅峰上的霸者，正在朝着完全苏醒的边缘迅速迈进。

而在宽恕的背后，漆拉感觉不到吉尔伽美什任何的魂力波动。他的魂力此刻被面前魂力如同汪洋般翻滚着的宽恕阻挡，完全无法感应。漆拉抬起头，苍茫的天空上，不时有一条赤红色的血舌甩动而过，仿佛红色的闪电般劈开沉甸甸的云朵。

大地传来明显而剧烈的震动。

身后的伊莲娜和费雷尔，依然靠着残余的树桩，他们低声喘息着，身上的伤痕恢复得非常缓慢，因为周围可供他们吸收的黄金魂雾已经极其稀薄，伊莲娜和费雷尔的脸依然如同白纸般虚弱，还没有恢复正常的战斗能力。

漆拉的担忧，还不仅仅是失去战力的伊莲娜和费雷尔，周围黄金魂雾的稀薄同时也意味着，他的战力无法续航，当身体里目前储存的魂力消耗殆尽之后，他也就同时失去了作战的能力。

两股破空而来的疾风，将漆拉黑色的长袍掀得猎猎作响，他回过头，翻涌不息的狂暴气流里，两个黑色幽灵般的身影，已经无声而轻盈地站立在茫茫大雪里。

特蕾娅和幽冥看着漆拉，他们的脸上是一种似笑非笑的表情，仿佛是嘲弄，又仿佛是不屑，同时还有一些虚情假意的同情和怜悯。

特蕾娅翻飞的长袍下，雪白的大腿和周围的洁白雪景看起来非常呼应，寒风在她洁白的肌肤上吹出一些红晕，让她显得更加诱人。她饱满而鲜艳的嘴唇，此刻欲言又止地轻轻开合着，她用一种暧昧的姿势轻靠着高大健壮的幽冥，幽冥的长袍被风吹得大开，赤裸而饱满的胸膛，此刻散发着无尽的热量，在雪地里闪动着小麦色充满性欲的光芒。

漆拉忍不住回头看了看虚弱无力的伊莲娜和费雷尔，又看了看面前仿佛两把出鞘的黑色宝剑般的幽冥和特蕾娅，沉默着没有说话。

对于这两个怪物的实力，早在几年前他们俩还是小孩子的时候，漆拉就已经非常清楚。当年从特蕾娅体内不断穿刺而出的昆虫肢体般的巨大刀刃，和幽冥脸上如同来自地狱的迷幻快意，一直都是漆拉心里一个沉重的梦魇。

"他还没回来啊？"特蕾娅冲漆拉笑着，艳丽动人。

"还没。"漆拉没有表情，淡然地回答她。

虽然两个人都没有挑明，但是彼此心里都知道，此刻他们口中唯一谈论的、关心的那个"他"，只有一个人，那就是吉尔伽美什。

"从来没听说过有人能从自由的手下活着回来，那可是一个不知道活了几千年还是几万年的怪物……"幽冥忍不住露出嘲讽的笑容，"你是对自由的实力有什么误解吗，还是说，你对吉尔伽美什的实力有点过于期待了？"

"正因为我对他们的实力都很了解，所以，我才觉得最终的结果值得期待啊。"特蕾娅笑盈盈地，抬起纤细的手指掩住她鲜艳的嘴唇，"不过，从我感觉到的状况来看，西流尔可能要白等一场了。"

漆拉没有接话，他的目光微弱地颤动了一下。

"那三个使徒都死了吗？"

"死了两个，那个使用黑暗状态的格兰仕，最后还是没有恢复过来，变成了饕餮，这会儿可不知道去哪儿了，可能深渊回廊里又要多一头高等级魂兽了吧，哈哈哈……可惜啊，那么英俊的一个小伙子，就这么变成了畜生……唉……"特蕾娅摇着头，表情看起来有点心痛。

"银尘呢？"漆拉问道。

"你知道的呀，死了的银尘不归我管，我只负责活着的他们。"特蕾娅冷冷地说，"原本不就是这么计划的吗，你忘了？"

"他没忘，但我觉得他可能有些糊涂。"幽冥看着漆拉，"人一犯糊涂，就容易做傻事。"

漆拉抿着嘴唇，没有说话，他尽力控制着自己，很快，他的面容就恢复了原始的冷漠，如同一面凝结的湖泊，没有涟漪，看不出任何情绪波动。

他转过身，不再看着特蕾娅和幽冥。他静静地凝望着远处被逐渐蚕食的地平线，仿佛在等待一个最终的审判。

特蕾娅脸上再一次露出了享受的表情，多年前，当她和幽冥将漆拉从一度王爵的荣耀巅峰上拉下来的时候，她就已经收获过此刻漆拉脸上这种敢怒不敢言的隐忍表情所带来的快感。而多年之后的今天，再一次看见压抑着自己情绪的漆拉，她依然感觉格外享受。

她抬起动人的蒙眬双瞳，幽幽地说："所以，如果等下他突然改变主意，执意要犯傻的话，那我们俩是不是就有的好忙了啊？"

"也没什么需要担心的，白银祭司的命令非常清楚，任何人不配合此次的行动，都可以随时以叛国的罪名直接猎杀，不需要提前请示。"幽冥冷冷地接了一句，嘴角依然是似有似无的笑意，"我的称号，就叫杀戮王爵啊，这不就是我最擅长的吗？"

漆拉背对着两人，沉默不语地看着天地尽头，仿佛完全没有听到他们的对话。

光线随着时间的流逝而变化着角度，周围的积雪反射着忽强忽弱的亮光。

几个王爵在雪地里安静地等待着，周围的黄金魂雾差不多都被消耗干净了，远处的黄金魂雾要扩散蔓延到这里，还需要一段时间，因此，宽恕的觉醒速度开始减慢，但是，仍然能够清晰地感觉出，它正在一点一点地逼近完全觉醒的边缘。

幽冥和特蕾娅也停止了说话，像两个漆黑的幽灵般站在雪地里。他们和漆拉一样，凝望着远处宽恕的方向。

光线开始转暗，黄昏带着更深的寒意降临，天空再次飘起了鹅毛大雪。扩散着模糊光晕的雪花，从天空密密麻麻地坠落下来，几个王爵的身上、头发上，都落满了白茫茫的一层。但没有人在乎这些，他们都静止而沉默地伫立在风雪里，等待着同一个答案。

他们等待着，即将从远处走向他们的，是吉尔伽美什，还是自由？

两者之间，只有一个可以活着过来。

而终于，他们等来了他们想要的答案。

空旷的雪地上，他高贵的笑容依然优雅地挂在嘴边，只是唇边一缕还未干透的血迹，衬托出了他虚弱的面容。他的脸色有些苍白，低沉的喘息呼出大团大团的白气，但是他的神色依然高贵而从容，他的金色头发在风里飞扬着，仿佛一面金丝编织而成的旗帜。

他冲着漆拉轻轻扬了扬下巴，低声笑着说："我回来了。"

漆拉的视线用力地锁紧。

吉尔伽美什的左手此刻正紧紧抓着一只断了的手臂，他的右肩膀上被齐肩斩掉的碗口大小的伤口，此刻正涌出黏稠的血液，他华贵的长袍上，沾满了斑驳的血痕。他的身影微微地摇晃着，有点站不稳。

"运气不错，我还活着。"他的笑容里有很明显的疲惫，"而且，我还把我的手捡回来了。"

说完，他把断臂重新接回肩膀的断口位置，然后轻轻地闭上眼睛，他的全身微微地放射出一圈隐约的金色光芒。断口处的骨骼和血肉，开始缓慢但持续地愈合起来，新生长出来的骨血，将斩断的手臂重新连接回他的身体。

漆拉走过去，伸出手，抚在他的肩膀上，纯正的金黄色魂力汩汩地流进吉尔伽美什的身体。

"你干吗呢？"远处，特蕾娅笑盈盈地突然冲漆拉喊了一声，目光里充满了复杂的神色，她的声音听起来非常妩媚，但像是一把又薄又锋利的刀，斜斜地刺进骨里，"你确定要这么做吗？"

"我只是简单帮他愈合一下而已。"漆拉回过头，用"你有什么意见吗"的表情，冷冷地看着特蕾娅。特蕾娅的脸色不太好看，但是也没有多说什么，只是轻轻地冷笑了一声，然后站在边上冷眼看着这一切。

"而且我这点魂力，对他来说，根本微不足道。"漆拉放下手，看着特蕾娅，"你根本无法想象他的魂力到底有多强。"

"呵呵，看你说的……"特蕾娅掩着嘴，咻咻地冷笑着，眸子里是寒光四射的雪点，"我怎么会不知道，你在逗我开心吗？你忘记我的天赋是什么了？"

"那你就应该很清楚，如果吉尔伽美什不赶快恢复战力的话，我们可能都会死。"漆拉冷冷地看着特蕾娅，"你应该感应得到，宽恕已经差不多快要完全觉醒了吧？"

"我当然感觉得出来，我连它每一根血舌分别是什么时候觉醒的都一清二楚。只是这片雪原周围的黄金魂雾已经被两只上古魂兽和我们这些王爵消耗掠夺得差不多了，它应该没那么快彻底觉醒。"特蕾娅娇羞地笑着，但她脸上的表情却让人有些不寒而栗，"再说了，不是还有你在吗？你只要做出棋子，我们随时都能走，怎么会死呢，对吧？还是说，你打算不管我们这群人的死活啦？"她用挑衅而诱惑的目光，望着漆拉。她的身边，幽冥依然是一副幸灾乐祸的嘲讽表情，面容上邪气而不羁的笑容在暮色里充满着杀戮的气息。

"一走了之很简单，但彻底觉醒的宽恕怎么办？周围几个城市的平民怎么办？"漆拉看着特蕾娅，目光像结了冰一样。

"城市？周围哪有什么城市，几个小村庄罢了，也就几百个人吧，死了就死了。亚斯蓝古往今来死在魂兽之下的人还少吗？不缺这几百个吧。"特蕾娅拍了拍胸口，脸上是害怕的表情，"而且，你问我干吗呀，我只是个四度王爵，我又救不了那些平民百姓，亚斯蓝的前三度王爵都在这里，要扮演民族英雄，也轮不到我呀，我只要跟着你们三巨头走就好了。"

说完,特蕾娅抬起手,掩住嘴角呵呵地笑着,然而,笑声刚落,她瞳孔里的光芒就瞬间熄灭了,仿佛被吹熄的蜡烛,只留下森然的黑暗。

有什么东西,在飞快地吞噬着苍茫混沌的黄昏暮色,光线在天地间疯狂地逃窜,周围渐渐漆黑一片。

"觉……觉醒了?"特蕾娅感觉心脏瞬间被恐惧撕成了碎片。她抬起头,远处的天空,此刻不知道被什么东西遮挡着,只留下一片沉甸甸的黑暗,没有月光,没有星光,沉甸甸的乌云把整个天地包裹了起来。

黑暗在周围潮水般汹涌弥漫,温度飞快地下降,黑色的泥土大量冻结,地表变成一层坚硬的寒冰。

空气里充斥着金属摩擦般刺耳的声音,一阵一阵铿锵作响,所有人的胸口都被这种巨大的声响撞击着,犹如沉重的铁锤一下一下地砸在肋骨之上,令人气血翻涌。

伊莲娜瞳孔涣散,嘴里仿佛泉涌一般汨汨地往外冒出鲜血。费雷尔在雪地里挣扎着,捂着耳朵,痛不欲生,他的喉咙里发出野兽般的嘶吼和呻吟,仿佛正在被恶魔的利爪一片一片地撕扯着身体。

那朵傲然耸立在天边的巨大莲花,终于缓慢而沉重地、一片一片地打开了它的花冠。

宽恕的花芯,仿佛雪山顶上突然爆炸的火山洞口,无数赤红的血舌,如同岩浆一般,顺着巨大的花瓣,密密麻麻地涌动而出。

　　脚下的大地开始剧烈地震，"咔嚓咔嚓"的地裂声里，一道一道深不见底的裂缝在地表上爆裂开来，像是无数怪兽从地底咧开的血盆大口。辽阔的雪原开始分崩离析，四处坍塌。

　　突然一声巨响，成千上万根巨大的血舌从大地深处爆射而出，伊莲娜还没来得及反应过来，就被几根狂暴的肉藤狠狠地插进了身体，仅仅一个瞬间，她的身躯就仿佛一张薄纸一般，被撕扯成了碎片。内脏、断肢以及头颅，都化为四散飞溅的血肉碎块，哗啦啦地坠落在雪地上，冒出剧烈腥味的腾腾热气。

　　费雷尔挣扎着想要起来，但脚下两根血舌瞬间破土而出，巨蟒般将他的身躯层层裹紧，然后用力朝着地下一扯，大地突然裂开一条缝隙，顷刻间将他吞噬。而后地缝再次合拢，巨大的压力之下，他坚不可摧的白银铠甲和他的肉身，片刻间化成了废铁和一摊瘀血。他的惨叫声仿佛匕首一样短暂地划过每一个人的耳膜，然后就彻底地消失在地底深处。

　　吉尔伽美什突然回过头看向漆拉，他还没来得及出声提醒，一根闪电般的红舌已经哗啦啦地钻进了漆拉的后背，背脊被洞穿的混沌声响听起来令人毛骨悚然。然而，有着接近极限速度的漆拉，在最后一个瞬间，身形一动，消失在了空气里，他的身影一刹那后重新在空气里显形时，已经重重地摔倒在十几米开外的雪地上，他后背上的一个血洞，正在汩汩地冒血。漆拉面如白纸，大口地喘着气。他极限的速度，将他从致命的一击之下拯救了出来。

　　特蕾娅双眼里翻滚着暴虐的白色风雪，她将自己对魂力的感知提升到了极限，但是，袭击而来的血舌实在太多，成千上万根魂力复杂纠缠，令她的魂力感知被大幅干扰。因此，她也仅仅只能在狂风暴雨般的袭击里，勉强地闪躲着，她的肩膀和后背已经被血舌上的倒刺刮下大片的皮肉，鲜血淋湿了她的裙袍。她同时还在牵引着幽冥，帮助他躲避进攻，同时幽冥围绕在她的身边，帮她抵挡着攻击。

幽冥冲特蕾娅大声呐喊："使用女神裙摆！"

"没用的，我试过了！宽恕的魂力实在太强，远远超过了女神裙摆的防御能力，防御的作用几乎可以忽略不计，能减弱百分之十的攻击就已经不错了。"特蕾娅拉扯着幽冥，在漫天漫地的疯狂血舌里躲闪着，"你的死灵镜面呢，有用吗？"

"没用。死灵镜面只能投影出低于自己魂力的敌人，你觉得我的魂力可能比完全觉醒的宽恕还高吗？"幽冥一把扯出一根扎进自己肩膀的血舌，朝地上一扔，然后回过头，望着吉尔伽美什，他在天崩地裂的巨响里，冲着吉尔伽美什大声呼喊着，"吉尔伽美什，想想办法！"

吉尔伽美什仿佛帝王般冷静的面容上，笼罩着沉沉的杀气。

他的脚边突然爆炸出一条血舌，笔直地朝他刺过去。

他头也没回，反身伸出一只手，不疾不徐地轻轻一握，闪电般迅捷的血舌就已经被他抓在手里，他修长的五指上金色光芒突然绽放，巨大的血舌立刻爆炸成了空气里四散飞扬的红色粉末。

吉尔伽美什身形展动，长袍如同巨大的羽翼般逆风飞扬，他朝天空高高地跃起，如同一颗突然蹿起的流星，斜斜地飞上天际，仿佛一双无形的翅膀，将他托举在半空之中，如同一个光芒万丈的天神。

"他……他会飞？"幽冥瞳孔里放射出恐惧和惊讶的光芒，"他怎么可能不凭借任何的魂器和魂兽，就悬浮在半空里？"

"他全身上下都围绕着透明的气旋……"特蕾娅咬着牙，缓慢地说道，"那是他天赋里对风元素的操纵，对于所有风爵来说，飞翔，是再简单不过的事情了。就像我们水爵操纵水元素一样简单。"

天地间不知道从什么地方传来了巨大的梵音，一声一声越来越壮丽辽阔，巨大的梵音如同天神庭院里的旋律笼罩而下。吉尔伽美什的后背，突然绽放出十二道狭长的金光，金光旋转着，不断扩大。终于，一圈巨大的圆盘光轮，出现在了吉尔伽美什的背后，他仿佛带着天神的光环，高高地悬浮在天空之上。

金光四射的庞大光轮在天空里缓慢而沉重地转动着，光轮上按照时钟的方位，每一个指针的位置，都插着一把巨大的神剑，十二把剑身颜色和形状都截然不同，每一把剑的花纹也都完全异样，但是都非常繁复而且古老，散发着如同遗迹般的神秘感。

"怎……怎么可能……"幽冥看着天空中的吉尔伽美什，说不出话来，他难以形容自己内心的震撼，"他的魂器竟然……竟然是审判之轮……他怎么可能会有这个东西……他究竟是什么人……"

天地间翻涌爆炸的魂力，如同浑厚的雷电在云层中密集地爆炸。

吉尔伽美什高高地悬浮在半空里，他身后旋转的巨大光轮，绽放着万丈金光。十二把巨大的上古神剑，已经从光轮上脱鞘而出，此刻正在天空里肆意飞舞，交错斩杀着源源不断的如同血蟒般的赤舌，天空中不断坠下密密麻麻的被斩杀为寸断的赤红色残肢断脉。

"特蕾娅！告诉我宽恕的魂印在什么地方！"吉尔伽美什在天空中，大声地朝地面呼喊。

特蕾娅一面吃力地躲避着血舌的进攻，一面咬紧牙关，不发一言，她抬起头看向幽冥，仿佛在犹豫，征求幽冥的意见。

"你们是不是想死在这里！"吉尔伽美什低下头，目光如炬，脸上带着天神般的怒意。

幽冥冲过来，伸手拉起特蕾娅，突然往天空里高高跃起，他一边朝天空疾速地掠去，一边回过头，冲地面的漆拉喊："漆拉，我需要你的【缓速之阵】，宽恕的速度实在太快，我和特蕾娅没办法让它的魂印显形。"

"没有用的。"漆拉吐掉口中的鲜血，"我的天赋最多只能减弱它百分之十的速度……"

"那也比没有强！"幽冥在空中用双手划出疯狂的冰刃，粉碎迎面而来的血舌，"快点动手！"

漆拉站起身，双眼一闭，漆黑的长袍翻滚不息，半空里，一面闪烁透明的金黄色光壁，朝着宽恕庞大的身躯如同海啸般推进而去，然而宽恕的形体实在太大，如同一座巨型山脉，金黄色的光壁只能覆盖到它身体的下半部分。

"再大一点！"吉尔伽美什对漆拉说，"现在的范围太小了。"

"没办法再大了。"漆拉一面勉强地躲避着地面源源不断的血舌的攻击，一面说，"再大我的魂力就维持不住这个阵了。天空中水元素太少，我就算勉强可以制作出来，但是也不能像在海面上可以无限制地扩大。你们赶快吧，现在的这个阵的范围，我也维持不了多久的。"

"那就这样吧！幽冥、特蕾娅，快！"吉尔伽美什双手一张，十二把巨剑纷纷从天空返回，如同十二只巨大的神鸟，围绕成一个圆圈，疾速飞翔，将特蕾娅和幽冥保护在中心。

特蕾娅的瞳孔里瞬间风雪翻涌，全身的魂力如同密密麻麻的蜘蛛丝撒向宽恕，金黄色的丝线在宽恕巨大的身体上如同细蛇爬行，疯狂地寻找着它的魂印所在。"找到了！"特蕾娅睁开眼，身上瞬间爆炸出一条白色的丝绸，笔直地朝着宽恕身体上的一个位置飘去，她同时冲幽冥喊，"现在！"

幽冥突然双臂扩展，身体朝后弯曲，他脸上那种迷幻而疯狂的表情瞬间浮现出来，一个金黄色的魂印在幽冥的怒吼声里，清晰地从宽恕底部的一片花瓣上呈现出来，巨大的光源，闪闪发亮。

吉尔伽美什突然一声大吼，十二把巨剑如同游走的飞鱼，闪电般一把接一把地刺进被强制召唤出的魂印深处，每刺进一把巨剑，天空里就瞬间闪过颜色不同的光芒，红、橙、蓝、绿……整个庞大的天地间持续不断地劈开颜色各异的闪电，密密麻麻的血舌疯狂地疾速往花芯里收缩，千万层花瓣快速合拢，掀起排山倒海的巨浪。

宽恕发出一声巨大而惨烈的叫声。

凛冽的气浪在天空里爆炸。

幽冥和特蕾娅被这股气浪掀得瞬间失去了知觉，全身被气流划出无数条刀口，他们的长袍在瞬间被粉碎撕扯，光洁的肌肤暴露在空气里，然后转瞬就爆裂出无数切口，鲜血雨水般从天空里喷洒下来，他们两个朝地面坠落。

吉尔伽美什转过头，目光俯视脚下的漆拉、特蕾娅、幽冥三人。

他突然看见，他们破碎的长袍被爆炸的魂力撕开之后，每一个人的肋骨位置，都吸附寄生着一只蠕动着的银色肉虫。

"【三音一线】！"

吉尔伽美什看向他们三个。

滔天翻滚的气浪，仿佛世界末日般的哀号。

漆拉看着天空中的吉尔伽美什，眼眶里涌出混合着血液的泪水。

出品／上海最世文化发展有限公司
官方网站／www.zuibook.com
平台支持／ 劇小说 ZUI Factor

爵迹·永生之海

作 者 郭敬明

ZUI Book
CAST

出 品 人　郭敬明

项目总监　痕 痕

监 制 与 其　刘 霙

特约策划　卡 卡　董 鑫

特约编辑　卡 卡　张明慧

＊装帧设计　ZUI Factor（zui@zuifactor.com）

设 计 师　胡小西

封面插画　王 浣

内页设计　付诗意

图书在版编目（CIP）数据

爵迹．永生之海 / 郭敬明著 . — 长沙：湖南文艺出版社，2016.8
ISBN 978-7-5404-7675-5

Ⅰ.①爵… Ⅱ.①郭… Ⅲ.①长篇小说—中国—当代 Ⅳ.①I247.5

中国版本图书馆 CIP 数据核字（2016）第 148344 号

上架建议：奇幻 | 畅销文学

JUEJI. YONGSHENG ZHI HAI
爵迹．永生之海

作　　者： 郭敬明
出 版 人： 刘清华
出 品 人： 郭敬明
项目总监： 痕　痕
责任编辑： 薛　健　刘诗哲
监　　制： 与　其　刘　霁
特约策划： 卡　卡　董　鑫
特约编辑： 卡　卡　张明慧
营销编辑： 李　素　杨　帆
装帧设计： ZUI Factor（zui@zuifactor.com）
设 计 师： 胡小西
封面插画： 王　浣
内页设计： 付诗意

出版发行： 湖南文艺出版社
　　　　　　（长沙市雨花区东二环一段 508 号　邮编：410014）
网　　址： www.hnwy.net
印　　刷： 三河市百盛印装有限公司
经　　销： 新华书店
开　　本： 880mm×1230mm　1/32
字　　数： 258 千字
印　　张： 11.5
版　　次： 2016 年 8 月第 1 版
印　　次： 2016 年 8 月第 1 次印刷
书　　号： ISBN 978-7-5404-7675-5
定　　价： 34.80 元

质量监督电话：010-59096394
团购电话：010-59320018